ホット・アイス

ノーラ・ロバーツ

森　洋子　訳

MIRA

MIRA文庫

Hot Ice

by Nora Roberts

Japanese translation rights arranged
with The Bantam Dell Publishing Group
through Japan UNI Agency, Inc., Tokyo.

Published by Harlequin K.K., Tokyo, 2002

ブルースへ——
愛することは最大の冒険であると
教えてくれたことに感謝して

ホット・アイス

■主要登場人物

ダグラス（ダグ）・ロード……………泥棒。
ホイットニー・マカリスター……インテリア・デザイナー。社長令嬢。
ディミトリ…………………………マフィアのボス。
レモ、バトレイン、バーンズ……ディミトリの手下。
フアン………………………………ホテルのウェイター。
ルイ・ラベマナンジャラ…………メリナ族の長。
マリー………………………………ルイの娘。
ジャック・ツィラナーナ…………マダガスカルの青年。

1

彼は命がけで逃げていた。危ない橋を渡るのは、これが初めてじゃない。どうか、最後にもならないでくれよ。優雅に飾られた〈ティファニー〉のショーウィンドウの前を駆けぬけながら、彼は祈った。通り雨が降ったあとの街は肌寒い夜気に包まれているが、ここマンハッタンに吹く風にも、甘い春の香りが感じられる。彼の体は汗ばんでいた。追っ手はすぐそこまで迫っている。

真夜中の五番街は、昼間のにぎわいが嘘《うそ》のように静まりかえっていた。闇《やみ》の中に、街灯の明かりだけが点々と浮かんでいる。道ゆく車もまばらだった。ここでは人ごみに紛れることはできない。五十三丁目に向かって走りながら、彼は考えた。ティッシュマン・ビルの下から地下鉄へ潜ろうか。だが、入るところをやつらに見られたら、二度と生きては出られないかもしれない。

彼、ダグは、背後でタイヤがきしむのを聞いた。急いで〈カルティエ〉の角を曲がる。消音銃《サイレンサー》の鈍い響きとともに、肩口に鋭い痛みを感じたが、かまわず走りつづけた。血の臭《にお》いが鼻をつく。連中も、かなり熱くなっているらしい。このままでは、ほんとうにやばいことになりそうだ。

しかし、五十二丁目に入ると、連れだった人々がそこここに群れていた。歩いている者、立ち止まって談笑する者。通りには音楽や華やいだ声があふれ、ダグの荒い息づかいにも気づく者はいない。自分より上背も幅もある赤毛の後ろに、そっと回りこんだ。ダグ自身、身長は百八十センチあるが、相手は女ながら、さらに十センチ以上高いようだ。横幅のほうも一・五倍はあるだろう。その赤毛はポータブルステレオから流れてくる音楽に合わせて、巨体を揺すっている。まるで、嵐《あらし》の中で大木の陰に隠れているような気分だな。ダグは呼吸を整えながら、腕の傷をあらためた。出血がかなりひどい。迷うことなく、赤毛の尻ポケットからストライプのバンダナを抜きとり、傷口を縛った。相手は何も気づかず、踊りつづけている。ダグはじつに器用な指の持ち主だった。

衆人環視の中でおれを殺すのは、連中としてもやりにくいはずだ。不可能とは言えないが、難しいに違いない。ダグは黒塗《ばら》りのリンカーンに気を配りながら、たむろする人々の間をゆっくりと移動した。

レキシントン街の近くで、ダグは半ブロックほど離れたところにリンカーンが止まるのを見た。きちんとしたダークスーツに身を包んだ男が三人、車から降り立つ。まだこちらに気づいていないようだが、それも時間の問題だ。とっさに考えをめぐらすと、手近のグループを見回した。ざっと二ダースものジッパーのついた黒い革のジャケット、あれなら役に立つかもしれない。

「おい」ダグは、隣に立っている少年の腕をつかんだ。「五十ドルやるから、そいつを譲ってくれ」

白っぽい金髪をスパイクヘアにした少年は、髪よりさらに青白い顔で、肩をすくめた。

「さっさと失《う》せな、これは革だぜ」

「だったら、百でどうだ」ダグはささやいた。こうしている間にも、三人の男たちはどんどん近づいてくる。

少年も多少心が動いたらしい。ダグのほうに顔を向けると、その頬に小さなコンドルの刺青《いれずみ》が見えた。「二百ドル出すなら、あんたにやるよ」

相手の言葉が終わらぬうちに、ダグの手は財布をつかんでいた。「わかったから、そのサングラスもよこせ」

少年は大きなミラーグラスを外した。「ほらよ」

「ああ、脱ぐのを手伝ってやるよ」すばやい動きで、ダグは少年のジャケットをはぎとった。その手に札を握らせ、急いでそれを着る。左腕の痛みに、思わず息をもらした。前の持ち主の体臭が鼻をついたが、ダグはかまわずジッパーを上げた。「見ろよ。あっちから、ぱりっとしたスーツ姿の男が三人、やって来るだろう。連中は、ビリー・アイドルのビデオのエキストラを探してるところなんだ。おまえも仲間と一緒に、せいぜいめだつことだな」

「ほんとうかよ?」少年は、いかにも退屈している十代の若者といった表情でふりかえる。そのとたん、ダグは手前のドアにとびこんだ。

店内は薄暗く、壁紙が青白く光っていた。壁も天井もアール・デコ調の模様で統一され、テーブルには白いクロスがかかっている。真鍮《しんちゅう》の手すりの鈍い輝きが、奥の落ち着いたテーブルと、鏡張りのバーへと続いていた。独特のスパイスの香りが鼻をくすぐる。セージ、バーガンディ、タイム――フランス料理だな、とダグは思った。いったんは、支配人にねじこんで強引に奥の静かな席をとることも考えたが、身を隠すにはむしろバーのほうがいいだろう、と思いなおした。

いかにも退屈しているようなそぶりで、両手を上着のポケットにつっこんだまま、ぶらぶら歩いていく。だが、バーのカウンターにもたれながらも、頭の中ではいつどうやって外へ出ようかと、機会をうかがっていた。

「ウィスキー」サングラスをぐっと鼻の上に押しあげる。「シーグラムをボトルで」

背を丸め、カウンターの上に身をかがめたまま、顔だけをそっとドアのほうへ向けた。長めの黒髪が襟のところで丸まっている。きれいにひげを剃《そ》った鋭角的な顔。ストレートのウィスキーをぐっとあおりながら、サングラスの奥の目はドアをとらえていた。間髪を

入れずに二杯目をつぐ。ダグは頭の中で、あらゆる選択肢をはじきだしていた。

とりあえず走りながら考える、それがダグのやり方だった。若いころから何度も修羅場をくぐって、その場その場を機転でしのぐ知恵を身につけた。それがいちばんとなれば、そのままひたすら走って逃げる。走ることにかけては、充分鍛えた筋金入りの足だ。必要とあらば闘いもするが、勝ち目のないけんかはしたくなかった。真正面からぶつかるか、それでだめなら、つまらぬ見栄は捨てて、自分に正直になることだ——なにがいちばん得か、それに従って行動すればいい。

胸にしっかりとくくりつけた、こいつがおれの夢を現実に変えてくれる鍵《かぎ》なのだ。ぜいたくに、遊んで暮らしたい。それが前々からの夢だった。一歩外へ出れば、やつらが血眼でおれを捜しまわっている。すぐその場であの世行きかもしれない。だが、その二つを天《てん》秤《びん》にかけて、ダグは賭《か》けたのだ、黄金の壺《つぼ》を手に入れるほうへ。

隣では、恋人同士が真剣な口調で、ノーマン・メイラーの最新作について語りあっている。別のグループは、ジャズクラブへでも流れてもっと安い酒を楽しもうという相談の真っ最中だ。だが、バーの客はほとんどが一人だった。ここは仕事で疲れた神経を癒《いや》す場であるとともに、独り者同士の出会いの場でもあるのだ、とダグは悟った。革のスカート、三つ揃《ぞろ》い、バスケットシューズ。悪くない。ダグはたばこを一本とりだした。我ながら、なかなかの隠れ場所を見つけたものだ。

ブロンドが隣のスツールに身を滑らすと、ダグのたばこに火をつけた。紫がかったグレーのスーツからは、シャネルとウォッカの匂《にお》いがする。女はさりげなく脚を組み、残っていた酒を飲みほした。

「初めて見る顔ね」

ダグはすばやく相手を観察した。とろんとした目つき、男を誘うなまめかしい笑み。またの機会があれば、楽しませてもらいたいところだ。「ああ」ダグは三杯目をついだ。

「私のオフィスは、ここから二ブロック先なのよ」酔ってはいても、彼女の鼻は〝隣の男〟から漂う傲慢《ごうまん》な雰囲気と危険な匂いとをかぎとっていた。好奇心もあらわに、ブロンドは体を寄せた。「私は建築家なの」

男たちが店に入ってきた瞬間、ダグはうなじの毛が逆立つのを感じた。スーツ姿の三人は、いかにもやり手のビジネスマンに見える。ブロンドの陰に身を隠しながら、その肩ごしに相手の動きを追う。三人は別々に分かれて、中の一人がなにげなくドアのそばに立った。唯一の出口をふさがれた格好だ。

無視されてもくじけるどころか、かえって気をそそられたらしく、ブロンドはダグの腕に手を置くとささやいた。「ねえ、あなたはなにをしてるの?」

ダグはウィスキーを口に含むと、そのままごくりと飲みこんだ。全身がかっと燃える。

「泥棒さ」ほんとうのことを言ったところで、どうせ真に受ける人間などいないだろう。

ブロンドも笑いながらたばこをとると、火をつけてくれというように、ダグにライターをさしだした。

「すごくおもしろそうな仕事ね」細い煙をふっと吐きだし、ダグの指からライターを引き抜く。「一杯おごって。詳しい話を聞かせてよ」

〝泥棒〟のひと言にこれほど効果があると知っていれば、もっと早く試したものを。しかしタイミングは最悪だ。細身のスーツをきれいに着こなしたブロンドを袖《そで》にしなければならないとは、なんとも惜しい話だ。「残念だが、またの機会にでも」

追っ手に気を配りながら、ダグはさらにウィスキーをついだ。急場しのぎの変装だが、こうして暗いところにいれば、やつらの目をくらませられるかもしれない。そのとき、ダグはあばらに銃口が押しつけられるのを感じた。やはり、そううまくはいかないらしい。

「外へ出ろ、ロード。おまえが約束を守らないから、ディミトリさんが心配しておいでだ」

「そうかい?」ダグはグラスを揺すって、中のウィスキーが渦を巻くのを眺めた。「おれはただ、ちょいとひっかけてから顔を出そうと思ってさ。軽く一杯のつもりが、つい長びいちまっただけなんだよ、〈レモ〉」

銃がまた、あばらにくいこんだ。「ディミトリさんはな、雇い人には正確かつ迅速な仕事をお望みなんだ」

カウンターの奥の鏡に人影が映る。残る二人の男が自分の背後に立つのを見て、ダグはグラスを置いた。例のブロンドは手ごろな相手にのりかえようと、早くも逃げ腰になっている。

「おれは首かな?」ウィスキーをつぎながら、勝算をはじく。三対一――むこうには武器があり、こちらは丸腰。だが、相手は三人といっても、脳みそらしきものを持っているのはレモ一人だけだ。

「そいつは、ディミトリさんがじきじきに教えてくださるさ」レモがにやっと笑うと、細い口ひげの下から金歯がのぞいた。「おまえには格別の配慮をしてやろうと、おっしゃっている」

「わかったよ」ダグは片手をウィスキーのボトルに添え、もう一方でグラスを握った。「その前に、一杯どうだい?」

「ディミトリさんは、仕事中に酒を飲むことを嫌う。それに、おまえにそんな時間はないはずだ。約束の時間はとっくに過ぎてるんだぞ、ロード。とっくの昔にな」

「まあな。だが、うまい酒をむだにするって手はないぜ」ふりむきざま、ダグはレモの目にウィスキーを浴びせ、右側の男の顔にボトルをたたきつけた。その反動を利用して第三の男にとびかかり、きれいに並んだデザートの上に倒れこんだ。チョコレートスフレと、こくのあるアイスクリームが、高カロリーの雨となって降りそそぐ。恋人同士のように絡みあったまま、二人はレモンタルトの上を転がった。「もったいないだろ」

ダグはそう言うなり、ストロベリームースをひとつかみ、相手の顔になすりつけた。だが、そんなこけ脅しがいつまで続くはずもない。ダグはすぐさま、もっともてっとり早く、かつ効果的な自衛手段に訴えた。敵の股間《こかん》を膝で思いきり蹴《け》りあげ、脱兎《だっと》のごとく駆けだす。

「払いはディミトリにつけといてくれ」テーブルや椅子をかき分けながら、ダグはどなった。とっさの機転でウェイターをつかまえ、レモに向かって突きとばす。料理を山と積んだトレイが宙を舞い、ひな鶏《どり》のローストが弾丸のように降りそそぐ。ダグは片手を軸に真鍮の手すりをとびこえると、出口に急いだ。店内の大騒ぎを尻目に、通りへとびだす。

これで多少の時間は稼げたが、やつらは必ず追ってくる。そのときは、連中も真剣だろう。それにしても、タクシーってやつはなんだって、こっちが来てほしいときに限って、一台も現れないんだ。胸の内で毒づきながら、ダグはアップタウンに向かって走りつづけた。

ホイットニーが市街に入ったとき、ロングアイランド・エキスプレスウェイはすいていた。パリからの飛行機は予定より一時間遅れてケネディ空港に到着した。小型のベンツの後部座席とトランクは荷物でいっぱいだ。ボリュームをいっぱいに上げたカー・ラジオから、スプリングスティーンの最新ヒット曲が流れてくる。車内にはその力強い歌声が響き渡り、開け放った窓の外へと流れていく。二週間のフランス旅行は、ホイットニーが自分に与えたプレゼントだった。タッド・カーライス四世との婚約破棄にふみきった勇気に対するごほうびだ。

いかに両親が乗り気だろうと、靴下とネクタイの色を合わせるような男なんか願いさげだ。

ホイットニーはのろのろ走っている小型車をかわしながら、スプリングスティーンに合わせて歌を口ずさんだ。ただいま二十八歳。女性としての魅力にも恵まれ、仕事のほうも順調だ。そのうえ、仮に仕事が行きづまったとしても、それを補ってあまりある財産の後ろ楯《だて》がある。生まれながらにぜいたくを知り、蝶《ちょう》よ花よともてはやされてきた。自ら望む必要などない、ただ待っていればよかったのだ。ニューヨークでも指折りの豪華なクラブに、夜更けにふらっと立ち寄れば、そこは顔見知りでいっぱい。彼女はそんな暮らしを楽しんでいた。

スキャンダル専門のカメラマンに写真を撮られようが、ゴシップ欄が〝次はなにをしでかすか〟と自分の行状を書きたてようが、まるで気にしない。そのたびにいらいらする父親にこう言ったものだ。私がはねっかえりなのはマカリスター家の血だと。

速い車と、昔の映画、それにイタリア製のブーツが彼女のお気に入りだった。

ホイットニーは車を走らせながら、このまままっすぐ家に戻ろうか、それともエレインの店に寄ってこの二週間の皆の動静を聞いていこうか、と迷っていた。時差ぼけはない。ただ、ちょっと退屈しているだけ。いいえ、ちょっとどころじゃないわね。退屈で退屈で、息がつまりそう。それをどう解消するか、それが問題だ。

人は彼女を新興富裕階級の落とし子というだろう。指先一つで世界を動かすことのできる家庭に育ち、それをあたり前とも思ってきた。だが、一方では、この生活を、世間の人が苦労して手に入れたがるほどのものとも思えずにいる。なにもかも初めから与えられているなんて。これじゃ、自分でなにかを手に入れる楽しみもなければ刺激もない。こういう言い方は嫌いだが、いわゆる人生の目的というものがいま一つぴんとこないのだ。

確かに交際範囲は広く、友だちは多い。はた目には多種多様と映るだろう。だが、ひとたび中へ入ってしまえば、すぐにわかるはずだ。シルクのドレスやチノクロスをひと皮むけば、中身は似たりよったりだということが。都会育ちの、金持の甘ったればかり。もっとぞくぞくするようなことってないかしら。そう、〝人生の目的〟なんて大上段に構えるより、スリルって言ったほうが通りがいいわね。たとえば、アルバ島へ飛ぶことだって、スリルのかけらもない。電話ひとつで、全部お膳立《ぜんだ》てができることなんて。

パリでの二週間はじつに穏やかに過ぎた。変わったことはなにひとつない。たぶん、それが問題なのだ。私はなにかを求めている。小切手やクレジットカードでは買えないなにか。生活にもっと動きが欲しい。しかし、こんな気分になったときの自分は危険だということも、ホイットニーにはよくわかっていた。

このまま一人で家に帰って荷を解く気にもなれないが、かといって、知った顔ばかりのクラブに出かけるのも気がのらない。もっと新しい、いつもとは違う刺激が欲しいのだ。最近人気の、新しいクラブをのぞいてみようか。そこで二、三杯ひっかけて、おしゃべりを楽しむのも悪くはない。ほんとうにおもしろいところなら、マンハッタンの最新ホットスポットにしてやってもいい。しかるべき場所で「あそこがおもしろい」とひと言もらせばすむことなのだから。自分にそういう力があることにも、特に心は騒がない。うれしいとも思わなかった。世の中とはそういうもの、ただそれだけのことだもの。

ホイットニーは赤信号で急ブレーキをかけた。タイヤがきーっと悲鳴をあげる。信号待ちの間に、どうするか決めなくては。どうしてこう、かわりばえしないのか。胸のときめくこととも、どきどきすることとも、とんとご無沙汰《ぶさた》だ。

突然、助手席のドアが勢いよく開いた。ホイットニーはびっくりしたものの、さして警戒はしなかった。相手の姿を一瞥《いちべつ》するなり、頭を振った。黒いジッパージャケットに、顔をおおわんばかりのサングラス。「あなた、流行にうといわね」

ダグは肩ごしに様子をうかがった。まだやつらは追いついてこない。だが、時間の問題だろう。車にとび乗ると、乱暴にドアを閉める。「車を出せ」

「よしてよ。一年前にはやった服を着てる男とドライブする趣味はないわ。さっさと降りて歩くのね」

ダグは上着のポケットに手をつっこむと、人さし指を立て、ピストルを持っているふりをして、くりかえした。「行け」

ホイットニーは男のポケットを見てから、相手の顔に目を戻した。カー・ラジオからは、ディスクジョッキーの景気のいい声が流れてくる。これから一時間、たっぷりと懐かしのヒット曲をお楽しみいただきましょう――トップを飾ったのは、いまや古典となったストーンズのナンバーだった。「もしほんとうにピストルを持ってるんなら、見せてもらいたいわ。それがいやなら、降りなさい」

車はほかにいくらでもあったのに……よりによってこんな車を拾っちまうとは。どうして、この女は震えて命乞《ご》いをしないんだ。ふつうはそういうものじゃないか。「ふざけるな。できれば、こんなものは使いたくないが、いますぐ車を出さないと、その体に風穴があくことになるぜ」

ホイットニーは男のサングラスに映る自分の顔を見つめた。「ばかばかしい」

ダグは一瞬、彼女を殴り倒して車を奪おうかと考えた。もう一度、肩ごしに後ろをふりかえる。これ以上、ぐずぐずしている暇はない。

「いいかい、お嬢さん、いますぐ車を出さないと、黒塗りのリンカーンに乗った三人組の男がやってきて、あんたのおもちゃをひどい目にあわせるって言ってるんだよ」

バックミラーを見ると、大きな黒塗りの車がゆっくりと近づいてくるところだった。

「父が昔、あんな車に乗ってたわ。私、父の霊柩車《れいきゅう》って呼んでたのよ」

「ああ、そうかい。わかったから、ギアを入れてくれよ。でないと、おれの霊柩車になっちまう」

ホイットニーはバックミラーのリンカーンを見て眉を寄せたが、次の瞬間には心は決まっていた。おもしろい、これからどうなるか、見届けてやろうじゃないの。ギアをローに入れると、いきなり猛スピードで交差点をつっきる。間髪を入れずにリンカーンが追ってきた。「ついてくるわね」

「あたり前だ」ダグは吐きだすように言った。「あんたが目いっぱいとばしてくれなきゃ、連中は後ろに乗りこんできて、握手を求めるだろうよ」

ホイットニーはアクセルを踏みこんで、五十七丁目を曲がってみた。ちょっと試してみたくなったのだ。案の定、リンカーンもついてきた。「ほんとうにくっついてくるわね」ぞくぞくするような興奮に、思わず笑みがこぼれる。

「もっと速く走れないのかよ」

ホイットニーはダグに笑顔を向けた。「冗談でしょ?」相手に答えるすきも与えず、エンジンをふかすと、弾丸のような勢いでとばした。最高。思ってたより、ずっとおもしろい夜になりそうだわ。「うまくまけると思う？」ホイットニーは首を伸ばして後ろをふりむくと、リンカーンがまだついてくるかどうか確かめた。「ねえ、『ブリット』って映画、見たことある？　もちろん、あんな気のきいた坂道はないけど——」

「おい、気をつけろ！」

ホイットニーは前へ向きなおると、急ハンドルを切り、かろうじて前を行くセダンをかわした。

「いいか」ダグは歯ぎしりして言った。「こうやって逃げてるのも、命が惜しいからなんだぜ。ちゃんと前を見て走ってくれよ。リンカーンのほうはおれが見張ってるから」

「そうかりかりしないで」ホイットニーは体を傾けながら、次の角を曲がった。「私にまかせて」

「ほら、前を見ろって言っただろうが！」ダグは腕を伸ばすと、ハンドルをぐいっと引いた。もう少しで、路上駐車の車にフェンダーをぶつけるところだ。「まったく、どうしようもない女だな」

ホイットニーはつんと顎を上げた。「私を侮辱する気なら、ここで降りてもらうことになるわよ」そう言うが早いか、もうスピードを落としている。

「頼むから止まらないでくれ」

「私、侮辱には耐えられないの。さあ——」

「頭を下げろ！」ダグが彼女を助手席に引き倒すと同時に、フロントガラスに蜘蛛《くも》の巣状のひびが広がった。

「いやだ、私の車に！」ホイットニーは体を起こそうとしたが、頭だけ持ちあげてダメージを調べるのが精いっぱいだった。「ひどいわ。傷一つなかったのに。手に入れてまだ二カ月しかたってないのよ」

「このままだと、傷どころじゃすまないぜ。黙ってアクセルを踏んで、走りつづけるんだ」ダグはかがんだまま、車道に向かってハンドルを切った。ダッシュボードから用心深く外をうかがう。「いまだ！」

かっとなったホイットニーは思いきりアクセルを踏みこむと、やみくもに道路をつっ走った。ダグは片手でハンドルをつかんだまま、もう一方の手で彼女の頭を押さえつけた。

「こんな格好じゃ運転できないわ」

「頭に弾をくらったら運転どころじゃないだろう」

「弾ですって？」その声に恐怖はなかった。いかにもしゃくにさわると言いたげな口調だ。

「私たちを狙《ねら》って撃つっていうの？」

「ああ、石を投げてるわけじゃないからな」ダグは力をこめてハンドルを切った。車は縁石に乗りあげて、車体を震わせながら次の角を曲がった。自分で運転できないことにいらだちながら、後ろを見る。リンカーンはまだついてくるが、多少の時間は稼いだようだ。

「オーケー、もう起きてもいい。だが、頭は低くしてろ。後生だから、とにかく走りつづけてくれ」

「こんなの、どうやって保険会社に説明するのよ」ホイットニーはフロントガラスに顔を寄せるようにして、ひび割れの間から前をうかがった。「誰かに狙撃《そげき》されました、なんて言っても信じてもらえるわけないわ。それでなくても、まずい前歴だらけなのに。私がどれだけ保険料を払ってると思う？」

「この運転を見れば、想像がつくよ」

「ああ、もうたくさんだわ」歯をくいしばると、ホイットニーは左に曲がった。

「おい、ここは一方通行だぜ」ダグはとほうにくれてまわりを見回した。「標識を見なかったのか」

「わかってるわよ」そうつぶやくと、ホイットニーはさらにアクセルを踏みこんだ。「一方通行だけど、街をつっきるにはいちばんの近道なの」

「もう、だめだ」むこうからヘッドライトが近づいてくる。ダグはとっさにドアにつかまると、衝突に備えて身構えた。どうせ死ぬなら、撃たれて死んだほうがましだった。あきらめにも似た心境で、ダグは思った。マンハッタンの通りに無残な死体をさらすくらいなら、心臓を撃ち抜かれて死ぬほうがはるかにきれいじゃないか。

降りそそぐクラクションの嵐をものともせず、ホイットニーは対向車を右に左にかわしていく。〝神は愚か者と小さな動物とをお守りくださる――〟二台の対向車の間をすりぬけながら、ダグは思った。いまとなっては、自分も愚か者の一人だったことに感謝するだけだ。

「まだ追ってくるぞ」ダグはリンカーンをふりむいた。これだったら、前を見ているより敵を見ていたほうがまだ気楽というものだ。ホイットニーが車の間をぬうたびに、右へ左へと体が振られる。すさまじい勢いで角を曲がると、ダグの体はドアにたたきつけられた。うめき声をもらして、腕の傷を押さえる。鈍い痛みがひとしきり続いた。「まるで自殺行為だ。これじゃ、やつらを助けてやってるようなもんだ」

「文句ばっかり言ってるのね」ホイットニーがちらっと後ろをふりむいた。「一ついいことを教えてあげるわ。あなた、あんまり楽しい男じゃないわね」

「殺されそうになると、気がめいる性質《たち》なんでね」

「まあ、そう言わずに、少し気を楽になさいよ」ホイットニーはスピードも落とさず、縁石をこすりながら角を曲がった。「あなたを見てると、こっちまでいらいらしてくるわ」

ダグは乱暴に、座席の背にもたれた。なんだってこんな目にあうんだ？　ほかにもいくらだって手はあったのに、どこかのいかれた女と心中するはめになろうとは。メルセデスでつっこんで、誰だか見分けもつかない肉の塊になるなんてごめんだ。おとなしくレモについていけば、ちゃんとした儀式のあと、ディミトリの手で厳かにあの世へ送ってもらえたのに。それなら、まだしもあきらめがつくものを。

二人は五番街に戻り、南に向かっていた。ダグの見るところ、時速百四十キロは優に超えているようだ。水たまりを走ると、水が窓のところまではねあがった。それでも、リンカーンとはまだ半ブロックと離れていない。「ちくしょう、しつこいやつらだ。どこまでも追ってくる気らしい」

「らしいわね」ホイットニーは歯をくいしばり、バックミラーをちらっと見た。誰がおとなしく捕まってやるものか。「見てなさい」ダグが息をつく間もなく、彼女はベンツをUターンさせた。そのまま、リンカーンに真正面から挑みかかる。

ダグは恐怖のあまり、不思議な恍惚《こうこつ》感を感じていた。「ああ、ぶつかる」リンカーンの助手席に座ったレモがそれと同じせりふを吐いた瞬間、運転手が耐えきれずにハンドルを切った。スピードの出ていたリンカーンは歩道に乗りあげ、華々しく〈ゴディバ・チョコレート〉のショーウィンドウにつっこんだ。片やホイットニーは、猛スピードのままベンツを再度Uターンさせ、五番街を走りぬける。

助手席にぐったりと沈みこんだダグは、ふーっと息を吐きだした。「お嬢さん」やっとの思いで口を開く。「あんたは、脳みそよりガッツがあるな」

「フロントガラスの修理代、三百ドル払ってもらうわよ」何事もなかったようにそう言うと、ホイットニーは高層ビルの地下駐車場に車を入れた。

「ああ」うつろに答えると、ダグは自分の胸や腹を撫《な》でてみた。どうやらまだ五体満足らしい。「あとで小切手を送るよ」

「キャッシュにして」自分の場所に車を入れると、ホイットニーはエンジンを切って、勢いよく車を降りた。「早く荷物を運んでちょうだい」言うが早いか、トランクを開けて、さっさとエレベーターに向かって歩きだす。心なしか膝が震えているような気もするが、そんなことは意地でも認めたくなかった。「喉が渇いたわ」

ダグは駐車場の入口をふりかえった。いま外へ出れば逃げきれるだろうか。いや、中で小一時間もつぶしたほうがいい。落ち着いて考えれば、いい考えも浮かぶだろう。それに、この女には一応借りがある。ダグはトランクから荷物を引っぱりだした。

「バックシートにもまだあるわよ」

「あとでとりに来るよ」服が入った折りたたみのガーメントバッグを肩にかけ、両手にスーツケースを抱えた。グッチじゃないか。思わず苦笑いが浮かぶ。あの女、こんな豪勢な代物を持ってるくせに、三百ドル程度のことで文句を言いやがって。

ダグはエレベーターに乗りこむと、無造作にスーツケースを置いた。「旅行でもしてたのか?」

ホイットニーが四十二階のボタンを押す。「パリへ二週間ほど」

「二週間ね」ダグは三つのバッグをちらっと見た。確か、まだあるって言ってたな。「ずいぶん身軽な旅行だな」

「旅に出るときは」ホイットニーがもったいぶった口調で答えた。「私、自分の好きなようにやりたいの。あなた、ヨーロッパへは？」

ダグがにやっと笑った。サングラスの奥の目は見えないが、なかなかそそる笑顔だ、とホイットニーは思った。口の形は整っているが、歯並びに少々難ありというところか。

「何度か行ってる」

二人は黙ったまま、互いを観察した。ダグが彼女をじっくり見るのは、これが初めてだ。思ってたより背が高いな――もっとも、どれくらいを想像していたのか、自分でもよくわからないが。白いフェルトの中折れ帽を斜めに気どってかぶっている。ちらっとのぞく髪の色は、かなり白っぽい。さっき会ったパンクの男といい勝負か。色艶《いろつや》ではこっちのほうがいいようだ。肝心の顔は帽子のつばで陰になっているが、気品のある顔だちと、しみ一つない象牙《ぞうげ》色の肌とは見てとれた。丸い大きな目に、瞳はさっき飲んだウィスキーと同じ色。口紅も塗っていない唇に、笑みはなかった。やわらかで、すべすべした肌を連想させる甘い香り。どうせなら、暗い部屋でじかに手ざわりを楽しみたい感じだ。

まあ、これならかなり美人の部類に入るだろう、とダグは値ぶみした。難を言うなら、黒貂《てん》のジャケットとシルクのパンツに包まれた体の線は、ほとんど凹凸が感じられない。出るべきところの出たグラマーが、ダグの好みだった。どちらかといえば、派手なつくりの女が好きなのだ。とはいえ、彼女なら充分観賞に堪える。

ホイットニーは蛇革のバッグから部屋の鍵を出した。「そのサングラス、みっともないわ」

「ああ。だが、ちゃんと役には立ったさ」そう言いながら、ダグはサングラスを外した。

その下から現れた目に、ホイットニーは息をのんだ。明るく、澄んだ緑の瞳。顔だちや肌の色には不似合いなほどきれいだ。だが、そう思ったのも、ダグの視線に気づくまでのことだった。ぶしつけなほどまっすぐな目が、注意深くこちらを観察している。なにもかも、誰も彼も、はかりにかけているかのようだ。

いままでは、この男に対して不安を抱きもしなかった。サングラスのせいで、いきがっているだけのちんぴらに見えたのだ。ホイットニーは初めて、落ち着かない気分を味わっていた。いったい、この男は何者なの？　どうしてあの連中は、彼を狙っているのだろう。エレベーターの扉が開くと、床に置いたスーツケースに、ダグは身をかがめた。そのとき、ホイットニーはその袖口から血がひと筋流れているのに気づいた。「血が出てるじゃないの」

ダグは、それがどうしたというように血を眺めた。「まあな。で、どっちへ行くんだ？」

ホイットニーも負けてはいない。一瞬口ごもったものの、すぐに冷静な表情を取り戻していた。「右よ。スーツケースには血をつけないでね」そう言うと、勢いよくダグのわきを通りぬけて、ドアに鍵をさしこんだ。

痛みとその高飛車な態度にいらだちを感じながらも、ダグは彼女の歩きっぷりに目をみはっていた。優雅に腰を振りながら、じつに悠然と歩く。男を従えて歩くのに慣れているらしい。ダグはそれと知ってわざと肩を並べたのだが、ホイットニーは目もくれずにドアを開けた。部屋の明かりをつけると、まっすぐホームバーへ行き、レミー・マルタンの瓶をとった。二つのグラスになみなみとついでいる。

たいしたもんだ。アパートメントの中をざっと見渡して、ダグはうなった。絨毯《じゅうたん》はふかふかで、このまま寝ころんでも気持よく眠れそうだ。家具がフランス調でまとめてあることは見当がつくが、どの時代のものかまではわからなかった。純白の絨毯をひきたたせるために、深いサファイアブルーとマスタードイエローとを巧みに配している。アンティークを見る目にかけては自信があるが、ぱっと見ただけでも、部屋の中は値打ち物だらけだった。

ロマンチックなものがお好みらしいことは、壁にかかったモネの絵からもよくわかる。有名な海の絵だが、よくできた模写だろう、とダグは思った。まったく、こいつをいただくチャンスさえあれば、すぐにも高飛びできるものを。いや、そのへんのフランス製らしい小物をちょっとポケットに詰めこんで質屋へ駆けこめば、それだけでファーストクラスのチケット代くらい楽にひねりだせそうだ。そうすれば、この街ともおさらばできる。だが、なじみのない質屋へはうかつに近づけない、それが問題だ。ディミトリが手を回しているかもしれない店へ、自分からとびこむような真似《まね》はできない。

なんの役にも立たない家具に、どうしてこうまで目を奪われるのか、ダグは自分でも不思議だった。ふだんなら、女っぽくて、仰々しい、いやな趣味だと思ったはずだ。たぶん、さんざん逃げまわったあとなので、柄にもなくシルクの枕《まくら》やレースの飾りが恋しくなったのだろう。グラスを運びながら、ホイットニーは早くも自分のコニャックに口をつけている。

「これ、バスルームに持ってきていいわよ」そう言いながらグラスを手渡すと、ホイットニーは毛皮を無造作にソファに放《ほう》り投げた。「腕の傷を見てあげるわ」

彼女の後ろ姿に、ダグは顔をしかめた。女ってやつは、あれこれききたがるもんだ。山ほど質問してくるに決まってる。でもまあ、この女なら、よけいな気を回すほど脳みそを持ちあわせてはいないだろう。ダグはしぶしぶホイットニーに従った。彼女の香りに引き寄せられた、と言うべきかもしれない。この女にはどことなく品がある。それだけは、ダグも認めざるをえなかった。

「ジャケットを脱いで、座って」しゃれた頭文字入りのタオルを濡《ぬ》らしながら、ホイットニーが言う。

命じられるままに、ダグは上着を脱いだ。傷を負った左腕を抜くときには、思わず歯をくいしばった。上着をていねいにたたんでバスタブの縁にかけ、椅子に腰を下ろす。ふつうの家なら居間に置くような、背もたれがはしご状の椅子《ラダーバック・チェア》だ。ダグは血が乾いてはりついたシャツの袖を眺めた。悪態をつきながら引きはがして、傷口を出す。「手当てくらい、自分でできる」そう言うと、タオルに手を伸ばしかけた。

「じっとしてて」ホイットニーは温かい湯を含ませたタオルで、乾いた血をきれいにふきとりにかかった。「きれいにしてからじゃないと、どの程度の傷かわからないわ」

ダグは椅子の背にもたれた。湯のぬくもりが心地よい。腕に触れる彼女の手もやさしかった。だが、くつろぎながらも、その目はホイットニーをじっと見つめていた。いったい、どういう女なんだ？　むちゃくちゃな運転をするかと思えば、ファッションはハーパース・バザー誌ばり、酒を飲ませれば水兵なみときている。たっぷりあったコニャックも、あっさり飲んでしまった。ちらとでもヒステリックな態度を見せてくれたら、こっちも少しは落ち着けるだろうに。

「この傷がどうしてできたか、知りたくないか？」

「そうねえ」ホイットニーは新たににじんできた血を止めるために、きれいな布を傷口に当てた。この男はきいてもらいたがっている。そうとわかれば、意地でもきいてやらないわ。

「銃で撃たれたのさ」ダグは、意味深長な口調でささやいた。

「ほんとう？」思わず気をそそられて、ホイットニーは布を外すと、傷口に顔を寄せた。「弾傷を見るのって初めてだわ」

「そいつは光栄だ」ダグはコニャックをあおった。「で、ご感想は？」

ホイットニーはちょっと肩をすくめて、鏡になっている薬品棚の扉を開けた。「たいしたことないわね」

むっとしながら、ダグは傷口を見た。確かに、ちょっとかすった程度だ。しかし、仮にも弾傷となれば、もう少し驚いたってよさそうなものなのに。「痛むんだよ」

「だったら、包帯を巻いてあげるわ。この程度のかすり傷、見えなければそう痛みやしないわよ」

ダグは、彼女がフェイスクリームやバスオイルの瓶をひっかきまわすのを黙って見ていた。「聞いたふうな口をたたいてくれるじゃないか、お嬢さん」

「ホイットニーよ」彼女は訂正した。「ホイットニー・マカリスター」そう言いながらふりむくと、自分から手をさしだした。

思わずにっこりする。「ダグラス・ロード。ダグと呼んでくれ」

「よろしくね、ダグ。さあ、手当てが済んだら、車の破損とその弁償方法について、きちんと話しあいましょう」薬品棚のところへ戻りながら、ホイットニーが言った。「三百ドルってとこね」

ダグはまたコニャックをひと口飲んだ。「どこからそんな数字が出てくるんだ?」

「これでも最低線で譲歩してるのよ。三百ドル以下では、ベンツの点火プラグひとつなおせないわ」

「しばらく貸しといてもらえないかな。なけなしの二百ドルを、このジャケットにつぎこんだところなんだ」

「このジャケットに?」ホイットニーが驚いたようにふりかえって、ダグを見た。「そこまでばかだとは思わなかったわ」

「仕方ないだろ、どうしても必要だったんだ」ダグは言いかえした。「それに、革だし」

ホイットニーは声をたてて笑った。「それ、正真正銘の偽物よ」

「どういう意味だ?」

「その、ジッパーだらけのグロテスクな上着には、牛の皮なんてひとかけらも使われてない、って言ってるのよ。ああ、あったわ。どこかにあると思ったのよね」満足そうにうなずくと、ホイットニーは棚から瓶を一つとりだした。

「ちくしょう」ダグはうめいた。あのときは、じっくり品定めしている暇も余裕もなかったのだ。こうして明るい電灯の下で見てみると、確かに安物のビニールだ。これが二百ドルだって? 足下を見やがって。突然、腕を走った激痛に、ダグはとびあがった。「よせ! なにをやってるんだ」

「ヨードチンキを塗ってるだけよ」ホイットニーはヨードチンキを傷口にたっぷり塗りたくった。

ダグは顔をしかめて、椅子に腰を下ろした。「しみるじゃないか」

「子供みたいなこと、言わないの」ホイットニーは手ぎわよく傷口をガーゼでおおい、テープで固定した。「できたわ」できばえにご満悦のようだ。「治ったも同然よ」かがんだまま顔だけ上げて、ダグにほほ笑みかけた。互いの顔がすぐ近くにある。片や喜色満面、片や仏頂面だ。

「さてと、私の車の件だけど――」

「おれは人殺しかもしれない。暴行魔か、精神異常者かもしれないんだぜ、あんたが知らないだけで」低い声で、わざと危険な匂いを漂わせて言う。ホイットニーは背筋がぞくっとするのを感じて、立ちあがった。

「そんなはずないわ」口ではそう言いながらも、空のグラスを手に居間へ戻った。「おかわりは？」

くそっ、どこまで胆のすわった女なんだ。ダグはジャケットをつかむと、あとを追った。

「なんで連中に追われていたのか、知りたくないのか？」

「あの悪いやつらのこと？」

「え？　悪いやつらだって？」ダグは思わず笑いながらくりかえした。

「善人だったら、なんの罪もない通りがかりの者まで撃ったりしないでしょ」ホイットニーは自分のグラスにコニャックをついで、ソファに座った。「だから、消去法でいくと、あなたはいい人ってことになるわ」

ダグはまた笑って、隣に腰を下ろした。「そいつはありがとう。だが、その意見に賛成してくれるやつはあまりいないだろうな」

ホイットニーはグラスごしに、改めて相手を観察した。確かに、いい人というのは単純すぎたかもしれない。この男には、もっと複雑な裏がありそうだ。「じゃあ、あの三人がなんであなたを殺そうとしたのか、説明してちょうだい」

「それがやつらの仕事だからさ」ダグはまたコニャックを飲んだ。「あいつらはディミトリという男の手下なんだ。その親分が、おれの手に入れたものを欲しがってるというわけさ」

「それはなんなの?」

「黄金の壺へ至る道」まるで放心したようにつぶやくと、ダグは立ちあがって部屋の中を歩きまわった。ポケットにあるのはたったの二十ドル、それに期限の切れたクレジットカードだけだ。これじゃ、どう転んでも国外へ出ることはできない。封筒にだいじにしまってあるのは、ひと財産に値する代物だ。しかし、そいつを金に換えるには、まず飛行機のチケットを買わねばならない。空港で誰かの財布をいただく手もある。それとも、すご腕で気の短いFBIの捜査官になりすまし、偽の身分証をちらつかせてただ乗りとしゃれこむか。前に、マイアミでやったときはうまくいったが、今度はどうも危ない気がする。この手の勘は信じたほうがいい。

「金がいるんだ」ダグはぽつりと言った。「二百か三百……できれば千ドル」思いつめたようにふりむくと、ホイットニーをじっと見つめた。

「ふざけないでよ」彼女は一蹴《いっしゅう》した。「それでなくても、あなたには三百ドル、貸しがあるのよ」

「だから頼むんだ」ダグがたたみかけるように言った。「三百なんて目じゃない、半年待ってくれれば車ごと買って返す。投資だと思ってくれ」

「投資のことは専門のブローカーに任せてあるの」ホイットニーはコニャックをひと口含むと、笑みを浮かべた。いまの彼はとても魅力的だ。なにかこう、せっぱつまった、いてもたってもいられないという緊張感が漂っている。筋肉のひきしまったむきだしの腕、目は熱を帯びて爛々《らんらん》と輝いていた。

「なあ、ホイットニー」ダグはソファのところへ戻ってくると、彼女のかたわらの肘かけに腰を下ろした。「千ドルでいいんだ。修羅場を一緒にくぐり抜けた仲じゃないか」

「たかが千ドルって言いたいようだけど、いま私があなたに貸している額より、七百ドルも多いのよ」ホイットニーは指摘した。

「だから、半年たったら倍にして返すと言ってるだろう。金を手に入れるためには、飛行機のチケットやらなにやら買わなくちゃならないんだ……」自分の格好に目をやるとすぐに、ホイットニーに魅力的な笑顔を向けた。「新しいシャツもね」

なかなかの策士ね。ホイットニーは警戒しながらも、相手の話に好奇心をそそられていた。この男の言う〝黄金の壺〟とは、いったいなんのことなのだろう？「投資だと言うのなら、もっと詳しい話を聞かせてもらわなくてはね」

女を手玉にとるのはお手のものだ。おれがその気になれば、金でもなんでも思いのままに、女たちが貢いでくれる。ダグは自信たっぷりにホイットニーの手をとった。親指で相手の指を撫でながら、低くささやきかけるように説得にかかった。「財宝さ。それもおとぎ話でしかお目にかかれないような、ものすごいやつだ。きみの髪に飾るダイヤをみやげに持ってくるよ。大きくて、きらきら輝くダイヤモンドだ。きっとお姫様みたいだろうな」指をホイットニーの頬に滑らせる。やわらかく、ひんやりした感触に、ほんの一瞬、ダグの声は乱れた。「それこそおとぎの国からぬけ出てきたような」

そう言いながら、ゆっくりと帽子を脱がせる。ホイットニーの肩から腕へこぼれ落ちる髪に、ダグは声もなく見とれていた。冬の日ざしのように淡く、絹のようにしなやかな髪。「ダイヤモンドだ」ダグはその髪に指を絡ませ、くりかえした。「まさにダイヤを飾るにふさわしい髪だ」

ホイットニーは、完全に相手のペースにのせられていた。こうして触れていてもらえるなら、彼の言葉を信じてしまいたい、言うとおりにしたいという衝動と、理性とが、心の中でせめぎあっている。だが、最後のところでなんとか踏みとどまった。「ダイヤモンドは私も好きよ。でも、大金を積んだあげく、ただのガラス玉をつかまされた人をたくさん知ってる。なにか保証が欲しいわ、ダグ」撫でられている手から気をそらそうと、ホイットニーはさらにコニャックを飲んだ。「私はいつも、ちゃんとした保証があるか、自分の目で確かめることにしているの」

ダグはいらいらして立ちあがった。簡単に落とせると思っていたのに、なかなか手ごわい交渉相手だ。「いいか、おれはこいつをいただいていったっていいんだぜ」ソファにあったハンドバッグをひったくって、ホイットニーの目の前につきだした。「黙っておれにこいつを渡すか、それとも取り引きするか、道は二つに一つだ」

ホイットニーは立ちあがって、ダグの手からバッグをむしりとった。「事情を完全に把握するまでは取り引きしないって言ってるでしょう。命の恩人を脅すなんて、いい根性をしてるじゃないの」

「命の恩人だって?」ダグはついに爆発した。「こっちは、あんたのおかげで二十回は死にそこなったっていうのにか」

ホイットニーがきっと顔を上げた。堂々とした口調には、聞く者を圧するような力があった。「もしあのとき、私が自分の車を犠牲にしてまであの男たちを振りきらなかったら、あなた、いまごろはイースト・リバーに浮かんでるところよ」

実際、そんなところだろう。あまりにも生々しい描写に、ダグは言葉につまった。「ギャング映画の見すぎだよ」わざと軽口をたたく。

「あなたの握っている切り札がなんなのか、これからどこへ行くつもりなのか、それを聞きたいわ」

「こいつはパズルなんだ。いまおれの手にあるのは、ばらばらの手がかりでしかない。そこで、この謎《なぞ》を解くために、おれはマダガスカルへ行く」

「マダガスカル？」ホイットニーは、思わずイメージをふくらませた。暑くて、じめじめした夜。まだ見ぬ異国の鳥たち、そして冒険。「パズルって、どういうこと？　いったいどんな宝なの？」

「そいつは、おれの仕事だ」ダグは腕をかばいながら、ジャケットをはおった。

「私も見たいわ」

「無理だな。宝はマダガスカルにあるんだ」頭の中で計算しながら、たばこをくわえる。情報を小出しにするんだ。相手をその気にさせるように、だが、やっかいなことにはならない程度に。煙を吐きだしながら、ダグは部屋を見回した。「あんた、フランスには詳しそうだな」

ホイットニーは目を細めた。「エスカルゴとドン・ペリニョンをオーダーできる程度にはね」

「だと思ったよ」ダグは骨董品《こっとう》の飾り棚から、真珠をびっしり埋めこんだたばこ入れを手にとった。「おれが狙っているのは、そうだな、フランスに関係あると言ってもいいだろうな。昔、昔のフランスのお宝さ」

ホイットニーは下唇をかんだ。いいところをついてくるわね。いま彼が手の中でもてあそんでいるたばこ入れは二百年も前のもので、壮大なコレクションの一つなのだ。「昔って、どれくらい前のもの？」

「二百年前ってとこかな。なあ、お嬢さん、スポンサーになってくれよ」ダグはたばこ入れを置くと、またホイットニーのそばへ寄ってきた。「文化的な投資と考えればいい。おれは現金をいただく。あんたには、よさそうなみやげを見つくろってくるから」

二百年前といえば、フランス革命のころだ。マリー・アントワネットとルイ十六世。豪華絢爛《けんらん》、退廃と陰謀に満ちた時代。考えただけで、自然に口もとがほころんでくる。ホイットニーは歴史に夢中だった。なかでも、華やかな王朝と宮廷政治、哲学者と芸術家に彩られたフランス史には心惹《ひ》かれる。もしこの男の言うことがほんとうなら、話にのってもいい。目を見るかぎり、嘘ではなさそうだ。

「まあ、おもしろそうな話ではあるわね」ホイットニーは、言葉を選びながらきりだした。

「で、なにが必要なの？」

ダグはにやっとした。こんなにあっさりくいついてくるとは。「二千ドルってとこかな」

「お金なんか、どうでもいいのよ」金持ならではの言い方だ。「私たちがどうやってそれを手に入れるのか、それを知りたいの」

「私たち？」ダグの顔から笑みが消えた。「あんたと組むのは、まっぴらだね」

ホイットニーは爪を眺めながら言った。「二人一緒でなければ、お金は出せないわ」ソファにふんぞりかえると、背もたれの上に両腕を伸ばす。「私、まだマダガスカルへは行ったことがないの」

「だったら、旅行代理店にでも連絡するんだな。おれは一人でやる」

「まあ、残念」ホイットニーは髪をかきあげ、にっこりほほ笑んだ。「でも、それもいいでしょ。それでは、車の修理代を払っていただこうかしら？」

「だから、そんな金も時間もない――」そのとき、背後で聞こえたかすかな音に、ダグはふりかえった。ドアノブがゆっくりと動く――右に、そして左に。ホイットニーに手を上げて、静かにしろと合図を送る。「ソファの後ろに隠れるんだ」低い声でささやくと、すばやく部屋を見回し、手近に武器になりそうなものを探した。「そこを動くな。じっとしてろ」

言いかえそうとしたとき、ホイットニーの耳にもノブのがちゃがちゃいう音が聞こえた。

ダグがずっしりとした磁器の花瓶を手にとる。「伏せてろ」そうくりかえして、部屋の明かりを消した。この場はおとなしく言うとおりにしようと、ホイットニーはソファの陰にしゃがんで、息をひそめた。

ドアがゆっくりと、音もなく開く。ダグはドアの横に立って、じっと見守った。両手にはしっかりと花瓶を握っている。相手が何人いるのか、それだけでもわかれば。最初の人影が完全に部屋の中へ入るのを待って、思いきりその頭めがけて花瓶をたたきつける。ものの割れる派手な音にうめき声が重なり、一拍おいてどさっと床に倒れる音を、ホイットニーは闇の中で聞いた。それを皮切りに、部屋は大混乱に陥った。

足音が入り乱れ、またガラスの割れる音――音のした方向から察すると、マイセンのティーセットをやられたらしい――男が悪態をつくのが聞こえた。くぐもった音に続いて、またもガラスの割れる音。消音銃を使っているらしい、とホイットニーは思った。あの手の音は、深夜映画でたっぷりと聞いている。首をひねって後ろを見ると、見晴らし窓の大きなガラスにもおなじみの穴が開いていた。

これを見たら、管理人はどんな顔をするだろう。ホイットニーはとっさに考えていた。笑って許してくれるはずはないわね。それでなくても、この前のパーティ以来、私はブラックリストに載ってるんだもの。ちょっとはめをはずしただけなのに。まったく、ダグラス・ロードのやつ、私にどれだけ迷惑をかければ気がすむのかしら。だけど、とホイットットニーは眉を寄せた。彼の宝探しには、それ以上の価値がある。

やがて、部屋には静寂が戻った。静かすぎて不気味なほどだ。闇をぬって、ただ息づかいだけが聞こえてくる。

ダグは暗い隅に身を寄せて、四五口径のピストルを構えた。まだ一人残っている。だが、こっちももう丸腰じゃない。できれば、銃を手にしたくなどなかったが。他人に銃を向けた男は銃で命を落とす。そういう人間のたどる哀れな末路を、ダグはいやというほど知っていた。

ここからならば、うまくドアをすりぬけ、気づかれずに逃げだすこともできるかもしれない。だが、それもソファの陰に隠れている女がいなければ、の話だ。自分が騒ぎに巻きこんだ以上、見捨てるわけにはいかないじゃないか。ダグの胸に彼女に対する激しい憎悪の念が湧《わ》いた。最悪の場合、残る男も殺さなければならないだろう。もう、一人殺している。それを思えば一人が二人になろうと大差ないのかもしれない。だが、その罪は一生、おれの人生について回るのだ。

腕の包帯に触れた指が濡れる。くそっ、このままおとなしく出血多量で死ぬわけにはいかない。ダグは気配を悟られぬように、壁ぎわをじりじりと進んだ。

ソファの反対端に人影が這《は》いこんできたとき、ホイットニーは思わず声をあげそうになるのを、口を押さえてこらえた。あれはダグじゃない――彼にしては首が長すぎるし、髪も短い。瞬時に見てとったホイットニーは、そっと左に動いた。影がふりむく。その瞬間、考えるよりも先に手が動いていた。とっさに靴を脱いで構えると、相手の頭に狙いをつけた。イタリア製の高級靴を渾身《こんしん》の力をこめて振りおろし、八センチ近いかかとをたたきつける。

うめき声、そして床に倒れこむ音。

自分でも驚きながら、ホイットニーは勝ちほこったように靴を掲げた。「やったわ！」

「まったく、たいしたお嬢様だ」ダグは彼女に駆けより、その手をつかんで引きずるように外へ出た。

「私が、あの男をのしてやったのよ」階段に向かって必死で走るダグに、ホイットニーははしゃいだ声で言った。「これでね」自分と彼の手の間で、つぶれている靴を揺すってみせる。「あの男たち、どうしてここがわかったのかしら？」

「ディミトリさ。あんたの車のナンバーから割りだしたんだろう」その程度のことに気づかずにいた自分が腹立たしい。飛ぶような勢いで階段を駆けおりながら、ダグは頭の中で次の計画を考えていた。

「まさか、こんなに早く？」ホイットニーがくすくす笑った。興奮の波が全身に広がる。

「そのディミトリって男、手品師かなにか？」

「やつには手下が大勢いるんだ。受話器をとれば居ながらにして、あんたの〝信用度〟から靴のサイズまで調べあげるだろう、ものの三十分とたたないうちにな」

だったら父と同じだわ。それがビジネスというものよ。ホイットニーは事情を理解した。

「ねえ、片方脱いだままなのよ。これじゃ走れないわ。ちょっと待って」ダグにつかまれた手を引き抜くと、靴をはいた。「で、これからどうするの？」

「まず地下の駐車場へ下りる」

「四十二階から階段で下りるって言うの？」

「エレベーターには裏口がないからな」ダグはホイットニーの手をつかむと、また階段を下りはじめた。「あんたの車には近寄りたくないな。おれたちが逃げてきたときの用心に、ディミトリは手下を張らせてるに違いない」

「だったら、なんで駐車場へ行く必要があるの？」

「どのみち車は必要だ。おれはなんとしても空港へ行かなきゃならない」

ホイットニーは階段の手すりにつかまるために、ショルダーバッグの紐《ひも》を斜めがけにして、ずり落ちないようにした。「じゃあ、盗むつもり？」

「そうだ。そのままどこか適当なホテルの前で、あんたを降ろす。本名は使うな。違う名前で泊まるんだ、それから――」

「だめよ」ようやく二十階を過ぎたことにほっとしながら、ホイットニーが口をはさんだ。

「ていよく追いはらうつもりね。そうはいかないわ。フロントガラスが三百ドル、窓ガラス千二百ドル、マイセンの花瓶、あれは一八六五年ころのもので、二千二百七十五ドル」

階段を下りる足どりも乱さず、バッグを引き寄せると、中から手帳をとりだした。ひと息つく間を利用して計算を始める。「すぐに合計を出すわ」

「計算はあとにしろ」ダグが苦々しげに言った。「いまは呼吸《いき》を整えるのが先決だ」ホイットニーはその言葉に従い、頭の中で自分自身の計画を練りはじめた。

地下へたどりつくと、ホイットニーは息をきらして壁にもたれかかった。ダグはドアのすきまから駐車場の様子をうかがっている。

「よし、いちばん近いのはポルシェだ。おれが先に出る。おれが車に乗りこんだら、外へ出ていい。頭を低くして来いよ」

ダグはポケットから銃をとりだした。その目に浮かんだ嫌悪の表情に、ホイットニーは眉を寄せた。どうして？　なぜ彼は、汚いものでも見るような目で銃を見るのだろう。銃なんて扱い慣れていると思っていた。薄暗い酒場や、すすけたホテルの部屋にたむろしているような手合いなら、銃がすんなりなじむはず。だが、銃を握るダグの手つきはどこかぎこちない。まるでさまになってないわ。そのとき、ダグがドアをすりぬけた。

ダグ・ロードって、いったい何者なの？　ホイットニーは自問した。ちんぴら、詐欺師、それともただの被害者？　あの男には、そのすべての匂いがある。それがホイットニーの好奇心を駆りたてた。どうしてそうなのか、この手でつきとめてみせる。

ポルシェのわきにしゃがんだダグが、小型の折りたたみ式ナイフらしきものをとりだす。それを使って車のロックを少しいじったかと思うと、そっと助手席側のドアを開けるのを、ホイットニーは眺めていた。彼が何者かは知らないが、ドアの鍵を壊して中へ入るくらいはお手のものらしい。そのことはまた、あとで考えるとしよう。ホイットニーは這うようにして、駐車場へ出た。彼女が車に乗りこんだときには、ダグはすでに運転席に座り、ダッシュボードの下の配線をいじっていた。

「くそったれの外車め。おれなら絶対シボレーを選ぶね」

エンジンのかかる音に、ホイットニーは目を丸くした。「すごいわ。どうやるのか、私にも教えて」

ダグが鋭い視線を投げた。「黙って座ってろ。今度はおれが運転する」ギアをバックへ入れるが早いか、タイヤをきしませて急発進すると、時速百キロのスピードで駐車場をとびだした。「どこかご希望のホテルは？」

「ホテルへは行かない。私をまこうとしてもむだよ、ロード。きっちり貸しを清算するまでは、どこまでもついていくわ」

「頼むよ、おれにはぐずぐずしている暇はないんだ」運転する間も、ダグは注意深くバックミラーに目を配っている。

「あなたにないのは暇じゃなくて、お金でしょ」ホイットニーは手帳を出すと、計算を始めた。「いまのところ、あなたへの貸しはフロントガラス、アンティークの花瓶が一つ、マイセンのティーセットが一組――これが千百五十ドルね――それから窓ガラスと、まだほかにもあるかもしれないわ」

「だったら、あと千ドル増えたところで、どうってことないだろう」

「千ドルの上乗せは、いかなる場合にも重大な問題よ。支払いが猶予されるのは、あなたが私の目の届くところにいる間だけ。もし、飛行機のチケットを手に入れたいのなら、私をパートナーにすることね」

「パートナーだって？」ダグはホイットニーに向きなおった。このままハンドバッグを奪って、車から放りだせば片はつく。なぜそうしないのか、自分でもわからない。「おれは誰とも組まないんだ」

「今回はそうしてもらうわ。儲《もう》けは半々」

「問題の答えを知っているのは、おれなんだぞ」実際には、問題を抱えているだけだが、いまは細かいことにこだわってはいられない。

「でも、あなたには元手がないでしょ」

ダグは車をF・D・ルーズベルト・ドライブへ向けた。いまいましいが、おれに元手がないことも、それが必要だということも、この女の言うとおりだ。まだしばらくは、一緒にいたほうがいい。あとで、ニューヨークから一万キロも離れたら、改めて話しあうとしよう。「わかったよ。それで、手持ちの金はどのくらいあるんだ？」

「二百ドル」

「二百だって？　くそっ」だが、ダグはスピードを時速九十キロ以下には落とさなかった。いま車を止めている余裕はない。「それじゃ、ニュージャージーまで行くのがやっとじゃないか」

「現金をたくさん持ち歩くのは、好きじゃないの」

「たまげたね。おれが持ってるのは、何百万ドルって価値のある代物なんだぜ。それをたったの二百ドルで買おうって言うのか」

「二百プラス五千よ、借金のぶんを忘れないで。それに」ホイットニーはバッグに手をつっこんだ。「これがあるもの」にっこり笑って、アメリカン・エキスプレスのゴールドカードをちらつかせる。「出かけるときは忘れずに、よ」

ダグはそれをじっと見つめていたが、顔を前に戻すと、笑った。この女、役に立つより面倒を起こすほうが多いかもしれない。だが、自分でもだんだんと気が変わっていくのを、ダグは感じていた。

受話器へ伸びた手は、ふっくらとして気味悪いほど色が白かった。ワイシャツの袖口にはサファイアのカフスボタンが輝き、きれいにカットされた爪が鈍い光沢を放つ。それに合わせるように、純白の受話器が冷たい光を帯びている。巻きつけられた指は三本までが美しくマニキュアを施され、その隣の付け根しかない小指だけは、古い傷跡をさらしていた。

「ディミトリだ」詩を口ずさむような口調に、レモは全身から汗が噴きだすのを感じた。

あわててたばこの煙を吸いこむと、口早に告げた。

「やつらに逃げられました」

重苦しい沈黙。それが脅しの文句を百連ねるよりも効果のあることを承知のうえで、ディミトリはおし黙っていた。五秒、十秒。「若造と女を相手に、大の男が三人がかりでしくじるとはな。この役立たずどもが」

レモはネクタイをゆるめて、息を吸いこんだ。「やつらはポルシェを盗んで逃げたんです。空港まであとをつけてきました。高飛びはさせません、ミスター・ディミトリ」

「当然だ。これから二、三かけねばならない電話がある。いくつか……間違いのないよう、手を打っておきたいのでね。では、一両日中に会おう」

レモはほっとしながら、手で口もとをぬぐった。「どちらで？」

低い、冷ややかな笑い声が聞こえたとたん、いましがたの安堵《あんど》感はたちどころに消しとんだ。「ロードを追え。それがおまえの仕事だ、レモ。あとは心配せんでも、私のほうでおまえを見つけてやる」

2

腕がこわばっている。寝返りをうったダグは低いうめき声をあげて、無意識に包帯に手をやった。顔はやわらかな羽根枕《まくら》に埋もれている。枕カバーに香水の匂《にお》いはない。シーツは温かく、なめらかな肌ざわりだ。そろそろと左腕を曲げながら、ダグは仰向けになった。部屋は暗く、腕時計を見るまでは、まだ夜かと錯覚したほどだ。九時十五分。しまった。ダグはあわてて起きあがると、手で顔をこすった。

予定じゃいまごろは、インド洋に向かう飛行機で空を飛んでるはずではないか。ワシントンDCの高級ホテルでのんびり寝ている場合じゃない。金はかかっているが、おもしろみのない部屋だ。ダグは、ふかふかの赤い絨毯《じゅうたん》を敷きつめたロビーを思い出していた。ここへ着いたのは午前一時十分。おかげで、酒の一杯にもありつけなかった。ワシントンDCなんか政治家にくれてやる、おれはニューヨークのほうがいい。

つまずきの始まりはホイットニーだ。がっちり財布の紐《ひも》を握って、おれには口をはさむ余地すら与えない。そのうえ、役者はむこうが一枚上手ときている、これが第二の問題だ。

こっちはニューヨークを出ることしか頭になかったが、ホイットニーはパスポートやらなにやら、細かいところまでしっかり計算していたんだからな。

わざわざこっちへ来たからには、DCにコネがあるんだろう。そのおかげで面倒な書類上の手続きが省けるなら、大歓迎だ。ダグは部屋を見回した。値段ばかり高いくせに、広さときたら掃除用具入れと変わらない。あの女のことだ、きっとここの宿泊費も請求してくるだろう。目を細めて、隣の部屋へ続くドアを眺めた。ホイットニー・マカリスターの頭の中は、公認会計士も真っ青だ。だが、顔は……。

薄笑いを浮かべて頭を振ると、ダグはベッドにひっくりかえった。顔のことは考えないほうがいい。体のことも。いま必要なのは、あの女の金だけだ。めざすものを手に入れてしまえば、女の園にどっぷりつかって暮らすことも夢じゃない。それまでの辛抱だ。

その光景を想像して、ダグはしばらくにやついていた。ブロンド、黒髪、赤毛、グラマー、細身、小柄な女に、上背のある女、なんでもござれだ。いちいち選《え》り好みすることはない、時間はたっぷりあるだろうからな。だが、それにはまずパスポートを手に入れなくてはならない。ダグは顔をしかめた。どうしてお役所仕事ってのは、いつもこうなんだ。

お宝がこのおれを待ってるというのに。いや、待ってるのは宝ばかりじゃなかった。この首を狙《ねら》っているプロの殺し屋と、隣の部屋のいかれた女の存在も忘れちゃいけない。まったく、あの女ときたら、二百ドルもする蛇革のバッグにしっかり手帳を抱えこんで、たばこ一箱買うにもそいつにつけてやがる。

急にたばこを吸いたくなったダグは、ナイトテーブルから箱をとると、一本引き抜いた。あの神経がわからない。おれなら金があるときは、気前よく使っちまうがなあ。まあ、ちょっと気前よくやりすぎかもな、とダグは苦笑した。これまで金が長続きしたためしがない。

気前がいいのは生まれつきだ。それに、女にもめっぽう弱い。ことに、小柄で目のぱっちりした、わがままなタイプに弱かった。何度痛い目にあわされても、性懲りもなく入れあげてしまう。半年前にもシンディという小柄なウェイトレスと一晩を共にしたダグは、コロンバスに残した病気の母親の話を涙ながらに聞かされ、ころっとまいってしまった。結局、五千ドルをていよく巻きあげられた格好だ。実際、目の大きな女には、いつもそんな目にあわされている。

これからは、この悪い癖をなおそう、とダグは心に誓った。黄金の壺《つぼ》を手に入れたら、今後こそだいじにしまっておくのだ。マルティニク島に豪華な別荘でも買って、ずっと夢に描いていたような暮らしをしてやる。

使用人たちには、よくしてやろう。これまで仕事を通じて、金持というのがどういう人種かさんざん見てきた。使用人に対していかに冷たく、無神経かもよく知っている。もっとも、おれが連中とつきあったのは、むこうが一文なしになるまでのことだから、そのあとのことはわからないが、人間の性根ってのは、そうそう変わるもんじゃない。

ダグのぜいたく志向は、金持相手に仕事をしていたせいではない。もともと、そういう血が流れているのだ。ただあいにくと、肝心の金に縁がなかった。それでも、金より才覚に恵まれたことを、自分ではラッキーだったと思っている。頭とちょっとした才能があれば、必要なものも、欲しいものも、いくらでも手に入る。世の中には、自分がだまされたことさえ気づかない、おめでたい人間が大勢いるのだから。なかなか刺激的な仕事だし、手に入れた金でしばらくは優雅に暮らせる。次の仕事までの、ちょうどいい骨休めというわけだ。

仕事の手順は知りつくしている。計画を練り、筋書きを作って、段どりを整える。下調べも怠りなかった。前夜も遅くまで、例の封筒から読みとれる情報は細大もらさず検討してみた。これはパズルだ。しかし、材料はそろっている。あとは時間をかけて、そいつを組み合わせればいい。

きれいにタイプされた翻訳は、人によってはただの作り話か歴史の講義としか映らないかもしれない。なにしろ、革命の嵐《あらし》吹き荒れるフランスから、後生だいじに宝石を抱えて必死で逃げだそうとしている貴族たちの話だ。手紙には、恐怖と混乱、絶望が書き連ねてある。原文はフランス語で書かれていてダグには読めなかったが、樹脂加工を施した手紙の筆跡にも、深い絶望感がにじんでいた。

しかし、そこには陰謀、王室、そして富の匂いもした。マリー・アントワネット、ロベスピエール。煉瓦《れんが》の奥や、荷馬車に積んだ芋《いも》の陰に隠された、エキゾチックな名のネックレス。ギロチン。イギリス海峡を越えての、必死の逃避行。歴史が織りなす波瀾《はらん》万丈の物語、血塗られた記憶。だが、ダイヤもエメラルドも、鶏《にわとり》の卵ほどもあるというルビーも、確かにこの世に存在したのだ。革命の波にのまれて、行方の知れないものもある。命や食べ物とひきかえに、ときには密告を恐れ、沈黙の代償として手放したものもあっただろう。中にはいくつもの海を渡って持ちだされた宝石もあると聞く。ダグは自らの謎《なぞ》解きに、満足の笑みをもらした。インド洋——商人と海賊の海。マダガスカル沿岸のどこかに、何百年もの間守られてきた王妃の財宝が眠っている。それこそが、おれの夢をかなえてくれる鍵《かぎ》。少女の日記とその父親の絶望を手がかりに、なんとしても宝を見つけてやる。そして、一からやりなおすのだ。

かわいそうにな。ダグは、日記をつづった少女の胸の内に思いをはせた。あの翻訳は、少女の身に起きた出来事を正しく訳しているのだろうか。フランス語さえわかれば、直接日記を読めるんだが……。そう考えて、ダグは肩をすくめた。二百年前の話じゃないか。本人はとっくの昔にあの世行きだ、いまさら考えたって始まらないさ。だが、まだほんの子供だったのに。あんなにおびえて。

〝どうして、あの人たちは私たちを憎むの?〟少女はそう記していた。〝どうして、あんな怖い目で見るのかしら？　お父様はパリを出なくてはならないとおっしゃっている。きっともう二度と家へは帰れないでしょうね〟

そして、そのとおりになったわけだ。熱い思いがダグをとらえた。上の連中の都合で戦争や政変が起きるたびに、いつも割りをくうのは名もない人々だ。革命当時のフランスだろうが、ベトナムの湿ったジャングルだろうが、それだけはいつの世も変わらない。たった一人取り残される者のつらさは、骨身にしみて知っている。もう二度と、あんな思いだけはしたくない。

ダグは背のびをしながら、ホイットニーのことを考えた。

いいか悪いかはさておき、おれは彼女と取り引きをしたのだ。うまく逃げおおせるめどがつくまでは、約束をほごにするわけにはいかない。それにしても、ほんの一ドル使うにもホイットニーだけが頼りとは、考えただけでむしゃくしゃする。

ディミトリが今度の仕事におれを雇ったのは、腕を見こんでのこと。ダグはたばこを吸いながら、ひとり悦に入った。やつの取り巻き連中みたいに、やたらと銃をぶっ放したりはしない。機転に優《まさ》る武器はないと、考えていたからだ。頭で稼ぐ、それがダグの流儀だった。静かに、鮮やかに仕事をしてのけるという評判があったからこそ、ディミトリだってわざわざ電話をよこしたのだ。狙うのは、パークアベニューをちょっと入った協同組合の販売店。上客相手の高級店だ。そこの金庫から封筒を盗みだしてほしい、というのが依頼の内容だった。

仕事は仕事。ディミトリのような男が喜んで五千ドル払おうと言うなら、獲物がただの紙きれだろうが、こっちにはなんの文句もない。ちょうど、少々借金を抱えている折りでもあった。

壁の金庫にたどりつくには、最新式の複雑な警報装置を二つと警備員四人をかわさなければならなかったが、鍵と警報にかけては自信があった。言ってみれば、天賦《てんぷ》の才というやつだな。せっかく神様がくれたものを、むだにしてはばちが当たる。

問題は、ばか正直に仕事をこなしたことだ。金庫の中には、分厚い封筒のほかにも食指が動く黒い箱が入っていたというのに、あえて言われた書類だけをとった。わざわざ中身を出して読んだのも、万一に備えてのつもりでしかなかったのだ。書類の大半は外国語で書かれ、かなり色あせていた。まさか二百年も前の日記や手紙の翻訳に、あれほど夢中になろうとは、夢にも思わなかった。たぶん、そういった話が好きなせいだろう。紙をめくっていくうちに、想像力をかきたてる言葉の数々に吸い寄せられたのかもしれない。しかし、自分の気持がどうあれ、書類はきちんと渡すつもりだった。約束は約束だ。

ダグはドラッグストアに寄って、絆創膏《ばんそうこう》を買った。封筒を胸に貼《は》りつける。万一の用心だ。都会はどこでもそうだが、ニューヨークもいかさま野郎ばかり。当然の心得として、イーストサイドの広場へは約束の一時間前に行き、隠れていた。用心を怠らない者だけが、長生きできるのだ。

雨の中、低い植えこみの陰にうずくまりながら、ダグは例の書類のことを考えていた。手紙、資料、それにきちんと整理された宝石と財宝のリスト。どこのどなたか知らないが、あれだけの情報を集め、几帳面《きちょうめん》に翻訳するとは、本職の司書も顔負けの入れこみようだな。時間とチャンスさえあれば、おれがあとを引き受けたいくらいだ。そんな思いが頭をかすめた。しかし、仕事は仕事だ。

ダグは金とひきかえに、書類を渡すつもりで待っていた。だがそれも、ディミトリに約束の五千ドルを払う気がないと知れば、話は別だ。おれが頂戴《ちょうだい》できるのは、たった二ドルの鉛の弾。後ろから一発ずどんとやられて、イースト・リバーに投げこまれるところだったとは。

取り引きの場に現れたのはレモだった。黒塗りのリンカーンには、ほかに男が二人乗っていた。一目でそれとわかるプロの殺し屋だ。三人は平然と、どうすればてっとり早くダグを消せるかを話しあっていた。どうやら、頭に一発ぶちこむということで、話がまとまったらしい。だが、いつ、どこでやるかで、さらにもめていた。二メートルと離れていない植えこみの陰に、当のダグが隠れているとも知らずに。リンカーンのシートを血で汚すのはいやだと、レモのやつがしぶっているようだった。

ダグははらわたの煮えくりかえる思いだった。それまでにも何度となく、数える気もしないほど裏切られてきた。それでも、裏切られるたびに腹は立つ。この世に正直者はいないのか。そのとき、胸の絆創膏がつれる痛みに、封筒のことを思い出した。どうすればここから無事に逃げだせるかを真剣に考えながらも、ダグの頭は早くも今後の方針について検討を始めていた。

ディミトリはエキセントリックなことで知られている。だが、強いもの、いいものを見分ける目は確かなはずだ。どの上院議員に賄賂《わいろ》を贈ればいいか、どのワインを貯蔵庫にしまっておけばいいか、そういうことに鼻がきく。その男がわざわざこの自分を殺してまで手に入れたがるものならば、この書類はよほどの値打ち物に違いない。そこまで考えたとき、ダグの心は決まった。こいつをいただいて、ひと儲《もう》けさせてもらおう。そのためには、とにもかくにも生き延びることだ。

反射的に、ダグは腕に手をやった。まだ思うようには動かないが、かなりよくなってきている。ホイットニーの手当てのおかげと、認めないわけにはいかないようだ。あのいかれた女も、なかなかやるじゃないか。歯の間から煙を吐きだすと、ダグはたばこをもみ消した。あいつのことだ、この治療代も請求する気かもしれない。

だが、少なくとも国外へ出るまでは、ホイットニーが必要なのだ。マダガスカルにたどりついたら、さっさと放《ほう》りだせばいい。けだるい笑みが、ゆっくりとダグの顔に広がった。女を手玉にとるくらい、手慣れたもんさ。ただ一つの心残りは、まかれたと気づいたホイットニーがじだんだ踏んで悔しがる姿を見られないことだ。淡い日の光のような髪がまぶたに浮かぶ。裏切らねばならないとは、いささか惜しい。一応恩もあるしな。思わずため息がもれる。ホイットニーを思ってダグの心がなごみはじめたとたん、隣室との境のドアが勢いよく開いた。

「まだ寝てるの?」ホイットニーはそう言うが早いか窓辺へ行き、カーテンを開ける。「いかにも煙たそうに、顔の前で手を振った。この様子じゃ、起きてしばらくたってるわね。たばこをくゆらしながら、策を練ってたってわけ。もっとも、こちらだってそれなりの計算はしていたけれど」ダグはまぶしさに目を細めてうめいたが、ホイットニーはとりあわず、あきれたように頭を振った。「ひどい顔」

まともに言われて、さすがのダグも顔をしかめた。顎は不精ひげでざらざらだし、髪もぼさぼさ、おまけに、歯ブラシのためなら人殺しをしてもいいくらいの気分だ。それにひきかえホイットニーは、たったいま五番街のビューティサロン〈エリザベス・アーデン〉から出てきたかのようだ。裸で腰までシーツをかけているだけのダグとしては、不意打ちをくらった気分だ。こういうのは好きじゃない。

「ノックぐらいしろよ」

「私がとった部屋よ。そんな必要ないでしょ」こともなげに言うと、床に脱ぎ捨ててあるジーンズをまたいだ。「じきに、朝食が届くわ」

「そりゃ、すごい」

ダグの皮肉をものともせず、ホイットニーはベッドの端に腰を下ろすと、ゆったりと足を伸ばした。

「まあ、楽にしてくれよ」

ダグは心の広いところを見せたが、ホイットニーは淡い笑みを浮かべただけで、髪を後ろに払った。

「マキシーおじ様に連絡をとったわ」

「誰だって?」

「マキシーおじ様よ」そうくりかえして、爪に目をやった。街を出る前に、どうしてもマニキュアをしてもらわなくては。「ほんとうの伯父ではないんだけど、ずっとそう呼んでるの」

「ほう、なるほどね」

ダグの顔に浮かんだ冷笑を、ホイットニーはちらりと眺めた。「皮肉るのはやめて、ダグラス。おじ様とは家族ぐるみのつきあいなの。あなたも知ってるでしょ、マキシミリアン・ティーバリーよ」

「ティーバリー上院議員か?」

ホイットニーは指を広げて、もう一度爪をチェックした。「一応、社会情勢は把握してるわけね」

「いいかげんにしろよ」ダグはホイットニーの腕を荒っぽくつかんだ。ホイットニーはダグの膝に半分倒れこむ格好になったが、余裕の笑みを浮かべて見上げている。切り札はすべて自分の手の内にあると知っている者の強みか。「なんだって、こんなときに上院議員が出てくるんだ」

「コネよ」ホイットニーはダグの頬に指を滑らせると、ざらざらした感触に舌打ちした。でも、こういうのも野性味があって、なかなかいいわね。「父がいつも言ってたわ。ピンチのとき、セックスなしでもやっていけるけど、コネなしではなんにもできないってね」

「そうかな?」にやりと笑って、ダグはホイットニーを抱きあげた。二人の顔が近づき、長い髪がシーツの上を泳ぐ。また、例の香りが鼻をついた。富と上流階級の香り。「物事の優先順位ってのは、人によって違うんだぜ」

「そうかもしれないわね」ホイットニーは、彼にキスしたいと思った。寝乱れた姿に、いらだちを漂わせている。一晩じゅう激しく愛しあったあとの男は、こんな感じかもしれない。ダグ・ロード、ベッドではどんなかしら? きっと激しいわね。そう思っただけで、ホイットニーは胸が騒ぐのを感じた。たばこと汗の臭《にお》い。この男はぎりぎりの綱渡りをしながら、それを楽しんでいるのだ。頭もきれるし、口もうまい。おもしろい男。ホイットニーは唇を重ねたい衝動に駆られた。でも、いまはまだだめ。キスしてしまえば、立場を忘れてしまうかもしれない。この男に対しては、あくまでも優位に立たねばならないのだから。

「要するに」いまにも唇が触れそうなところで、ホイットニーはダグの髪に指を滑らし、ささやいた。「マキシーおじ様が、あなたのパスポートと、マダガスカルに三十日間滞在できるビザを二人分、二十四時間以内に用意してくれるってこと」

「どうやって?」

自分をくどこうとしていた甘い声が、いきなり真剣味を帯びる。その変わり身の早さにあきれながらも、なぜか憎めない。「コネだって言ったでしょ、ダグラス。なんのためのパートナーだと思って?」

ホイットニーの笑顔を、ダグはまじまじと見つめた。この女は役に立つ。だが、油断は禁物だ。うっかり気を許したら骨抜きにされちまう。賢い男を気どるなら、女にだけは頼っちゃいけない。ことに、琥珀《こはく》色の瞳と、花びらのようなやわ肌の持ち主には。そのとき、明日のいまごろは二人とも旅の空だということに気づいた。ダグはひゅうっと声をもらすと、はしゃいだ気持のままホイットニーを組み敷いた。長い髪が扇のように枕に広がり、二人の視線が絡みあう。琥珀色の瞳の中で、警戒心と笑いとがせめぎあっていた。

「なんのためか、試してみよう」

鋭いまなざし、たくましい体。頬を包む手の力強さに、引きずられてしまいそうだ。なんて魅力的な男。でも、物事は有利に運ばなくては。ここで弱みを見せてはいけない。ホイットニーが心を決めかねているうちに、ドアがノックされた。「朝食だわ」弾んだ声でそう言うと、ダグの体の下から這《は》いだした。胸がどきどきしている。だが、いまはこんなことをしているときではないのだ。やることが山ほどあるのだから。

ダグは頭の後ろで手を組むと、ベッドのヘッドボードに寄りかかった。胃がきりきりするのは熱くなったせいか、それともただの空腹か。まあ、両方ってとこだろう。「ベッドで食べないか?」

無視、それがホイットニーの答えだった。「おはよう」若いウェイターがワゴンを押して入ってくると、ホイットニーは明るく声をかける。

「おはようございます、ミス・マカリスター」ウェイターは、がっしりした体格のプエルトリコ人だった。ダグには目もくれずに、臆面《おくめん》もなくホイットニーを見つめていたが、やがて思い入れたっぷりに、薔薇《ばら》のつぼみをさしだした。

「まあ、ありがとう、ファン。きれいだわ」

「お気に召すかと思いまして」ウェイターはきれいな歯並びを見せつけるように、にっこり笑いかけた。「朝食はこれでよろしいでしょうか。それから、お言いつけどおり、化粧品と新聞をお持ちしました」

「助かるわ、ファン」ホイットニーも艶然《えんぜん》とほほ笑みかえす。おれのときとはえらい違いだな、とダグは思った。「お手数かけたわね」

「とんでもありません。あなたのためでしたら喜んで、ミス・マカリスター」

ウェイターの後ろで、ダグは声を出さずに芝居がかったせりふを真似《まね》して見せた。だが、ホイットニーは眉をちょっと上げただけで、請求書に麗々しくサインをした。「ありがとう、ファン」そう言いながら、バッグを引き寄せると、中から二十ドル札を出す。「ほんとうに助かったわ」

「どういたしまして。ご用のあるときは、なんなりとお申しつけください」言うが早いか、二十ドル札はあっという間にポケットに消えた。手慣れたものだ。「どうぞ、ごゆっくりお召しあがりください」笑みをたたえたまま、ウェイターは部屋を出た。

「人を顎で使うのが好きらしいな」

ホイットニーは伏せたカップを置きなおして、コーヒーをついだ。さりげなく、薔薇のつぼみを鼻先で振っている。「さっさとズボンをはいて、こっちへいらっしゃいよ」

「それにしても、なけなしの金から、ずいぶんチップをはずんだもんだな」ホイットニーはなにも言わなかったが、バッグから例のノートを出したのを、ダグは見逃さなかった。

「おい、ちょっと待てよ。チップをやりすぎたのはあんただ。おれは関係ない」

「あなたのために、かみそりと歯ブラシを届けてくれたのよ」ホイットニーはやんわりと言った。「でも、いいわ。このチップは割勘にしてあげる。あなたがいまみたいな格好じや、私もたまらないもの」

「そりゃまた、気前のいいことで」ダグはぼやいた。そのときふと、いたずら心が頭をもたげた。ちょっとあわてさせてやろうじゃないか。ホイットニーの反応を見ようと、ダグは裸のまま、ゆっくりベッドから降りた。

だが、ホイットニーは息をのむどころか、身動《みじろ》ぎもせず、顔色ひとつ変えなかった。値ぶみでもするような目つきで、平然とダグを見据える。浅黒い肌に腕の包帯の白さが際立っていた。なんて美しい体。鼓動がしだいに高まっていくのを、ホイットニーは感じた。贅肉《ぜいにく》のかけらもない、すらりとした筋肉質の体。裸で、不精ひげの伸びた顔に不敵な笑みを浮かべている。いまのダグは、これまで会ったどんな男よりも危険な香りを放ち、魅力的だった。しかし、ここで本心を見せるほどお人好《よ》しではない。

ダグをまっすぐ見つめたまま、ホイットニーはコーヒーカップを手にした。「ご自慢の肉体美はたっぷり観賞させてもらったわ、ダグラス」穏やかな口調で言う。「だから、いいかげんにズボンをはいたら。ぐずぐずしてると、せっかくの卵が冷めちゃうわよ」

ちくしょう。さめた女だ。ジーンズをつかみながら、ダグは思った。いつかきっと、ひと泡ふかせてやるからな。向かいの椅子に乱暴に腰を下ろすと、さっそく熱々の卵と、かりかりに焼いたベーコンを頬ばりはじめた。とにかく、こう腹がへっては話にならない。ルームサービスにいくらかかるかなんてことは、あとで心配すればいいことだ。なに、宝さえ見つけてしまえば、ホテルの一つや二つ、丸ごと買いとってやるさ。

「あんた、いったい何者なんだ、ホイットニー・マカリスター?」ダグは口いっぱいに頬ばりながら、きいた。

ホイットニーは卵に胡椒《こしょう》をかけた。「なにがききたいの?」

すなおに答えないところが、うれしいじゃないか。ダグは思わずにんまりした。「まず、生まれから聞かせてもらおうか」

「ヴァージニア州のリッチモンドよ」無意識のうちにヴァージニアなまりが出ている。間違いなさそうだ。「家族はまだそっちにいるわ。大きな農園をやってるの」

「ニューヨークへはどうして?」

「テンポの速い街が好きだから」

ダグはトーストをとって、ジャムが入った籠《かご》を探った。「で、何をやってるんだ?」

「気の向くままってとこね」

艶《つや》やかな琥珀色の瞳をのぞきこむ。どうやら嘘《うそ》はないらしい。「勤めは?」

「いいえ。自分の仕事を持ってるわ」ホイットニーは指先でベーコンをつまんで、かじりついた。「インテリア・デザイナーなの」

そう言われて彼女のアパートを思い出した。あのエレガントな雰囲気、配色の妙、そしてユニークさ。「デコレーターか」ダグはうなった。「腕はいいようだな」

ホイットニーはストロベリージャムを選んで、たっぷり塗りたくった。「ふざけないで。かな？」

ダグは一瞬迷ったようだが、ジャムの入った籠をさしだした。「信じろ、ってのは無理たくない。とんだ無駄骨になるかもしれないのよ」

どうかだって怪しいものだわ。そんなあやふやなことに、お金はもちろん時間だって使いいかないわね。手がかりなんてほんとうにあるの？　仮にあったとしても、価値があるか

ホイットニーは目を細めてダグをにらんだ。「それじゃ、あなたの話を信じるわけにはは

「だめだ」

「それ、私にも見せてくれる？」

「ところで、あなたが言ってたパズルだけど」ホイットニーはトーストを半分にちぎった。

同じせりふを返してくるとは、気がきいてる。ダグは笑って答えた。「あたり前さ」

人じゃ、ああはいかないわね。「腕はいいようね」

ホイットニーは、ポルシェを盗んだダグの手ぎわのよさを思い出していた。確かに、素

は、泥棒かな」

「いろいろさ」ホイットニーを見つめたまま、クリームに手を伸ばす。「いちばん多いの

ーは言った。「なにをしてるの？」

「あたり前よ。それで、あなたは？」二人のカップにコーヒーをつぎ足して、ホイットニ

いったい、どうやって手に入れたの?」

「それはその……たまたま手に入れたのさ」

ホイットニーはトーストにかぶりつくと、上目づかいにダグを見た。「盗んだんでしょ」

「ああ」

「あの、追ってきた連中から?」

「いや、あいつらのボスからだ。ディミトリってのが親玉さ。もともと、やつの依頼で盗んだものだが、むこうがおれを裏切ろうとした。残念ながら、取り引きはお流れ。となれば、持ってた者が勝ちってわけさ」

「なるほどね」彼女はふと、自分の置かれた状況を考えた。謎を抱えた泥棒との朝食。どうってことはないわ。もっと変わった経験だってしたことがある。「いいわ。それじゃ、次の質問。そのパズルは、いったいどんな形のもの?」

また答えをはぐらかそうと考えていたダグは、ホイットニーの目に浮かんだ決意の色に気づいた。ごまかしは許さないと言いたげな目だ。少しはまともに相手をしたほうがよさそうだ。少なくとも、パスポートと飛行機のチケットを手に入れるまでは、つむじを曲げられては困る。「書類だよ。手紙とか資料とか。二百年ほど前のもんだってことは話しただろ。その中に、黄金の壺へたどりつく鍵が隠されているってわけさ。誰も知らない宝の壺だぜ」そのときふと思いついて、ダグは眉を寄せた。「あんた、フランス語はわかるか？」

「ええ、もちろん」ホイットニーはにっこりした。「ふうん、パズルはフランス語なのね」

ダグが答えないのを見てとると、ホイットニーは話を戻した。「それで、ほかには誰も知らないって、どうして言えるの？」

「関係者は全員、死んじまってるからさ」

いやな言い方だ。しかし、いまさらあとへはひけない。「どうしてそれが本物だと思うの？」

ダグの目が、ふいに真剣味を帯びた。「感じるんだ」

「あなたを追ってたのは何者？」

「ディミトリかい？　一流の仕事人さ――裏の世界のね。頭はきれるが、けちな野郎だよ。虫の羽をむしりとるような真似をしながら、そいつのラテン名まで知ってるって男だ。やつがそれほど欲しがるなら、この古い紙束にはそれなりの価値があるはずなんだ、それもかなりのな」

「マダガスカルへ行けばわかるわ」ホイットニーはファンが運んできた『ニューヨークタイムズ』を手にとった。ダグの話からすると、ディミトリという男はぞっとしない相手のようだ。こういうことはさっさと忘れるに限る。それには、なにか別のものに気をそらすことだ。だが、新聞を開いたとたん、ホイットニーは息をのむと、やがて大きなため息をついた。「いやだ、困ったわ」

卵を食べることに気をとられていたダグは、なま返事をした。「ん？」

「たいへんなことになってるわ」ホイットニーは立ちあがると、ダグの皿の上に新聞を放った。

「おい、まだ食べてるんだぜ」新聞をどけようとしたダグの目が、紙面に吸い寄せられた。新聞の中から、ホイットニーがほほ笑みかけている。写真の上には大きな見出しが躍っていた。

〈アイスクリーム富豪の令嬢、行方不明〉

「アイスクリーム富豪の令嬢だって……」ダグは意味ののみこめないまま、記事を目で追った。「アイスクリーム……」新聞が手から滑り落ちる。開いた口がふさがらないとは、このことだ。「あのマカリスター・アイスクリームか？　あんたがそのマカリスターなのか？」

「本人じゃないけどね」ホイットニーは部屋の中を歩きまわった。どうすれば、いちばんいいのだろう。「そのマカリスターは私の父よ」

「マカリスター・アイスクリームか。おそれいったね。おたくのファッジリップルは最高だぜ。アメリカ一うまいよ」

「当然でしょ」

ということは、この女はちょっと金があるデコレーターとはわけが違う。全米で一、二を争う大富豪の娘なのだ。ダグにも、ようやくことの重大さがのみこめた。何百万ドルの価値がある女。何百万だぞ。もしも一緒にいるところを見つかれば、たちどころに誘拐罪で御用だ。弁護士をつける暇さえなく、起訴されてしまうだろう。懲役二十年から終身刑ってとこだな。ダグは髪をかきあげた。ダグラス・ロード、まったくおまえってやつは、女の拾い方を心得てるよ。

「いいかい、お嬢さん。こうなりゃ、話は別だ」

「そのとおりよ。早く父に電話しなくちゃ。あ、それとマキシーおじ様にも」

「ああ、そうしてくれ」ダグは最後のひと口をすくいあげ、卵をたいらげた。こうなれば、食べられるうちに食べておいたほうがいい。「おれのつけを計算してくれよ。そしたら……」

「父はきっと、私が身の代金めあてで誘拐されたと思うわ」

「そのとおりさ」ダグはトーストの最後の一切れをつかんだ。どうやって金を払うかは、彼女が心配してくれる。こちらは食事を楽しむまでだ。「だが、おれだって、頭にお巡りの弾丸《たま》をくらって死ぬのなんか、ごめんだからな」

「ばか言わないでよ」ホイットニーは手を振って、とりあわなかった。その間にも、打つ手を考える。「とにかく、父に連絡をとるわ。大丈夫、毎度のことだもの、うまく話すわ。

送金のことも、そのときに頼んでみるから」

「現金《げんなま》か？」

ホイットニーはしげしげとダグを眺めた。「とたんに目の色が変わったわね」

ダグはトーストをわきに置いた。「まあ聞けよ、お嬢さん。あんたがパパとうまく話をつけてくれるなら、おれに異存のあるはずないさ。そりゃ、クレジットカードはありがたい、そいつで引きだせる金もありがたいよ。だが、手もとにちょっとした現金でもあれば、安心して眠れるってもんじゃないか」

「それは私に任せてちょうだい」ホイットニーは自分の部屋へ戻りかけたが、ドアの手前でふと足を止めた。「冗談抜きでシャワーを浴びて、ひげを剃《そ》ったほうがいいわ、ダグラス。買い物に出かけるんだから」

顎を撫《な》でていたダグの手が止まった。「買い物だって？」

「着たきりすずめの男と旅するなんてお断り。だいたい、そんな袖《そで》が片っぽちぎれたシャツじゃ、恥ずかしくってどこへも行けやしないわ。なにか見つくろいましょ」

「服くらい自分で選ぶさ」

「あなたの趣味は信用できないわ。会ったとき着てたジャケット、かなりのものだったじゃない」そう言い残して、ホイットニーはドアの向こうに消えた。

「あれは変装だったんだ」その背中に向かってどなると、ダグはバスルームにとびこんだ。

まったく、いつもひと言多い女だ。

しかし、言うだけあってホイットニーの見たては確かだった。あちこち歩きまわって二時間後には、予想以上の大荷物を抱えていたが、買ったばかりのシャツは仕立てもよく、胸に貼りつけた封筒の膨らみをうまくカバーしてくれる。やわらかなリネンの肌ざわりもいい。薄手の白いドレスの下で揺れる、ホイットニーのヒップと同じくらいごきげんだ。だが、ここで甘い顔を見せちゃいけない。

「マダガスカルの森の中を歩きまわろうってときに、なんだってスーツがいるんだ?」

ホイットニーはちらっと目をやると、ダグのシャツの襟をなおした。淡いブルーの服なんていやだとわめくのを、絶対に似合うからと押しきったが、思ったとおり不思議なほどしっくりしている。まるで生まれたときからあつらえのズボンをはいているみたいだ。

「旅行に出るときは、ひととおりの準備をしていくものなの」

「どれくらい歩くことになるかわからないが、最初にこれだけは言っとくぞ。自分の荷物は自分で運んでくれよ、お嬢ちゃん」

ホイットニーはサングラスをずり下げ、上目づかいにダグを見た。さっき買ったばかりのブランドものだ。「どこまでも紳士的な男《ひと》ね」

「当然だろ」ダグはドラッグストアの前で立ち止まると、包みを片手に持ちかえた。「買いたいものがあるんだ。二十ドルくれよ」ホイットニーが眉を上げると、ダグは毒づいた。

「けちけちすんなよ、どうせあの手帳につけるんだろ。一文なしじゃ、素っ裸みたいで落ち着かないんだ」

ホイットニーは財布を出しながら、にっこり笑った。「けさは裸でも平気だったくせに」

自分の体になんの反応も示さなかったホイットニーには、いま思い出しても腹が立つ。ダグはその手からひったくるように札をとった。「まあな。その話はまたあとだ。十分後に部屋で会おう」

会心の笑みを浮かべて、ホイットニーはホテルに入ると、ロビーをまっすぐつっきった。ダグ・ロードをからかうのって最高。こんなおもしろいことって何カ月ぶりかしら。買いたてのしゃれたバッグを持ちかえて、エレベーターのボタンを押した。

いまのところ順調のようね。父は私の無事を知って安心してくれたし、また外国へ行くことにも文句を言わなかった。声をたてて笑いながら、ホイットニーは壁にもたれた。この二十八年、父には何度か心配をかけた。でも、そういうふうに生まれついたのだから、仕方がない。そのたびに、嘘と真実とを織りまぜて、納得のいくまで釈明をしてきた。今度も、午後にはマキシーおじ様あてに千ドル送金してくれるはず。これで、ダグと二人、マダガスカルへ旅立つ元手ができるというものだ。

その名を聞いただけで胸が騒ぐ。マダガスカル。ホイットニーは部屋に向かって歩きながら、胸の内でつぶやいてみた。見知らぬ土地、蘭《らん》の花とあふれんばかりの緑。むせるような異国の香りが漂う。すべてをこの目で見て、感じて、触れたい。願わくは、ダグの言うパズルとやらが、二人を黄金の壺へと導いてくれることを、祈らずにはいられなかった。

宝自体に興味があるわけではない。富ならあり余るほどだ。それが増えたところで、なんの感慨もない。それよりも、宝を探して見つけだす、そのプロセスにたまらなく惹《ひ》かれるのだ。ダグも口ではお金のことばかり言っているが、心の底では同じ思いのはず。妙な話だが、ホイットニーには本人以上に、ダグの心がわかる気がした。

彼のことをもっとよく知らなければならない。店員と、仕立てや素材について話していた口ぶりからすれば、まんざら高級品を知らないわけでもなさそうだ。オーソドックスなリネンのシャツを着ている姿は、ちょっとした金持で通るかもしれない——あの目を見なければ、の話だが。鋭い視線に気づいてしまえば、お気楽な金持とは無縁だと、すぐにわかるだろう。常にまわりを警戒し、なにかを追い求める目。これからパートナーとしてやっていくためには、その理由を知る必要がある。

ドアの鍵を開けたとき、ふとあることに気がついた。これから数分間、部屋には私ひとり。ひょっとすると、ダグは例の書類を部屋のどこかに隠しているかもしれない。そもそも、投資の対象を見るのは、当然の権利ではないか。心に言いきかせてはみるものの、隣の部屋へ入るのはさすがにうしろめたかった。ダグの帰りを警戒しながら、足音をしのばせる。だが、境のドアを開けたとたん、ホイットニーは思わず息をのんだ。

「おどかさないでよ、ファン。死ぬかと思ったわ」胸に手を当てて笑いながら、部屋へ入る。その目は座っているウェイターを越えて、散らかったままのテーブルをとらえた。「朝食を下げに来たの？」彼に遠慮することはない。ホイットニーはさっそく、ドレッサーの引き出しを探った。「ここのホテル、いまごろの時期は忙しいの？」挨拶《あいさつ》がわりに尋ねる。「桜の季節ですものね。観光客も多いでしょ」引き出しは空だった。ホイットニーはじりじりしながら、部屋を見渡した。クロゼットの中かもしれない。「いつもメイドは何時ごろ来るの？　新しいタオルが欲しいんだけど」だが、黙って自分を見つめるだけのウェイターに、ホイットニーは眉をひそめた。「顔色が悪いわね。仕事が忙しすぎるのよ、きっと。だったら……」そう言いながら肩に手をかけたとたん、ファンの体がゆっくりと、力なく足もとにくずおれた。椅子の背には、血がべっとりとついている。

叫ぶことすらできなかった。脳も声帯も、凍りついてしまったのだ。目を大きく見開き、声にならない言葉をつぶやきながら、後ずさった。死体を見るのは初めてだが、部屋にたちこめた死の臭いを、ホイットニーはかぎとっていた。思わずその場から逃げだそうとした瞬間、男の手が彼女の腕を捕らえた。

「美しい」

間近に顔を寄せてきた男は、ホイットニーの顎を銃でしゃくった。片頬にひどい傷がある。割れた瓶か刃物ででもやられたらしい。ぎざぎざの跡だ。髪も目も乾いた砂色をしていた。銃身が氷のように肌を刺す。男は薄笑いを浮かべて銃を滑らすと、銃口を喉もとに押しあてた。

「ロードはどこだ」

ホイットニーは、足下にくずおれた体に目を落とした。白いジャケットの背に赤いしみが広がっている。ファンに助けを期待するのは無理らしい。チップを渡したのはほんの数時間前のことなのに、これではあの二十ドルを使う暇もなかっただろう。これはへたに動けない。細心の注意を払わないと、次は自分の番だ。

「ロードはどこかときいたんだ」銃が顎を押しあげる。

「まいてやったわ」とっさに答えた。「ここへ先に戻って、書類を捜そうと思ったのよ」

「裏切りか」男の指が髪の先をもてあそぶ。ホイットニーは胃がむかむかした。「頭のいいこった」そのまま髪をつかんで、ぐいと後ろへそらした。「やつはいつ戻るんだ」

「わからないわ」ホイットニーは痛みに身をよじりながら、必死で冷静さを保とうとした。「十五分、ひょっとすると三十分くらいかかるかも」ほんとうはいつ戻ってきてもおかしくないころだ。そう思うと、目の前が暗くなる。いまこうしている瞬間にも、ひょっこり入ってくるかもしれない。そうなったら二人ともおしまいだわ。改めて足下の死体を眺めると、さすがに涙がこみあげてきた。泣いている場合じゃない。ホイットニーはぐっと息をのんだ。「どうしてファンを殺したの?」

「まずいときにまずい所へ来たんでね」男はにやっとした。「あんたと同じさ、お嬢さん」

「ねえ、聞いて……」声を低く抑えるのは容易だった。むしろ、ささやく以上の声を出そうとすれば、歯の根が合わずに音をたててしまうだろう。「私、ロードに義理だてするいわれはないの。もし、あなたと私で例の書類を見つけたら……」わざとその先は言葉にせず、誘うように舌で唇をなめる。男の目がホイットニーの全身をなめまわした。

「貧弱な胸だな」男はせせら笑うと、一歩後ろへ下がって銃をちらつかせた。「まあ、もっとよく見せてもらってから考えるとするか」

ホイットニーは、ブラウスのいちばん上のボタンに手をかけた。とりあえず男の気はそらせたが、このままでは殺されるのも時間の問題だ。次のボタンに移りながら、ゆっくり後ずさりした。腰がテーブルにぶつかる。男の砂色の目を見据えたまま、ホイットニーは体を支えるふりをしてテーブルに手をついた。ステンレスの冷たい感触が指先をかすめる。

「手伝ってくれない？」そうささやいて、作り笑いを浮かべた。

「そうだな」男は首をすくめて、銃をドレッサーに置いた。両手を彼女の腰にかけ、ゆっくりと撫であげる。ホイットニーはフォークの柄を握りしめると、男の首筋に思いきり突きたてた。

血がとび散り、男は豚のような叫び声をあげて、後ろへとびすさった。フォークを抜こうと手を伸ばすのを見て、ホイットニーはとっさに革のバッグをつかむと、力いっぱいたたきつけた。相手にどれほどの深手を負わせたか、確かめるゆとりなどあるはずもない。そのまま脱兎《だっと》のごとく逃げだした。

いっぽう、ダグはちょうど戻ってきたところだった。レジの女の子に軽口をたたいて、上機嫌でロビーに入ろうとしたとき、走ってきたホイットニーとはちあわせしたのだ。

買い物袋を落としかけて、ダグは声をあげた。「いったいなんの騒ぎ――」

「走るのよ!」ホイットニーはひと声叫ぶなり、ダグのことはおかまいなしにホテルをとびだした。

大荷物を抱えたダグは毒づきながら、あとを追ってきた。「どういうことだ?」

「連中に見つかったの」

肩ごしにふりかえると、レモと男が一人、ホテルからとびだしてきたところだった。

「ちくしょう」ダグはつぶやくと、ホイットニーの腕をつかみ、手近の店に引っぱりこんだ。静かなハープの調べが流れる中、姿勢を正した支配人が二人を迎えた。

「ランチをご予約でしょうか?」

「いや、ちょっと友人を捜しているんです」ダグは答えながら、ホイットニーをつついた。

「ええ、そうなんですの。早く来すぎたかしら」支配人にウインクすると、彼女はそれらしく店内を見回した。「待たされるのっていやだもの。ああ、いたいた、マージョリーだわ。ほら、あそこよ。あらまあ、あんなに太っちゃって」ホイットニーはダグに身を寄せ、教えるふりをすると、そのまま支配人のわきをすりぬけた。「あの変てこなドレス、ほめるのを忘れないでね、ロドニー」

二人は端を通り、まっすぐ厨房《ちゅうぼう》に向かった。「ロドニーだって？」ダグが小声で抗議した。

「とっさに頭に浮かんだのよ」

「ほら」手に抱えていた箱や袋をホイットニーに押しつけながら、ダグの頭はフル回転していた。ここが腕の見せどころだ。「おれに任せてくれ」

厨房に入ると、二人は調理台やレンジ、コックたちの間をぬって歩いた。周囲に気を配りながら、すばやく勝手口をめざす。そのとき、白いエプロンが行く手をふさいだ。

「お客様、厨房へ入られては困ります」

ダグは相手を見上げた。シェフの帽子をかぶっているが、ざっと三十センチは背が高いうえ、幅一メートルもあろうかという巨漢だ。けんかを売るのは得策じゃない。ダグは改めて思った。体でなく頭を使いさえすれば、あざをつくることもないのだ。「ああ、すぐに失礼しますから」いかにも気ぜわしげに言いながら、すぐ右側で湯気をたてている鍋《なべ》をのぞきこんだ。「シーラ、じつにすばらしい香りだ。みごとだ、嗅覚《きゅうかく》に訴えてくる。まず、香りに四つ星だ」

ホイットニーは、間髪を入れずバッグから手帳をとりだすと、「四つ星」と復唱しながら記録した。

　ダグはレードルを鼻先まで持ちあげると、感に堪えないというように目を閉じて匂いをかぎ、味見までした。「ああ」芝居がかった言い方に、ホイットニーは必死で笑いをこらえた。「ポワソン・ヴェロニクか。すばらしい。ここまでくると芸術だ。コンテストでも一、二を争うことは間違いないな。きみ、名前は？」有無を言わせぬ口調で問う。

　シェフは分厚い胸をはった。「アンリです」

「アンリだね」ホイットニーに合図をしながら、ダグはくりかえした。「十日以内に連絡があるはずだ。さあ、シーラ、ぐずぐずしてはいられないぞ。まだあと三軒も回らなければならないんだからな」

「私はあなたに賭《か》けますわ」ホイットニーがシェフにそう言い残して、二人は勝手口を出た。

「うまくいったな」裏道へ出ると、ダグはしっかりホイットニーの腕をつかんだ。「だが、レモもそうばかじゃない。早くここをぬけださないと。マキシーおじさんのところへは、どう行けばいいんだ？」

「ヴァージニアのロズリンに住んでるわ」

「わかった、タクシーを拾おう」踏みだしたとたん、ダグが身を翻した。いきなり壁に押しつけられて、ホイットニーは息をのんだ。「くそっ、もう追いつきやがった」ダグはとっさに頭をめぐらせた。このままでは危ない。経験からいって、裏道へ逃げこめば早晩追いつめられるものだ。「こうなったら奥の手を使うしかないな。いくつか塀をのり越えることになるが、ちゃんとついてこいよ」

ホイットニーの脳裏に、血に染まるファンの姿が生々しくよみがえった。「わかったわ」

「さあ、行くぞ」

二人は並んで歩きだすと、すばやく右に折れた。最初の塀を越えるのに、ホイットニーは箱を重ねてよじ登らねばならなかった。とび下りた衝撃に、早くも足の筋肉が悲鳴をあげる。それでも、懸命に走りつづけた。ダグの行動は、まったく予測がつかない。通りをジクザクに縫い、裏道をぬけ、塀をとび越えていく。ついていくだけで、ホイットニーは肺が破裂しそうだった。ひらひらのスカートがチェーンのつなぎ目にひっかかり、裾《すそ》はぼろぼろ。道行く人が、いったい何事かとふりかえる。そういうところがニューヨークとは違うところだ。

ダグは、常に片方の目で背後をうかがっているようだ。ずっとこうやって生きてきたのだろうか。もしかすると、これ以外の生き方を知らない男なのかもしれない。ホイットニーには、そんな気がしてならなかった。ダグに引きずられるように地下鉄への階段を駆け下りる。手すりにつかまって、つんのめりそうになるのをこらえた。

「青のライン、赤のライン……どうして、ごちゃごちゃ色分けなんかするんだ」

「知らないわよ」ホイットニーは息もたえだえに、案内板にもたれた。「地下鉄なんか、乗ったことないもの」

「まあな、お互いリムジンしか縁のない身だ。よし、赤のラインで行くか」そう言うなり、またホイットニーの手をつかんで走りだした。まだ、やつらをふりきってはいない。ダグは背後に追っ手の気配を感じていた。五分でいい、五分だけでも差をつけられたら。そうすれば、地下鉄にとび乗って、もっと時間を稼ぐこともできる。

ホームは乗客でごったがえしていた。片手ではきかないほど、さまざまな言語がとび交っている。人は多ければ多いほどいい。そう考えたダグは、人波をぬうようにじりじりと進んでいった。ホームの端まで来てふりかえる。とたんにレモと目があった。日焼けした頬に包帯、格好の目印だ。ホイットニー・マカリスター、あんたのお手柄さ。思わず口もとをほころばせた。礼を言わなくちゃな。ほかのことはともかく、これだけは恩に着る。

あとはタイミングの勝負だ。ホイットニーを電車に引き入れながら、ダグは思った。タイミングで運がわかる。賭はどっちに転ぶか。ホイットニーとサリーをまとったインド人女性の間にはさまれて、ダグはホームを眺めた。レモは人波にもまれて、前に進もうともがいている。

ドアが閉じると、ダグはにっこり笑って、外で歯ぎしりするレモに軽く会釈してみせた。

「さて、席を見つけるか。まったく、公共の交通手段ほどありがたいものはないな」

車両を移動する間じゅう、ホイットニーは無言だった。なんとか二人座れそうなあきを見つけても、黙りこくったままだ。しかし、ダグは身の不運を嘆いたり、うまくきりぬけた幸運を喜んだりと、はしゃぐのに忙しくて、彼女の様子がおかしいことにまるで気づかなかった。あげくに、窓ガラスに映った自分の横顔ににっこりする始末だ。

「いや、危ないところだったな。レモの野郎、またおれたちにまかれたと、どの面下げてディミトリに報告する気かね。さぞかし言い訳に苦労するだろうさ」上機嫌で、鮮やかなオレンジ色のシートの背に腕を伸ばした。「それにしても、よくあいつらに気づいたな」次の手を考えながら、なんの気なしに尋ねる。まず金とパスポートを手に入れて、空港へ向かう。その前に図書館へ寄らねばならないが、大筋はそれでいい。万が一、ディミトリの手下がマダガスカルまで追ってきたときは、またまいてやるまでだ。ダグはすっかり舞いあがっていた。「けっこうやるじゃないか。連中が手ぐすね引いて待ってる部屋へ戻ったら、とんでもない目にあうところだったぜ」

ここまでは無我夢中で逃げてきた。恐怖に背を押され、生存本能につき動かされて走りつづけてきたのだ。しかし、それも椅子に腰を下ろすまでだった。やっとの思いで顔を上げると、ホイットニーはダグの横顔を見つめた。「ファンが殺されたわ」

「え?」ききかえしたダグは、そのとき初めてホイットニーの様子がおかしいことに気づいた。顔からは血の気が失《う》せ、目もうつろだ。「ファンだって?」肩を引き寄せ、声をひそめた。「あのウェイターがどうしたって言うんだ？」

「戻ってみたら、あなたの部屋で彼が死んでたの。男が一人、待ち伏せしてたわ」

「どいつだ？　どんな人相のやつだった？」ダグはたたみかけた。

「砂色の目をして、頬に傷跡があったわ。長くて、ぎざぎざの」

「バトレインか」ダグはつぶやいた。ディミトリの手下の中でも札つきの悪《わる》、冷酷を絵に描《か》いたような男だ。ホイットニーの肩にかけた手に力をこめた。「きみは無事だったのか？」

じっくり寝かせたウィスキーのような、深い琥珀色の瞳が、ダグの目をとらえた。「私、あの男を殺してしまったみたい」

「なんだって？」優美で、華奢《きゃしゃ》なつくりの顔をまじまじと見つめる。「きみがやつを殺したっていうのか？　どうやって？」

「フォークで」

「まさか……」ダグは言葉をのみこむと、椅子にもたれた。いったい何がどうなったのか。ふつうなら大声で笑いとばすところだ。だが、ホイットニーの目が、氷のように冷たい手が、ショックの大きさをありありと物語っている。「あんたがフォークで、ディミトリの手下《や》を殺ったと言うんだな？」

「脈を確かめる暇なんてなかったわよ」電車が駅に滑りこむと、ホイットニーはたまりかねたように席を立ち、ドアに向かって突進した。あわててダグもあとを追う。文句を言い言い、人をかきわけ、ようやくホームでホイットニーをつかまえた。

「わかった、わかった。だから、全部話してくれ」

「全部ですって」ホイットニーはかっとなって、ダグに向きなおった。「最初から話せって言うの？　あの血なまぐさい話を？　私が部屋に戻ってみると、彼が死んでたのよ。なんの罪もないのに、かわいそうなファン。糊《のり》のきいた白い上着が血で真っ赤に染まって。そしたら、道路地図みたいな顔の化け物が現れて、私の喉に銃をつきつけたのよ」

思わず声が高くなった。通行人が耳をそばだて、二人をふりかえる。

「興奮するなよ」ダグは別の電車へと、ホイットニーを引っぱっていった。行く先はどこでもいい、とにかくいまは地下鉄で動きまわることだ。そのうちには彼女も落ち着き、もっといい手も浮かぶだろう。

「そっちこそ、いいかげんにしてよ」ホイットニーも負けてはいない。「誰のせいで、こんなことになったと思ってるの」

「ちょっと待てよ。いやなら、いつでも抜けていいんだぜ」

「そうでしょうとも。あげくのはてに、喉をかき切られて死ぬのがおちだわ、あなたと例の紙きれを追ってる連中にね」

それを言われると、ぐうの音も出ない。ダグはホイットニーを隅の座席に押しやると、自分も隣に割りこんだ。「それじゃ、どこまでもついてくるって言うんだな」ダグは声を押し殺して言った。「だったら、一つ教えてやるよ——あんたの愚痴を聞いてるといらいらするぜ」

「愚痴を言いたいわけじゃないわ」突然、ホイットニーの目に涙があふれた。「だけど、ファンはもう帰ってこないのよ」

いらだちが影をひそめ、罪の意識が頭をもたげる。どうしていいかわからずに、ダグはホイットニーの肩に腕を回した。女を慰めるなんて、柄じゃない。「自分を責めるなよ。あんたが悪いんじゃない」

ホイットニーはぐったりと、ダグの肩にもたれた。「ずっとそうやって生きてきたの、ダグ？　悪いのは自分じゃないって」

ホイットニーの髪に指を絡ませながら、ダグは向かいの窓ガラスを眺めた。寄り添う二人の姿がぼんやり映っている。「ああ」

それきり二人は黙りこくった。悪いのは自分ではないと、ほんとうに思っているのか。二人とも、そのことを考えていた。

3

早いところ元気を取り戻してもらわないとな。ファーストクラスの座席でもそもそしながら、ダグは思案にくれていた。どうすれば、ホイットニーを立ちなおらせることができるのか。金持女のことは、よくわかっているつもりだった。これまでさんざん利用もしたし、されてもきた。実際、ずいぶんしてやられたものさ。なにしろ二時間以上一緒にすごした女には、誰かれなく情が移ってしまう。それがおれの泣きどころだ。まあ、みんないい女だったたし、仕方がないさ。女っぽい匂《にお》いをぷんぷんさせて、やわ肌で迫られれば、信じたくもなるじゃないか。しかし、これまでの経験でわかったのは、銀行口座に金をたくさん持ってるような女は、概して人間味に欠けるということだ。こっちがダイヤのイヤリングなんか忘れてもっと血の通った関係になろうとした瞬間、掌《てのひら》を返したように冷たくしやがる。

冷淡。これが金持のいちばんいやなところだ、とダグは思った。子供がかぶと虫でも踏んづけるように、平気で他人を踏みにじる。プライベートな相手なら、笑顔のやさしいウエイトレスのほうがよほどいい。だが、仕事となれば迷うことなく、金のある女を選んできた。金持女は最高の隠れ蓑《みの》になる。腕にぶら下げておくだけで、鍵《かぎ》のかかったドアでも楽々通りぬけることができるのだ。もちろん、いろいろなタイプがいるが、たいていは二、三のレッテルで片がつく。退屈している、不道徳、冷淡、さもなきゃばかか、まあそんなところだ。だが、ホイットニーはそのいずれでもなかった。ウェイターの名前を覚えている女がどれほどいるだろうか。まして、そいつのために悲しむような女が。

二人はダラス国際空港を発《た》ち、パリへ向かう機中にいた。このまわり道が功を奏して、ディミトリをまければいいが。たとえ一日でも数時間でも稼げるならば、そいつをむだにする手はない。ディミトリが自分に逆らう者にどういう仕打ちをするか、この世界の者なら誰でも知っている。ディミトリは伝統に忠実な男で、そのやり方も古典的だった。じわじわと時間をかけて、あらゆる拷問をすることに情熱を傾ける。まるで暴君ネロのような男なのだ。コネチカットにあるディミトリの屋敷には、地下に拷問用の部屋があるらしいとささやかれていた。おそらくスペインの異端審問ででも使われたような道具が、ずらっと並んでいるのだろう。噂《うわさ》によれば、一流の設備をそろえたスタジオまであるという。照明の下、カメラが回り、血なまぐさい演技が展開される。その身の毛もよだつような光景を、再生しては楽しんでいるという、もっぱらの評判だった。

やつのスポットライトなんか浴びてたまるか。ディミトリの全能神話などに踊らされはしない。あいつもただの男、肉と血でできた生身の人間なのだ、そう自分に言いきかせる。しかし、一万メートルの上空にいてもなお、ダグはぞくぞくするような不安に駆られていた。蜘蛛《くも》の巣に絡めとられ、もてあそばれる蠅《はえ》のような気分だ。飲み物のおかわりをとりながら、ダグは思いを振りはらった。焦るな、とにかく一歩ずつ進んでいくんだ。生き延びる道はそれしかない。

時間のあるときなら、ホイットニーを〈オテル・ド・クリヨン〉へ連れていき、二、三日羽を伸ばしたいところだ。パリではここと決めている。簡易ベッドの安宿で充分な街もあれば、夜を過ごしたくない街もある。だが、パリは違う。この街はいつも、おれに幸運をもたらしてくれるのだ。

ダグは一年に二度は、必ずパリを訪れることにしていた。ほかならぬ食べ物のためだ。ダグに言わせれば、料理に関するかぎり、フランス人ないしはフランスで修行した人間に優《まさ》る者はいない。その技を知りたいがために、自分でもいくつかの料理のコースに紛れこんだりした。そこでフランス料理の作り方を学び、コルドンブルー式オムレツの正しい作り方も身につけた。もちろん、こういう趣味があることは極力他人に知られないように注意している。万一、エプロンをつけて卵を泡立てていたなどという噂でも広まれば、街での評判に傷がつくし、ばつが悪いことこのうえない。パリへ行くのも、いつも仕事と偽っていた。

二年ほど前、ダグは〈オテル・ド・クリヨン〉に一週間滞在した。あのときは優雅なプレイボーイを装い、金持連中の部屋に次々とおじゃまさせてもらったっけな。獲物の中には極上物のサファイアのネックレスもあった。そいつを質入れして、宿泊代を払ったはずだ。いつまた世話になるともかぎらないから、ホテルの払いだけは、きちんとしておいたほうがいい。

どのみち、今回の旅ではスフレのミニコースも、ちょっとした盗みも楽しむ暇はない。ゲームが終わるまでは、ゆっくりと席を暖めることは許されないのだ。ふつうなら、こういう駆け引きは好きなほうだ。追いつ追われつ、獲物よりも狩りそのものにこそ醍醐味《だいごみ》がある——初めて大きな仕事をしたとき、そう悟った。計画を練る間の緊張感とプレッシャー、刑罰への恐怖と毛の逆立つようなスリル、そして成功したときの全身を貫く快感。それが過ぎてしまえば、また一つ仕事を片づけただけのこと。すぐ次の仕事がしたくなる。そうして次々に、新たな興奮を求めるようになるのだ。

高校の進路指導にすなおに従っていれば、いまごろはばりばりの弁護士として活躍していたかもしれない。おれは頭もきれるし、口もうまいからな。ダグはまろやかなスコッチをひと口含み、改めて思った。先生の言うことをきかないでよかったぜ。

考えてもみろよ、ダグ・ロード弁護士。机の上には書類の山、週に三度のビジネスランチ。これが人間の暮らしかね？　ダグは、ワシントンDCを発つ前に図書館から失敬してきた本のページを繰った。答えはノーだ。仕事仕事でオフィスに足止めをくうようでは、どっちが主かわからない。人間、仕事に使われるようになっちゃおしまいさ。せっかく人より高いIQに恵まれたんだ。おれならもっと楽しいことに、己の才能をいかしたいね。

本に目を落とすと、そこにはマダガスカルの歴史と地形、文化が紹介されていた。こいつをひととおり頭にたたきこめば、当座不自由はないはずだ。スーツケースの中にはあと二冊入っているが、そちらもおいおい読むつもりだ。一方は失われた財宝に関する本で、もう一冊はフランス革命の歴史を詳しくひもといたもの。宝探しを始める前に、あらかじめ当時の状況を把握し、肝心のお宝の姿形を頭に入れておくつもりだった。

もし手に入れた書類が本物なら、美しきマリー・アントワネット様々だ。あのぜいたくの大好きな女が宝石をかき集め、裏で画策したあげく、さっさと退位させられたおかげだものな。ミラー・オブ・ポルトガル、ブルーダイヤ、サンシー――どれも五十四カラットの逸品ぞろい。まったく、フランス王家の趣味はたいしたものさ。麗しきマリーも、その伝統を覆すことはなかった。ありがたい話だ。命がけで王家の財宝を国外に持ちだした貴族たちにも、感謝しなければならない。彼らは王家が返り咲く日を夢見ながら、秘宝を守りつづけたのだから……。

サンシーはマダガスカルにはないだろう。おれもだてにこの商売をやってはいない。いまはアストール家の手にあることを知っている。とはいえ、可能性は無限大だ。ミラーとブルーは何百年も前に姿を消したままだし、ほかにも行方のわからぬ財宝は数知れないのだ。農民たちの堪忍袋の緒を切るきっかけになった〝ダイヤの首飾り事件〟をめぐっては諸説紛々、伝説や臆測《おくそく》が渦巻いている。首飾りが肝心の首をはねる結果になるとは、なんという皮肉。マリーをギロチンへと送った因縁のネックレスは、その後どんな運命をたどったのだろうか。

ダグは運命や宿命、あるいは単なる運とでもいうようなものを信じていた。運が尽きてしまう前に、なんとしても宝にたどりつくのだ。王家の秘宝に、膝まで埋もれてやる。ディミトリのやつには指一本触れさせるものか。

ともかくいまは、マダガスカルについてできるだけ多くの知識を詰めこむことだ。いつものなわばりとはかけ離れた土地での仕事になるが、それはディミトリにとっても同じこと。このおれに、やつに優る点があるとすれば、それは情報収集能力だ。ダグは次々とページをめくっては、片端から内容を記憶していった。地理さえ頭に入っていれば、インド洋の小さな島だろうがまごつくことはない。マンハッタンを東から西へ行くように、縦横無尽に動いてやるさ。いや、そうでなくては困る。

成果に満足すると、ダグは本を置いた。水平飛行に入ってから二時間はたつ。そろそろホイットニーをふさぎの虫から解放してもいいころだ。

「なあ、いいかげんにしろよ」

ホイットニーは顔を上げると、無表情にダグを見つめた。「なんですって？」

「いいぞ、冷淡な女のきまり文句だ。冷淡な女には二種類いる。金のある女とガッツのある女。もっとも、このお嬢さんは両方ともお持ちのようだが。「いいかげんにしろって言ったんだよ。いつまでもふくれっ面されてちゃかなわない」

「ふくれっ面？」

ホイットニーは目を細めている。きっと文句をまくしたてるだろう。そうなればこっちのもんだ。うまく怒らせることができれば、たちどころに元気回復だ。「ああ、そうだよ。のべつ幕なしに口を動かしてるおしゃべり女もいただけないが、ものには程度ってのがあるだろう」

「あら、そう？　ずいぶん細かい注文をつけてくれるわね、上等じゃない」ホイットニーは、ダグが間の肘かけに置いたたばこから一本抜いて火をつけた。たったこれだけの仕草がこうも尊大に見えるとはおそれいる。これもまた一興だ。

「だったら一から教えてやるよ、かわいこちゃん」

ひそやかな悪意をこめて、ホイットニーはダグの顔に煙を吹きかけた。「どうぞ、おっしゃって」

ホイットニーの痛みがわかるだけに、ダグは一瞬間を置いた。だが、口をきったとき、その淡々とした口調には有無を言わせぬ響きがあった。「これはゲームなんだ」ホイットニーの指からたばこを奪い、ひと口吸う。「どこまで行ってもゲームはゲーム。だが、やるからにはそれなりのペナルティも覚悟しなくちゃならない」

ホイットニーはダグを見据えた。「ファンのこともそんなふうに思ってるの？　ペナルティですって？」

「彼はまずいときにまずい所へ行きあわせちまったんだ」ダグはそれとは知らずに、バトレインと同じせりふをくりかえしている。しかし、言葉は同じでも、そこには違う響きがあった。後悔？　それとも自責？　なにかはわからないが、確かに違う。ホイットニーはそこに救いを見出《みいだ》していた。「あと戻りはできない、起きちまったことはどうしようもないんだよ。おれたちは前へ進むしかないんだ」

ホイットニーは置いたままのグラスを手にとった。「それがあなたのやり方？　前へ進むのが？」

「勝ちたいならね。勝たなければならないときに、後ろをふりかえってるゆとりなんてないんだ。過ぎたことで自分を苦しめてもなにも変わらないだろう。いまのおれたちはディミトリの一歩先、うまくすれば二歩先を行っている。だが、このペースで最後まで走りとおさなけりゃならないのさ。これはゲームだが、本気も本気、命がけのゲームだ。やつらに追いつかれたときは、死ぬことになる」そう言いながら、ダグはホイットニーの手に自分の手を重ねた。慰めようとしたわけではない。震えていないか確かめたのだ。「もし、このやり方についてこられないなら、いまのうちに手をひくことを考えたほうがいい。まだまだ先は長いんだからな」

　手をひくだなんて冗談じゃないわ。敵に後ろを見せることは、プライドが許さない。でなければ、頑固に生まれついたかのどちらかだ。とにかく、これまでの人生であとへひいたことは一度もないのだ。そういうダグはどうなのだろう。ホイットニーはふと考えた。なにがダグラス・ロードを駆りたてているのだろうか。「あなたはなぜゲームを続けるの？」

　この好奇心と頭のきれが、ダグは好きだった。最初の山は越したようだな、と安心して座席にもたれる。「同じポーカーで勝つにも、フラッシュで勝つより2のワンペアで勝つほうがよほど気分がいい。わかるだろ、ホイットニー」煙を吐きだすと、にやっと笑った。

「あの気分はこたえられない」

　なんとなくわかる気がする。ホイットニーはダグの横顔をしげしげと眺めた。「要するに、逆風が好きなのね」

「リスクが大きいほど、見返りも大きいのさ」

　ホイットニーは座席にもたれて目を閉じると、それきり黙りこんだ。ダグは眠ったのだろうと思っていたが、実際には頭の中で、これまでの出来事を一つ一つふりかえっていたのだ。「レストランでは……」ふいに口を開いた。「どうして、あんなにうまく言いくるめることができたの?」

「レストランがどうしたって?」マダガスカルのさまざまな集落について読んでいる最中のダグは、本から目を離そうともしなかった。

「ワシントンDCのレストランの話よ。命からがら逃げてたとき、厨房《ちゅうぼう》を通りぬけようとしたでしょ。あのとき、大男のシェフが目の前に立ちはだかったじゃないの」

「とっさに頭に浮かんだことを口にするのさ」ダグはこともなげに答えた。「たいていは、それがいちばんうまくいくんだ」

「言葉だけの問題じゃないわ」納得できずに、ホイットニーはダグのほうへ向きなおった。「その直前まで無我夢中で通りを逃げてた男がよ、次の瞬間きどった料理研究家になりすまして、もっともらしいことを並べたてるんですもの」

「命がかかってるとなりゃ、なんだってできるさ」ダグは顔を上げて、にやっとした。「それからもう一つ、なにかどうしようもなく欲しいものがあるときもだ。おれはもともと、相手の懐に入りこんで仕事をするのが好きなんだ。せいぜい考えるとしたら、正面玄関から入るか、使用人用の勝手口から入るかぐらいのもんさ」

話がおもしろくなったホイットニーは、合図をして二人に飲み物のおかわりを頼んだ。

「というと?」

「たとえば、カリフォルニアのビバリーヒルズを例にとろう」

「いやな例ね」

ホイットニーを無視して、ダグは思い出話を始めた。「まず、ご立派な大邸宅の中から、これと目星をつける。そのあたりで二、三聞きこみをして、足を使って情報を集める。的が絞れたところで、正面から行くか裏口から攻めるか――まあ、そのときの気分次第だが、たいていは玄関から入るのがいちばん楽なんだ」

「どうして？」

「金持ってのは、使用人の身元にはうるさいくせに、客の素性は問わないものなんだ。まず、資金を用意する。二、三千ドルってとこだな。そいつで高級ホテルにチェックインして、メルセデスを借りる。それから、有名人の名前を二、三仕入れる――もちろん、街にいないことがわかってる連中のね。準備ができたところでパーティにのりこむ。一度潜りこんでしまえば、あとはこっちのもんさ」ダグはため息まじりに、飲み物を口にした。「驚くじゃないか。ヒルズじゃ金持は、財産を首からぶら下げて歩くのがお好きと見える」

「それじゃ、あなたはただ歩いていって、むしりとってしまうってわけ？」

「まあ、そんなとこだな。肝心なのは、欲を出さないことだ。それと、本物とガラス玉とを見分けること。カリフォルニアには、まがい物が多いからな。あとは、それらしくふるまうことだ。半分惰性で生きてるみたいな連中だ、金持のやることなんか知れてるよ。そいつをそっくり真似《まね》てりゃいい」

「ご挨拶《あいさつ》ね」

「服装には気を配ること。あとは前もって、然《しか》るべき場所で、然るべき人物と一緒にいるところを見せびらかす。そうすりゃ、まず身元を疑われることはないな。この前この手でやったときは、三千ドルが三万にもなった。だから、カリフォルニアは大好きさ」

「とてもすぐには戻れそうにないわね」

「戻ってきたよ。髪を染め、口ひげを伸ばして、ジーンズをはいて。カシー・ローレンスの家の薔薇《ばら》を刈ってたんだ」

「カシー・ローレンス？ 芸術家のパトロンをきどってる、あのピラニア？」

じつにみごとな描写だ。「会ったことあるのかい？」

「ええ、不幸にして。それで、あの女からはいくら巻きあげたの？」

声の調子からして、たっぷり巻きあげてやったと言えば喜びそうだ。だが、なんの苦もなく家捜しできたことは黙っていよう、とダグは思った。なにしろカシーの気を惹《ひ》こうと、つつじの手入れをするのにわざわざシャツまで脱いでみせたのだ。カシーはそれをうっとり眺めて楽しんだあと、ベッドでは文字どおり、この体をむさぼり食ったのだ。その礼として、こっちはすばらしいルビーのネックレスと、ピンポン玉ほどもあるダイヤのイヤリングをひとそろい盗んでやった。

「たっぷりとね」ダグはようやく答えた。「彼女が嫌いらしいな」

「あの女には品がないわ」一刀両断。お嬢様に言わせりゃそうだろう。「彼女と寝たの？」

思わず飲み物にむせたダグは、そっとグラスを置いた。「そういうことは……」

「寝たのね」がっかりした様子で、ホイットニーはダグを眺めまわした。「なのに、傷跡ひとつ残ってないなんて、驚きだわ」またひとしきり、今度はもの思わしげにダグを見つめる。「そういうことをして、恥ずかしくないの？」

いまならこの女を絞め殺しても、良心の呵責《かしやく》は感じないだろう。それくらい、ホイットニーのひと言は痛いところをついていた。確かに、狙《ねら》った女とベッドを共にし、楽しんだことはある。もちろん、相手だってそれなりに楽しませてやった。相応のものをいただくだけの、礼をしたつもりだ。だが、そうは言いながらも、セックスを仕事の道具に使うのはかなり汚いやり方だ、とダグ自身も感じていた。「仕事は仕事だ」ダグは言葉少なに言った。「まさかクライアントと寝たことがないなんて、言わないだろうな」

ホイットニーが片方の眉を上げた。おもしろがっているような顔つきだ。「私は気に入った相手としか寝ないわ」声の調子からすると、自分は趣味がいいとほのめかしているようだ。

「世の中には、選ぶ余地のない人間だっているさ」ダグは本を開いて鼻先をつっこむと、それきりおし黙った。

このおれに罪の意識を与えようとしてもむだなことだ。その種の感情は持たないように、常に心に言いきかせている。警察や怒り狂った被害者以上に始末の悪いもの、それが罪悪感なのだ。そいつに心を許すようになっては、この稼業もおしまいだ。

それにしても妙な女だ。おれの仕事が泥棒とわかっても、少しも動じる気配がない。狙う相手が自分と同じ金持ばかりとわかっても、涼しい顔で瞬きひとつしやしない。へたをすれば、かもの中には友だちが混じっていたかもしれないのだ、まんざら無関係とも言えないだろうに。もっとも、おれに言わせりゃ、もてあまし気味の財産を少々軽くしてやったぐらいのことだが。

いったい、こいつはどういう女なんだ？　冒険や刺激を求めていることはわかる。わざわざ自分から危険にとびこむつもりらしい。その気持もわからなくはない。実際、おれなんて、それだけで生きてきたようなものさ。だが、あの顔はどこから見ても金持の、クールなお嬢様だ。まるでイメージに合わないじゃないか。

そうさ、泥棒だとうちあけたときにも顔色ひとつ変えなかったくせに、おれがひと握りの宝石とひきかえに西海岸の〝鮫《さめ》〟と寝たとわかったら、どうだ。あの女は嘲《あざけ》るように、おれを見た。もっといまいましいのは、目に哀れみまで浮かべたことだ。

そういえば、あの宝石はどうしただろう。そうそう、その日のうちにシカゴの故買屋へ持ちこんで金に換えたまではよかったが、気まぐれな風に吹かれてプエルトリコへ出かけたんだ。あげくのはてが、三日ともたずにカジノで全部すっちまって、残ったのは二千ドルぽっち。あの宝石のおかげで、おれはなにを手に入れたというのか。改めて考えたダグの顔に、笑みが広がった。とほうもない週末、いい夢を見させてもらった。

どうもダグの懐には金が居つかない。金を手に入れたとたん、決まってなにかが起こるのだ。絶対確実という競馬の儲《もう》け話が持ちこまれたり、大きな瞳の女が、語るも涙の物語をか細い声でうちあけたり。それでも、ダグは自分をおめでたいやつだとは思わなかった。生まれついての楽観主義者。この商売をやって十五年以上になるが、そこだけは昔のままだった。盗《と》ったり盗られたりするから、おもしろい。この商売からスリルをどけたら、弁護士でもやったほうがましだ。

何十万ドルという金が、この手をすりぬけていった。こなした仕事も数知れず。だが、今度だけは違う。前にも同じせりふを吐いたことはあったが、それとは比べものにならないくらい、大きなヤマになるはずだ。たとえ、本物のお宝は資料の半分程度だったとしても、それで一生遊んで暮らせる。もう二度と働かなくてすむのだ——勘が鈍らないように、たまには仕事を引き受けてもいいが。

ヨットを買って、港から港へと旅をするのだ。南フランスへ行き、日光浴でもしながら女を眺めるとしよう。死ぬまで、ディミトリの一歩先を走りつづけてやる。あいつのことだ、どうせ死ぬまであきらめないだろう。それもまた一興、おもしろいゲームだ。

しかし、なんといってもいちばん楽しいのは、実行するまでのプロセスだ。計画を練り、手はずを整える。シャンパンは、飲んで楽しむよりも、栓を開けるまでが華なのだ。あと数時間でマダガスカル。着いたらすぐに、本で得た知識と、これまでの経験と技とを総動員して、活動開始だ。

ディミトリの先を行くには、ペースに気をつけることだ。焦ると、こっちからやつの懐にとびこみかねない。難しいのは、やつの手の内を読めないことだ。例の封筒の中身を、どの程度知っているのだろうか。考えるだけむだだな。ダグは無意識に手を胸にやった。そこには相変わらず、封筒が貼《は》りつけてある。たとえいまは知らなかったとしても、ディミトリのことだ、早晩必要な情報をそろえるだろう。それがやつのやり方だ。これまでやつを裏切って、生き延びた者はいない。一つところに長居をすれば、必ずつかまる。首筋に追っ手の熱い息がかかる瞬間を、ダグは思い浮かべた。

いっときたりとも気は抜かないことだ。とにかくマダガスカルにさえ着けば……。ダグはホイットニーに目をやった。シートに体をあずけ、目を閉じている。眠っていても、クールで、高貴で、近寄りがたい感じがするのはどうしてか。ふいに欲望が頭をもたげる。手の届かないものに出会うと、どうしても手に入れたくなるのだ。だが、いまはその気持も抑えなくてはならない。

二人の間にあるのはビジネス、ただそれだけだ。うまいこと現金を引きだしたら、さっさとおさらばするに限る。確かに、ここまでは思ったよりも役に立ったが、この手の女は知りつくしているのだ。金持で、移り気。今度の話に飽きるのだって、時間の問題だろう。そうなる前に、金を巻きあげなくては。

もちろん、うまくやるさ。ダグはボタンを押してシートの背を倒すと、本を閉じた。一度読んだら忘れない。この天性の記憶力があれば、法学部でもどこへでも難なく進めただろう。結局、こういう商売を選んだが、この才能は充分役に立っている。仕事の下調べをするときも、メモはいっさい必要ない。一度かもにした相手を、うっかりまた狙うようなへまだってする気づかいはなかった。なにしろ、一度見た顔と名前は、絶対に記憶から消え去ることがないのだ。

この指の間からどれだけ金がこぼれ落ちようと、情報だけはひとかけらももらさない。その点については割りきっていた。金なんかいくらでも手に入る。株や債券に投資したところで、人生が退屈になるだけだ。それなら、車や馬につぎこむほうがずっとおもしろい。ダグは自分の生き方に満足していた。これから二、三日は、きつい日が続くだろう。上等だ。同じダイヤを狙うにも、陳列棚からいただくよりは、ごみの山から捜しだすほうがよほど気がきいている。掘りおこすのが、いまから楽しみだ。

ホイットニーはひたすら眠った。飛行機が徐々に高度を下げはじめたとき、機体の動きでようやく目を覚ました。ああ神様、感謝します――真っ先に頭に浮かんだのは、そのひと言だった。飛行機にはもううんざりしていたのだ。一人旅ならコンコルドを使うところだ。しかし、時が時だけに、ダグのためによぶんな旅費を使う気にはなれなかった。手帳につけた借金はふくらむ一方。もちろん、一セント残らず回収するつもりではいるが、相手にまるで返す気がないこともわかっていたからだ。

いまの彼の姿を見れば、まじめを絵に描《か》いたような男と映るだろう。ホイットニーは眠っているダグを観察した。長旅のせいで髪はくしゃくしゃ、膝に置いた本の上で手を組んでいる。誰だって、休暇でヨーロッパへ向かう裕福な男と思うに違いない。これも技のうちなのだ、とホイットニーは思った。いざとなったら、どんな人たちの中にでも溶けこめる、この能力がどれほどものをいうことか。

でも、ほんとうはどんな世界の人なのかしら。暗い裏道で取り引きするような、薄汚い野良犬？　暗黒街の人間？　ホイットニーの脳裏にふと、バトレインのことを尋ねたときのダグの目がよみがえった。そう、間違いなく裏の世界にかかわったことのある目ね。じゃあ、その筋の人？　いいえ、どっぷりつかっているようには見えない。なにかそぐわない気がする。

知りあって間もないが、ダグは暗黒街の人間ではないと、ホイットニーは確信を持っていた。彼は一匹狼《おおかみ》。とにかくなにかせずにはいられなくて、ばかを承知で危ない橋を渡ることもあるのだろう。それが魅力的でもある。確かに、泥棒には違いない。しかし、ダグにはプロとしての誇りと美学が感じられた。盗人《ぬすっと》の仁義など、法廷では通用するまい。しかし、ホイットニーはダグの姿勢に一目置いていた。

この男は悪党じゃない。ファンの話をするときの目は、悪党の目ではなかった。ダグはロマンチスト、夢を追う男なのだ。宝の話をするときの目の輝きが、それを物語っている。と同時に、現実主義者。それはディミトリのことを話す口ぶりによく表れていた。恐れを知る現実主義者。一つところに納まるには、複雑すぎる。それに……。

カシー・ローレンスの愛人だった男だ。あの西海岸の〝ダイヤモンド〟は、朝食代わりに男を食べるという噂だが、ベッドを共にする相手については厳しく吟味するとも聞いている。そのカシーを、ダグのなにが惹きつけたのか。若い男のたくましい肉体？　それだけで充分だったかもしれない。だが、ホイットニーはそれ以上のものを感じていた。ダグの体がどれほど魅力的かは、ワシントンDCの朝、この目で見て知っている。それこそ頭の先から爪の先までじっくり観賞し、思わずよろめきそうにもなった。しかし、肉体そのものにというよりは、その身に備わった品格に惹かれたのだ。ダグ・ロードには、独特の雰囲気がある。それがあればこそ、ビバリーヒルズやベルエアの家々の敷居を、苦もなくまたぐことができたのだろう。

ダグのことはわかったつもりでいたが、カシーとのことをきかれたときのあわてようは意外だった。せいぜい肩でもすくめて、ぞんざいな言葉を口にするだろうと思っていたのに、とまどうばかりか怒りの色さえ浮かべるとは。人なみに感情も、自尊心も持ちあわせているということか。ますますおもしろい。またいちだんと、ダグが好ましく思えてきた。

だが、好き嫌いは別として、宝についてはもっと探りだす必要がある。それも早急に。なにしろ、今回のことでは思いがけず大金をつぎこんでしまった。これ以上、わけもわからずにつき進むことはできない。衝動的に事件の渦中にとびこみ、そのあとはやむなくダグと行動を共にしてきた。本能が、一緒にいるほうが安全だと告げたからだ。だが、その二つを抜きにすれば、なんの保証もない無名の銘柄に、これ以上投資するわけにはいかない。ホイットニーの事業家としての血が納得しなかった。手遅れになる前に、ダグの隠している宝の手がかりをこの目で確かめるのだ。彼のことは嫌いじゃない。ある程度理解できると思っている。だが、信用する気はさらさらない、たとえ一センチたりとも。

そのころ、ダグも浅いまどろみの中で、ホイットニーについて同様の結論に達していた。宝を手にするまでは、封筒は肌身離さず持っていよう。

飛行機が着陸に向けて最後の降下を始めると、二人はシートの背を戻し、にっこりとほほ笑みを交わした。笑顔の下で、互いに計算をめぐらせながら。

荷物を抱えて税関をぬけるころには、ホイットニーはすぐにでも横になりたい気分だった。それも、動かないベッドの上で。

「オテル・ド・クリヨンまで」ダグがタクシーの運転手に言うのを聞いて、ホイットニーは安堵《あんど》の息をもらした。

「あなたの趣味を疑ったりして、悪かったわ」

「お嬢さん、おれには二十四カラットしかお呼びじゃない。そいつが問題なんだよ」

そう言うと、ダグはホイットニーの髪の先を撫《な》でた。計算ずくではない、無意識に出た動作だった。

「疲れたようだな」

「四十八時間も休みなしですもの。別に文句を言うわけじゃないけど。でも、これから八時間くらい、ゆっくり体を伸ばせたら、気分は最高でしょうね」

ダグは軽いうめきをもらしただけで、車窓を流れるパリの景色を眺めた。ディミトリの手が届くのも、そう遠くはないはずだ。世界じゅうに張りめぐらされたやつの情報網は、国際警察《インターポール》も顔負けだ。願わくは、こちらのしかけた二、三の策略が敵の目をそらして、その足を鈍らせてくれればいいのだが。

ダグがそんなことを考えている間に、ホイットニーは運転手とおしゃべりを始めていた。フランス語なので意味はわからないが、声の調子から察しはつく。明るく、親しげで、いちゃついているような感じすらある。妙だな、とダグは思った。おれが知るかぎり、育ちのいい女ってのは、自分に仕える者になどろくに目もくれないものだ。だからこそ、仕事もやりやすかった。確かに、金持は孤立している。持たざる者たちは、それをさも不幸なことのように言いたてるが、そんなことはない。やつらの世界には何度も潜りこんだが、それでわかったのは〝幸せも金で買える〟ということだった。ただ、値段のほうは年々高くなっているようだが。

「なんてすてきなことを言う人かしら」ホイットニーは歩道に降りると、パリの匂いを吸いこんだ。「私がね、この五年間に乗せたお客の中でいちばんきれいだって言うのよ」

ホイットニーはホテルの入口で、ドアマンに紙幣を渡している。「そうやってチップを稼ぐのさ。決まってる」ダグはぶつぶつ言った。「あんな調子で金を配っていたら、マダガスカルへ着くまでにまた一文なしになっちまう」

「けちくさいこと言わないでよ」

ダグはそれを無視して、ホイットニーの腕をとった。「あんた、フランス語は読むほうもいけるか?」

「私にメニューを読んでほしいってこと?」言いかけて、ホイットニーは口をつぐんだ。「あなたはフランス語が話せない《テュ・ヌ・パルル・パ・フランセ》のね、相棒さん《モン・シエール》」と、いきなりフランス語で話しかける。

ダグが黙って見ていると、ホイットニーの顔に笑みが広がった。「すてき。どうしてもっと早く気づかなかったのかしら。つまり、まだ翻訳されていないものがあるのね」

「これはこれは、マドモアゼル・マカリスター！」

「ジョルジュ」ホイットニーは、フロント係ににっこり笑いかけた。「また来ちゃったわ」

「いつでも歓迎いたしますとも」ホイットニーの後ろに立つダグを見たとたん、フロント係の目がまたぱっと明るくなった。「ムッシュ・ロード。これは驚きましたな」

「やあ、ジョルジュ」いぶかしげに見るホイットニーを、ダグはちらっと眺めた。「今度の旅は、マドモアゼル・マカリスターと一緒なんだ。スイートは空いてるかな」

ジョルジュの頭の中で、ロマンスの花が開いた。たとえスイートがふさがっていたとしても、無理にでも空けさせるところだ。「もちろん、もちろんですとも。マドモアゼル、お父上はお変わりございませんか」

「ええ、とても元気よ。ありがとう、ジョルジュ」

「シャルルにお荷物を運ばせましょう。どうぞごゆっくり」

ホイットニーは鍵を見もせずに、ポケットにつっこんだ。クリヨンのベッドはふかふかで、寝ごこち抜群だ。蛇口をひねればお湯も出る。お風呂に入ってから、ルームサービスでキャビアでもとろう。そしてひと晩ぐっすり眠るのだ。朝になったら美容院にも行きたい。出発前に、たっぷり二、三時間はかけて磨きあげなくては。

「前にも泊まったことがあるみたいね」ホイットニーはエレベーターに乗りこむと、壁にもたれた。

「まあ、たまにね」

「かなり稼げる場所なんでしょうね」

ダグはにやっと笑った。「ここのサービスは最高さ」

「ふうん」確かに、シャンパンをのみ、パテをつまむダグの姿が目に浮かぶようだ。ワシントンDCの裏道を走るのも、お似合いだけれど。「私は運がよかったってわけね、いままで顔を合わさずにすんで」ドアが開くと、ホイットニーは先に降りようとした。ダグがその腕をとり、自分の左側に引き寄せる。「雰囲気づくりが大切なのね、あなたのお仕事では」

ダグは親指で、ホイットニーの肘の内側を撫でた。「おれは高級なものに目がないんだ」

ホイットニーは軽い笑みで応じる。その顔には、そう簡単には落ちないわよ、と書いてあった。

スイートは思ったとおりの部屋だった。ホイットニーは、ベルボーイにあれこれ指示を与えたあと、チップで労をねぎらった。「さて、と」ソファに体をあずけ、靴を脱ぎ捨てる。「明日は何時に発つの？」

答えるかわりに、ダグはスーツケースからシャツを出すと、わざとしわくちゃに丸めて、椅子に放《ほう》った。ホイットニーの見ている前で、次々に服を引っぱりだしては、部屋中にまき散らしている。

「ホテルの部屋って片づきすぎてて、落ち着かないわよね。それで、自分の持ち物をまいてるわけ？」

ダグは何事かつぶやきながら、今度はソックスを床に落とした。その間じゅう、ホイットニーは黙って見ていたが、ダグが自分のスーツケースに近づくと、さすがに抗議の声をあげた。「待ちなさいよ」

「このゲームは、だましあいみたいなものさ」そう言って、ダグはイタリア製のハイヒールを部屋の隅に放った。「やつらに、おれたちがここに泊まっていると思わせるんだ」

ホイットニーは、ダグの手からシルクのブラウスを奪いかえした。「ほんとうに泊まるんでしょう」

「あいにくだったな。適当に見つくろって、クロゼットになにか掛けてくれ。おれはバスルームをちらかしてくる」

残されたホイットニーはブラウスを放りだすと、ダグのあとを追った。「いったい、なんのつもり？」

「ディミトリの手下がここへ来たとき、おれたちがまだこのあたりにいると思わせたいんだ。稼げるのは、せいぜい二、三時間かもしれない。いまはそれで充分だ」広々とした豪華な浴室を、ダグは手ぎわよく荒らしていった。石鹸《せっけん》の包みを開き、タオルを落とす。

「化粧品をとってこいよ。瓶を一、二本置いていこう」

「そんなの無理よ。あれがないと、私、困るもの」

「おれたちはダンスパーティへ行くわけじゃないんだぜ、お嬢さん」ダグは寝室に入ると、ベッドカバーをくしゃくしゃにした。「片っぽやっとけば充分だろう。どうせ、おれたちが別々に寝るなんて、誰も信じやしないだろうからな」

「それってうぬぼれ？　それとも私のプライドを傷つけてるつもり？」

ダグはたばこを出して火をつけると、煙を吐きだした。目はじっとホイットニーを見つめたままだ。この男と寝てみようか。ほんの一瞬、そんな思いがホイットニーの胸をかすめる。私の好みに合うか、試してみるのも悪くない。だが、ダグはなにも言わずに隣の部屋へ戻ると、ホイットニーのスーツケースをあさりはじめた。

「やめてよ、ダグ、私のものにさわらないで」

「また取り戻せるさ、騒ぐなよ」化粧品を適当に選ぶと、片手いっぱいに瓶を抱えて、ダグはバスルームへひきかえした。

「その化粧水、六十五ドルもしたのよ」

「こいつが？」ダグはおもしろそうに、瓶をひっくりかえして眺めた。「あんたはもっと実用的な人間かと思ったよ」

「それを返してくれるまでは、てこでもこの部屋を動かないわよ」

「わかったよ」ダグはその瓶を投げかえすと、残りを化粧台の上にどさっと置いた。「これでよし」部屋を横切りながら、吸いかけのたばこをもみ消して、新しいたばこに火をつける。「これだけやれば充分だろう」そう言いながら、ホイットニーのスーツケースのそばにしゃがみこむ。ふと、小さなレースの布きれが目に留まった。薄いビキニショーツをつまみあげる。「こんなの、はくのか？」そのショーツを身につけたホイットニーが目の前にちらつく。こちらの方面には想像をふくらませないほうがいいとわかっていながら、ダグの脳裏にはくっきりと、ショーツ一枚の彼女の姿が浮かんでいた。

ホイットニーは、ダグの手からショーツを奪いとりたい衝動を抑えた。それは苦もないこと。しかし、ダグの指がレースを撫でるたび、胃の奥がうずく。その感覚だけは、自分でもどうすることもできなかった。「私の下着で遊ぶのがすんだら、いったいどうするつもりなのか、聞かせてほしいわね」

「チェックインはすんだ」ちょっと間をおいて、ダグはレースの布きれをスーツケースに戻した。「次は従業員用のエレベーターで荷物を下ろして、空港へとんぼ返りだ。一時間以内に出発する」

「なんで前もって言ってくれないのよ」

ダグはスーツケースを閉めて、言った。「そいつはうっかりしたな」

「わかったわ」ホイットニーは気を静めようと、部屋の中を歩きまわった。「ひとこと言わせてちょうだい。あなたがいままでどういうやり方をしてきたかは知らないわ。そんなことはどうでもいいの。でも、今回は」ホイットニーはふりかえると、ダグに向きなおった。「パートナーがいるってこと。どんな些細《ささい》なことだろうが、私にも計画を知る権利があるわ」

「おれのやり方がお気に召さないなら、いますぐ手をひいてもらってもいいんだぜ」

「借金はどうなるの」ダグが反論しようとする機先を制して、ホイットニーは一歩前に出ると、バッグから例の手帳をとりだした。「なんなら、このリストを読みあげましょうか？」

「リストなんざくそくらえだ。おれのけつにはゴリラ野郎がくっついてるんだぜ。いちいち金勘定なんかしてられるか」

「したほうがいいわ」動じる様子も見せずに、ホイットニーは手帳をバッグに戻した。「私と手を切ったら、一文なしで宝探しに行くことになるのよ」

「わかってないな、お嬢さん。このホテルに二時間もいりゃ、どこへでも行けるだけの金を稼げるんだぜ」

それはそうだろう。だが、ホイットニーはダグから目をそらさなかった。「だけど、いまのあなたにはよその部屋へしのびこんだりしてる暇はない。それはお互い承知してるはずじゃないの。私と組むか、さもなければ、ポケットの中の十一ドルだけを頼りに、マダガスカルへ行くのね、ダグラス」

ちくしょう、こっちの懐具合を一セント残らず見抜いていやがる。ダグはたばこをもみ消すと、自分のかばんを持ちあげた。「さあ、飛行機に遅れるぞ、相棒さんよ」

ホイットニーの顔にゆっくりと笑みが広がる。その悦に入った表情に、ダグは思わず笑いそうになった。彼女は靴をはくと、大きな手さげ袋を手にとった。「スーツケースは運んでくださる？」ダグが文句を言う間もなく、もうドアに向かっている。「せめて、お風呂だけでも入りたかったわね」

従業員用エレベーターを使って下に下りると、ホテルを出るのは簡単だった。きっと前にもこの逃げ道を使ったことがあるのだろう、とホイットニーは想像した。二、三日中にはジョルジュに手紙を書いて、しばらく自分の荷物を保管しておいてもらおう。あのブラウスなど、まだ一度も袖《そで》を通していないのだ。色がすごく気に入っているのに。まったく時間のむだとしか思えないが、しばらくはダグに調子を合わせておいたほうがいい。それに、いまの彼の気分を考えると、一緒にスイートにいるよりは、飛行機に乗っているほうがまだましかもしれない。考えをまとめる時間も必要だった。

もし、ダグの持っている書類が、一部にしろフランス語で書かれているとすれば、彼には読めないはずだ。私には読める。ホイットニーの口もとに笑みが浮かんだ。この男は私を切り捨てたがっている。それがわからないほどばかではない。しかし、これで私もまだ役に立つとわかったわけだ。あとは、翻訳を引き受けるからと、うまく説きふせればいい。

とはいえ、空港についてみると、ホイットニーの気分はふさいだ。またあの税関を通り、長々と飛行機に乗る、そう考えただけでうんざりしてくる。

「最初から二流のホテルにチェックインして、二、三時間ゆっくりしてもよかったと思うけど」髪を後ろにかきあげながら、ホイットニーはまたお風呂のことを思い浮かべた。熱いお湯、たちこめる湯気、甘い石鹸の香り。「ちょっとディミトリのことを怖がりすぎなんじゃない？　まるで全能の神でも相手にしてるみたいだわ」

「実際、やつに不可能はないと言われてる」

ホイットニーは足を止めてふりむいた。ダグの言い方に、思わず背筋が凍ったのだ。まるで、彼までそう信じてるみたいじゃないの。「ばかなこと言わないでよ」

「用心にこしたことはない、と言ってるだけさ」ダグは歩きながら、ターミナルを見回した。「はしごがあったら、その真下を通るより、よけて歩いたほうが安全だろ」

「ディミトリは人間じゃないとでも思ってるような口ぶりね」

「やつも血と肉でできてるさ」ダグがぼそっと言う。「だからといって、人間だとはかぎらない」

そのとたん、また鳥肌がたった。ダグのほうをふりむこうとして、ホイットニーは人にぶつかり、バッグを落とした。思わず毒づきながら、身をかがめて拾いあげる。「ねえ、ダグ。いくらなんでもまだ追いつけるわけないわよ」

「くそっ」ホイットニーの腕をつかむと、ダグはいきなりギフトショップにとびこんだ。そのまま、ホイットニーをTシャツの山の後ろへと押しこむ。

「おみやげが欲しいなら――」

「黙って見てみろよ、お嬢さん。詫《わ》びはあとでいい」首の後ろに手を回すと、ホイットニーの頭を左に向けた。すぐに、見覚えのある顔が目に入った。ワシントンDCで二人を追ってきた男だ。長身で、浅黒い顔に口ひげを生やし、頬には白い包帯。連れの二人がディミトリの手下だということは、言われなくてもわかる。ディミトリ本人は、いったいどこにいるのか？　その場にしゃがみこむと、ホイットニーはごくりと唾《つば》をのんだ。「あの男は――」

「レモだ。思ったより早いな」口もとを手でぬぐいながら、ダグは悔しげにつぶやいた。蜘蛛の巣をはりめぐらし、ディミトリは獲物がかかるのを手ぐすねひいて待っている。ぞっとしない光景だな。あのままもう十メートルも歩いていたら、レモの腕の中へとびこんでいたところだ。いつもゲームの勝敗を分けるのは運だ、とダグは改めて自分に言いきかせた。だからこそ、おもしろいんじゃないか。「ホテルを探しあてるのに、まだしばらくはかかるだろう。連中、いずれおれたちが戻ってくるものと、部屋で待ち伏せするに違いない」ダグはうなずきながら、にやっとした。「そうとも、ばか面さげて待ってりゃいいさ」

「どうしてなの？　どうやったら、こんなにすぐに追いつけるわけ？」ホイットニーはかみついた。

「ディミトリを相手にするのに、どうしてなんてきいてもむださ。とにかく背後に気をつける、それしかない」

「その男、魔法の水晶玉でも持ってるのかしら」

「政治力だよ。あんたのパパも言ってただろ、万事コネの世の中だってさ。CIAにちょっとしたコネがあれば、電話一本でことはすむ。ボタン一つ押すだけで、安楽椅子に居ながらにして、人ひとりひねりつぶせるってわけさ。CIAや大使館や入国管理で手を回す。そうすれば、インクも乾かないうちに、ディミトリはおれたちのパスポートやビザを押さえることもできるんだ」

ホイットニーは唇を湿らし、喉がからからなのを気どられまいとした。「それじゃ、ディミトリには私たちの行き先もわかってるのね」

「そう思って間違いない。だから、おれたちはやつらの一歩先を行く。一歩でいいんだ」

ホイットニーは胸の高鳴りに気づいて、小さなため息をもらした。興奮がよみがえってくる。しばらくすれば、興奮が恐怖を打ち消してくれるだろう。「どうやら、あなたには自分のやってることがちゃんとわかっているようね」ダグがにらんでやろうと顔を向けたとたん、ホイットニーはすばやくキスをした。親愛の印だ。「あなた、見た目より頭がいいわ、ロード。さあ、マダガスカルへ行きましょう」

立ちあがろうとするホイットニーの顎を、ダグの手がとらえた。「向こうへ行ったら、けりをつけよう」その指に力が加わる。一瞬のことだったが、そこには決意が感じられた。

「なにもかもだ」

ホイットニーは、ダグの目をまっすぐにとらえた。まだ先は長いのだ。お互い、ここで誘惑に負けるわけにはいかない。「そうね。でも、まずは目的地に着くことが先決よ。早く、あの便に乗りましょ」

レモは、シルクのナイトガウンを拾いあげ、手の中で丸めた。朝までには、ロードと連れの女を捕まえることができるだろう。今度こそ、逃がしはしない。二度と恥をかかされてたまるものか。ロードの野郎、ドアを開けたとたん、眉間《みけん》に一発撃ちこんでやる。あの女は……かわいがってやるさ、今度こそ……。レモはゆっくりと、ガウンを引き裂いた。シルクが音もたてずに二つになったとき、突然、部屋の電話が鳴った。レモはあわてて顔を上げると、二人の手下にドアの両わきに立て、と合図した。指先で受話器をつまみあげる。相手の声を聞いた瞬間、全身からどっと汗が噴きだした。

「また逃がしたな、レモ」

「ミスター・ディミトリ」二人の視線を感じて、レモは背を向けた。震えあがってるところを見られては、手下にしめしがつかない。「やつらを見つけました。ここへ戻ってきたら……」

「戻ってはこない」長いため息とともに、ディミトリは煙を吐きだした。「二人を空港で見た者がいるんだ、レモ、おまえの鼻先でな。目的地はアンタナナリボだ。旅券は手配済みだ。さっさと行け」

4

ホイットニーは窓辺に立ち、木のシャッターを押し開けると、アンタナナリボの街をじっくりと眺めた。想像したほどアフリカのイメージはない。以前、ケニアで二週間すごしたことがあるが、朝の歩道にたちこめた、肉をいぶす匂《にお》い、強烈な暑さ、そしてあふれるばかりの光。それがあのときの印象だった。狭い海を隔てて、すぐそこはアフリカ大陸だというのに、窓から見える景色には、記憶の中のアフリカを連想させるものはなにもなかった。

かといって、常夏の島という趣でもないようだ。島と島民には、怠惰などんちゃん騒ぎがつきものと思っていたが、ここにはそれがない。なぜかはわからないが、ほかのどこにも似ていない国、それがマダガスカルの第一印象だった。

ここはマダガスカルの首都、国の心臓だ。屋外市場や人力車が、近代的な高層ビルや新型車と共存している。みごとな調和と言うべきか、まったくの混沌《こんとん》と言うべきか。れっきとした都会なのに、それらしい喧噪《けんそう》もない。目に映る光景は、じつに穏やかだった。ゆったりとしてはいるが、怠惰ではない。まだ時間が早いせいだろう。それとも、これがこの国本来の姿なのだろうか。

夜明けの冷気に身を震わせながらも、ホイットニーは窓辺から離れようとはしなかった。パリともヨーロッパとも違う、もっと爛熟《らんじゅく》した匂い。暑い日ざしの先駆けがスパイスの香りと渾然《こんぜん》となって、張りつめた朝の空気を震わせる。そして、獣の臭《にお》い。獣の臭いが漂う街など、どれほどあるだろうか。香港《ホンコン》は港の匂い、ロンドンは車の匂いがした。アンタナナリボには、コンクリートや鉄に封じこめることのできない、古《いにしえ》より息づいてきたもの匂いがあった。

冷えた大地から、熱気が靄《もや》となって立ちのぼる。立っているだけで、気温の上昇が感じられるほどだ。一度、また一度。あと一時間もすれば、汗が肌を伝い、そこらじゅうに汗の臭いが充満するのだろう。

家並を眺めると、家の上にまた家を積み重ねたような印象を受ける。朝の光を浴びて、そのどれもがピンクと紫とに染められ、まるでおとぎ話の世界を見るようだ。

街は、丘の連なりの上に造られている。見るからに息の切れそうな急勾配《こうばい》で、岩や土を削って階段が刻まれている。遠目にも、古い階段はすりへって、怖いほどそそり立っていた。子供が三人、犬を連れて無造作に階段を駆け下りてくる。ホイットニーは、見ているだけで息切れしそうだった。

聖なる湖、アノジ湖が見える。鋼《はがね》色の湖面は穏やかで、ジャカランダの木々がまわりを取り囲み、エキゾチックな趣を添えている。これこそ、私が夢見た光景だ。遠くからでは想像するしかないが、きっと甘くて強烈な香りがするのだろう。他の都市と同じように、ビルやアパート、ホテル、病院などが建っている。しかし、そうした建物の間には藁《わら》ぶきの屋根が見え隠れしていた。目と鼻の先には、水田や小さな畑もある。午後の強い日ざしに、きっとみずみずしい輝きを見せることだろう。丘の上には、女王の宮殿と大統領官邸がまばゆい朝日を浴び、豪華で尊大で、大時代がかった姿を見せている。下の大通りからは、車の音が聞こえてきた。

ついに、ここまで来たのだ。ホイットニーは冷気の中で体を曲げたり伸ばしたりしながら、改めて感慨にふけった。空の旅は長くて退屈だった。しかし、これまでの出来事を自分なりに咀嚼《そしやく》し、いくつかの決断をするのに充分な時間を与えてくれたことも確かだ。ほんとうのことを言うと、アクセルを踏みこんだ瞬間に気持は決まっていた。ダグと共にカーチェイスを始めたあのときから、すべては回りはじめたのだ。衝動的と言われようが、心の命じるままに行動するまでのこと。あえて一つ理由をあげるなら、ダグがパリで見せた頭のよさに参ったということか。だからこそ、彼に賭《か》けてみる気にもなった。ニューヨークから何千キロも離れた土地で、いままさに冒険が始まろうとしている。

フアンの身に起きたことは、いまさらどうしようもない。しかし、ディミトリよりも先に宝を見つけることで、復讐《ふくしゅう》の真似事《まね》ができるような気がしていた。最後に笑ってやる。そのためには、ダグ・ロードと、まだ見ぬ例の書類とが必要だ。なんとしても書類を見てやろう。まずはダグを丸めこむ方法を考えなくては。

ダグ・ロード。ホイットニーは着替えをするために窓辺を離れながら、また考えていた。いったい、彼は何者？ どこから来て、どこへ行こうというのだろう。

泥棒。そう、彼は盗みを職人芸の域にまで高めることができる男だ。だが、けっしてロビン・フッドにはなれない。金持から盗むところは同じでも、貧しい者にそれを分け与える図など想像もできない。それがなんであれ、手に入れたものはすべて自分のために使うだろう。ホイットニーは、それを責める気になれなかった。あの男にはなにかがある。初めて会った瞬間から、それを感じていた。悪《わる》のくせに残忍になりきれない。そのくせ、驚くべき大胆不敵さで、この私を圧倒する。

他人より秀でたものを持っているなら、その才を伸ばすべきだというのが、ホイットニーの持論だった。その意味では、ダグは自分に向いた仕事を選んだと言えるかもしれない。女たらし？ たぶん、そうだろう。でも、ただの女たらしとは違う。そういう手合いならこれまで何人も見てきたが、シャンパンに詳しく、三カ国語を操るようなプロ中のプロでも、ダグに比べると見劣りがした。彼は、気のきいたせりふだけを武器に女をたらしこんでしまうのだから。でも、私は大丈夫。確かにダグは魅力的だけれども、肉体的な誘惑には負けない自信がある……。

　とはいえ、ダグに組み敷かれ、唇も触れあわんばかりになったときの記憶は、いまだに鮮明だ。心地よく、それでいて息づまるような刺激。思わず、なりゆきに身を委《ゆだ》ねたくなった。

　しかし仕事上のパートナーであるかぎり、断じて一線を越えてはならない。ホイットニーは手に持ったスカートのほこりを払いながら、自らを戒めた。すべて事務的に処理していかなければ。勝利の分け前を手にするまでは、ダグとは一定の距離を置くことだ。そのあとでなにかが起きるとすれば、それはそれでいい。ホイットニーは淡い笑みを浮かべた。期待に胸をときめかす気分も悪くないわ。

「ルームサービスです」トレイを手に入ってきたダグは、一瞬足を止めると、すばやく、だが丹念にホイットニーを眺めた。しなやかな黄褐色の下着《テディ》をまとい、ベッドのかたわらに立つ姿は、男なら誰でも唾《つば》をのむだろう。これが気品というものか、とダグは思った。自分のような男は、上流階級に憧《あこが》れるようになったら用心しなければならない。「いいドレスだな」と、軽口をたたいてみせる。

　それには答えもせずに、ホイットニーはスカートをはいた。「それが朝食なの？」

　このはねっかえりも、いずれおれの手に落ちる。ダグは自分に言いきかせた。おれはおれのペースでやればいい。「コーヒーとロールパンだ。さっさとすませて支度にかかろう」

ホイットニーはラズベリー色のブラウスをはおった。「なんの支度?」

「列車の時間を調べておいた」ダグは椅子に勢いよく腰を下ろすと、テーブルの上に足をのせ、パンにかじりついた。「十二時十五分に、東に向かう列車が出る。その前に、必要なものをそろえるんだ」

ホイットニーは、コーヒーをドレッサーに運んだ。「必要なものって?」

「まず、バックパックだな」日が昇るのを眺めながら、ダグは言った。「森を歩くのに、革のスーツケースを引きずっていくのはごめんだからな」

ホイットニーはブラシをとる前に、コーヒーをひと口飲んだ。ヨーロッパ式の、泥のように濃くて強いコーヒーだ。「ハイキングで使うような?」

「そのとおりだよ、お嬢さん。それにテントもいる。最近の、軽くて小さくたためるやつがいい」

ホイットニーはゆっくりと髪をとかした。「ホテルじゃだめなの?」

ダグは作り笑いを浮かべてホイットニーを見たが、なにも言えなかった。朝の光に輝く髪は、まるで金粉をちりばめたようだ。思わず息をつめて見入っていた。その姿に背を向けるように席を立ち、窓辺に向かう。「おれが安全だと判断すれば、公共の交通機関を使う。そして、裏口から逃げる。おれたちのささやかな冒険を、宣伝するような真似はしたくないからな」ダグはつぶやいた。「ディミトリは、きっとどこまでも追ってくる」

ホイットニーはパリの一件を思い出した。「それは身にしみてわかったわ」

「表通りや街を通る機会が少なければ少ないほど、おれたちの足どりはつかみにくくなるってわけさ」

「それはそうね」ホイットニーは髪を編んで、リボンを結んだ。「それで、行き先を教えてくれる？」

「まず列車に乗ってタマタブまで行く」ダグは笑顔でふりむいた。太陽の光を背に立つ姿は、泥棒どころか騎士《ナイト》のようだ。黒髪が襟まで伸び、少し乱れている。その目は冒険への期待に輝いていた。「そこから北へ向かう」

「いつになったら書類を見せてくれるの？」

「その必要はない。おれ一人がわかっていればいいことだ」そう言いながら、どうやってフランス語の部分をホイットニーに翻訳させようか、とダグは考えていた。できれば全部を見せずにすませたい。

ゆっくりと、ホイットニーはブラシで掌《てのひら》をたたいた。いったいいつになったら、書類を翻訳させてもらえるのだろう。そうなれば、二、三の情報を自分一人の胸にしまっておけるのに。「ダグ、あなたって品物をろくに見もしないで買う人でしょ」

「気がむけばね」

笑いながら、ホイットニーは頭を振った。「破産するのも無理ないわね。お金をとっておく方法を身につけなくっちゃ」

「あんたなら、きっといい先生になれるよ」

「書類を出しなさい、ダグラス」

書類はまだ胸に貼《は》りつけてあった。まずはバックパックを買うとしよう。そこにしまっておけば安全だ。そうでもしないと、絆創膏《ばんそうこう》のせいで肌が痛くてたまらない。ホイットニーなら軟膏の一つも持っているだろうが、その代金もしっかり例の手帳につけるに違いない。

「そいつはあとだ」ホイットニーがなにか言いかけるのを、ダグは手を上げて制した。「本を二冊ばかり持ってきてる。あんたも読むといい。まだ先は長いし、時間もたっぷりある。これからのことは、また改めて相談しよう。おれを信頼してくれるな?」

ホイットニーは黙ってダグを見つめた。信頼? そんな言葉でひきさがるほどこちらも甘くはない。しかし、こちらが財布の紐《ひも》を握っているかぎり二人はパートナーだ。ホイットニーは納得するとバッグの紐を肩にかけ、手をさしだした。どうせ探検に行くのなら、すねに傷持つ騎士と一緒のほうがおもしろい。「わかったわ。さあ、買い物に出かけましょ」

ダグはホイットニーを連れて階段を下りた。機嫌のいいときに、点数を稼いでおくか。いかにも愛想よく、肩に手を回す。「ゆうべはよく眠れた?」

「上々よ」

ロビーを通りぬけながら、ダグは花瓶から小さな紫の花を抜くと、ホイットニーの髪にさした。情熱の花、パッションフラワー――ホイットニーに似合う気がしたのだ。熱帯の花特有の、むせるような甘い香り。下心あってのこととは思っても、ホイットニーの心は動いた。

「ゆっくり観光もできなくて残念だな」ダグがうちとけた様子で言う。「宮殿は一見の価値があるらしいよ」

「あなたって派手好みね」

「そのとおり。いつだって、きらびやかな暮らしを夢見てるよ」

ホイットニーは頭を振りながら、声をたてて笑った。「私は金のベッドより、羽根布団のほうがいいわ」

「〝知は力なり〟って言うだろ。おれも昔はそう思ってた。だが、いまは金こそ力だとわかったんだ」

ホイットニーは足を止めてダグを見つめた。どこの世界に、バイロンを引用する泥棒がいるだろう。「あなたには、いつも驚かされるわ」

「本を読めばなにかしら発見があるものさ」肩をすくめて言うと、ダグは話を哲学から現実へと戻した。「ホイットニー、宝は山分けと決めたよな」

「あなたが私に借金を全額返済したあとでね」

ダグは歯ぎしりした。「ああ、そうだよ。だが、おれたちはパートナーだろ、現金も五分五分に持つのが道理だと思うんだが」

ホイットニーはふりむくと、にっこりとほほ笑んだ。「あなたはそう思うわけ？」

「いや、現実的に考えたまでさ」ダグはことさらに明るく言った。「万一、離れ離れになったとき……」

「ありえないわ」笑顔はそのままに、ホイットニーは財布の入ったバッグを持つ手に力をこめた。「すべて終わるまでは、絶対にそばを離れませんからね。はた目には恋人同士に見えるくらい、ぴったりくっついててあげるわ、ダグラス」

会話の流れを壊さぬように気をつけながら、ダグは戦術を変えた。「これは信頼の問題でもあるんだ」

「いったい誰の？」

「きみのだよ、お嬢さん。つまるところ、もしおれたちがパートナーだと言うなら、お互いを信頼しなくちゃいけない」

「私はあなたを信頼してるわよ」ホイットニーは親しげにダグの腰に手を回した。朝靄は消え、日が高くなっている。「この私が財政管理しているかぎりにおいては、ね」

ダグは目を細めた。この女、ただのお嬢様じゃないな、と苦々しく思う。「わかったよ。

それじゃ、前借りってことでどうだ?」

「冗談でしょ」

このままだと、絞め殺しちまいそうだ。ダグはホイットニーから体を離すと、すごんでみせた。「なんの権利があって有り金全部握ってるんだ。ちゃんと説明してもらいたいね」

「書類と交換する気ある?」

頭にきたダグが顔をそむけると、白壁の家が目に入った。ほこりっぽい庭には、花と蔓《つる》草が伸び放題に伸びて絡みあっている。朝食を作る匂いと、熟れた果実の香りが鼻をくすぐった。

一文なしのままでは、ホイットニーに書類を見せるわけにはいかない。かといって、彼女の財布を盗んでとんずらするわけにもいかないだろう。となると、残された道はただ一つ、現状維持。つまり、お嬢様とつきあう以外に手はないということか。しゃくにさわるが、いずれ彼女の力を借りなくちゃなるまい。遅かれ早かれ、誰かにフランス語の手紙を翻訳してもらわなければならないのだ。それも、抑えがたい好奇心を満足させるためだけに。しかし、まだそのときではない。もっとこちらの足場を固めなければ。「おい、考えてもみろよ。おれのポケットにはたったの八ドルしかないんだぜ」

それ以上あれば、迷うことなく私を置き去りにするだろう。「ワシントンであげた二十ドルのおつりね」

いらいらしながら、ダグは急な階段を下りはじめた。「まったく、あんたは石頭の会計士みたいだな」

「ありがとう」ホイットニーはざらざらした木の手すりにもたれながら、ほかに下りる道はないものか、と考えた。手をかざして眼下を眺める。「ねえ、あれなにかしら。市場みたいだけど」歩調を速めて追いつくと、ダグの袖《そで》を引いた。

「金曜の市さ」ダグが無愛想に答える。「ゾマというんだ。ガイドブックを読めと言っただろう」

「発見する楽しみがあるほうがいいもの。ねえ、行ってみましょうよ」

ダグはその案に従った。へたな店に入るより市場をのぞいたほうが、買い物は楽かもしれない。値段も安けりゃ、なお好都合だ。ダグは時計に目をやり、時間を確認した。列車が出るまで、それくらいの時間はあるだろう。まあ、市場見物も悪くはない。

藁ぶき屋根が並び、大きな白い傘を広げた下に、木の仕切りがしてあった。衣類、布、宝石と、さまざまなものが並んでいる。お客の中には買いつけに来た商人もいれば、ただの冷やかしもいる。ホイットニーはプロの目で品物を値ぶみした。値打ち物とがらくたが一緒くたに売られている。だが、これはお祭りではなく、れっきとした商売なのだ。整然と並んだ店のまわりを人波が埋めつくし、市場にはさまざまな音と匂いがあふれていた。真っ白なランバに身を包んだ男性が牛車を引いている。その荷台には、野菜や鶏がぎっしり積まれていた。蝿《はえ》がぶんぶん飛びまわる中で、動物たちはそれぞれに不満そうな声をあげている。犬が数匹、鼻を鳴らして駆けまわっていたが、足で追いはらわれるか、無視されるかのどちらかだった。

羽毛とスパイス、それに動物の汗の臭い。これがマダガスカルなのだ。道路は舗装され、通りには車の行き交う音があふれている。だが、一流ホテルの窓ガラスが照りつける日にきらめくその一方では、山羊《やぎ》が突然の物音におびえて、必死で鎖を引っぱっていた。マンゴージュースを顎から滴らせ、子供が母親のスカートを引いて話しかける。初めて聞く異国の言葉。

バギーパンツに山高帽の男が、一心に金を数えている。足をつかまれた鶏の甲高い声。あたりにとび散る白い羽根。目の粗い絨毯《じゅうたん》の上には、アメジストやガーネットが並べられ、朝の光に鈍い輝きを放っていた。ちょっとさわってみたい。そんな思いに駆られてホイットニーが手を伸ばしかけたとき、ダグがモカシンの靴を並べた店のほうへ、彼女を無理やり引っぱっていった。

「宝石はあとまわしだ」ダグはそう言うなり、ウォーキングシューズを顎で指した。「もっと実用的な靴を買わないと、そんな華奢《きゃしゃ》な革紐の靴じゃ、すぐだめになっちまう」

ホイットニーは肩をすくめて、靴の山を見回した。ここは慣れ親しんだ大都会ではない。金持連中の遊び場とは、まるでかけ離れた世界なのだ。

まず靴を買うと、次にホイットニーは手編みの籠《かご》を手にとった。流暢《りゅうちょう》なフランス語を操り、いつものように値段の交渉に入る。

ダグは脱帽した。この女は、生まれながらに交渉の才にたけているらしい。細々したものを買うのにもいちいち値切りにかかる。ホイットニーがそれを楽しんでいる様子は、見ていて飽きなかった。まあ、いいさ。どうしてもついてくると言うなら、つまらぬこだわりは捨てて、せいぜい仲良くするとしよう。とりあえず、いまのところは。

「手に入れたはいいが、その籠は誰が持つんだ?」

「荷物と一緒に預ければいいわ。これはいま、買い物に使うのよ。食料を買いこまなくちゃ。いくら探検だからって、食べないわけにはいかないでしょ?」目顔で笑いかけると、ホイットニーはマンゴーを一つ手にとって、ダグの鼻先につきだした。

ダグも笑って別のマンゴーを選ぶと、両方とも籠の中に入れた。「あんまり調子に乗るなよ」

ホイットニーは手もとのフランを慎重に勘定しながら、店の間を練り歩いては、値切りあいに加わった。貝殻の首飾りを、まるでカルティエで宝石を選ぶときのようにためつすがめつ眺める。気がつくといつの間にか、相手の話すマダガスカル語を聞きとり、応答していた。頭の中ではフランス語で考えているのに、なんとも不思議な感じだ。商人たちは絶えず交渉をくりかえしている。なかなかに誇り高く、あからさまに売る気を見せないが、彼らの多くが貧しいことが見てとれた。

この荷馬車に乗って、いったいどこから旅してきたのだろう。品定めをしながら、ホイットニーは相手の様子をつぶさに観察した。彼らに疲れは感じられない。頑強というのだろうか、はだしの者も多いが、特に不満はなさそうだ。衣服はほこりにまみれ、かなりくたびれたものもあったが、その彩りは目をみはるほど鮮やかだった。女たちは器用に髪を編み、今風の凝った形にまとめている。どうやらゾマは、商売の場であると同時に、社交の場でもあるらしい。

「少しペースを上げようぜ」肩胛骨《けんこうこつ》の間がむずむずする。いやな予感。思わず三度目に後ろをふりかえったとき、ダグはそろそろ引きあげどきだと感じた。「まだまだやることがあるんだ」

ホイットニーは果物をさらにいくつか選び、野菜と米を一袋、籠に入れた。歩きまわるのも、テントで寝るのも仕方がないが、すきっ腹を抱えるのだけは願いさげだ。

それにしても、とダグは思った。このお嬢様は、自分がどれほどめだつ存在か、自覚しているのだろうか。浅黒い肌の商人たちや、くすんだ顔の女たちの中にあって、その象牙《ぞうげ》色の肌と淡い金髪がどれだけ際立つことか。胡椒《こしょう》や雑貨を値切っているときですら、上品さが漂っている。おれのタイプじゃないがな。連れて歩くなら、スパンコールや羽根飾りで着飾った派手な女に限る。だが、ホイットニーはきっと忘れられない女になるだろう。

衝動的に、ダグはやわらかな木綿のランバをとると、ホイットニーの頭にかぶせた。笑いながらふりむいた顔は、息をのむほど美しい。純白のシルク。この女にはシルクこそふさわしい。しなやかでひんやりとしたシルクの手ざわり。ホイットニーのためなら何メートルでも買ってやりたい、とダグは思った。彼女の体をシルクで包み、それをゆっくりと時間をかけてはがしていくのだ。シルクと同じくらいしなやかで、真っ白な肌の現れるまで。情熱に曇った瞳、熱を帯びた肌の感触までが感じられる。手の中にあるホイットニーの顔を見つめながら、彼女が自分のタイプでないことも、ダグはすっかり忘れていた。

ホイットニーは、ダグの変化を感じていた。真剣な目の色、指に加わる力。それに応《こた》えるように、心臓がゆっくりと音をたてはじめる。彼を愛人にしたらどんなだろうと思ったこともある。ダグの体からほとばしるような欲望を感じながら、いままた同じ思いに駆られている。泥棒、哲学者、楽観主義者、ヒーロー？　この男がなんであれ、もうひきかえすことはできない。二人の運命の糸は、あのとき絡みあってしまったのだから。やがて機が熟せば、二人は結ばれるだろう。そのときには言葉などいらない。ろうそくの明かりも、甘いやりとりも。すべてを超えて、情熱の嵐《あらし》に身を委ねるのだ。私が求めているのは、あのたくましい体、むさぼるような唇、この肌を焦がす熱い手。市場のエキゾチックな香りと音の中に立ちつくし、ホイットニーもまた、ダグを手玉にとるなどたやすいと思ったことを、すっかり忘れていた。

危険な女だ。我に返ったダグは指の力を抜いた。宝を前にして、背後にはディミトリの魔の手が迫っているのだ。こんなときに、ホイットニーを女として見る余裕などありはしない。女、それも目の大きな女は、いつだっておれの鬼門だった。二人はあくまでパートナーだ。おれが書類を握り、彼女が財布の紐を握る。これ以上、ことを面倒にしたくない。「そろそろきりあげよう」ダグは穏やかに言った。「キャンプ用具もそろえなきゃならない」

ホイットニーは静かに息をもらした。この男には七千ドル以上も貸しがあるのだ、と自らに言いきかせる。それを忘れては、元も子もない。「わかったわ」だが、ホイットニーは最後に、ダグが自分にかぶせたランバを買った。ただのおみやげだ、と自分に言い訳しながら。

正午には、二人はそれぞれバックパックを持ち、列車の到着を待っていた。中には、念入りにそろえた食料と道具が詰めてある。ダグはこれから始まる冒険を前に、じっとしていられない気持だった。胸に貼りつけたちっぽけな紙きれに、おれは命と未来を賭けた。いつも不利な闘いばかりしてきたが、今度はスポンサーつきだ。夏には黄金の山に埋もれているさ。どこか外国の浜辺に寝そべり、ラムでもすすっていることだろう。かたわらには黒髪の美女がはべり、この肩にサンオイルを塗ってくれる。金さえあればディミトリの手から逃れるくらいわけないことだ。気が向いたときだけ仕事をする。あくせく稼ぐ必要はないのだ、じっくり楽しめばいい。

「さあ、来たぞ」新たな興奮をかみしめながら、ダグはふりむいてホイットニーを見た。例によって、手帳になにか書きつけている。肩にショールをはおった姿は、いつもと変わらず冷静で落ち着いていた。こっちはシャツが背中にはりつくほど熱くなってるのに、冗談じゃない。「いちいち金を勘定するのはやめてくれよ」ダグはホイットニーの腕をとった。「あんた、国税庁よりたちが悪いぜ」

「あなたの汽車賃をつけてるだけよ、相棒さん」

「たまげたね。お宝を手に入れたら、膝まで黄金に埋もれるってのに。二、三フランのことでがたがた言うなよ」

「〝塵《ちり》も積もれば山となる〟って言うでしょ」にっこり笑って、ホイットニーはノートをバッグにしまった。「次の泊まりはタマタブね」

ホイットニーに続いてダグが列車に乗りこんだとき、一台の車が音をたてて急停車した。

「見つけたぞ」レモは顎を引くと、上着の中に手を入れて銃を握りしめた。もう一方の手で頬の包帯を撫《な》でる。ロードのやつ、借りは必ず返すからな。お楽しみはこれからだ。

そのとき、レモの腕に鉄のような力が加わった。小さくて、小指の欠けた手。真っ白な袖口には金のカフスボタンが輝く。指が一本ないにもかかわらず、華奢なつくりの手はどこか優雅ささえ漂っていたが、その手の感触にレモの腕は震えた。

「おまえはこの前、あいつにしてやられた」静かでよどみない、詩を語るような口調だ。

「今度こそ、息の根を止めてやれ」

高級なフランスたばこの煙を吐きだすと、声の主はいかにもうれしそうな笑いをもらした。だが、レモは身を硬くしたまま、ひと言の弁解もしなかった。ディミトリが笑ったからといって、額面どおりには受けとれない。前にも同じ笑いを耳にしたことがある。イニシャル入りのライターを手に、その青白い炎が獲物の足を焼く様を眺めて、ディミトリは気持よさそうに笑っていたのだった。レモは腕をぴくりとも動かさず、口を開こうともしなかった。

「ロードはすでに死んでいる。私のものを盗んだ瞬間にだ」ディミトリの声に、初めて憎悪の響きが宿った。だがその心は氷のように冷めているのをレモは知っている。蛇が毒を吐くのは、激しい怒りに駆られたときとは限らないのだ。「私のものを取り戻せ。そして、やつを始末するんだ。やり方はおまえに任せる。証拠にやつの両耳を持ってこい」

レモはバックシートの男に、降りて切符を買うよう合図した。「女はどうします？」

ディミトリはたばこをくゆらしながら、じっくりと考えをめぐらせた。決断を急げば、見苦しい結果を残すだけだと、過去の経験が教えてくれた。「美しい女だ。それに、あのバトレインを殺《や》るとは、頭もいいらしい。できるだけ傷をつけずに連れてこい。話をしてみたい」

それだけ言うと、満足げにシートにもたれて、スモークガラスごしに列車を眺めた。手下から漂う明らかな恐怖の匂いを、ディミトリは楽しんでいた。恐怖感こそが、最高に優美な武器なのだ。小指の欠けた手で、行けと合図する。

「つまらん仕事だ」レモが車のドアを閉めると、ディミトリはつぶやいた。香水をふくませたハンカチを鼻に当て、かすかな吐息をもらす。ほこりと動物の臭いは耐えがたい。

「ホテルへ戻れ」沈黙を守る運転手に、そう命じた。「サウナとマッサージが必要だ」


ホイットニーは窓際に陣どり、マダガスカルの景色を眺めようと待ちかまえていた。片やダグのほうは、ガイドブックに顔を埋《うず》めたまま、きのうからずっとこの調子だ。

「マダガスカルには、少なくとも三十九種のきつね猿がいて、八百種以上の蝶《ちょう》が生息する」

「まあ、すてき。あなたが動物に興味をお持ちとは知らなかったわ」

ダグは本から顔を上げた。「ここの蛇に毒はないとさ。こういう些細《ささい》な知識が重要なんだ。なにせテントで寝るんだからな。仕事をするときは、まわりの状況を把握しておく、それがおれのやり方だ。たとえばここらあたりの川には、腹をへらした鰐《わに》がうようよいるんだぜ」

「じゃあ、裸で泳ぐのはあきらめなきゃね」

「おそらく原住民にも出くわすだろう。部族はいくつかあるようだが、みんな友好的だと書いてある」

「ひと安心ね。ところで、めざす×印にたどりつくには、どれくらいかかる予定なの？」

「一週間、いや二週間かな」椅子にもたれて、ダグはたばこに火をつけた。「ダイヤモンドはフランス語でなんて言うんだい？」

「〝ディアマン〟よ」ホイットニーは目を細めてダグを見つめた。「ディミトリって、ダイヤモンドをフランスから持ちだしてここへ隠すのに、かかわりのあった人なの？」

ダグは笑みを浮かべた。いい線をついているが、いま一つというところか。「いや、そういう仕事はお手のものの男だが、この盗品にはなんの関係もない」

「そう。めあてはダイヤモンドで、おまけに盗品ってわけね」

ダグは書類のことを思い出した。「ま、見方によりけりってところだな」

「ねえ、ちょっと思ったんだけど……」ホイットニーはダグの指からたばこを抜きとり、ひと口吸った。「もしも宝がなかったらどうするか、考えたことある？」

「宝はあるさ」ダグは煙を吐きだすと、澄んだグリーンの瞳でホイットニーを見つめた。「必ずある」

またしてもダグを信じる気になっている自分に、ホイットニーは気づいた。信じずにはいられない。「宝を手に入れたら、あなた、自分の分け前をどうするつもり？」

ダグは向かいに座るホイットニーの隣に足を投げだして、にんまりした。「とりあえずその中で泳ぐさ」

ホイットニーはバッグからマンゴーを一つとりだし、ダグに放《ほう》った。「ディミトリはどうするの?」

「宝さえ手に入れちまえば、あんな野郎は電気椅子送りにしてやる」

「あなたって、どうしようもないうぬぼれ屋ね」

「金持のどうしようもないうぬぼれ屋になろうとしてるところさ」

マンゴーにかぶりつくダグを見て、ホイットニーもひと口かじってみた。思いのほか、甘くておいしい。「金持になるって、それほど意味のあること?」

「あたりまえさ」

「どうして?」

ダグはホイットニーに鋭い視線を投げた。「あんたがそんなことを言えるのは、財産の上にあぐらをかいてるからさ。何十億リットルのファッジリップルが築いてくれた宝の山にね」

ホイットニーは肩をすくめた。「私はただ、あなたの考える金持ってどういうことか、それが聞きたいのよ」

「金があれば、好きなだけ競馬もできるし、すっても平気だ。勝負に負けてかっかしたところで、家賃をパーにするのとはわけが違う」

「それだけのことなの？」

「あんた、一度だって寝る場所の心配をしたことがあるかい？」

ホイットニーはもうひと口かじってから、マンゴーをダグの手に戻した。いまの言葉には、どことなく人をばかにするような響きがある。「ないわ」

彼女はそれきり黙りこんだまま、列車に揺られていた。駅に停車するたび、大勢の人が乗り降りする。すでに気温はかなり高く、車内は息苦しいほどだ。よどんだ空気の中、甘い果実の香りと、汗とほこりと垢《あか》じみた臭いとが重くたれこめていた。何列か前の席で、パナマ帽をかぶった男が大きなバンダナを広げ、汗をぬぐう。ゾマで見かけた顔だ。そう思ったホイットニーは男に笑いかけた。しかし、男は気づかなかったのか、バンダナをポケットにしまうと、読みかけの新聞をとりあげた。英字紙だわ。ホイットニーはぼんやり考えながら、また車窓の風景に目を戻した。

草におおわれた丘陵が飛ぶように流れ去る。木はほとんど生えていないようだ。小さな村落がそここに点在し、藁ぶき屋根に交じって、川辺には大きな納屋が建っていた。なんという川かしら？　ダグならばガイドブックを持っているし、名前だって知っているに違いない。川ひとつとっても、ゆうに十五分は講義をするだろうということが、ホイットニーにものみこめてきた。けれど、私は名もない大地や川が好き。

あたりには、視界をさえぎる電話線も電柱もない。このはてしない不毛の荒野で、人々はたくましく生きている。誰にも頼らず、自給自足の生活を続けているのだろう。私にはとてもできないことだわ。ホイットニーは、そんな人々の暮らしを、すばらしいとも、賞賛に値するとも思った。

都会の雑踏や喧噪なしには生きられない女の目にも、この静けさや豊かな広がりは魅力的に映る。野の花も、チンチラのロングコートも、それぞれにすばらしい。ホイットニーにとって、それは矛盾ではなかった。両方とも、それなりの喜びを与えてくれる。

外の静けさとは対照的に、車内はにぎやかだった。列車はがたがたと音をたて、絶え間ない乗客の話し声がそれに重なる。窓から入る風にいくぶん救われるものの、あたりの空気は汗の臭いがした。ふと、この前列車に乗ったときのことを思い出す。あのときも発作的にとび乗ったのだ。空調の効いた個室寝台で、中はおしろいと花の香りにあふれていたが、今回とは比べものにならないほど退屈な旅だった。

赤ん坊を抱いた女性が、二人の斜め向かいに座った。赤ん坊は指をくわえたまま、つぶらな瞳でホイットニーを見つめていたが、やがて編んだ髪をつかもうと、ぽっちゃりした手を伸ばしてきた。母親はあわてて赤ん坊の体を引き寄せ、なにごとかマダガスカル語でまくしたてている。

「いいのよ、気にしないで」ホイットニーは笑いながら、赤ん坊の頬を撫でた。その指を、小さな手が握りしめる。まるで小さな万力みたいね。ホイットニーは母親に、抱かせてほしいと合図した。ためらう母親を説きふせ、赤ん坊を膝にのせる。「こんにちは、坊や」「ここらの連中がパンパースを知ってるか、疑問だな」ダグが遠まわしに注意する。その顔に向かって、ホイットニーは眉をひそめた。「あなた、子供が好きじゃないの？」「好きだよ。おとなしく家にいるような子供なら」

ホイットニーはくすくす笑いながら、赤ん坊に目を戻した。「さあ、なにかいいものはないかな？」そう言うと、バッグの中からコンパクトをとりだす。「これはどう？　見て、赤ちゃんがいるでしょ」目の前に鏡を出すと、赤ん坊は声をたてて笑った。

「かわいい赤ちゃんだこと」あやしているホイットニーのほうがうれしそうだ。赤ん坊もおもしろがって、鏡をホイットニーの顔の前につきだした。

「かわいいお嬢さんだこと」ダグの言葉にホイットニーは笑った。

「ほら、あなたも抱いてごらんなさいよ」有無を言わせず、その手に赤ん坊を押しつける。

「赤ちゃんもいいものよ」

そこでダグがあわてたり、ぎこちない抱き方をするのを期待したとすれば、予想はみごとに外れた格好だった。慣れた手つきで赤ん坊を膝の上に立たせ、もうあやしはじめている。

おもしろいわ。この泥棒さん、やさしい面もお持ちってわけね。ホイットニーは座席にもたれて、ダグの様子を眺めていた。赤ん坊の体を膝で弾ませ、妙な声を出してあやしている。「足を洗って、託児所でも開こうと思ったことない？」

眉をつりあげたダグは、ホイットニーの手から鏡をとると、赤ん坊に声をかけた。「ほら、見てごらん」日の光が反射するように鏡を傾ける。声をあげて喜びながら、赤ん坊は鏡をつかんでダグの顔に向けた。

「鏡の中のお猿さんを見せたいのよ」ホイットニーがにこやかに言う。

「口のへらない女だ」

「先刻ご承知でしょ」

赤ん坊を喜ばせようと、ダグは鏡に向かって変な顔をしてみせた。はしゃいだ赤ん坊の手がぶつかって鏡の角度が変わった瞬間、後ろの様子がそこに映った。体をこわばらせ、ダグはもう一度角度を合わせると、後ろをじっくりうかがった。

「ちくしょう」

「どうしたの？」

赤ん坊をあやしながら、ダグはホイットニーを見つめた。汗が噴きだし、腋《わき》から伝い落ちる。

「そのまま笑ってろ。いいか、絶対におれの後ろを見るんじゃないぞ。どうやら二、三列後ろに、お友だちが乗ってるようだ」

肘かけに置いた手がこわばる。ホイットニーは懸命に、ダグの後ろから目をそらそうとした。「狭い世界ね」

「そのようだな」

「どうするの？」

「いま考えてるところだ」ダグはドアまでの距離を目測した。次の駅で降りたとしても、ホームを渡りきる前にレモに追いつかれる。それに、やつがここにいるということは、ディミトリも近くにいるはずだ。あいつは手下を放し飼いにはしない男だからな。ダグはたっぷり一分かけて、パニックを抑えにかかった。とにかくいまは、やつらの目をそらし、気づかれずに列車を降りることだ。

「おれの言うとおりにするんだ」ダグは声を殺して言った。「おれが行けと言ったら、バックパックをつかんでドアに向かって走れ」

ホイットニーは車内を見回した。女子供や老人でどこも満席だ。「私に選択の余地はある？」

「ない」

「じゃあ、走るわ」

列車は駅の手前で速度をゆるめた。ブレーキがきしり、エンジンがうなりをあげる。ダグは乗り降りする客の混雑がピークに達するのを待った。「勘弁してくれよ」赤ん坊にささやくと、やわらかなお尻を思いきりつねりあげる。そのとたん、赤ん坊は火がついたように泣きだし、母親が驚いてとびあがった。それに合わせるように立ちあがると、ダグはこみあう通路でわざと騒ぎを起こした。

その意図を悟ったホイットニーも、負けじと席を立ち、右側にいた男性を乱暴に押しのけた。そのはずみで男の腕から袋が落ち、中身が散らばる。グレープフルーツが床を転がり、乗客の足下でつぶれた。

列車がふたたび動きはじめたときには、ダグとレモの間には六人の人間がひしめきあっていた。マダガスカル語でさかんに文句を言っている。謝るふりをしながら、ダグは両手を上げると、野菜の袋をひっくりかえした。赤ん坊はまだ泣きわめいている。そろそろ限界だな。そう判断したダグは、ホイットニーの手をつかんだ。「いまだ」

二人はドアに向かって突進した。ダグがちらっとふりかえったとき、レモはこちらへ来ようと、こみあう通路でもがいていた。パナマ帽をかぶった男が新聞を置き、あわてて立ちあがる。だが、その男もまた人ごみに阻まれた。どこかで見た顔だ。記憶がちらっとダグの頭をかすめる。

「次はどうする気？」ホイットニーは足下を流れ去る大地を見つめた。

「降りるんだ」ためらうことなく、ダグは身を躍らせた。ホイットニーも道連れだ。その体を包みこむようにかばいながら、頭をかがめて着地の衝撃に備える。二人はもつれあったまま、斜面を転がった。ようやく止まったときには、列車ははるか彼方《かなた》へと去り、ぐんぐん速度を上げていた。

「なんてことするの！」ダグの上にのったたまま、ホイットニーはどなりつけた。「首の骨が折れてたかもしれないのよ」

「まあな」荒い息のまま、ダグは寝そべっていた。両手がホイットニーのスカートに潜り、腿に触れていたが、それさえも気づかずにいた。「でも、折れなかっただろ」

怒りの静まらないホイットニーは、ダグをにらみつけた。「そう、私たち、ついてるってわけね。それでこの先、どうするつもり？」目にかかる髪をうるさそうに吹きはらう。「こんななんにもないところに取り残されて。目的地まではずいぶんあるっていうのに、交通手段もないのよ」

「足があるだろう」ダグも言いかえした。

「それはむこうも同じでしょ」声をひそめて、ホイットニーは言った。「きっと次の駅で降りて、私たちを捜しに戻ってくるわ。むこうには銃があるし、こっちにはマンゴーと折りたたみ式のテントがあるわよね」

「だから、ごたごた言ってる暇はないんだ。一刻も早く出発しないと」乱暴にホイットニーの体を押しのけて、ダグは立ちあがった。「これはピクニックじゃないと言ったはずだ」

「だけど、走ってる列車から突き落とされるなんて話も聞いてないわ」

「いいから、けつを上げろよ、お嬢さん」

あざのできたお尻をさすりながら立ちあがると、ホイットニーはダグに向きなおった。

「乱暴で、傲慢《ごうまん》で、むしずが走るわ」

「それはそれは失礼いたしました」ダグはわざとらしくおじぎをしてみせた。「恐縮ですが、こちらにおいでいただけますでしょうか。そうすれば、脳みそに弾丸を撃ちこまれる事態は避けられるかと存じますが、お嬢様」

ホイットニーはぷいと横を向き、衝撃で投げだされたバックパックを拾いあげた。「どっち？」

ダグも自分のバックパックを肩にかけた。「北だ」

5

ホイットニーはもともと山が好きだった。スイスアルプスでスキーをしてすごした二週間を思うと、いまも楽しくなってくる。朝になるのを待ちかねて、頂上へと登ったものだ。ロープウェイから途中の景観を堪能《たんのう》し、その後、頂上から一気に滑り下りる快感がまたまらない。薪《まき》がはじける暖炉に、熱々のラム酒。アフタースキーの思い出も尽きない。

ギリシアの別荘でのんびり週末をすごしたこともあった。エーゲ海を望む小高い岩場の別荘だった。高さ、眺め、自然のすばらしさと古代遺跡。快適なテラコッタのバルコニーで、そのすべてをいっぺんに楽しめるとは、なんとぜいたくなことか。

しかし、いわゆる山登りは好きになれなかった。大汗をかき、足を痛めてなにが楽しいというのだろう。人は自然を讃《たた》えるが、やわらかい足の裏にくいこむ石ころを思えば、すばらしいとばかりは言っていられない。

険しい岩場を登っては下りる。北へ行くと言うダグに、ホイットニーはにこりともせずついていった。汗が背中を流れる。遅れをとるまいと必死だった。なにがなんでもついていく。封筒は彼の手にあるのだから。しかし、言われるままに山を登り、共に汗を流し、ぜいぜいあえいでいるのだ。これで充分だろう。このうえ、口をきいてやる義理など、どこにもない。

この私に向かって〝けつを上げろ〟などと暴言を吐いて、それですむと思ったら大間違いだ。こんりんざい許してなどやるものか。何日、何週間かかろうと、いつか必ず思い知らせてやる。ホイットニーが父親から学んだビジネスの鉄則、それは復讐《ふくしゅう》だ。それも冷淡であればあるほど快い。

北だ。ダグは二人を取り囲む険しい岩山を見渡した。単調な眺め。風にそよぐ背の高い草と、赤土がむきだしになった風化の跡が見えるだけ。はてしなく岩が連なり、容赦なく行く手を阻んでいる。遠くのほうにはひょろ長い木もぽつぽつ見えるが、いまのダグが探しているのは日陰ではなかった。ここから見るかぎり、ほかに目に入るものはなにもない。小屋も、家も、畑も、そして人影も。これこそ、まさに必要としている環境だ。

前夜、ホイットニーが寝ている間に、ダグはマダガスカルの地図をじっくり眺めた。図書館で拝借した本からちぎりとった地図だ。本来、どんな本であれ、傷つけるのは主義に反する。ダグにとって本は、子供時代は空想のはけ口であり、おとなになってからは孤独な夜をすごすかけがえのない友だった。しかし、非常事態となれば話は別だ。本体は荷物の中でも、ちぎった紙ならすっぽりポケットに納まる。もっとも、それは、まさかのときの用心だった。地図は頭のページに焼きつけてある。

ダグは頭の中で、地形を三つの帯に分けてみた。西の低地はこの際どうでもいい。険しい道を、あえて西へと迂回《うかい》してきたが、そろそろもとのルートに戻ってもいいころだろう。だが、川岸や身を隠すもののない平野は避け、あくまでも高地を行く。ディミトリは予想以上に近くにいる。二度と誤算は許されない。

重苦しいほど気温が上がっていた。しかし、水は朝までもつだろう。その心配はもっとあとでいい。それよりも、あとどのくらい北へ行けばいいのか、正確なところを知りたい。海岸に向かって東へ向きを変えるには、まだどれほど北へ行かねばならないのだろうか。東へ行けば、もっと歩きやすい場所にも出られるのだが。

ディミトリはタマタブで待ちかまえているかもしれない。さんさんと降りそそぐ日ざしの下で、ワイン片手に地元の新鮮な魚に舌鼓でも打っているのだろう。論理的に考えれば、当然タマタブが最初の中継点になる。だからこそ、避けなければならない。とうぶんの間は。

知恵比べは嫌いではない。条件が不利なほど、勝つ喜びは大きくなると、以前ホイットニーに言ったことに嘘《うそ》はない。しかし……相手があのディミトリとなれば話は別だ。

ダグはバックパックの紐《ひも》を引っぱって、重量がバランスよく両肩にかかるように調整した。おまけに今回は、気にかけねばならない人間がもう一人いる。長いこと相棒も持たずにやってきた理由の一つは、心配の種は自分一人でたくさんだ、と思ったことにあった。

ダグはホイットニーに目をやった。高地をめざして歩きはじめて以来、ずっとおし黙ったままだ。

なんて女だ。それ以外の言葉は思いつかない。冷たくしていれば、こっちが震えあがると思っているなら、とんだ見当違いだ。いつもの取り巻き連中なら、ひざまずいて許しを乞《こ》うかもしれないが、おれはエナメル靴をはくようなやわな男とは違う。それに、ダグの目から見ると、黙っているときのほうがホイットニーははるかに魅力的だった。

だいたい列車から五体満足に降りられて、文句を言うほうがふざけている。あざは二つ三つできたかもしれないが、少なくともまだ息はある。この女の問題は、なんでもきれいにやりたがることだ。あの高級アパートやら……スカートの下の、小さなシルクの布きれみたいに。

ダグはあわててビキニショーツのイメージを振りはらうと、どうやって岩場を越えるかに神経を集中した。

いましばらくは丘づたいに行きたい。二日、いや三日。ここならば、いくらでも身を隠す場所はあるし、道も険しい。これだけ険しければ、レモやディミトリの飼い犬どもも、そう速くは追ってこられないはずだ。やつらは裏道を走ったり、安ホテルを家《や》捜しするのは慣れていても、ロッククライミングや山登りには縁がないだろうからな。前に殺られた連中は、楽に逃げることばかり考えたからいけないのだ。

岩の上でひと息つきながら、ダグは双眼鏡を出すと、ゆっくり周囲を見回した。下のほうの、少し西に寄ったあたりに、小さな集落が見える。小さな赤土の家と大きな納屋が、畑に沿って並んでいる。ここから見るとパッチワークみたいだが、あれは水田らしいな。湿ったエメラルドグリーンから、ダグはそう判断した。電線は見えない。文明から隔たっていればいるほど、ありがたい。ガイドブックで覚えた知識が正しければ、あれはきっとメリナ族の集落だろう。その少しむこうには、曲がりくねった細い川が流れている。ベチボカ川か。

目を細めて、ダグは流れを追った。ふと、ある考えが浮かぶ。あの川は北西に流れているが、舟で川を下るというのも悪くない手だ。鰐《わに》がいるかどうかはともかく、歩いていくよりはるかに速い。たとえ距離は短くとも時間は稼げるはずだ。いずれときが来たら、川下りのことも腹を決めねばなるまい。もう一晩か二晩、研究するとしよう。目的地をめざすには、どの川がいちばんいいだろう。マダガスカル人は川を下るとき、どうするのか。そういえば、目を通した本の中に、舟のことが書いてあった。ケイジャンたちが使うような平底のカヌーを連想した覚えがある。それに、ダグ自身、カヌーで沼を渡ったことがあった。あれはラファイエット郊外の大邸宅を狙《ねら》ったときだ。しくじりかけて、必死で逃げたっけな。

あのときの獲物は、握りの部分に真珠を埋めこんだ決闘用のアンティーク銃だったが、あれでいくら儲《もう》けただろう。もう思い出せない。だが、棹《さお》を操り、糸杉や苔《こけ》の間をかいくぐっての沼でのチェイスは、いま思い出してもちょっとしたものだった。ああ、川下りは悪くない。

どっちにしろ、もっと集落を見つけなくてはならない。早晩、食料も必要になる。村人と交渉もしなければならないだろう。そのとき、ダグはかたわらのホイットニーのことを思い出した。そういう場面では、けっこう役に立つかもしれない。

あざは痛むし、長旅にうんざりして、ホイットニーは地べたに座りこんだ。ひと休みして、腹ごしらえするまでは、てこでも動かないつもりだった。脚の筋肉がぱんぱんに張っている。以前、ジムで一度だけ試したことのある、ジョギングマシンで走ったあとのような感じだった。ダグには目もくれず、パックに手をつっこんだ。なにはさておき、靴を替えなくては。

双眼鏡をしまうと、ダグはホイットニーのほうを向いた。太陽は二人の真上にある。日暮れまでには相当の距離を稼げるだろう。「さあ、行こう」

ホイットニーは涼しい顔で、ゆっくりとバナナの皮をむきはじめた。〝けつを上げろ〟と言いたければ言うがいいわ。知ったことか。目だけはダグを見据えたまま、ホイットニーはバナナを食べだした。

地面にあぐらをかいているホイットニーのスカートは、膝までめくれあがっていた。汗で濡《ぬ》れたブラウスが、ぴったりと体にはりついている。朝、ダグの目の前できれいに編んだ髪も乱れ、淡い絹のような髪が頬を撫《な》でている。しかし、優雅ささえ漂う冷ややかな顔は、大理石の手ざわりを思わせた。

「早くするんだ」欲望ゆえに、ダグはいらだっていた。こんな女の思いどおりにされてたまるか。絶対に甘い顔は見せない。女を抱くと、決まって損をする。ひょっとしたら、ことが片づく前に二人はどうにかなるかもしれない。が、仮にそうなったとしても、このやせっぽちの冷たい目をした女のために、ひと財産ふいにするのはごめんだ。金だけが、幸せな人生を約束してくれる。

ダグは、ホイットニーを組み敷く自分を想像してみた。裸体を熱くわななかせ、抗《あらが》うすべもない女。

ホイットニーは岩に寄りかかって、またバナナをかじった。珍しく風が吹き、熱くもわっとした空気が体を包む。ホイットニーはぼんやりと、膝の後ろをかいた。「勝手にすれば」けだるい口調だ。

こいつ。ダグはその体を押し倒したい衝動に駆られた。おとなしくなるまで抱いてやる。その生意気な口がたたけないようにな。いっそ殺してやりたいくらいだ。「よく聞けよ、お嬢さん。きょうのうちに距離を稼いでおかなけりゃならないんだ。なにせ、こっちは歩いて——」

「あなたがそうしたんじゃないの」

ダグはしゃがんで目を合わせた。「あんたの空っぽの頭がいまだにセクシーな胴体につながってるのも、おれがそうしたおかげだろ」怒りと、理性で抑えきれない欲望へのいらだちに、ダグはホイットニーの顎をつかんだ。「ディミトリのやつは、あんたみたいな品のいい女が好きなんだ。この体にぶよぶよした手を置いて喜ぶだろうよ。冗談抜きで、あっちのほうに相当変わった趣味を持ってるって話だからな」

一瞬、背筋が凍った。しかし、ダグから目をそむけたりはしない。「ディミトリのめあてはあなたでしょ。私には関係ないわ」

「あいつは博愛主義者なんだ」

「そんなことでおじけづいたりしないわよ」

「言うとおりにしないと……」ダグは言った。「命を落とすことになるぜ」

ダグの手をつかんで顎から引きはがすと、ホイットニーは優雅な身のこなしで立ちあがった。スカートがふわりとマントのように広がる。赤土にまみれて、腰には穴まであいているというのに、不思議なものだ。つくりの粗いマダガスカルの靴さえ、ガラスの靴に見えてくる。ダグは、靴を脱ぐホイットニーに見とれた。これは間違いなく天性のものだ。誰かに教わってできるもんじゃない。田舎娘のような身なりをしていても、ふるまいだけはお嬢様のままか。

ダグの手にバナナの皮を落とすと、ホイットニーは片方の眉を上げてみせた。「他人の言いなりにはならないわ。それが私の主義なの。この先、よく頭に入れておいてね」

「せいぜいつっぱることだな。そうすりゃ、先の心配をする必要もなくなるさ」

もったいをつけてスカートのほこりを払うと、ホイットニーは言った。「それじゃ、行きましょうか」

ダグは皮を谷に放《ほう》り投げた。どうせ連れてくるなら、震えて泣くような女がよかった。無理やりそう思いこもうとしていた。

ダグはコンパスを出して、方角を確認した。北。まだしばらくは北へ行かねばならない。さえぎるものもない日ざしが容赦なく照りつけ、足場は最悪。それでも岩場や山道は、身を守る楯《たて》になってくれる。虫の知らせか、ただの思いすごしか、うなじがぞくぞくしてかなわない。日が暮れるまでは休みなしだ。

「なあ、お嬢様。きっと別の状況だったら、おれはあんたの上品さを讃えてただろうよ」しっかりした足どりで、ダグは歩きはじめた。「だが、いまみたいなときには、いいかげんうっとうしくなるぜ」

長い脚と断固たる決意のおかげで、ホイットニーはダグと肩を並べて歩いた。「育ちは、いかなる状況でも賞賛されてしかるべきだわ。それに……」と、ダグにからかうような視線を投げた。「妬《ねた》みの対象にもなるわね」

「せいぜい育ちをだいじにしてくれよ。おれはおれの育ちで充分だ」

笑いながら、ホイットニーはダグの腕に手をかけた。「ええ、そうさせていただくわ」

ダグは、きれいにマニキュアされた手を眺めた。灼熱《しゃくねつ》の太陽の下で、岩の斜面と格闘しているというのに、なぜかダンスパーティでエスコートしているような気分になってくる。こんな女は、きっと世界のどこを探しても、二人とは見つからないだろう。「仲なおりする気になったのかな？」

「ふくれっ面してるより、しっかり見張ってたほうがいいと判断したまでよ。あざのお礼をするチャンスを逃さないようにね。ところで、あとどのくらい歩くことになるの？」

「列車で十二時間かかるはずだった。しかも、わざと迂回している。あとは、自分で計算してくれ」

「試すような言い方しないで」ホイットニーはやんわりと言った。「村でも見つけて、車を借りられないかしら」

「〈ハーツ〉の看板が見えたら教えてくれ。レンタカー代は、喜んでもたせてもらうよ」

「なにか食べたほうがいいわ、ダグラス。人間、おなかがすくと怒りっぽくなるものよ」

いったん体を離して、ホイットニーはバックパックをさしだした。「どうぞ、おいしいマンゴーが入ってるわ」

口もとがほころぶのをこらえながら、ダグは紐をゆるめて中を探った。じつのところ、なにか温かくて甘いものが欲しいと思っていたのだ。果物の入った網のバッグをかすめた指が、なにかやわらかいシルクのようなものに触れた。好奇心に駆られて引っぱりだすと、ダグはしげしげと小さなレースつきのビキニショーツを眺めた。どうやらまだはいてないらしい。「じつにみごとなマンゴーだ」

ホイットニーがふりむくと、肩ごしにダグが下着をもてあそぶのが見えた。「私のショーツから手を離しなさい、ダグラス」

ダグはにやっと笑っただけで、そのショーツを日に透かした。「言ってくれるじゃないか。それにしても、なんだってまたこんなものを、わざわざはくのかね？」

「身だしなみだわ」ホイットニーはすまして答えた。

笑いながら、ダグは下着をバックパックに戻した。「そりゃ、そうだ」マンゴーをとりだし、大口をあけてがぶりとかじりつく。渇いた喉を、果汁がたっぷりと滴り落ちた。

「シルクだとかレースを見ると、発展途上国のつつましい尼さんを連想するんだよな」

「妙な連想をなさること」斜面を滑るように下りながら、ホイットニーはダグを眺めた。

「私なら、セックスを連想するけど」そう言いながら歩調を速めると、ひゅっと短く口笛を吹いた。

二人は延々と歩きつづけた。むきだしの肌にはていねいに日焼け止めを塗ったが、どうやっても日焼けは避けられないと観念した。汗とオイルの匂《にお》いに惹《ひ》かれて、蠅《はえ》がうるさくまとわりつく。それもじきに気にならなくなった。いまの二人には、こんな虫くらいしか道連れはいないのだ。

日が陰るころには、起伏に富んだ岩山も、眼下に広がる渓谷の眺めも、すべてが色あせて見えた。土と日に焼けた草の匂いに自然を感じたのも最初のうちだけ、実際にその中を歩くとなればいいかげんうんざりだ。はるか上空を、一羽の鳥が悠然と気流に乗って飛んでいる。ホイットニーは上を向いていたせいで、細長い蛇が爪先数センチのところをすりぬけ、岩陰に這《は》いこんだことにも気づかなかった。

汗だくになり、小石に足をとられて歩くことのどこに異国情緒があるだろう。ホテルの涼やかなテラスから眺めたなら、マダガスカルももっとすてきに見えただろうに。わずかに残ったプライドだけが、いまのホイットニーを支えていた。さもなければ、すぐにも休みたいと口にしているところだ。ダグが歩きつづけるかぎり、絶対に歩きとおしてやる。

ときおり、小さな村や集落らしきものが見えた。判で押したように川の近くにあり、周辺には田畑が広がっている。丘の上からでも煮炊きをする煙が見え、風向きがよければ犬や牛の鳴き声も聞こえた。それなのに、人の声は耳に届かない。疲労と距離の遠さが、ホイットニーから現実感を奪っていた。あの小屋も畑も、舞台の一場面のような気がする。

一度、ダグの双眼鏡をのぞいてみた。沼のような田んぼで、人が腰をかがめて働く姿が見える。女たちの多くは、ランバでくるんだ赤ん坊を北米インディアンがよくやるやり方で背負っていた。足の動きに合わせて、ぬかるんだ土の上下するさまが見てとれる。

これまでヨーロッパ各地を旅してきたが、このような光景を目にするのは、ホイットニーにとって初めてのことだった。パリ、ロンドン、そしてマドリッド。どの街も、慣れ親しんだ大都会のきらめきで私を迎えてくれた。バックパックを背負って田舎を歩きまわることなど、一度としてなかったのだ。しかし、何事にも始まりというものがある……そして、終わりも。ホイットニーは、荷物のバランスをとりながら、我が身に言いきかせた。この地形も色も広がりも、それなりの魅力はあるだろう。だけど、こんなふうなやり方で楽しむ趣味はないわ。

汗をかきたければサウナに行けばいい。心地よい疲労感を味わいたいなら、テニスのゲームでも二、三こなして、誰かをやっつけてやるほうがいい。

ホイットニーは体の痛みに耐え、汗まみれになりながら、一歩また一歩と、足を引きずるようにして歩きつづけた。ダグ・ロードだろうが、誰だろうが、他人にひけをとることは我慢ならないのだ。

ダグは太陽の角度から、そろそろキャンプの場所を探す時間だと悟った。影が長くなり、西の空は朱を刷《は》いたように赤く染まっている。ふつうなら、夜はもっとも得意とする時間帯だが、マダガスカルの高地ではへたに動けば命とりになる。

一度、夜中にロッキーの山中を歩いていて、危うく脚を折りかけたことがあった。岩の上を転げ落ちた記憶は、いまも生々しい。予定外の崖《がけ》下りは足どりを消すには役に立ったが、そのおかげでボルダーまで、片足を引きずりながら歩くはめになったのだ。日が暮れたら、どこかに野営して、おとなしく朝になるのを待とう。

ダグはホイットニーが音をあげるのを、いまかいまかと待っていた。こんな目にあえば、並みの女なら泣きわめくところだ。しかし、二人が初めて目を合わせた瞬間から、ホイットニーが期待どおりに動いたためしはなかった。今度こそと思ったが、そのあてもみごとに外れたらしい。本音を言えば、文句を並べてくれたほうが好都合なのだ。そうすれば、さっさと身軽になれる。女を一人置き去りにするうえ、金まであらかたいただこうというのだ。ぶつくさ言ってくれれば、うしろめたさも薄らぐだろうに。こっちの足を引っぱるどころか、黙って自分の荷物も運んでいるとあっては、ほっぽりだすわけにもいかない。まあ、まだ初日だ。ダグはそう思うことにした。もうしばらく様子を見よう。温室育ちの花は、外の空気に触れたとたん、しぼんでしまうものだ。

「あの洞穴を見てみよう」

「洞穴？」額に手をかざして、ホイットニーはダグの視線を追った。小さくて、真っ暗な穴が見える。「あの穴のこと？」

「ああ。もし、四つ足の先客がいなけりゃ、一夜をすごすには、いいホテルになるだろう」

あの中ですって？〈ヘビバリー・ウィルシャー〉ならいいホテルだけど」

ダグはちらともふりかえらない。「まずは空室があるかどうか、お伺いを立ててみよう」

ホイットニーは、ダグがバックパックを下ろし、穴の奥へと這っていくのを、息をつめて見つめていた。呼び戻したい気持を必死でこらえる。

誰にでも苦手はあるものよ。穴のほうへ歩きかけて、ホイットニーは自分に言い訳した。彼女の場合は、いわゆる閉所恐怖症だった。どんなに疲れていようが、あの小さな穴ぐらに入るくらいなら、もう二十キロ歩くほうがましだとさえ思う。

「さすがにウィルシャーなみとはいかないな」穴から這いだしてきたダグが言った。「でも、なんとかなりそうだ。おれたちの予約は、ちゃんと入ってるとさ」

ホイットニーは岩の上に腰を下ろすと、ゆっくりとあたりを見回した。目に映るものといえば、岩のほかはやせこけた松が数本に、土のえぐれた跡だけ。「いま思い出したけど、ハンカチみたいに小さくたためるテントを、大枚はたいて買わなかった？　どうしてもいるって言ったの、あなたでしょ。それに、星の下で眠るってすてきよ。聞いたことない？」

「誰かに追われてる場合、それも何度も追いつかれかけているとなれば、安心して背中をあずけられる壁があったほうがいい」膝をついたまま、ダグはバックパックを拾いあげた。

「たぶん、ディミトリたちはもっと東のほうを捜していると思う。だが、想像に頼るのは危険だ。それに、高地の夜は冷える。洞穴の中だったら、少しぐらい火をたいても見つかる心配はないだろ」

「キャンプファイヤーってわけ」ホイットニーは爪に目をやった。早いうちに塗りなおさないと、相当見苦しくなっている。「すてきだこと。あんな狭苦しいところで火を燃やせば、あっという間に窒息死できるわね」

ダグはパックの中から小さな手斧《おの》を出すと、革の鞘《さや》を外した。「二メートルばかり奥へ行くと、中は広くなってるんだ。おれが立てるくらいに」そう言うと、やせた松に近づき、枝を落としはじめた。「スペランキングの経験は？」

「なんですって？」

「洞穴探検だよ」ダグは笑って説明した。「前に、地質学専攻の女とつきあったことがあってね。親父《おやじ》が銀行を持ってたからさ」洞穴で一晩忘れられない夜をすごしたが、結局、それ以上の関係にはなれなかった。

「地面に開いた穴なんか調べてなんになるの。ほかにいくらでも気のきいた探検場所はあると思うけど」

「いや、あんたが見落としたものは大きいよ。いわゆる観光客向きじゃないかもしれないが、洞穴の中には第一級の鍾乳石《しょうにゅう》やら石筍《せきじゅん》もあるんだぜ」

「聞くだけで胸が躍るわね」ホイットニーは冷ややかに答えた。洞穴の奥に目を凝らしてみても、そこに見えるのはただのちっぽけな暗い岩穴だけ。見ているだけで額にじっとりと冷や汗がにじんできた。

相手の反応にいらだちながらも、ダグは薪《まき》づくりに余念がなかった。「ああ、そうだろうよ。あんたみたいな女には、岩の生成なんかおもしろくもなんともないよな。宝石以外の石ころは眼中にないってわけだ」フランス製のドレスにイタリア製の靴。そんなものを身につけるような女など、どいつもこいつも同じだ。だからこそ、女と遊ぶときは踊り子かプロと決めていた。そういう女たちのほうがずっと正直だし、しっかりしている。

洞穴を見つめていたホイットニーは、目を細めてダグをにらんだ。「あんたみたいな女って、それ、どういう意味？」

「甘やかされて」手斧を振りおろしながら、ダグは言った。「底の浅い女だよ」

「底が浅いですって？」ホイットニーは思わず立ちあがった。甘やかされたという点については、まぎれもない事実だ、潔く認めよう。だが、そのあとのひと言は聞き捨てならない。「底が浅い？　他人のものを盗んで生きてる人間がよく言うわ。いい根性してるじゃないの。私は、そんな安易な生き方はしてませんからね」

「あんたには、その必要はなかったろうさ」ダグが頭を傾け、二人の視線がぶつかった。ダグの冷ややかな目が、怒りに燃えるホイットニーのまなざしを受けとめる。「そいつが、おれたちの違うところなんだよ、お嬢様。あんたは生まれたときから、銀のスプーンをくわえていた。このおれは、そいつを盗んで質入れするように、生まれついたってことさ」薪を小わきに抱えて、洞穴に戻っていく。「お嬢さん、飯にありつきたいなら、その育ちのいい尻を動かすこったな。いくら待っても、ここにはルームサービスなんかないぜ」バックパックの紐をつかむと、ダグはさっさと穴の中へ消えてしまった。

なんて薄情な男！ 両手を腰に当てて、ホイットニーは洞穴をにらみつけた。人をさんざん歩かせておいて、あれが私に言うせりふ？ あなたと会ってから、私がどんな目にあってきたと思うの。狙撃《そげき》され、脅され、追いかけられ、あげくに列車から突き落とされて、かかったお金が何千ドル。それなのに、人のことを脳みそのかけらもない、愛想笑いだけが売り物の尻軽女みたいに言うなんて。絶対に許せない。

一瞬、ダグを放って、このまま行ってしまおうかとも考えた。不機嫌な熊《くま》は放っておくに限る。いいえ、冗談じゃないわ。ホイットニーは洞穴の入口を見つめて、深く息を吸いこんだ。そんなことをしたら、それこそ相手の思うつぼじゃないの。私を追いはらって宝を独り占めにするのが、あの男の狙いなんだから。そうは問屋がおろすもんですか。借金を一セント残らずとりたてるまでは、死んでもそばを離れない。貸しは何倍にもして返してもらうわよ。

そうよ、何十倍にもしてもらうから。ホイットニーは歯をくいしばると、四つん這いになり、洞穴の中へ入っていった。

怒りに任せて進みはじめたものの、すぐに冷や汗が噴きだし、その場に釘《くぎ》づけになってしまった。喉がつまり、進むことも退くこともできない。暗くて、風もない密室。こうしている間にも入口がふさがり、暗闇《くらやみ》に閉じこめられてしまうのではないだろうか。

壁が迫ってくる。湿った壁に押しつぶされて、息がつけない。固い土に額を押しつけて、ホイットニーはヒステリーを起こしそうになる自分と懸命に闘っていた。

負けるもんですか。くじけるわけにはいかない。ダグはすぐそこ、すぐそこにいるのよ。ここで泣いたりしたら、聞かれてしまう。ホイットニーの中で恐怖とプライドがせめぎあっていた。軽蔑《けいべつ》されるのは耐えられない。あえぐように息を吸いこむと、じりじりと前へ進んだ。奥のほうは広くなっていると、ダグはそう言っていた。あと一メートルも行けば、息もできるようになるはずだ。

ああ、神様。どうか光を、空間を、空気をください。拳《こぶし》を握りしめ、喉もとまでこみあげる悲鳴を押し戻す。あの男の前で醜態をさらすことはできない。笑いものになるなんてまっぴらだ。

地面につっぷしたまま、自分との闘いを続けているうちに、ホイットニーは視界にかすかな明かりをとらえた。身動《みじろ》ぎもせず、薪のはぜる音と松の燃える香りに意識を集中する。ダグが火を起こしたのだ。奥はもう暗闇ではない。あとほんの一メートル、それだけ進めば暗闇から解放される。

渾身《こんしん》の力と、ありったけの勇気をふりしぼって、少しずつ少しずつ這っていく。すると、ふいに目の前が開け、炎のゆらめきが顔を照らした。やっとたどりついたのだ。ホイットニーはぐったりとその場にうずくまり、しばらくあえいでいた。

「気が変わったようだな」ダグは背を向けたまま、湯をわかすために折りたたみ式の鍋《なべ》を出した。最後の十キロは、熱いコーヒーだけを楽しみに歩きとおしたようなものだ。濃いのを一杯、早く味わいたい。「晩飯の支度は分担してやろう。果物、米、それにコーヒー。おれがコーヒーを入れるから、あんたは米をどうにかしてくれ」

まだ震えが止まらない。だが、ホイットニーはなんとか体を起こして地面に座った。少しの間の辛抱だと、自分に言いきかせる。吐き気もめまいも、じきに治まる。そうしたら、どうにかしてこの男に思い知らせてやる。

「白ワインを忘れたのは痛かったな。だけど……」言いかけてふりむいたとたん、その灰色の顔を見てダグは声を失った。光のかげんなのか、血の気がうせているのか。眉をひそめると、鍋を火にかけ、ホイットニーに歩み寄った。光のせいなどではない。触れたらいまにも崩れてしまいそうだ。わけがわからずに、ダグはその場にしゃがんだ。「いったい、どうしたんだ？」

見上げたホイットニーの目は、熱い決意の色を浮かべていた。「なんでもないわ」

「ホイットニー」その手に触れたダグは、思わず声をあげた。「なんてこった、まるで氷みたいじゃないか。早く火のそばに寄れよ」

「大丈夫だったら」怒りに駆られて、ホイットニーはダグの手を振りはらった。「いいからほっといて」

「待てよ」立ちあがろうとするホイットニーの肩を、ダグが支えた。その手に震えが伝ってくる。彼女にこんなしおらしい一面があるとは思わなかった。金持女に怖いものなしのはずじゃなかったのか。優良株とダイヤを抱えて、世の中のなにが怖いっていうんだ。

「いま水を持ってきてやるよ」黙って水筒をとると、ホイットニーのために蓋《ふた》を開けてやった。「ちょっと生温《ぬる》いけど、ゆっくり飲むんだ」

ホイットニーはひと口すすった。ちょっとどころか、ひどく生温くて鉄の味がする。だが、かまわずにもうひと口飲んだ。「もう平気よ」こわばった声にいらだちがにじむ。彼がこんなにやさしいとは思わなかった。

「しばらく休んでろ。もし具合が悪いなら……」

「そんなんじゃないわ」ホイットニーは水筒をダグの手につきかえした。「こういう狭苦しいところがちょっと苦手なだけよ、わかった？　もうなんともないわ」

ホイットニーの手をとったダグは、それがちょっとどころではないことを見てとった。じっとりと冷や汗がにじみ、ぶるぶる震えている。罪の意識が頭をもたげ、それがダグをいらだたせた。列車を降りてから、一度も休ませてやらなかった。そうしてやろうとも思わなかった。一度甘い顔を見せたら、ずるずるとなしくずしになってしまうのがわかっているからだ。それでさんざん痛い目を見てきたはずじゃないか。しかし、震えているホイットニーを前に、ダグの胸は痛んだ。「ホイットニー、言ってくれればよかったのに」

ホイットニーはきっと顎を上げた。その仕草に気品が漂う。ダグは思わず気をのまれた。

「醜態を演じるほうが耐えられないと思ったまでよ」

「どうして？　おれならそんなこと、気にしないがなあ」ダグは笑いながら、ホイットニーのこめかみにかかる髪をかきあげてやった。それでも涙一つ見せやしない。まったく、たいした女だ。

「根っからの愚か者は、自らの醜態にも気づかないものよ」だが、ホイットニーの声からとげとげしさは消えていた。その口もとがほころぶ。「とにかく、中には入ったわ。だけど、外へ引っぱりだすには、クレーン車が必要かもね」ゆっくりと息をつきながら、広々とした洞穴を眺める。ダグの言っていたとおり、石の柱が立ち並び、たき火の炎に映えてきらきらと輝いていた。だが、床にはあちこちに糞《ふん》が落ちている。そのうえ、壁ぎわには蛇の抜け殻が一つ。ホイットニーは思わず身震いした。

「なに、ロープがあるさ」ダグは指の付け根でホイットニーの頬をこすった。ようやく赤みがさしてくる。「そのときにはおれが、あんたを引きずりだしてやるよ」後ろをふりむくと、湯が煮たってきたところだった。「さあ、コーヒーでも飲もう」ダグが背を向けるのを待って、ホイットニーは頬にそっと触れてみた。まだかすかに手のぬくもりが残っている気がする。彼が、なんの下心もなしにあれほどのやさしさを見せるとは、思いもしなかった。

それとも、なにか思惑があってのことだろうか？

ため息まじりに、ホイットニーはバックパックを下ろした。資金はまだ私の手の中にあるのだ。「お米をどう料理したらいいかなんて知らないわ」パックの口を開いて果物の入った網のバッグをとりだす。落ちたときのショックでだいぶ傷んでおり、甘い香りが鼻をくすぐる。フルコースのディナーでも、これほどおいしそうに見えたことはない。

「手もとにある道具からして、炊くしかないな。煮たててかきまぜるだけだ。米に、水に、火……」ダグは肩ごしにふりかえった。「それくらい、なんとかできるだろう」

「お皿は誰が洗うの？」別の鍋に水を入れながら、ホイットニーはきいた。

「二人でやろうぜ、料理も後片づけも」にやっと魅力的な笑みを投げかける。「なんたって、おれたちはパートナーだからな」

「ほんとう？」にっこりほほ笑みかえして、ホイットニーは鍋を火にかけた。コーヒーの香りを胸いっぱいに吸いこむと、湿った糞だらけの洞穴もたちまち洗練される感じがした。

「では、パートナーとしてお願いするわ。例の書類を見せていただけない？」

ダグはコーヒーの入った金属製のマグをさしだした。「それじゃ、こっちもお願いしたいね。金を半分渡してくれ」

マグの縁から見上げるように、ホイットニーは笑いかけた。「おいしいわ、ダグラス。いろいろな才能をお持ちだこと」

「ああ、おれは恵まれてるのさ」コーヒーをひと息に半分飲みほすと、体がかっと熱くなった。「台所はあんたに任せるよ。おれは寝床の用意をしてくる」

ホイットニーは米の袋を引っぱりだした。「その寝袋も、自分でお金を払ったと思えば羽根布団よりありがたいわ」

「まるで守銭奴だな」

「ただ、お金をだいじにしてるだけよ」

ダグは寝袋を敷く場所をきれいにしながら、なにかぶつぶつ言っている。その言葉までは聞きとれなかったが、ホイットニーは相手の心の変化を感じていた。にこやかに、米をすくいだす。一杯、二杯。お米が今夜のメインディッシュなら、せめておなかいっぱい食べなくちゃ。ホイットニーはもう一度、米の袋に手をつっこんだ。

折りたたみ式スプーンの使い方がわからずに、てまどってしまった。ようやくスプーンを開いたころには、早くもお湯が煮たってきた。すっかりご機嫌で、ホイットニーは鍋をかきまぜだした。

「フォークを使え」寝袋を広げながら、ダグが声をかける。「スプーンだと米がつぶれてしまう」

「細かいことを言わないの」口ではそう言いながらも、ホイットニーはフォークに持ちかえ、同じことをくりかえした。「それにしても、ずいぶん料理に詳しいじゃない？」

「食うことにかけちゃ、ちょっとしたもんさ」ダグはこともなげに言った。「なにしろ、そうそううまいもんを食いに行ける身分じゃないからな」二つ目の寝袋を並べて敷いたダグは、ちょっと考えてから、もう三十センチほど離した。ホイットニーとは少し距離をおいたほうがよさそうだ。「だから、自分で作るしかなかったのさ。料理もけっこう楽しいもんだ」

「他人が作ってくれるならね」

ダグは黙って肩をすくめた。「おれは料理が好きだね。腕をふるい、スパイスを二、三振りこめば、おいしいごちそうのできあがり。まるで気分は王様だ。たとえ配管のいかれた、おんぼろモーテルにいてもだぜ。それに、万一食うに困ったら、しばらくレストランで働くのもいい」

「それが仕事？　幻滅だわ」

ダグはホイットニーの皮肉をさらりとかわした。「いままでやった仕事の中で、なんとか辛抱できたのはそれだけだった。うまいものにもありつけるし、そのうえ常連客の品定めをする機会もあるだろ」

「かもを探そうってわけ」

「〝チャンスはむだにするな〟って言うだろ」寝袋に足を投げだして座ると、ダグは壁にもたれてたばこをとりだした。

「それ、ボーイスカウトのモットー？」

「でなきゃ、いまからそうするべきだな」

「さぞかしたくさんのご褒美《ほうび》バッジをもらったんでしょうね、ダグラス」

ダグはにやっと笑うと、静かにたばことコーヒーを楽しんだ。できるうちにできるだけ楽しむ。もし可能ならば、さらに楽しむ工夫をする。それが遠い昔に身につけた知恵だ。

「まあなんとかね。ところで、晩飯のほうはどうだい？」

ホイットニーはもう一度、フォークで米をかきまぜた。「もう少しよ」私が見るかぎりでは。

ダグは天井を見上げて、ぼんやりと岩の形を眺めていた。ここから滴り落ちた鍾乳石が、何世紀もの歳月をかけて長い槍《やり》のような石筍となるのだ。古いもの、歴史を感じさせるものには、いつも心惹かれる。そうしたものと、あまり縁のないところで生きてきたせいかもしれない。自分を北へと駆りたてる力の中には、その思いもあることを、ダグは感じていた。財宝と、そこに秘められた歴史の数々が、おれを呼び寄せるのだ。「米は、マッシユルームとスライスアーモンドと一緒に、バターでいためるとうまいんだ」

その言葉に、おなかが鳴る。「バナナでも食べてて」ホイットニーはダグにも一本放り投げた。「水の補給はどうするつもり？」

「朝になったら、ふもとの村へ下りてみようと思う」ダグは煙を吐きだした。欠けているのは、熱い湯を満たしたバスタブと、この背中を流してくれるブロンドの美女だけか。なに、宝さえ手に入れたら、真っ先にそいつを拝んでやるさ。

ホイットニーはあぐらをかいて、二個目の果物を手にとった。「下りても大丈夫かしら？」

ダグは肩をすくめて、コーヒーを飲みほした。「水なしじゃ旅はできないだろ。うまく話がつけば、ついでに肉も手に入れよう」

「ぜひそうして。なんだかわくわくしてきたわ」

「おれの見るところ、ディミトリはあの列車がタマタブ行きだったことは知っている。となれば、連中はまずそこを捜すだろう。おれたちがこうやって時間稼ぎをしている間に、あきらめてよそへ行ってくれればしめたものだ。そのあとにのりこもうって計算さ」

ホイットニーは果物にかぶりついた。「ということは、ディミトリはあなたがどこへ向かっているのか、肝心の場所は知らないってわけね」

「あんた以上のことは知らないはずだ」そう願いたい。しかし、例の背中のむずがゆさは、いっこうに治まる気配がなかった。ダグはたばこの煙を深く吸いこみ、吸いさしをたき火に投げこんだ。「おれが知るかぎり、やつはこの書類を見てはいない。少なくとも全部はな」

「見てもいないのに、どうして宝があるとわかるのかしら?」

「信じたのさ。お嬢さん、あんたと同じだよ」

ホイットニーは眉を片方上げた。「そんなことで動く男だとは思えないけど」

「それじゃ、本能と言いかえてもいい。そもそも今回のことは、ホイッティカーって男がしくんだことでね。やつはいちばん高い値をつけた者に、この書類を売りつけようとした。自分の手は汚さずに、ひと儲けしようって寸法さ。この話にとびついたのがディミトリだ。宝と聞いて、ぴんとくるものがあったんだろう。そういうことには鼻のきくやつだと、前に話したよな」

「確かにね。ホイッティカーって……」ホイットニーは米をかきまぜるのも忘れて、その名前を思い出そうとした。「ジョージ・アラン・ホイッティカーのこと?」

「そうだが」ダグは煙を吐いた。「知ってるのか」

「ちょっとね。前に、彼の甥《おい》とデートしたことがあるのよ。手広くやってるようだけど、密輸でひと財産作ったたって話じゃない」

「ここ十年ばかりは特に力を入れてるようだな。ジェラルディ・サファイアが盗まれたのを覚えてるか？　そう、一九七六年だったかな」

　ホイットニーは一瞬、眉を寄せて考えた。「記憶にないわ」

「世間を騒がせた事件くらい覚えとけよ。おれがワシントンＤＣから失敬してきた本でも読むんだな」

「『歴史の間に失われし宝石』って本？」ホイットニーは肩をすくめた。「どうせ読むなら小説のほうがいいわ」

「視野を広げるためだ。本からはあらゆることを吸収できるんだぞ」

「本気なの？」ホイットニーは、改めてダグを見つめた。「それ、読書が好きってこと？」

「セックスの次にな。いい気晴らしになる。それはともかく、ジェラルディってのは、王家の王冠についてたサファイア以来の逸品だ」

　ホイットニーは、はっとした。「それ、あなたが盗んだの？」

「いや」ダグは壁に体をあずけた。「その年はついていなくてね。肝心のローマまで行く金がなかった。だが、おれにはちょっとしたつてがあった。ホイッティカーもご同様さ」

「それじゃ、盗んだのはホイッティカーなの？」老人の痩躯《そうく》を思い浮かべて、ホイットニーは目をみはった。

「裏で糸を引いただけさ」ダグは訂正した。「やっこさん、六十の声を聞いたとたん、自分の手を汚すのがいやになったらしい。表向きは、考古学の専門家ってことで通したかったのさ。テレビでショーをやってたのを見たことないか?」

ということは、この男も公共放送を見ているわけね。じつに多彩な顔を持つ泥棒さんだこと。「見たことはないけど、陸のジャック・クストーを気どってるって噂《うわさ》は聞いたことがあるわ」

「格が違うな。だが、ここ一、二年、かなりの視聴率を稼いでたのはほんとうだ。次々と大金持をたらしこんじゃあ、発掘の資金をかき集めてたのさ。まったく、うまいことやりやがった」

「父も言ってたわ。あの男は大ぼら吹きだって」ホイットニーがつぶやいた。

「あんたの親父さん、ファッジリップルの山にあぐらをかいてるだけかと思ったら、なかなかぬけめがないな。ともかく、大西洋のむこうとこっちで取り引きされた宝石や美術品の中には、やつが一枚かんでたものがごまんとあったわけだ。一年くらい前、ホイッティカーはあるイギリスのご婦人をだまして、古い資料や手紙をまんまとせしめた」

ホイットニーの関心は最高潮に達した。「私たちの書類のことね?」

〝私たち〟という表現も意に介さず、ダグはホイットニーの言葉を無視して話を続けた。

「ご婦人のほうじゃ、頭から芸術や歴史の問題だと……いわゆる文化的価値しかないと思っている。その手の本もずいぶん書いてるような人物だ。やつより前に、彼女と取り引きしようとした素人がいたんだが、ご婦人をくどくにかけちゃ、ホイッティカーに一日の長があったらしい。それに、やつの場合、よけいなことは考えないからな。あるのは欲だけ。じつにわかりやすい思考回路じゃないか。ところが、ここで問題が起きた。ホイッティカーの家に泥棒が押し入り、じいさん、宝探しのための資金集めをしなければならなくなったのさ」

「そこでディミトリが登場するわけね」

「ご明察。さっきも言ったとおり、ホイッティカーは公開入札を行った。一応は取り引き成立、二人はパートナーってわけだ」その顔にけだるい笑みが浮かぶ。「だが、実際のところ、ディミトリに入札なんかやる気はない。やつは交換条件を持ちかけたんだ」ダグは脚を組むと、バナナの皮をむいた。「書類を渡すなら、黙って儲けの二割を出そうとね」

ホイットニーはもうひと口果物をかじったが、なかなか飲みくだすことができなかった。「けっこう交渉上手じゃないの」

「ああ。ところが、またもやトラブルだ。ホイッティカーへの脅しが少々効きすぎたらしい。あのじいさんは心臓を患ってたからな。ディミトリが肝心の書類を手に入れる前にあの世へ行っちまった。やつがかっかしてたのは、お楽しみをふいにされたからか、それとも財宝の手がかりを手に入れそこなったせいか。どっちにしても、その不運な出来事のおかげで、やつはおれを雇うはめになったんだ」ダグはバナナを味わった。「ホイッティカーの気を変えさせるのにどんな手を使ったか、ディミトリは微に入り細にわたって話してくれたよ。おれが妙な考えを起こさないように、たっぷり脅かしてくれたってわけさ」話をする間じゅう、ディミトリが手の中でもてあそんでいた銀製の小さなペンチを、ダグは思い出していた。「確かに、薬は効いたよ」

「でも、あなたは横取りしたんでしょ」

「それは、むこうがおれを裏切ったからだ」バナナを頬ばりながら、ダグは言った。「やつが小細工などしなければ、おれは書類をちゃんと渡すつもりだった。約束の金で、ちょっと羽を伸ばせれば、おれはそれでよかったんだ」

「理由はどうあれ、あなたは書類を手に入れた。〝チャンスはむだにするな〟でしょ」

「だいぶわかってきたな。おい、嘘だろ！」ダグははじかれたように立ちあがると、火に向かって駆け寄った。蛇か大蜘蛛《ぐも》か、ホイットニーは反射的に膝を抱えて身構えた。「なんてこった。いったい何杯米をぶちこんだんだ？」

「私……」ホイットニーは言いかけて、口をつぐんだ。ダグが手にした鍋の縁からは、米が溶岩のようにあふれだしている。「手ですくって、ほんの一、二杯」笑いそうになるのをこらえて、唇をかみしめる。

「嘘だろ」

「四杯だったかも」ダグが皿を捜す間も、手の甲を口に押しあてていた。「ひょっとすると、五杯」

「四、五杯ね」ダグは米を皿によそいながら、うなった。「なんだって、マダガスカルの洞穴の中で、『ルーシー・ショー』みたいな落ちがつくんだ?」

「料理はだめだって言ったでしょ」ホイットニーは皿に盛られた茶色いねばりけのある塊を見つめた。「それを証明してみせただけよ」

「徹底的にな」ホイットニーが声を殺して笑っているのに気づくと、ダグは顔を上げた。あぐらをかいたホイットニーは、スカートもブラウスも薄汚れ、髪に結んだリボンはほどけたままだ。思わず初めて会ったときの姿を重ねていた。白いフェルトの中折れ帽に豪勢な毛皮を着こみ、めかしこんですましていた。格好は天と地ほども違うのに、少しも色あせて見えないのはなぜなのか。「よく笑えるな」ダグは皿をつきだした。「自分の分は、ちゃんと食えよ」

「もちろん、いただくわ」料理に使っていたフォークで米をすくい、そのまま口に運ぶ。いい度胸だな、とダグは思った。焦げた米は香ばしくて、思ったほどまずくはない。ホイットニーは肩をすくめて、ぱくつきはじめた。実際に物乞いをした経験などないが、諺《ことわざ》にも言うではないか。〝もらうほうは選り好《え》みできない〟と。「子供みたいなこと言わないで。マッシュルームとスライスアーモンドが手に入ったら、そのときはあなたの言うとおりにしましょう」アイスクリームを食べる子供のように、ホイットニーは焦げた米を夢中で頬ばった。自覚こそしていなかったが、それはホイットニーが生まれて初めて経験する、本物の飢えだった。

ダグはしぶしぶ米を口にしながら、ホイットニーの様子を眺めていた。おれはひもじい思いを知っている。きっとこれからも、そういう目にあうだろう。だが、彼女は……いや、たとえブリキの皿で飯を食おうが、ほこりまみれのスカートをはいていようが、内側から光り輝く気品は隠せない。はたしてそれがいつまでもつか、そいつを見届けるだけでもおもしろい、とダグは思った。おれの相棒は、思ったよりも楽しませてくれそうだ。この気品を失わないかぎりは。

「ダグラス、ホイッティカーに地図を渡した女性のことを聞かせて」

「なにが知りたい？」

「あの、そのあとどうなったかと思って」

ダグは米の塊をのみこんだ。「バトレイン、とだけ言えば察しはつくだろ」

ホイットニーの瞳に恐怖の色がよぎるのを、ダグは見てとった。いい傾向だ。おれたちが相手にしているのは一流のプロなんだと、お嬢様にもわかってもらったほうが二人の身のためだ。しかし、コーヒーの入ったマグをとるホイットニーの手に震えはなかった。

「わかったわ。あの書類を見た人間で、生きているのはあなただけってことね」

「そのとおりだ」

「ディミトリはあなたの命を狙ってる。それに私の命も」

「これまた、大当たり」

「だけど、私はまだ書類を見ていないのよ」

ダグはことをなげに米を食べつづけた。「仮にあんたが捕まっても、まだ口を割られる心配はないわけだ」

ホイットニーはまじまじとダグを見つめた。「あなたって、第一級のひとでなしだわ、ダグ」

今度はダグも笑顔で応じた。言外に、かすかだが尊敬の念を感じたからだ。「おれはなんでも一流が好きでね。残りの人生、最高の暮らしがしたいのさ」

二時間後、ダグは心の中で、またもやホイットニーのことを毒づいていた。火を落としたせいで、洞穴の中はほの暗い。奥のほうで水の滴る音がしている。そのゆったりとしたリズムが、ダグにニューオーリンズの小さな売春宿を思い出させた。〝画期的〟とかいうふれこみで、ずいぶんいい金をとっていた。

二人とも疲れきっていた。長くきびしい一日のせいで体じゅうが痛い。靴を脱いだとき、ダグは寝ることだけを考えていた。横になればたちまちぐっすり、のはずだったのだ。

「寝袋の使い方は知ってるか？」なにげなくきいた。

「おかげさまで、ファスナーの開け方くらいは知ってるわ」

そのとき、ダグは顔を上げるというミスを犯し、そのまま目をそらすことができなくなった。

ホイットニーはなにも知らずにブラウスを脱いでいた。朝の光の中で見た、薄物の下着《テディ》が脳裏に浮かぶ。彼女がスカートを脱ぐと、口の中に生唾《つば》がたまった。

ホイットニーは疲労のために、ほとんど朦朧《もうろう》としていたのだ。男の目を気にする余裕など、もう残ってはいなかった。もっとも、パブリックビーチへもこの姿で平気で出ていくホイットニーのこと、もし気づいたとしても、この下着を着ていれば充分と考えたかもしれない。いまは一刻も早く横になり、すべて忘れて眠ることしか頭になかった。

これほど疲れていなければ、ホイットニーはダグの体に生じた変化をおもしろがったかもしれない。寝袋を開けようとかがんだとき、炎のゆらめきの中に浮かびあがる自分の肌に、ダグが身を硬くしていたと知れば、うれしくないはずはない。下着が腿までめくれあがったとき、ダグが息をのんだことにも、純粋に女としての喜びを味わったことだろう。

だが、ホイットニーはなに一つ気づかぬまま、寝袋に潜りこむと、ファスナーを上げた。もうなにも見えない。解かれた髪だけが闇に光っていた。ため息をつきながら、ホイットニーは頭の下で手を組んだ。

「おやすみなさい、ダグラス」

「ああ」ダグはシャツを脱ぐと、胸の絆創膏《ばんそうこう》をひと息にはぎとった。あとがただれて赤く腫《は》れている。だが、すでに寝入っていたホイットニーの耳には、壁に反響するダグのうめきも届かなかった。彼女を呪《のろ》い、傷の痛みを呪いながら、ダグは封筒をバックパックに放りこむと、自分も寝袋に這いこんだ。聞こえてくるのは、ホイットニーの安らかな寝息だけだった。

一人まんじりともせずに、ダグは天井をにらんでいた。胸の痛みは、傷のせいだけではなさそうだった。

6

なにかが手の甲をくすぐっている。眠りの世界にとどまろうと、ホイットニーは手首をものうげに動かして、あくびをもらした。

常に、自分の思いどおりの時間で動いてきた。昼まで寝ていたいと思えば、昼まで寝ていたし、夜明けに起きようと思えば、そのとおりにした。気分がのれば十八時間ぶっ通しで仕事をしたし、その逆に同じ時間眠りつづけたこともある。

いまは、美しい夢の世界でうっとりとまどろんでいたい、それだけだった。だが、また も手の甲を羽根で撫《な》でるような感触に、ホイットニーはため息をもらすと、少々むっとしながら目を開けた。

たぶん、それはいままで見た中でもいちばん大きく、太った蜘蛛《くも》だろう。全身毛におおわれた真っ黒な塊が、曲がった脚で手の上をもそもそ這《は》っている。顔から十センチと離れていない手の甲を伝い、蜘蛛が鼻先へとゆっくり上ってくるのを、ホイットニーはぼんやり見つめていた。寝起きのおぼろげな視界いっぱいに、その不気味な姿が浮かびあがる。

手の甲から鼻先へ。

にわかに我に返ると、ホイットニーは悲鳴をのみこんで蜘蛛を振りはらった。蜘蛛は二メートル近く先に、どさっと音をたてて地面に落ちると、よたよたと逃げていった。怖かったわけじゃない。毒はないはずだ。ただ醜いだけ。だが、なにによらず醜いものは嫌いなのだ。

嫌悪感にため息をもらすと、ホイットニーは起きあがり、もつれた髪を指で梳《す》いた。まあ、洞穴で寝るからには、気味悪いお隣さんの来訪もある程度覚悟しなければ。だが、どうしてダグではなく私なのか？　こちらがあんなひどい起こされ方をしたというのに、一人いい気持で寝ている法はないはずだ。思いきりつついてやろうと、ホイットニーは横を向いた。

ダグがいない。寝袋の影も形もない。

わけのわからぬまま、ホイットニーは不安な面持ちで周囲を見回した。洞穴の中はがらんとして、石柱だけが立ち並ぶさまは、どこか主《あるじ》の去った荒城を思わせる。昨夜のたき火もいまは、燃えさしがわずかに赤い光を投げるばかりだった。甘ったるい匂《にお》いがたちこめているのは、早くも腐りはじめた果物があるせいだろう。寝袋同様、ダグのバックパックもきれいに姿を消していた。

ひとでなし。どこまで根性が腐ってるの。あの男は一人で行ってしまった。狭苦しい洞穴の中に、私を置き去りにして。置きみやげは、わずかな果物とお米、それにお皿ほどもある大蜘蛛だけですって。

怒りに燃えるホイットニーに、ためらいはなかった。あれほど恐れていた暗闇《くらやみ》に自らとびこみ、狭い穴の中を這いはじめた。息がつまるのもかまわず、先を急ぐ。襲いかかる恐怖の中で、自らに言いきかせていた。逃がすものか。誰であろうと、この私を裏切ることは許さない。あの男を捕まえるためには、ここから出なくてはならないのだ。捕まえたときには今度こそ……。

出口の光が見えると、あとはその一点とダグへの復讐《ふくしゅう》だけに思いを集中する。ホイットニーはあえぎながら、光の中へと這いだした。震える体でよろめくように立ちあがると、思いきり息を吸いこみ、大声でどなった。

「ロード！　ロード、このひとでなし！」

その叫びはあたりに響き渡り、こだまとなって返ってきた。音こそ初めの半分ほどだが、こもる怒りは倍にも感じられる。ホイットニーはなすすべもなく、赤土の丘陵と岩を見回した。ダグがどちらの方角へ向かったか、どうやって見当をつけろというのだ？

北。北に向かったに違いない。あの男は磁石も、地図も持っているのだ。悔しさに歯がみをすると、ホイットニーはもう一度叫んだ。「ロード、このろくでなし。このままじゃすまさないわよ！」

「なにがすまないって？」

はじかれたようにふりむくと、危うくダグにぶつかるところだった。「どこへ行ってたのよ？」ホイットニーはつめ寄った。安堵《あんど》と怒りから、ダグのシャツをつかんで、ぐいと引き寄せる。「いったい、どこへ行ってたの？」

「まあ、落ち着けよ」気楽な口調で言いながら、ダグはホイットニーのお尻を軽くたたいた。「あんたがこの体をご所望と知っていれば、ずっとそばを離れずにいたんだがね」

「その首を絞めてやりたいと思っただけよ」ホイットニーはダグを乱暴に突き放した。

「ちょっとそのへんを見てきたんだよ」ダグは自分の荷物を洞穴のそばに置いた。「あんたを置き去りにするとでも思ったのか？」

「チャンスがあれば、すぐにでもそうしたいと思ってるくせに」

鋭い読みだ。そのつもりでいたのも確かなら、けさ、心が動いたことも事実だからな。右も左もわからない場所で、洞穴の中に置き去りにするのは、いくらなんでもひどすぎる。そう思ってすぐにあきらめたとはいえ、その気になりかけたことは否めない。

だが、これ以上強気に出られてはかなわない。ダグはご機嫌とりに努めた。「ホイットニー、おれたちはパートナーだろ。それに……」指先で、その頬を撫でる。「きみは女性だ。こんなところにきみ一人を置き去りにするとしたら、おれはいったいどういう男だ？」

ダグの魅力的な笑顔に、ホイットニーも負けじとほほ笑みかえした。「値が折りあえば、飼い犬の皮まではいで売るような男よ。で、どこに行ってたの？」

さすがに皮をはごうとは思わないが、必要とあらば犬ごとそっくり質入れするかもしれない。「きついお嬢様だな。あんた、赤ん坊みたいにすやすやおねんねしてたんだよ」こっちが一晩じゅう妄想に悶々《もんもん》としている間、ひとり気持よさそうに眠ってたんだ。この恨みは簡単には忘れられない。いつか必ず、借りは返してやるからな。「ちょっと偵察してこようと思ってね。あんたを起こすに忍びなかったのさ」

ホイットニーはふうーっと息を吐きだした。一応筋は通っている。現に、こうして戻ってきたのだ。「今度開拓者のダニエル・ブーンをきどるときは、必ず私も起こしてちょうだい」

「おおせのままに」

鳥が一羽、天高く舞っている。ホイットニーは気持が落ち着くまで、しばらくそれを眺めていた。空は抜けるように青く、大気も澄み、ひんやりと心地よい。あと二、三時間は暑さに悩まされることもなさそうだ。これまで数えるほどしか味わったことのない深い静けさが、心を満たしていった。

「それで、偵察の成果は？」

「下の村は、まだ静まりかえってるよ」ダグがたばこを出すと、ホイットニーがすかさずそれを抜きとる。ダグはもう一本抜いて、二人のたばこに火をつけた。「そばまで行ったわけじゃないから詳しいことはわからないが、おれの見るところ世はすべて事もなしって感じだな。立ち寄るには、おあつらえむきだ」

ホイットニーは、ほこりまみれの下着《テディ》を眺めた。「こんな格好で？」

「いいドレスだと、前にも言っただろう」おまけに肩紐《ひも》が片方落ちている姿は、なかなかの風情だ。「どのみち、このあたりにゃ美容院もブティックもなさそうだ」

「あなたは汚いままの格好で行けばいいわ」ホイットニーはダグを頭のてっぺんから足の先まで、まじまじと見つめた。「どうせ、そのつもりでしょ。私はいやよ。顔を洗って、服を着替えてからでなきゃ」

「好きにすればいいさ。顔についた泥を落とすくらいの水は、まだ残っているはずだ」

ホイットニーが反射的に頬をこするのを見て、ダグはにやっとした。「あんたの荷物は？」

ホイットニーは洞穴をふりかえった。「あの中よ」ダグに挑むような目を向け、断固とした口調で言い放つ。「私は絶対に戻りませんからね」

「わかった、おれがとってこよう。ただし、午前中いっぱいめかしこんでる暇はないからな。時間はむだにしたくない」

だが、穴の中へ這っていくダグの背に、ホイットニーは眉を片方上げただけだった。

「めかしこむ気はないわ」穏やかに言う。「その必要はないもの」

ぶつぶつ言いながら、ダグは穴の中に消えた。ホイットニーは軽く唇をかんで洞穴を見た。その目がかたわらに置かれたダグのバックパックに留まった。こんなチャンスは二度とないかもしれない。ホイットニーは迷うことなくその場にしゃがむと、中を探りはじめた。

調理用具を乱暴に押しのけ、服をかき分ける。男物のブラシを見つけたとき、ホイットニーの手が一瞬止まった。こんなすてきなブラシ、どこで手に入れたのかしら？　私がお金を出したものじゃない。手帳につけた覚えがないもの。どうやら、また悪い癖が出たのね。ホイットニーはブラシを中に戻した。

ようやく封筒を探りあてると、ホイットニーは慎重にとりだした。これに違いない。洞穴をちらっと見やり、すばやく中身を抜きとる。黄ばんだ紙には樹脂加工が施されていた。女性的な、几帳面《きちょうめん》な文字。フランス語の文面に目を走らせる。手紙、いえ、日記の一部だわ。日付は……まあ、なんてこと。色あせた文字を読むホイットニーの目が大きくなった。一七九三年九月十五日。私はいま、この手に歴史を握っているのだ。明るい日ざしの中、ホイットニーは風化した岩の上に立ちつくしていた。

改めて文字を追う。そこには恐れと不安と、そして一縷《いちる》の望みとがつづられていた。これを書いたのはまだ幼さの残る少女に違いない。ママン、パパという書き方から、ホイットニーはそう確信した。自分と家族の身に突然降りかかった出来事に、年若い貴族の娘がとまどい、おびえているのだ。いったいダグは、自分がこの袋の中になにを持ち歩いているのか、考えたことがあるのだろうか？

いまじっくり読んでいる暇はない。あとで……。

注意深くバックパックの口を閉めて、もとどおり洞穴のわきに置く。封筒で掌《てのひら》を軽くたたきながら、ホイットニーは考えをめぐらせた。本職のお株を奪ってやるのも快感だわ。

そう思ったとき、ダグの戻ってくる音が聞こえた。

封筒片手に、ホイットニーは自分の体を眺めた。空いているほうの手で胸からウエストにかけて撫でおろす。こんな格好じゃ、隠しようがないじゃないの。マタ・ハリだって、腰布《サロン》くらいは身につけていたでしょうに。苦しまぎれに胸もとから滑りこませてはみたものの、すぐにだめだと気づいた。これでは、ひと目でばれてしまう。いっそおでこに貼《は》りつけたほうがましなくらいだ。ちょっと考えて、おなかの封筒を背中に回した。あとは運に任すだけ。

「お荷物をお持ちしました、ミス・マカリスター」

「あとでチップをあげましょうね」

「みなさんによくそう言われます」

「いい仕事をしてもらったんだから当然よ」すました顔でほほ笑むと、ダグも気どった笑顔で応《こた》えた。その手から自分のバックパックを受けとった瞬間、ホイットニーははたとあることに気づいた。私でさえ、ああもやすやすと封筒を手に入れたのだ。ということは、むこうも……あわててバックパックを開け、財布を捜す。

「さっさと支度にかかるんだな。それでなくとも予定はとっくに過ぎてるんだ」

腕をとろうとするダグのみぞおちに、ホイットニーは荷物で一撃をお見舞いした。相手の口からひゅっと息がもれるのを聞いて、おおいに溜飲《りゅういん》が下がる。

「私の財布を捜してるのよ」パックから財布をとりだし、中身を確かめる。二十ドル札を一枚残してくれるとは、ずいぶんと気前のいいこと。「どうやら、その指が悪さをしたらしいわね」

「拾ったものはその人のものって言うだろ、相棒」こんなに早く気づかれるとは予定外のことだったが、ダグは悪びれずに肩をすくめた。「心配には及ばないさ、ちゃんとあんたに手当は支給するから」

「まあ、ありがたいこと」

「伝統主義者と呼んでくれよ」新たな展開に気をよくしながら、ダグはバックパックを背負おうとした。「金は男が管理すべきだというのが、おれの持論でね」

「ただのまぬけとも言えるんじゃない」

「なんとでも言えばいいさ。とにかく、たったいまから金はおれが預からせてもらう」

「いいわ」

にっこりほほ笑むホイットニーに、ダグはすぐさま妙だと感じた。

「封筒は私がお預かりするから」

「封筒のことなら気にするな」ダグはホイットニーの手に荷物を返した。「いい子だから、さっさと着替えるんだ」

怒りに目の奥が熱くなり、罵倒《ばとう》の言葉が口をついて出そうになる。だが、いまこそ冷静にならなくてはと、ホイットニーは心に言いきかせた。それもまた父親から学んだビジネスの鉄則だった。「私が預かってるって言ったのよ」

「だから、その必要はないと……」ホイットニーの顔に浮かんだ余裕の表情に、ダグの声がだんだん小さくなる。金をきれいに巻きあげられて、おつにすましていられるわけがない。ダグは自分のバックパックに目を落とした。まさか、この女。思わずホイットニーを見あげる。まさか、そんなはずは。

投げだすように荷物を下ろして、中身をひっくりかえす。答えはすぐに出た。「わかったよ。それで封筒はどこにあるんだ？」

降りそそぐ日ざしの下、ホイットニーは両手を高々と上げてみせた。「わざわざ捜すまでもないでしょ」

ダグは目を細めた。視線がその体に吸い寄せられるのを抑えることができない。「封筒を渡せ、ホイットニー。さもないと、五秒で丸裸にしてやるぞ」

「そんなことしたら、鼻をへし折ってやるから」

二人はにらみあったまま、互いに一歩も譲らなかった。残された道はただ一つ、引き分けあるのみ。

「書類を渡せ」ダグはすごみをきかせて、もう一度くりかえした。

「お金を返しなさい」ホイットニーも負けてはいない。ここが女の意地と駆け引きの見せどころだ。

ダグは毒づきながら、ジーンズの尻ポケットから札束を出した。ホイットニーが伸ばした手を、すかさずかわして引っこめる。「書類が先だ」

ホイットニーはじっくり相手を観察した。まっすぐな目。とても率直で、澄みきった瞳。こんなきれいな目をして、平気で嘘《うそ》をつける男。それでも、心のどこかに彼を信じたい思いがあった。「約束してちょうだい、お金はちゃんと渡すって」

その場かぎりの口約束など、いつでも反故《ほご》にできる。だが、このお嬢様にそんなことをした日には、ただじゃすみそうにないな。「ちゃんと渡すよ」

うなずくと、ホイットニーは背中に手を回した。だが、封筒は下まで落ちてしまって手が届かない。

「本来なら、あなたには背中を向けたくないところだけど……」肩をすくめて、後ろを向く。「自分でとってちょうだい」

ダグは、背中から腰にかけての微妙なカーブを目でなぞった。たいして凹凸のあるほうじゃないが、体の線は申し分ない。ダグは下着の中に手をぐらせると、ゆっくりと下のほうへ這わせていった。

「さっさと封筒をとって、ダグラス。寄り道はなしよ」ホイットニーは胸の下で腕を組み、まっすぐ前をにらんでいた。ダグの指先が肌に触れるたび、体じゅうに刺激が走る。ちょっとさわられただけで、これほど感じるのは初めてだ。

「ずいぶんと下のほうまで落ちたようだな」ダグはささやいた。「こりゃ、捜すのにてまどりそうだ」その気になれば、おれは五秒フラットでこの女を素っ裸にすることもできるんだ。そんな思いが頭をよぎる。そうなったら、ホイットニーはどうするだろうか？　悪態をつこうにも、息つく間もないさ。あっという間に地面に押し倒してやる。昨夜みたいな妄想じゃない、生身の裸を抱くのだ。

だが、そのとき、指が封筒の端をかすめた。なんというタイミング。ホイットニーには、おれのたちうちできない不思議な力があるのかもしれない。

なにがだいじかを考えろ。やわ肌と固い封筒の手ざわりを比べながら、ダグは我が身に言いきかせた。人生とは、そうした選択の積み重ねなのだ。

じっとしているために、ホイットニーは全神経を集中させていた。「ダグラス、あと二秒で封筒をとりなさい。でないと、右手が使えなくなるわよ」

「震えてるようだな?」ホイットニーの声がかすれ、その体がかすかに震えていることを、ダグは見逃さなかった。昨夜のおれと同じ苦しみを味わっているわけか。それがわかっただけでも上等だ。人さし指と親指で角をつまみ、封筒を引き抜いた。

ホイットニーはすばやくふりかえり、手をつきだした。いま、ダグの手には地図もお金もある。そのうえ、むこうはきちんと服を着こみ、こちらは裸同然だ。ここならふもとへ下りれば村もあるし、私を放《ほう》りだしてもなんとか自力でアンタナナリボまで帰りつけると考えるに違いない。置き去りにするには、またとないチャンスではないか。

射るような視線が、ダグの目をとらえる。ホイットニーの冷静な瞳に、手の内はすべて読まれているものと、ダグは観念した。少々惜しい気もするが、この場は約束を守るとするか。ダグは半ば投げだすように、ホイットニーの手に札束を返した。「盗人《ぬすっと》にも仁義ありって……」

「……なんてのは、数ある神話の最たるものよね」ホイットニーがあとを受けた。一瞬、ほんの一瞬だけ、ダグがお金を返してくれるか不安になったのだ。バックパックと水筒を抱えて、松の木陰へと歩く。重いかんぬきのついた鉄の壁なら申し分ないが、あれでも多少は目隠しになるだろう。「ひげぐらい剃《そ》ったら」ホイットニーは声を張りあげた。「浮浪者みたいな男が連れだなんて、たまらないもの」

ダグは顎を撫でると、何週間だろうと絶対にひげを剃るものか、と心に誓った。

目的地が見えるだけで、足どりまで軽くなる気がする。

ホイットニーの脳裏に、ある夏の思い出がよみがえった。あれはまだ十代の初めのころ、ロングアイランドにある両親の別荘でひと夏をすごした。当時、父親は体を鍛えるのに夢中で、日課のジョギングを欠かさなかった。つきあわされるのがいやで逃げまわったものだが、いったん走りだしたら絶対に後れはとるまいと心に決めていた。相手は二十五歳も年上の男性だ。そこでホイットニーが使った手は、別荘の白い屋根窓を目印にすることだった。その窓が見えれば、ゴールはすぐそこだ。そう思うと、残りの道のりを苦もなく駆けぬけることができた。

いま二人がめざしているのは、小さな集落だ。すぐそばには緑の畑が広がり、茶色い水をたたえた川が西に向かって流れていた。なにしろ、一日じゅう歩きつづけたあげく、洞穴で一夜をすごしたあとだ。雑然としたたたずまいも、いまのホイットニーにはニュー・ロッシェルなみに整って見えた。

水田で働く男女の姿が、遠くに見える。森を切りひらいて畑を作ったようだ。働き者のマダガスカル人たちは、木を切ったことへのお返しをするように、熱心に畑を耕していた。彼らも島の住人なのだ、と改めて思う。だが、島の暮らしにありがちな、陽気でのんびりした雰囲気は感じられない。その姿を眺めながら、いったいあの中に海を見たことのある者が何人いるだろうか、とホイットニーは思った。

囲いの中では牛たちが、退屈そうにしっぽを振り振り歩きまわっていた。かたわらには壊れたジープが一台。タイヤがなく、石の上に立てかけてある。どこからか、金属を打ちあわせる単調な音が聞こえていた。

女たちは色鮮やかな花柄のシャツを干している。いま身につけている、飾り気のない野良着とは対照的だ。猫の額ほどの野菜畑では、バギーパンツをはいた男たちが鍬《くわ》を入れていた。中の数人は、手を動かしながら歌を口ずさんでいるが、いかにも仕事の歌らしく、あまり明るさは感じられなかった。

二人が近づくと、皆いっせいに顔を上げ、仕事の手が止まった。やせこけた黒犬が、二人の前をぐるぐる回りながら、盛んに吠《ほ》えたてる。だが、村人は誰一人、寄ってこようとはしない。

ホイットニーはその顔に、好奇と猜疑《さいぎ》の心を見てとった。もっと明るい色の服を着てくればよかった。シャツにスラックスというとりあわせを選んだことが、いまさらながらに悔やまれる。ダグを見れば、ぼさぼさの髪に無精ひげ。まるで、夜を徹しての乱痴気騒ぎから、たったいま帰ってきたというような格好だ。

さらに近づいていくと、子供たちの姿もぽつぽつ見えてきた。幼い者は、おとなたちの背や腰におぶわれている。糞《ふん》の臭《にお》いに混じって、料理を作る匂いが漂ってくると、斜面を這い下りながら、ホイットニーは思わずおなかを押さえた。前を行くダグは、さっきからガイドブックに顔をつっこんだままだ。

「いま読まなくちゃいけないの？」いくらなじっても、ダグはぶつぶつ言うばかり。ホイットニーは目をむいた。「携帯ライトをお忘れとは驚きだわ。それさえあれば、昨夜のうちに読んでおけたのにね」

「あとで調達しよう。さて、メリナ族はアジア系だ——島では上流階級に属する。あんたなら、きっと話が合うだろう」

「もちろんだわ」

ホイットニーの皮肉を無視して、ダグは読みすすんだ。「メリナ族は、貴族と平民とを分けるカースト制度を持つ」

「分別のなせるわざね」

ダグが本越しにじろっと見ても、ホイットニーはすまして笑っている。「その分別ある判断により」と、ダグは言いかえした。「カースト制度は法のもとに廃止されたのさ。だが、連中にとってはどこ吹く風らしい」

「道徳を法律で規制しようとすることじたい、初めから無理があるのよ」

それ以上の議論を拒むように、ダグは本から顔を上げ、村の様子をうかがった。人が集まりはじめているが、歓迎委員会を招集したわけでもなさそうだ。本で読んだかぎりでは、マダガスカルの二十近い部族はいずれも、何年も前に弓や槍《やり》とは縁を絶っているはずだが、しかし……。ダグは、自分たちに向けられた何十という黒い瞳を、改めて見つめた。ここはホイットニーと二人、慎重にことを進めるしか手はないだろう。

「招かれざる客に対して、どういう態度に出るかしら？」認めるのもしゃくなほど、自分でも神経質になっているのがわかる。ホイットニーは思わず、ダグに腕を絡ませた。「とにかく招待状なしに潜りこむのは毎度のこと。数えあげたら、きりがないほどだ。

愛想をふりまくんだ」たいていは、この手でうまくいく。

「うまくいくかしら？」ホイットニーはダグに寄りそうように、ふもとの平地へと下りていった。

不安を感じながらも、ホイットニーは胸をはって歩いていった。ざわめいていた群衆が、二手に分かれて道を開ける。その間から、白いシャツの上に漆黒のガウンをはおった、背の高い男が現れた。鋭い顔つきや服装からして、ここの長かもしれない、とホイットニーは思った。あるいは司祭かなにか。いずれにしろ、重要人物には違いない……そして、よそ者の侵入を快く思っていないことは、ひと目見れば明らかだ。男の上背は百九十センチ近いだろうか。プライドもかなぐり捨てて、ホイットニーは一歩下がると、ダグの陰に隠れた。

「とりいるのよ」小声でダグをけしかける。

ダグは、村人たちを従えて立つ長身の男をちらっと眺めると、軽く咳払《せき》いをした。「ちょろいもんさ」最高の笑顔を作り、声をかける。「おはよう。調子はどうだい？」

男は首をかしげただけで、威風堂々とした姿勢を崩さない。まだ不信感は消えていないようだ。太い声でマダガスカル語を一気にまくしたてる。その口調には不快の念がにじんでいた。

「おれたち、言葉がよくわからないもので、ミスター、その……」笑顔を崩さず、ダグは握手を求めて手をさしだした。だが、相手はまじまじとその手を眺めたあげく、これを無視した。顔だけは笑ったまま、ダグはホイットニーの肘をつかむと前に押しだした。「フランス語で話してみろよ」

「でも、あなたの魅力で充分いけそうじゃない」

「いまはふざけている場合じゃないんだよ、お嬢さん」

「友好的な部族だって言ったじゃない」

「きっとあいつはガイドブックを読んでないのさ」

ホイットニーは、十五センチ以上も上にある険しい顔を見つめた。案外、ダグの言うとおりかもしれない。大きな瞳を強調するようににっこりほほ笑むと、フランス語で礼儀正しく挨拶《あいさつ》の言葉を述べた。

黒衣の男は、ホイットニーの顔をじっと見つめていたが、ゆうに十秒ほどの間があって、ようやく挨拶を返してくれた。ほっとするあまり、思わず笑いだしそうになる。

「いいぞ。次は謝るんだ」ダグが後ろで指図した。

「謝るって、なにを?」

「勝手に入りこんだことをだ」ホイットニーの肘をつかむ手に力をこめて、ダグは押し殺した声で言った。「タマタブへ向かう途中で道に迷って、食料も水も尽きかけていると言うんだ。笑顔を忘れるな」

「おやすいご用よ。あなたの間のぬけた笑い顔を見てたら、いくらでも笑えるわ」

ダグは毒づいたが、その口調はあくまで穏やかで、口もとには笑みを絶やさなかった。

「とほうにくれたような顔をしろ。道端でパンクしたタイヤを取り替えるときみたいな顔をな」

ホイットニーはくるりとふりむき、冷ややかな目で眉をつりあげた。「いま、なんて言ったの?」

「いいから言うとおりにしてくれ。ホイットニー、後生だから」

「わかったわよ」ホイットニーは憤然と鼻を鳴らした。「だけど、とほうにくれた顔なんてしないわ」男に向きなおったとき、その表情は一変してにこやかな笑顔に戻っていた。

「いきなり押しかけてしまって、ほんとうに申し訳ありません。じつは、タマタブへ行く途中なんですが、私の連れが……」そう言いながら、ダグをさして肩をすくめてみせた。

「道を間違えてしまって。食料も水も底を尽きかけているんです」

「タマタブはもっとずっと東だ。あんたがた、歩いて行くのかね？」

「ええ、残念ながら」

男は改めて、二人をじっくりと眺めた。マダガスカル人は元来、親切をもって旨とする民族だ。とはいえ、誰に対してもというわけではない。男はよそ者の目をのぞきこんだ。だいぶ神経をとがらせているようだが、悪意はなさそうだ。しばらく間をおいて、男は一礼した。「お客様は歓迎だ。食料と水もお分けしよう。私はルイ・ラベマナンジャラ」

「はじめまして」ホイットニーが手をさしだすと、今度は男もそれを受けた。「私はホイットニー・マカリスターと申します。これはダグラス・ロード」

ルイはふりむくと、なりゆきを見守っていた村人に、二人を客として迎えることを告げた。「これは私の娘、マリーだ」その言葉を受けて、褐色の肌に黒い瞳の、小柄な娘が前へ進み出た。髪を細かく編みあげている。いつも頼んでいるヘアデザイナーでもここまでできるかと思うほど、凝ったヘアスタイルだ。ホイットニーは思わず目をみはった。

「この子があなたがたのお世話をする。ひと休みしたら、食事にしよう」その言葉を最後に、ルイは村人の中へ戻っていった。

ホイットニーの服装をすばやく観察して、マリーは目を伏せた。青紫色のシャツに、細身のスラックス。こんな体の線もあらわな服を着ることは、父がけっして許してくれないだろう。「ようこそいらっしゃいました。どうぞ、こちらへ。体をきれいにできるところへご案内します」

「ありがとう、マリー」

二人はマリーのあとについて、村人の中を進んだ。子供が一人、ホイットニーの髪を指さして騒ぎたて、母親から注意されている。ルイのひと声で、村人たちは仕事へと戻っていった。やがて、二人が案内されたのは、小さな平屋だった。屋根は藁《わら》ぶきで、少しでも日陰になるようにとの配慮から急勾配《こうばい》になっている。家は木造で、板の中には反ったりわんだりしているものもあった。窓ガラスが日ざしにきらめく。扉の外側には四角い織物が敷いてあったが、すっかり色褪《あ》せて、いまでは白に近かった。マリーは扉を開けると、一歩下がって客に先を譲った。

家の中はこざっぱりとして、きれいに磨きたてられていた。家具はごく簡素なものだが、椅子という椅子に色とりどりのクッションが置かれ、窓辺には素焼きの壺《つぼ》に、デイジーを思わせる黄色い花が生けてある。窓にはよろい板がつけられ、直射日光と熱をさえぎる工夫がなされていた。

「こちらに水と石鹸《せっけん》があります」マリーは、二人を奥に通した。十度は違うかと思うほど、部屋の中はひんやりとしている。奥の小部屋から、マリーは深い木鉢と水さし、茶色い石鹸を出してきた。「じきにお昼の支度ができますので、どうぞご一緒に。料理はたくさん用意してありますから」その顔に初めて笑みが浮かぶ。「ちょうどファマディハナの支度をしていたところなんですよ」

礼を言おうとするホイットニーの腕を、ダグがつかんだ。フランス語の会話はさっぱりわからなかったが、マリーの口にしたひと言にぴんとくるものがあったのだ。「おれたちもあんたがたの先祖を讃《たた》えると、彼女に言ってくれ」

「どういうこと？」

「そう言えばいいんだ」

ダグをなだめるため、言われたとおりに伝えると、マリーの顔がぱっと輝いた。「お二人を歓迎しますわ。どうぞ祝いの宴に加わってください」そう言い残して、マリーは部屋を出ていった。

「いったいなんの話だったの？」

「ファマディハナがどうとか言ってただろ？」

「ええ、その準備をしている最中ですって。なんだか知らないけど」

「死者の宴《うたげ》さ」

ホイットニーは木鉢を調べていた手を止めて、ダグをふりむいた。「なんですって？」

「古い習慣だよ。マダガスカル人の宗教には、先祖崇拝の一面があるんだ。死んだ者は、必ず先祖代々の墓に葬られる。二、三年ごとにその墓を掘りかえして、死者のために祝宴を開くのさ」

「墓を掘りかえすの？」聞いただけで胸が悪くなる。「気味が悪いわ」

「それも宗教儀式の一つなんだ。そういう形で、先祖に対する敬意の念を示すのさ」

「私は、そんな方法で敬意を示されるのはごめんだわ」そうは言ったものの、しだいに好奇心が頭をもたげてくる。ホイットニーは眉根を寄せると、木鉢に水をそそぐダグにきいた。「目的はなんなの？」

「掘りだされた死体は、祝宴において、はえある席に招かれる。真新しい布にくるまれ、椰子《やし》酒を供されて、最近の村の噂《うわさ》話を聞かせてもらうってわけさ」ダグは鉢に両手をつっこむと、ばしゃっと顔に水をかけた。「そういう形で過去をまつり、自分たちのご先祖様を敬おうというんだろうな。先祖崇拝は、マダガスカル人の宗教のルーツなんだよ。歌あり踊りあり、皆で楽しいひとときを分かちあうのさ。生ける者もそうでない者も」

ということは、誰かが死んでも嘆き悲しむわけじゃないのね。死者の魂は宴に招かれ、盛大なもてなしを受ける。死者のための祭り。というより、生者と死者の絆《きずな》を確認するための儀式、と言ったほうが近いのかもしれない。そう考えたとたん、儀式の意味もわかる気がして、当初の嫌悪感は薄らいでいた。

ホイットニーはダグから石鹸を渡され、にっこりほほ笑んだ。「すばらしいわよね」

ダグは、目の粗い小さなタオルで顔をこすっていた。「すばらしい？」

「誰かが死んでも、皆、その人のことを忘れないってことだもの。黄泉《よみ》の国から呼び戻され、パーティでは最前列の特等席。街の様子も聞かせてもらえて、お酒まで飲めるのよ。死ぬことのなにがつらいって、そういう楽しみが全部なくなることじゃない」

「いちばんいやなのは死そのものだよ」ダグは反論した。

「そう言ってしまったら身もふたもないわ。死んでからもこんな楽しみがあるとわかれば、少しは死ぬことも怖くなくなると思わない？」

そんなことは考えてもみなかった。死への恐怖をやわらげることなど、初めから眼中にない。死とは肉体が生命を維持できなくなったときに訪れる、ただそれだけのものだ。ダグは頭を振った。「あんたはおもしろい女だよ、ホイットニー」

「当然でしょ」ホイットニーは笑いながら、石鹸をとって匂いをかいだ。マダガスカルジャスミンの香り。「おなかがぺこぺこだわ。昼食のメニューはなにか、のぞいてきましょうよ」

やがて、マリーが戻ってきた。ふくらはぎにかかる丈の、色鮮やかなスカートに着替えている。外では村人たちが、長いテーブルにせっせと食べ物や飲み物を運んでいた。米少々と水だけでも分けてもらえればと思っていたホイットニーは、感謝の意をこめてマリーをふりかえった。

「お二人は大切なお客様ですから」厳かな口調でそう言うと、マリーは目を伏せた。「あなたがたがこの村へいらしたのも、なにかの導きでしょう。わたしたちの先祖もお二人のおいでを歓迎しています。父はあなたがたのために、きょうの日を祝日にすると申しております」

「私にわかるのは、二人ともおなかがすいていること、それに感謝の気持でいっぱいだっていうことだけだわ」ホイットニーは、マリーの手をとった。

いざ宴が始まると、ホイットニーはおなかいっぱい食べ物を詰めこんだ。ホイットニーの知っている食べ物といえば果物と米だけだったが、出されたものは文句も言わずに食べつづけた。あたりにはスパイスの匂いがたちこめ、エキゾチックな異国の香りを添えていた。電気を使わないこの村では、戸外に石の炉を築き、肉を直火《じかび》で焼く。なんともこくがあり、野趣あふれる味わいがまたすばらしい。杯を重ねた椰子酒の酔いも、しだいに回ってきた。

音楽が始まる。太鼓と素朴な管弦楽器とが、繊細な古代の調べを紡ぎだす。村人たちは、たまの一日、畑仕事を休むのもいいと考えているらしい。訪れる者などめったにいないのだろう。いったん客として迎えられると、下へもおかぬもてなしだった。

男も女も楽しげに踊っている。軽いめまいを覚えながら、ホイットニーは輪の中に身を滑らせた。

村人たちは、ステップをまねるホイットニーの姿に笑い、うなずきながら、仲間に入れてくれた。リズムが速まるにつれ、男たちは跳びあがり、身を翻す。ホイットニーはのけぞって笑いながら、ひいきにしているナイトクラブのことを思った。たばこの煙が充満し、こみあった店内。電気的な音楽に、きらびやかなライト。あそこでは、誰もが人よりめだつことばかりを考えているのだ。自分をエスコートした——あるいは、しようとした——うぬぼれの強い男たちを思い出してみたが、一人として、メリナ族の男にたちうちできる者はいなかった。ホイットニーは頭がくらくらするまで踊りまわり、今度はダグをふりむいた。「踊って」命令するような口ぶりだ。

ホイットニーの肌は上気し、目は爛々《らんらん》と輝いている。もたれかかってくる体は温かく、信じられないほどやわらかかった。ダグは笑いながら首を振った。「やめとくよ。あんたが二人分ご活躍だからな」

「そんなひっこみじあんじゃだめよ」ホイットニーはダグの胸に指をつきつけた。「あの人たちに、宴に水をさすやつだと思われても知らないから」ダグの背中に回した手を組み、体を揺する。「足を動かすだけでいいのよ」

その動きに誘われるように、手がひとりでにホイットニーの腰へと滑る。「足だけでいいって?」

小首をかしげると、ホイットニーは上目づかいに熱いまなざしを向けた。「それしかできないって言うなら――」言葉も終わらぬうちにダグにふりまわされて、ホイットニーは短い叫びをもらした。

「がんばっておれの動きについてこいよ、お嬢さん」言うが早いかホイットニーの背中に腕を回し、もう一方の腕を伸ばして彼女の手をつかむ。しばらくドラマチックなタンゴのポーズを決めてから、ダグは滑るように動きはじめた。二つの体が離れては、はじかれたようにまた寄りそう。

「ほんとに、ダグラスったら。あなたってデートの相手には最高かもしれないわ」

タンゴを踊りつづける二人に、まわりから賞賛の声があがった。ターンのたびに顔が近づき、体が触れあう。ホイットニーが背中を反らせるときには、ダグは手をさしのべて、その体を支えた。

すべてを忘れて踊ることの歓《よろこ》びと、絶えずダグと触れあう快感に、心臓が心地よいビートを刻みはじめる。ダグの息は温かく、いつになく澄んだ瞳がホイットニーをとらえて離さなかった。これまであまり強い男だという印象は持っていなかったが、こうして抱きあってみると、背から肩にかけてたくましい筋肉の動きが感じられる。ホイットニーは挑むように、頭をぐっと反らせた。ちゃんと合わせてあげるわ、ひと足ごとにね。

ダグのリードでくるくると回る。めまぐるしい動きに視界がかすむと、そのとたんに抱き起こされた。全身の力を抜いて大胆にのけぞり、いまにも頭が地面に触れそうになる。

だが、次の瞬間にはダグの胸へと引き寄せられていた。息もかかりそうなほど近くに、互いの顔があった。

ほんの少しでいい。あと少しだけ顔を寄せれば唇が重なる。激しい動きと興奮に、二人の息は荒かった。汗ばんだダグの体からは麝香《じゃこう》のような香りが漂い、椰子酒と濃厚な肉の匂いがわずかに混じる。ダグは、そのすべての味わいを持つ男だった。

あと少し、ほんの少し動けばいいのだ。だが、その先どうなるというのか？

「なんの音だ」ダグがつぶやいた。腰に回した腕に力をこめる。ホイットニーがうっとりと目を閉じた。だが、その中でも、ダグの耳はエンジンのうなりを聞きのがさなかった。すぐさま空を見回す。猫のようにいきなり体を硬くしたダグに、ホイットニーは目を瞬いた。

「くそっ」その手をつかみ、隠れ場所を求めて走る。ダグは急場をしのぐため、家の壁にホイットニーの体を押しつけると、上からおおいかぶさった。

「いったいなんのつもり？　タンゴを踊っただけで、狼《おおかみ》になっちゃうわけ？」

「いいからじっとしてろ」

「私は……」そのとき、ホイットニーもエンジン音に気づいた。頭の上で、大きくうなりをあげている。「あれはなに？」

「ヘリコプターだ」ダグは張りだした屋根の下に身を潜めながら、この影がうまく目隠しになってくれることを祈った。

ホイットニーはダグの肩ごしに空を見上げた。音は聞こえるが、姿は見えない。「追っ手とはかぎらないじゃないの」

「そうかもな。だが、かもしれない程度のことに命をかけるわけにはいかない。ディミトリは時間のむだが嫌いだからな」くそったれ。こんななんにもない村のど真ん中で、どうやって隠れ場所や逃げ道を探せというんだ？　ダグは注意深く周囲をうかがった。ここで走るのはまずい。「あんたの金髪は、道路標識みたいにめだつだろうな」

「こんな非常時でも楽しませてくれるじゃない、ダグラス」

「ここを調べられたら、おしまいだ。やつが下りてみようと思わないことを祈るのみだな」言い終わるか終わらないかのうちに、音が大きくなった。家の反対側にいても、ヘリコプターの起こす風が吹き寄せてくる。足下から土ぼこりが舞いあがった。

「あなたが変なこと言うからよ」

「ちょっと黙ってろ」ダグラスはふりかえり、走る構えをした。だが、どこへ？　なにをめざして走ろうというのだ。袋小路へ追いこまれたも同然だというのに。

かすかな物音に、ダグはふりむいて拳《こぶし》を上げた。マリーが足を止め、静かに、というように手を上げる。手ぶりでついてくるよう合図すると、小走りに二人の前を通りすぎた。壁にぴったりと体を寄せ、家の西側づたいに入口をめざす。またしても、自分の運命を女

んかつを手のーニトッイホはグダ、もらがないう思そ。かけわるなにとこるけずあに手の
だまま、黙って従った。

中に入ると、ダグは自分が窓のところへ行くまではおとなしくしているよう、二人の女に合図した。できるだけ窓の端により、外の様子をうかがう。

ヘリコプターは丘のふもとの平地に下りていた。ここからはまだかなりの距離がある。

レモは早くも儀式に集う村人たちのほうへ歩きだしていた。

「あの野郎」ダグはつぶやいた。遅かれ早かれ、レモとは片をつけねばならない。あとは、家の中にいる利点をどういかすか。手もとにある武器といえば、ジーンズのポケットに入れたペンナイフ一つ。そう思った瞬間、バックパックを置いたままなのに気づいた。それも、食べ物や飲み物を広げたすぐそばに。

「ねえ、誰が――」

「ひっこんでろ」ダグは寄ってきたホイットニーに命じた。「レモとあと二人、ディミトリの手下が一緒だ」

そうだ、いずれディミトリとの勝負も避けられない。ダグは口もとをぬぐいながら、自分に言いきかせた。いざ対決の場面となれば、運だけではどうにもならない。知恵をしぼりながら、ダグは部屋を見回した。なにか身を守る楯《たて》になりそうなものはないか。

「あの連中はおれたちを捜してるんだってことを、彼女に伝えてくれ。それから、村の連

中はどうするつもりかもきくんだ」

ホイットニーはドアのわきに黙って立っているマリーをふりかえり、ダグの言葉を手短に伝えた。

マリーは胸の前で両手を組んだ。「お二人はお客様。でも、あの人たちは違う」答えは明快だった。

ホイットニーはほほ笑むと、ダグに返事を伝えた。「どうやら、かくまってもらえそうよ」

「そりゃ、ありがたいな。だが、油断は禁物だ」

ダグは、レモがルイの前に立つのを見ていた。村長は厳しい目をして立ちはだかり、言葉少なにマダガスカル語で答えた。レモがポケットからなにかを出す。

「写真よ」ホイットニーがささやいた。「きっと、私たちの写真を見せているんだわ」

彼女の言うとおりだろう。ルイだけでなく、ここからタマタブに至る村の人間に、一人残らず当たるつもりに違いない。もし、この危機をのりきることができたら、二度とパーティなんぞに加わるまい。あのディミトリに追われているというのに、息抜きする暇があるなどと思ったのがばかだった。

レモは写真と一緒に札束を出し、愛想笑いを浮かべた。しかし、返ってきたのは威圧的なまでの沈黙だった。ルイを買収しようとレモが悪戦苦闘を続けている間に、別の男が食べ物の並んだ場所へとやってきて試食を始めた。万事休す。ダグは、その男が一歩また一歩と二人の荷物に近づくのを、なすすべもなく見つめていた。

「ここに銃があるか、きいてくれ」

「銃ですって?」ホイットニーは息をのんだ。ダグがこんな口調で話すのを初めて聞いた。

「でも、ルイは教えたりなんて――」

「いいからきくんだ。早く」さっきの男は椰子酒をついでいる。やつが左を見たらおしまいだ。足下のバックパックに気づかれたが最後、村人がどちらにつこうが同じこと。丸腰の彼らになにを期待できるだろう。レモのコートの下になにが隠されているのか、ダグにはよくわかっていた。あばらに銃口を押しつけられたのは、そう遠い昔のことじゃない。

「なにをしてるんだ、ホイットニー、早くきけ」

ホイットニーの問いに、マリーは顔色ひとつ変えずにうなずくと、すぐに隣の部屋からいかついライフルを抱えて戻ってきた。ダグが銃を受けとるのを見て、ホイットニーはその腕をつかんだ。「ダグ、むこうも銃を持ってるわ。外には赤ん坊もいるのよ」

ダグは険しい顔で弾をこめた。一気に片をつけるしかない。正確に、目にもとまらぬ早業で。「ぎりぎりまでなにもしやしないさ」その場にしゃがむと、銃身を窓枠にのせて狙《ねら》いを定める。引き金にかけた指はじっとりと汗ばんでいた。

銃は大嫌いだ。一度だって好きになったことはない。それは、銃口がどっちを向いていようが同じだった。人を殺した経験もある。ダグのように頭がきれ、指先の器用な人間を見逃すほど、徴兵は甘くはなかった。ベトナムの、悪臭漂うジャングルを這いまわり、そこで多くのものを学んだ。望むと望まざるとにかかわらず、必要に迫られて身につけた技。生き残ること、それがすべてに優先した。

そして、あのときも。シカゴの惨めな夜。壁に背中を押しつけられ、喉もとでナイフが空を切った。殺さなければ殺されていただろう。命が肉体を離れる瞬間を、何度となく目のあたりにしてきた。次は自分の番かもしれない。いつそうなってもおかしくない生き方を、おれは選んだのだから。

銃は大嫌いだ。そう思いながら、ダグはライフルを握りしめていた。

そのとき、メリナ族の男が甲高い笑い声をあげた。さっきホイットニーのダンスの相手をした中の一人だ。男は椰子酒の入った壺を高く掲げて、バックパックのそばにいるよそ者を輪の中に引きいれた。メリナ族の男たちが椰子酒片手にはねまわる中、バックパックは騒ぎに紛れて見えなくなった。

「ばか騒ぎはやめろ」椰子酒のおかわりをもらおうとカップを上げる仲間の姿に、レモがどなった。そして、ルイに向きなおると、もう一度写真を見せて説明した。だが、返ってきたのは前と同じ、厳しい目と、意味のわからないマダガスカル語だけだった。

ダグは、レモが写真と金を上着のポケットにしまい、待機中のヘリコプターへと歩きだすのを見守った。ヘリがうなりをあげ、ふわりと舞いあがる。そのまま三メートルほど浮上したところで、ダグはようやく肩の力が抜けていくのを感じた。銃を手にする感触は、気持のいいものではない。ヘリの音が聞こえなくなると、ダグは銃を下ろした。

「一つ間違えば、その銃で誰かを傷つけていたかもしれないわ」ダグがマリーに銃を返すのを見て、ホイットニーは言った。

「ああ」ふりむいたとき、ダグの顔にはホイットニーの初めて見る非情さが浮かんでいた。裏の世界に生きる者のすごみがみなぎっている。この男は泥棒だ。そのことは承知もしているし、納得しているつもりだった。しかし、いまのダグには、ついていけないなにかがある。この男にも、二人を追ってくる男たちと同じくらいタフで、非情な面があるのかもしれない。その事実をすんなり受けいれられるか、ホイットニーには自信がなかった。マリーが部屋に戻ってきたとたん、ダグの目からそれまでの表情が消えた。マリーの手をとり、うやうやしく口もとへと持っていく。しゃれっ気たっぷりの仕草だ。

「彼女に、命の恩人だと伝えてくれ。この恩は一生忘れないと」

ホイットニーがその言葉を伝える間も、マリーの目はじっとダグにそそがれている。女同士の直感で、ホイットニーはその視線の意味を悟った。ダグ自身もそれを充分理解したうえで、楽しんでいるらしい。

「二人っきりのほうがいいようね」ホイットニーはそっけなく言った。部屋を横切り、勢いよくドアを開ける。「だいたい、ここに三人は多すぎるもの」だが、ドアを閉める手には必要以上の力が入った。

「なにもない？」背の高い繻子《しゅす》張りの椅子から一筋、芳しい煙が立ちのぼった。レモは落ち着きなく足を動かしていた。ディミトリは、悪い報《しら》せには聞く耳を持たないのだ。「クレンツ、ワイズ、それに私の三人で村ごとに足を止めて、あたり一帯くまなく調べました。町にも五人ばかり見張りをつけておいたのですが、まったく手がかりがないのです」

「手がかりがない」ディミトリの声は、富に裏うちされた鷹揚《おうよう》な響きがあった。言葉づかいは、ほかのなににもまして、母親から厳しくしつけられてきたことだ。大理石の灰皿に、三本の指でたばこの灰を落とす。「ちゃんと見る目を持っていれば、必ず手がかりはあるものだ、かわいいレモよ」

「必ず見つけだします、ミスター・ディミトリ。ただ、少してまどっているだけでして」

「私はそれを案じているのだよ」ディミトリは右側のテーブルからグラスをとった。カットの施された美しいグラスには、深いルビー色のワインが半分ほど入っている。五本の指がそろっているほうの手には、ダイヤを埋めこんだ、ごつい金の指輪が輝いていた。「やつらはこれまでで三度、おまえたちの手を逃れた……」ディミトリはいったん言葉を切ると、ワインを含み、舌の上で味わった。甘口のものが好みだ。「いや、今回を入れれば四度だな。どうも困ったことに、失敗が癖になりつつあるのではないかな」もの静かな声で話しながら、ディミトリはライターに火をつけた。細長い炎のむこうから、その目がレモの視線をとらえる。「私が部下の失敗をどう感じるかは、知っているはずだな?」

レモは息をのんだ。へたな言い訳はかえって自分の首を絞めるだけだ。ディミトリは言い訳に対して情け容赦がなかった。汗がうなじを伝い、ゆっくりと流れ落ちる。

「レモ、レモ」ため息まじりに、ディミトリはくりかえした。「おまえのことは息子のように思ってきた」かちりと音をたてて、ライターの火が消える。先ほどと同じ芳しい煙が細く糸をひいた。ディミトリはけっして早口にならない。最後のひと言まできちんと続く会話は、脅しの文句などよりよほど恐ろしかった。「私は辛抱強い人間だ。これまで存分に機会も与えてきた」そこでいったんレモの答えを待ち、相手が黙っているのを見て、満足げに話を続けた。「しかし、私は結果を見たい。今度こそ、うまくやってくれ、レモ。雇い主は親も同じ、ときには我が子に試練も与えないとな」口もとに笑みが浮かぶ。だが、その目は笑ってはいなかった。心を映さない、冷たい目。「試練だ」と、ディミトリはくりかえした。

「必ずロードを見つけだします、ミスター・ディミトリ。大皿にのせて持ってまいります」

「それは楽しみなことだが、まずは書類を手に入れてこい」突然、声が変わった。氷のような冷たい響き。「あの女もだ。ますます興味をそそられる」

反射的に、レモは頬の傷跡に触れた。「手に入れます、あの女も必ず」

7

あと一時間ほどで日が暮れる。二人はそれをずっと待っていた。村人たちは、盛大な宴《うたげ》を催し、この先旅を続ける二人のために、食べ物と水、それに椰子《やし》酒まで贈ってくれた。メリナ族は、旅人の来訪を心から喜んでくれたようだ。

気前のいいところを見せようと、ホイットニーはルイの手に紙幣を押しこみ、ダグを縮みあがらせた。相手が辞退したのにダグがほっとしたのもつかの間、ホイットニーはそれを村全体のためだと言いはり、ふとひらめいて、彼らの先祖に敬意を表し、祈りをささげるための金だとまでつけ加えた。

結局、紙幣はルイのシャツの中に消えた。

「いくらやったんだ？」ダグは、バックパックを受けとりながら、きいた。

「ほんの百ドルよ」驚くダグの頬を、ホイットニーは軽くたたいた。「けちくさいことを言わないの。似合わないわよ」言うが早いか、鼻歌まじりに例の手帳を引っぱりだす。

「おい、よせよ。あんたが勝手に出した金だろ」

ホイットニーは、これみよがしに金額を書きつけた。ダグのつけは確実に加算されていく。「遊べばお金もかかるってことよ。それはそうと、あなたをびっくりさせる贈り物があるの」

「へえ？　借金を十パーセント割引してくれるのかい？」

「鈍いのね」エンジンの音が聞こえてくると、ホイットニーは肩ごしにふりむいた。「足を確保したのよ」大きく手を振って合図する。

そのジープはかなりの年代物だった。ハンドルを握っているのは、鮮やかな色のヘッドバンドをしたメリナ族の男だ。洗いたてでぴかぴかではあるものの、轍《わだち》の残る道を走ってくる間も、エンジンはばちばちと不規則な音をたてていた。

逃走用の足としちゃ、目の見えない騾馬《らば》のほうがまだましだ。「あれじゃ、三十キロともたないぞ」

「その間だけでも歩かずにすむでしょ。お礼くらい言いなさいよ。失礼じゃないの、ピエールがせっかく私たちをタマタブまで送ってくれると言ってるのに」

ひと目見れば、ピエールが椰子酒をしこたま飲んでいるのは明らかだった。水田に落ちずにすめばめっけものだろう。「そいつはありがたい」先が思いやられるうえに、こっちの頭も飲みすぎでがんがんしている。悲観的になりながらも、ダグは村長のルイにはきちんと別れの挨拶《あいさつ》を述べた。

ホイットニーは長々と、それも念入りに別れを惜しんでいる。ダグはさっさとジープの後ろに乗りこみ、脚を伸ばした。

「けつを上げろよ、お嬢さん。一時間もすれば、暗くなっちまうぜ」

車のまわりに集まったメリナ族の人たちに笑顔をふりまきながら、ホイットニーもジープに乗りこんだ。「あなたの指図は受けないわ」足下に荷物を置くと、ホイットニーは座席にもたれ、きどったしぐさで片手をシートの背にかけた。「出してちょうだい、ピエール」

ジープは前へつんのめるように急発進すると、がたがたと走っていった。車体が揺れるたび、頭の中で小さな爆発が起こる。情け容赦ない頭痛に、ダグは目をつぶり、なんとか眠ろうとした。

片やホイットニーは、歯が音をたてそうな揺れもいっこうに苦にならなかった。ワインを飲み、たっぷりごちそうを食べ、存分に楽しんだ。その爽快感《そうかい》は、〈21クラブ〉で食事をしたり、ブロードウェイでショーを見たあとのそれに優るとも劣らない。めくるめくひとときは、かつてない経験だった。確かに、このジープの乗り心地ときたら、公園の辻《つじ》馬車にも劣るだろう。だが、あんなのは二十ドル払いさえすれば、誰にだって乗れる代物だ。それにひきかえ、この私はメリナ族の男が運転するジープに揺られて、マダガスカルを走っている。おまけに、バックシートでは泥棒がいびきをかいているのだ。セントラルパークを馬車で行くよりも、はるかにおもしろい旅ではないか。

まわりの景色は単調で、ほとんど変化がない。木もろくに生えない赤土の丘陵が延々と続いている。かろうじて、広い谷間に緑が見える程度だ。日が傾くにつれて気温も下がってきたが、日中、灼熱《しゃくねつ》の太陽に照りつけられていた道路は、相変わらずほこりっぽかった。車輪が土ぼこりをまきあげ、洗いたての車体をたちまち白く染めていく。いくつかそそり立つ山も見えるが、やはり松がまばらに生えているだけだ。まさに岩と土の荒野。どこもかしこも同じに見えるが、その素朴さゆえに、かえってホイットニーの想像をかきたてた。

この景色がどこまでも続けばいい。はてしない空と大地。視界をさえぎるものはなにもない。ここならば、都会にいては見えない自分というものを、見つめなおすこともできそうな気がする。

ニューヨークで暮らしていると、おりにふれて空が恋しくなる。そんなときには、迷わず飛行機にとび乗り、あとは足の向くまま気の向くまま。気分が落ち着くまでは帰らない。周囲の者も、そんなホイットニーの生き方を受けいれていた。友人たちは、そういうときの彼女にはなにを言ってもむだと悟っていたし、家族は家族で、いつかは落ち着いてくれるだろうと望みをつないでいたからだ。

ようやく独りの時間を持てたからか、飢えが満たされ頭がすっきりしたせいか、心は不思議に満ち足りている。だが、それも長くは続くまい。ホイットニーは自分をよく知っていた。これまで満足感の長続きしたためしがない。次はなにが待ちうけているのかを見たいがために走りだしてしまうのだ。

それでもいい。いましばらくはこうしていよう。ホイットニーはシートにもたれ、静けさを味わっていた。長く伸びた影が、しだいに色を濃くしていく。小さな動物がジープの直前を横切ったが、その姿をとらえる間もなく、あっという間に岩を越え、見えなくなってしまった。つかの間、あたりに静寂が漂う。

日没は荘厳な眺めだった。ホイットニーは向きを変え、座席の上にひざまずくと、西の空を染めていく色の競演に目をみはった。さまざまな色彩や濃淡を、室内の塗装や生地にとりいれるのは、インテリア・コーディネイターとしての仕事の一つだ。刻々と移りゆく色を眺めながら、日没の色彩をモチーフにした部屋のイメージを思い描く。真紅、黄金色、宝石を思わせる深い青、そして淡い藤《ふじ》色。強烈で、おもしろい配色だ。ホイットニーは目を落とし、眠っているダグを見た。きっと、彼になら似合うだろう。きらめく才気、ほとばしる力、そして内に秘めた情熱。

軽くあしらうべき男ではないが、信頼に足る男でもない。そうわかっていても、しだいに惹《ひ》かれていく自分を、ホイットニーは感じていた。この日没のように刻々と変貌《へんぼう》を遂げ、あるとき突然、見ている目の前で姿を消してしまう。銃を手にした瞬間に見せた冷たい顔。

瞬きする間に、非情さを身にまとっていた。もしも必要と思えば、ダグはあの非情さを私にも向けるのだろう。

もっと優位に立つことを考えなくては。

歯の間から舌先をのぞかせて、ホイットニーは床に目を落とした。ダグの足下には、封筒の入ったバックパックが置いてある。起きる気配がないかその顔をうかがいつつ、身をかがめてみたが、まるで手が届かない。上半身をバックシートにのりだしたところで、ジープががくんと揺れた。それでも、ダグは相変わらず気持よさそうに寝息をたてている。ようやく指がバックパックの紐《ひも》をとらえると、ホイットニーはそろそろと引きあげはじめた。

そのとき息が止まるかと思うほどの大きな音がした。体勢を立てなおす間もなく、ジープが急転回し、ホイットニーはダグの上に投げだされていた。椰子酒と果物の香りが鼻をつく。衝撃に目を覚ましたダグは、あくびをしながらホイットニーのお尻を撫《な》でた。「おれにさわりたくてしようがないらしいな」

目にかかる髪を吹きはらいながらも、ホイットニーはダグをにらみつけた。「私はただ、後ろを向いて日が沈むのを眺めてただけよ」

「そうかな」ダグはホイットニーの手をとった。その指は、まだバックパックの紐をつかんだままだ。「あんたがこそ泥とはね」ダグは舌をちっちっと鳴らした。「がっかりさせるぜ」

「いったいなんの話かしら？」ぷりぷりしながら体を起こすと、ホイットニーはピエール に声をかけた。

頭の上をフランス語がとびかっているが、ピエールが右前のタイヤを蹴《け》るのを見れば、 通訳は不要だった。

「パンクらしいな」ダグはジープを降りかけたが、気づいたようにふりむくと、バックパックを持っていった。ホイットニーも自分の荷物を持ち、あとに続く。「ついてきて、どうするつもりだ？」

ホイットニーは、ピエールが転がしてきたスペアタイヤをちらっと眺めた。「もちろん、ここにつっ立って、とほうにくれた顔をするだけよ。それとも、全米自動車協会にでも電話しましょうか？」

ぶつぶつ言いながら、ダグはしゃがんでナットをゆるめる作業にとりかかった。「このスペア、赤ん坊のけつなみにつるつるだぜ。運転手に、おれたちはここから歩くと言ってやれ。こんな車で村まで無事にたどりつければおなぐさみだ」

十五分後、二人は道のまん中に立ち、車体を弾ませながら帰っていくジープを見送っていた。ホイットニーはいそいそとダグに腕を絡ませた。一番星が上ったころから、虫や小鳥たちが歌いはじめていた。「ちょっと夜の散歩を楽しまない、ダーリン？」

「がっかりさせて悪いが、今夜の宿が決まった。急いでキャンプの準備をするんだ。あと一時間もしたら、暗くなってなにも見えなくなるからな。あそこだよ」ダグは岩場を指さした。「あの陰にテントを張ろう。空から来られたらひとたまりもないが、道路からは見えないはずだ」

「やつらがまた戻ってくると思ってるのね」

「戻ってくるさ。こっちは見つからないようにするだけだ」

マダガスカルには、まとまった数の木はないのではないか。そう思いはじめていただけに、ホイットニーは森を見てうれしくなった。夜明けにたたき起こされたいらだちも薄らぐ思いだ。その朝、ダグが見せた配慮らしきものといえば、一杯のコーヒーを目の前につきだしたこと、それだけなのだ。

東へ続く丘陵は険しく、急な登り下りの連続に、さすがのホイットニーもうんざりしていた。もうこれ以上歩くのはいやだ、と口まで出かかったとき、この森が現れたのだ。ダグは格好の隠れみのになると喜び、ホイットニーは気分が変わることを歓迎した。まだ気温はさほど高くはなっていないが、一時間におよぶ山登りで、ホイットニーはすでに汗ばみ、不機嫌になっていた。宝探しをするならするで、もっとましなやり方があるはずだ。なにはさておき、空調のきいた車を調達すべきではないか。

森には空調などあるはずもないが、木立の中は充分に涼しい。ホイットニーは風に揺れるしだの茂みに分け入った。「すてき」上を向き、きょろきょろしながら、つぶやく。「旅人の木というんだ」ダグは葉柄を折ると、そこから流れ出る水を手に受けた。「便利だろ。ガイドブックを読んでみろよ」

ホイットニーは、ダグの手にたまった水に指をつけ、なめてみた。「だけど、いまのままのほうが知識をひけらかすことができて、あなたは気分がいいでしょ」葉ずれの音に目をやると、綿毛のような白い体と長いしっぽが茂みに消えた。「あら、犬だわ」

「違う、違う」追いかけようとするホイットニーの腕を、ダグがつかんだ。「あれはシファカ。きつね猿の一種だ。初めてのご対面ってわけさ。見ろ」

ダグの指さすほうを見ると、木立のてっぺんを走りぬけていくところだった。雪のような白い体に、頭と顔だけが黒いきつね猿。ホイットニーは声をたてて笑いながら、もっとよく見ようと目を細めた。「かわいいわね。ここじゃ、丘と草と岩にしかお目にかかれないのかと思ってたわ」

ダグはホイットニーの笑い方が好きだった。惚《ほ》れこんでる、と言ってもいいくらいだ。女か……もうずいぶんとご無沙汰《ぶさた》だな。「これは観光旅行じゃないんだぜ」ダグはそっけなく言った。「宝を手に入れたら、改めてツアーの予約でもしてくれ。いまは前へ進むのみだ」

「どうして急ぐの?」背中のバックパックを動かしながら、ホイットニーはダグと肩を並べて歩いた。「時間をかければかけるほど、かえってディミトリに見つかる危険は小さくなる気がするけど」

「落ち着かないんだよ。やつがいまどこにいるのか、前か後ろか——それさえつかめない」ダグの脳裏にベトナムの記憶がよみがえる。ジャングルには、どこになにが潜んでいるかわからない。都会の裏通りや怪しげな路地のほうが、まだましだ。

ホイットニーは肩ごしにふりかえり、顔をしかめた。せっかく入った森を、もうあとにしなければならないとは。生い茂る草木や、湿り気、涼しい空気、そうしたもので心の疲れを癒《いや》したかったのに。だが、ダグのせいで、なんだか森が怖くなった。木立の間からひょいと地の精《ノーム》が現れそうだ。「平気よ、森の中には私たちしかいないわ。これまでだって、先手先手で来たじゃないの」

「これまではな。だから、これからもそうしようと言ってるんだ」

「ねえ、どうせなら歩きながら話をしましょうよ。例の書類のこととか」

ホイットニーは簡単にはあきらめないだろう、とダグは踏んでいた。しつこい詮索《せんさく》をやめさせるには、ある程度の情報を与えることもやむを得ない。「フランス革命については詳しいか?」

ホイットニーは歩きながら、うっとうしいバックパックを動かした。一ページだけにしろ、例の書類を読んだことは伏せておいたほうがいいだろう。こっちがなにも知らないと思えば、よけいにしゃべるかもしれない。

「大学でフランス史の単位をとった程度だけど」

「石については？」

「地学のクラスも一応パスしたわ」

「石灰岩や水晶の話をしてるんじゃない。宝石のことだよ、お嬢さん。ダイヤモンドにエメラルド、それにあんたの拳《こぶし》ほどもあるルビー。そいつを、歴史と組み合わせてみろ。恐怖政治の時代、国外に逃亡した貴族たち。だんだん見えてきただろう。ネックレス、イヤリング、台につけていない宝石。それがごっそり盗まれたんだ」

「隠されたものや持ちだされたものは、もっと多いってわけね」

「そのとおり。誰にも知られず眠っている宝は、まだまだあるはずなんだ。見つけるのはほんの一部でいい、おれにはそれだけで充分さ」

「二百年前の財宝ね」ホイットニーはつぶやくように言うと、斜め読みした日記のことを思い起こした。「フランス史の一ページだわ」

「王室の財宝だ、とびきりのアンティークだぜ」ダグがうっとりしたように言う。早くも、宝石を手にした光景がちらついているらしい。

「王室？」ホイットニーは顔を上げた。ダグの視線は夢見るように、宙をさまよっている。

「宝って、フランス国王のものだったの？」

このへんでいいだろう、とダグは思った。こちらのおもわくよりも核心に近づいてしまった。「その宝に手をかけることができるほど、きれる男がいたってことさ。今度はおれの、おれたちの番だ」ダグは文句を言われる前に、言いなおした。しかし、ホイットニーは黙りこくったままだ。

「ホイッティカーに地図を渡した女性の名前を教えて」しばらくして、ようやくホイットニーが口を開いた。

「イギリスのご婦人か？　ええと、スミス・ライトだったかな。そうそう、スミス・ライト夫人だ」

その名前が胸をつく。ホイットニーは森を見つめた。オリビア・スミス・ライトこそ、その名にふさわしい、数少ない貴族の一人だった。信仰にも似た情熱をもって芸術の保護や慈善活動に身をささげた女性だ。彼女自身はおりにふれて、その理由の一つに、自らがマリー・アントワネットの末裔《まつえい》であることをあげている。美しきフランス王妃、断頭台の露と消えた女性――歴史家の間でも、愚かな利己主義者と決めつける向きもあれば、時代の犠牲者とみなす者もいる。ホイットニーは、スミス・ライト夫人の下で仕事をしたことがあり、夫人を尊敬していた。

マリー・アントワネットと失われた王室の財宝。一七九三年の日付が入った日記。すべてつじつまは合う。もしも、オリビアが書類に記された事柄を史実だと信じていたとしたら……。ホイットニーは、タイムズ紙に載った彼女の死亡記事を思い出した。おぞましい殺人。血なまぐさく、明確な動機の見あたらない殺し。当局はいまも捜査を続けているはずだ。

バトレイン。彼は法の裁きを受けることもなければ、裏の世界の制裁を受けることもなく死んでいった。ホイッティカー、スミス・ライト夫人、そしてファンという名の若いウエイター。すべての殺人の動機とも言うべき書類がダグの懐に収まっている。王妃の財宝をめぐって、いったい何人の命が失われたのだろう。

いいえ、そんなふうに考えてはだめ。少なくともいまは忘れること。それができないなら、いますぐUターンして、あきらめたほうがいい。父親からは多くのことを学んだが、まず最初に教えられたのが、なんであろうと最後までやりとげること。それは、いちばん重要な教えでもあった。途中で投げだすのはプライドが許さないせいもある。だが、そういうふうに育てられたのだ。ホイットニーはそのことを、常に誇りにしてきた。とにかく、ダグを助けて宝を見つけだすのだ。それをどうするかは、そのあとで考えればいい。

物音がするたびに、ダグは思わずあたりを見回した。ガイドブックによれば、ここらの森は生命の宝庫だとある。たしか、危険なものはいなかったはずだ。これはサファリじゃない。いずれにしろ、いまは二本足の肉食動物を警戒するほうが先だ。

ディミトリもいいかげん、業をにやしているころだろう。いったん気分を害するとどういうことになるか、かなり具体的な話を聞いたことがある。身をもって体験するのは願いさげだ。

森の中は、松と朝の香りに満ちていた。鬱蒼《うっそう》と茂った木が、強い日ざしをさえぎってくれる。この数日、まともに照りつけられていたことを思えば、天国と地獄だ。いく筋もさしこむ木もれ日は心地よかった。足下には花が咲き、甘い香りをふりまいている。高級な女の匂《にお》いだ。頭上をおおう木々にも花が咲き誇っている。あとには、たわわに果実が実ることだろう。ダグは燃えるような紫の花に目を留めた。パッションフラワーだ。アンタナナリボのホテルで、ホイットニーに花をやったことを思い出す。そういえば、あれから走りづめだな。

ダグは体の緊張を解いた。ディミトリなど知ったことか。あさっての方角で、ぐるぐる走りまわっているに違いない。いくらあいつでも、前人未到の森の中で二人の足どりを追うことなどできないはずだ。うなじがむずがゆいのは、きっと汗のせいだ。封筒はバックパックの中にしまってある。万が一に備えて、前の晩は体の下に埋めて眠った。虹の彼方《かなた》にある宝まで、あとひと息だ。

「いいところだな」木の上を飛び交うきつね猿を見上げて、ダグは言った。

「わかってもらえてうれしいわ。ひと休みして、食事にしない？」けさはあわただしくて朝食どころじゃなかったでしょ」

「もう少ししたらな。まずは、腹をへらすための運動からだ」

ホイットニーはおなかを押さえた。「冗談でしょ」そのとき、大きな蝶《ちょう》が群れをなして飛んでいくのが目に入った。二十、いや三十はいるかもしれない。高く低く波のようにうねりながら、宙を舞う。こんなに美しい蝶は見たことがない。これほど鮮やかなブルーを見るのも初めてだった。群れが通りすぎるとき、ホイットニーはその羽が起こすかすかな風の動きを感じた。目にしみるほど鮮烈な色。「あの色のドレスを手に入れるためなら、殺しをしたっていいわ」

「ドレスはあとで買えるさ」

蝶たちは、つかず離れず飛んでいく。ホイットニーはその動きを見守った。美しいものを見ていれば、歩きつづけるつらさもいくらか紛れる。「そろそろ、メリナ族にもらったお肉とバナナのお味見をしてみてはどうかしら」

ホイットニーがほほ笑んでみせる。そろそろこの笑顔にも、まつげをひらつかせる手口にも慣れたってよさそうなものだと思いながらも、ダグはまたもや折れてしまった。「それじゃ、ピクニックにしよう」

「すてき！」

「もう一、二キロ歩いてからだぞ」

ホイットニーの手をとって、ダグは歩きつづけた。森はやさしい匂いがする。女と同じだ。影や冷たい一面があるところまでそっくりときてる。用心にこしたことはない。しっかり前を見ていることだ。ここを通る旅人はいない。下草の状態からして、最近通った者もいないようだ。あとはコンパスだけが頼りだった。

「どうしてそう先を急ぐのか、理解できないわ」

「一歩ずつ、宝の壺《つぼ》に近づくのがわかるからさ。家に帰るときには、二人とも、ペントハウスだって手に入れられるぜ」

「ダグラス」頭を振りながら、ホイットニーは足下の花を摘んだ。ほんのり色づいたピンクの花びらが繊細な少女の肌を思わせる。だが、茎は太くて丈夫だった。笑みを浮かべ、その花を髪にさす。「そう物にばかり執着するもんじゃないわ」

「なんでも持ってる人間は、そう言うだろうさ」

ホイットニーは肩をすくめると、もう一輪花を手折り、鼻先でくるくると回した。「あなた、お金にこだわりすぎよ」

「なんだって?」ダグは足を止めて、あきれたようにホイットニーをふりかえった。「金にこだわってる? このおれが? 一セントに至るまでいちいち手帳につけるのは、どこのどなたかね。財布を枕の下に隠して寝るのは、誰だっけ?」

「ビジネスだからよ」ホイットニーは軽くいなした。髪にさした花に触れる。きれいな花びらに、頑丈な茎。「ビジネスとなれば、話はまったく違ってくるわ」

「嘘《うそ》つけ。あんたみたいに目の色かえて釣銭を数えたり、一セント一セント計算するやつなんて見たことがない。おれがけがをしたって、バンドエイドと交換に十セント要求するだろうよ」

「五セント以上ふっかけたりしないわ」ホイットニーは訂正した。「だいたい、そんなにわめきたてることないでしょ」

「大声を出さなきゃ聞こえないだろ、こんなにうるさいんだから」

そのとたん、二人は足を止め、眉を寄せた。急に騒がしくなったのは、どうしたわけか。あれはエンジン音に似ている。いや、違うな。ダグは走る構えをしながらも、そう判断した。エンジンの音にしては安定しているし、音も低い。雷か？　まさか。ダグはまたホイットニーの手をとった。

「行こう。あの音がなんなのか、確かめるんだ」

東へ進むにつれて、音はしだいに大きくなる。もはやエンジン音でないことは明らかだった。「岩に落ちる水の音だわ」ホイットニーがつぶやく。森の開けたところへ出てみると、推測がそうずれてはいないことがわかった。水が水にぶつかる音だ。
五、六メートルの高さの滝が湖へと流れ落ち、澄んだ水がごぼごぼと音をたてていた。白く泡だつ流れは日ざしにきらめき、湖に落ちたとたん、深いクリスタルブルーへとその色を変える。ほとばしる水の流れは力強く、スピード感にあふれ、それでいてどこか静けさを感じさせる。まさに森は女そのものだ、とダグは改めて思った。はっとするほど美しく、生命力にあふれ、意外性に満ちている。そんなダグの思いをよそに、ホイットニーはその肩に頭をあずけた。

「すてきね」ぽつりとつぶやく。「ほんとうにすばらしいわ。まるで私たちのことを待ってたみたい」

ダグはホイットニーの肩に腕を回した。「ピクニックにはうってつけだな。待ってたかいがあっただろ?」

ホイットニーもつられて笑った。「ピクニック、それに沐浴《もくよく》もね」そのまなざしが弾んでいる。

「沐浴?」

「きれいな水がたっぷりあるんだもの。冷たくて、きっといい気持よ」呆気《あっけ》にとられるダグにいきなりキスすると、ホイットニーは湖のほとりへと駆けだした。「こんなチャンスを逃す手はないわ」バックパックを下に置き、中を探る。「この二日、さんざん土ぼこりを浴びてきたのよ。水の中でそれを洗い流せるなんて、考えただけで興奮しちゃうわ」ホイットニーはパックの中から、フランス製の石鹸《せっけん》とシャンプーの小瓶をとりだした。

ダグはその石鹸を手にとって匂いをかいだ。ホイットニーの匂いだ——女らしくて、みずみずしくて、高級な香り。「おれにも貸してもらえるかな?」

「いいわ。今回にかぎり特別に、無料で貸してあげる。いま、とってもいい気分だから」

石鹸を投げかえすダグの口もとに、意味ありげな笑みが浮かぶ。「服を着たままじゃ、水浴びはできないだろ」

相手の挑むような目に、ホイットニーはいちばん上のボタンを外した。「着たまま入るつもりなんてないわ」一つ、また一つ。ダグの視線を釘《くぎ》づけにしてゆっくりとボタンを外していった。そよ風がブラウスの裾《すそ》を揺らし、素肌をくすぐる。「あなたにお願いしたいのは」やんわりと言う。「後ろを向くことだけ」ダグが目を上げ、ほほ笑むと、ホイットニーは石鹸を持つ手を掲げてみせた。「言うとおりにしないと、貸してあげないわよ」

「興ざめだな」ダグはぼやいたが、おとなしく背を向けた。

待ちかねたように服を脱ぎすて、勢いよく湖にとびこむ。水面に頭を出すと、ホイットニーは立ち泳ぎをしながらダグに声をかけた。「あなたの番よ」水に触れる素朴な喜びに、頭を反らして髪を水に浸した。「シャンプーを忘れないでね」

透きとおった水の中で、ホイットニーの体が妖《あや》しく揺れる。胸の前で手をかきよせ、足がやさしく水を蹴るのが見えた。危険な欲望が頭をもたげる。ダグはホイットニーの顔に意識を集中しようと努めたが、むだなあがきだった。

湖には華やいだ笑い声が響き、水がホイットニーの顔から、毎朝欠かさぬ洗練された薄化粧を洗い流していった。濡《ぬ》れた髪は深みを増し、艶《つや》やかに輝いている。華奢《きゃしゃ》なつくりの顔を縁どるように、日ざしが降りそそいでいた。あれだけ土台が整っていれば、八十の婆《ばあ》さんになってもきれいでいられるだろう。ダグは、シャンプーの入ったプラスチックの小瓶をとった。

この場合、むしろ状況の滑稽《こっけい》さに目を向けるべきだろう。いま、おれは文字どおり、億万長者への切符を手にしている。しかも、執拗《しつよう》で狡猾《こうかつ》な敵が喉もとまで迫っているというときに、アイスクリーム王国のお姫様と水浴びをしようというのだ。

頭からシャツを脱いで、ダグはジーンズのボタンに手をかけた。「あんた、自分は後ろを向かないつもりだろ?」

一本とられた。こういうときの笑顔が好き。陽気なうぬぼれ屋。ここまで図々《ずうずう》しいと、かえって魅力的だわ。ホイットニーは盛大に泡を立てて、腕を洗いはじめた。石鹸の、冷たくてなめらかな感触がどれほど恋しかったことか。「ご自慢の肉体を披露したいんでしょ、ダグラス? 私をうならせるのは、簡単じゃないわよ」

ダグは座って靴を脱いだ。「石鹸、おれの分も残しとけよ」

「だったら、さっさとしなさいよ」ホイットニーはもう一方の腕にも、ゆっくりと撫であげるように石鹸を塗った。「これって〈エリザベス・アーデン〉のよりもいいみたい」ため息をもらすと、あおむけになり、片方の足を水から上げる。ダグが立ちあがってジーンズを下ろすと、ホイットニーはしげしげと、その体を見つめた。

ひきしまった腹部に筋肉質の脚、小さなブリーフに包まれた細い腰。ホイットニーは穏やかな表情で眺めてはいたが、目にしっかりとダグの体を焼きつけていた。むだのない、とぎすまされたランナーの肉体。実際、これまでの人生を走りつづけてきたに違いない。

「まあまあね」しばらくして、ホイットニーは言った。「ポーズをとるのがお好きなようなのに、ポラロイドを持ってこなくて残念だわ」

ダグは動揺も見せずにブリーフを脱ぐと、湖のほとりにすっと立った。均整のとれた体のすばらしさを認めないわけにはいかない。水に切りこむように身を躍らせると、ホイットニーからわずか三十センチほどのところで水面に顔を出した。

たったいま水中で見た姿に刺激されて、ダグの口はからからに乾いていた。「石鹸をくれ」ホイットニーに負けぬクールな口調で言うと、ダグはかわりにシャンプーをさしだした。

「耳の後ろもちゃんと洗うのよ」ホイットニーは掌《てのひら》にたっぷりシャンプーを出した。

「おい、半分はおれの分だぞ、忘れるなよ」

「大丈夫よ。だけど、私のほうが髪が多いんですからね」ホイットニーはシャンプーを泡だてながら、脚はせわしく立ち泳ぎを続けていた。

ダグも石鹸を振ってみせる。「それを言うならおれのほうが体は大きいんだぜ」

笑みを残して、ホイットニーは水にもぐった。水面に髪が広がり、泡が洗い流されていく。誘惑にあらがえず、そのまま底のほうへと泳いでいった。滝の震動が伝わってくる。ドラムをたたくようなリズム。すぐ下には岩がきらめいていた。澄んだ水を口に含む。日ざしをたっぷり浴びた水はほのかに甘かった。顔を上げると、パートナーのひきしまった体が目に入った。

危険が迫っていることも、銃を持った男たちに追われていることも、すべてばからしく思えてくる。ここは楽園だ。甘い香りをまく花の陰には、ずるがしこい蛇が隠れているなどと、どうして思えるだろう。水面に顔を出したとき、ホイットニーは声をたてて笑っていた。

「ほんとにすてき。夢みたいだわ。週末に予約を入れましょうよ」

ダグは、ホイットニーの髪が日ざしにきらめくのを眺めていた。「次の機会にな。そのときは、おれが石鹸をおごってやるよ」

「そう?」いまのダグは魅力的だ、危険なほどに。自分が危険な香りのする男に惹かれることを、ホイットニーは初めて悟った。退屈という言葉ほど我慢のならないものもないが、ダグにはその影すらない。意外性の男、それがダグ。だからぐっとくるのだ。

ダグと、そして自分自身を試すように、ゆっくりと近づいていく。

「交換よ」シャンプーの瓶をつきだし、ホイットニーはまっすぐにダグの目を見つめた。

石鹸を握る指に力が入り、するりと落ちそうになる。いったいなにが言いたいんだ？女がこういう目をするとき、それがなにを意味するものかは承知しているつもりだ。いいわよ、くどいてみたら――あれは、そういう目つきだ。しかし、ホイットニーはこれまでの女たちとはまるで違う。そこが問題だ。ダグはどうすべきか迷った。

そこで、ホイットニーを仕事の対象に見たててみる。ハイクラスの高級マンション。狙《ねら》いどおりの仕事をするには、入念な下調べと緻密《ちみつ》な計画が欠かせない。充分準備を整えてからでないと、とんだ痛い目をみることになる。ホイットニーを落とすなら、仕事のつもりでかかったほうがいい。それならば、こっちの土俵だ、勝手も充分心得ている。

「いいとも」ダグが石鹸を握っていた手を開くと、ホイットニーはシャンプーの瓶を高く投げあげ、笑いながら退却する。ダグはあやうく水面すれすれで受け止めた。

「ジャスミンの香りだけど、気にしないでしょ」ホイットニーはけだるげに片足を上げると、ふくらはぎに石鹸を撫でつけた。

「大丈夫だ」ダグはシャンプーを直接髪に振りかけると、蓋《ふた》を閉めて地面に放《ほう》った。「風呂屋へ行ったことはあるかい？」

「ないわ」興味を感じて、ホイットニーはふりかえった。「あなたはあるの？」

「二年ほど前、東京に行く機会があってね。おもしろかったよ」

「私は、定員二名までと決めているの」そう言いながら、今度は腿に石鹸をつけた。「こぢんまりとして、だけど窮屈じゃない程度の浴槽が好き」

「だろうな」シャンプーを洗い流すためと、頭を冷やすために、ダグは水にもぐった。ホイットニーは腰の高さまで、両足を上げている。

「そのほうが便利だし」ダグが顔を出すと、ホイットニーは続けた。「特に、背中を流してほしいときにはね」にっこりとほほ笑み、石鹸をさしだす。「流してくれない？」

お嬢様はゲームをお望みというわけか。そうとわかれば、受けてたつまで。多少でも勝ち目があると思えば、自分から勝負を投げたりはしない。ホイットニーの手から石鹸を受けとると、肩胛骨《けんこうこつ》のあたりから始めた。

「いい気持」しばらくして、ホイットニーは言った。早くも胃のあたりがひきつりはじめている。その中で声の平静を保つのは容易ではなかったが、動揺を悟られてはならない。

「ところで、あなたみたいな仕事の人って、手先が器用なんでしょうね」

「まあ、多少はね。そっちこそ、アイスクリームの売り上げで百万ドルの肌が買えるとみえる」

「多少はね」

ダグの手がゆっくりと背中を上下する。ふいをつかれて、ホイットニーは身を震わせた。

「寒い？」ダグはにやっとした。

私から水を向けたはずじゃなかったの。「動いていないと、水が少し冷たいわね」逃げるわけではないと自分に言い訳しながら、ホイットニーはそっと横へ動いた。そうは問屋がおろさないぜ。ダグはシャンプーのわきに石鹸を投げると、すばやくホイットニーの足首をつかんだ。

「なんのつもり？」

ダグは苦もなくホイットニーの体を引き戻した。「お嬢さん、まだゲームは終わってない……」

「なんの話をしているのか、わからないわ」ホイットニーは言いかけたが、二人の体がぶつかると、最後は言葉にならなかった。

「わからないとは言わせないぜ」ダグはホイットニーの動揺を楽しんでいた。とまどい、いらだち、警戒心――さまざまな思いが、その瞳に浮かんでは消える。細身だが、すらりと伸びたしなやかな肢体。ダグはわざと脚を絡ませて、ホイットニーが自分の肩につかまらざるを得ないようにした。

「足下に注意してちょうだい、ロード」

「ウォーターゲームさ、ホイットニー。前からファンなんだよ」

「参加したくなったら、そう言うわ」

ダグの両手がホイットニーの胸の下に滑りこんだ。「参加したかったんだろ？」

自ら望んでこうなったはずだ。そう思ってはみても、まるで冷静さを取り戻すことができない。確かに、ダグとのゲームを楽しみたいと思った。だが、それはあくまでも自分のやり方で、自分のペースであってのこと。いまのホイットニーは、自分で自分がわからなくなっていた。こういう状態は好きじゃない。ホイットニーの口から、ひどく冷ややかな声がもれた。目にも氷のとげが宿っている。

「私たち、もともと属するリーグが違うのよ、忘れたわけじゃないでしょ？」冷たい侮蔑《ぶべつ》の言葉ほど効果的な防御はないと、先刻承知のうえでのことだ。

「ああ。だが、あいにく、おれはカースト制度に関心がないもんでね。公爵夫人ごっこをやりたいんなら、勝手にやるがいい」乳房に指を這《は》わせると、ホイットニーの息づかいが荒くなった。「おれの記憶では、やんごとなきかたがたは、好んで平民をベッドに連れこむもんだが」

「私には、そんな気なんてさらさらないわ」

「おれが欲しいんだろ」

「うぬぼれるんじゃないわよ」

「正直になれよ」

ホイットニーはかっとした。熱くこみあげる快感と怒りとがせめぎあう。「体が冷えてきたわ、ダグラス。もう上がりたいの」

「キスしてほしいんだろ」

「ひきがえるにキスするほうがましだわ」ダグがにやっと笑う。ホイットニーは追いはらう仕草をした。「こぶを作るのだけは勘弁してあげるわ」

その瞬間、意を決すると、ダグは唇を重ねた。

ホイットニーは体を硬くした。これまで、許可なく自分の唇を奪った者などいなかった。ふつうなら、こちらの投げたいくつもの輪をかいくぐって、ようやく許しをもらえるところだ。それなのに、この男はいったい何様のつもりなのだろう。

二人の胸はぴったりと重なっていた。胸が波打ち鼓動が速くなる。ホイットニーはめまいを感じた。

相手が何者だろうと、もうかまわない。

二人を包む情熱の炎に身を任せ、ホイットニーは自分から唇を求めた。舌が絡まり、ダグの歯がホイットニーの下唇をかすめる。ダグは背中に腕を回して、なおいっそうホイットニーを抱きよせた。こいつは驚いた。ミイラとりがミイラになりそうだ。ダグはしだいに歯止めを失っていく自分を感じていた。このお嬢様には、いつもびっくりさせられる。

ダグはクールで、鮮やかで、ぞくぞくするほど個性的だ。情熱のおもむくまま、二人は水にもぐった。固く抱きあったまま、勢いよく浮きあがる。唇は一つに溶けあい、二人の肌を水が滝のように流れ落ちた。

ダグのような男は初めてだ。なにも請わず、ただ奪っていく。いまもその手は無遠慮なまでに、ホイットニーの体を這いまわっている。けっして安売りはしない、簡単に肌を許したりはしないと、決めていたのに。ときに衝動的に、ときに計算ずくで恋人を選んだこともある。だが、いずれの場合も選ぶのはホイットニーのほうだった。それが、今回は選択の余地すらないとは。しかし、自分で自分をどうすることもできないという感覚は、かつてない快感だった。

キスだけでこれほど燃えあがらせてくれるなら、きっとベッドでは狂おしいまでの悦《よろこ》びを与えてくれるだろう……情熱の高みへと押しあげ、私が我を忘れるほど。こちらの思いなど、おかまいなしに。ああ、ダグの唇が熱い。むさぼるように私を求める。水に包まれ、肌を滑るダグの手を感じながら、ホイットニーはこのまま落ちていきたいと思った。

だが、こちらがそう望んだとたん、ダグはうやうやしく一礼すると、不敵な笑みを残して闇《やみ》の中へ姿を消してしまうに違いない。一度泥棒の味を覚えたら、死ぬまで泥棒なのだ。黄金であれ、女心であれ、ダグにとってはしょせん獲物にすぎないのだろう。ゲームの始まりは思いどおりにいかなかったが、せめて幕切れは自分の手で演出したい。

くよくよ考えるのはよそう。なにを犠牲にしても、傷つくことだけは避けなければ。たとえ、この悦びを捨てねばならないとしても。ホイットニーはすべてを委《ゆだ》ねるように全身の力を抜くと、すばやくダグの両肩に手をかけて、思いきり突き放した。

息を吸う間もなく、ダグは水に沈んだ。その間に泳いで岸へと上がる。「ゲームは終わりよ、私の勝ちね」ブラウスを拾いあげると、体もふかずに身につけた。激怒。それがどんな感情だか、いまはっきりわかった。どこをどう押せば、どう応《こた》えるか。女のことは知りつくしているつもりだった。だが、まだ修行が足りなかったらしい。

ダグが岸に上がるころには、ホイットニーはスラックスをはくところだった。

「いい気分転換になったわ」服を着終えると、ふっと安堵《あんど》の息をもらしながら、ホイットニーは言った。「さあ、そろそろピクニックを始めましょうよ。おなかがすいたわ」

「お嬢さん……」ダグはくいいるようにホイットニーを見つめながら、ジーンズをとった。「おれのシナリオでは、ピクニックなんか予定にないぜ」

「あらほんと？」陸に上がったホイットニーは落ち着きはらった様子で、バックパックに手を伸ばした。中からブラシを出して、悠然と髪を梳《す》いている。宝石のようなしずくが滴り落ちていた。「飢えた獣みたいな顔してるわよ。そういう顔で世のおば様がたを脅して、財布の口を開かせるわけ？」

「おれは泥棒だ、強盗じゃない」ダグはジーンズのボタンを留めると、濡れた髪をかきあげながら、ホイットニーに歩み寄った。「だが、あんたに関しては、例外を作るのも悪くないと思ってるよ」

「あとで後悔するわよ」ホイットニーはやんわりと答えた。

ダグは歯ぎしりした。「その分、これからたっぷり楽しませてもらうさ」ホイットニーの肩をつかむ。しかし彼女は表情も変えずに、ダグを見上げた。「あなたは暴力的な人じゃないわ。だけど」言うが早いか、ダグのみぞおちにホイットニーの拳がめりこんでいた。きつい一発に、ダグが息をのんで体を折る。「私は手が早いの」パックにブラシを投げいれる手が、かすかに震える。ダグが気づかないように、とホイットニーは祈った。

「そうらしいな」痛む腹を抱えて、ダグはホイットニーをにらみつけた。このすごい目を見たら、あのディミトリでさえおじけづくのではないだろうか。

「ダグラス」ホイットニーは、気の荒い野良犬でもなだめるように片手を上げた。「二、三度深呼吸したら。十まで数えて」ほかに手はないかと、ホイットニーは必死で考えた。「その場で足ぶみするとか」思いつくまま言ってみる。「とにかく抑えて」

「おれは冷静そのものさ」ふりしぼるようにそう言うと、ダグはホイットニーに近づいた。「いまそれを教えてやるよ」

「またの機会にして。早く椰子酒を飲みましょうよ……ダグ！」ホイットニーの言葉がとぎれた。ダグにつかまれた喉もとから悲鳴にも似た叫びがもれる。

「さて、と」言いかけたとたん、ダグはエンジン音にぱっと顔を上げた。「くそっ！」

今度こそ本物だ。音はほぼ真上から聞こえていた。いまの二人は丸見えのはずだ。怒りに顔が熱くなる。ホイットニーから手を離すと、ダグは荷物を拾い集めた。「けつを動かせ。ピクニックは終わりだ」

「今度、〝けつを動かせ〟なんて言ったら――」

「いいから動け！」ダグはホイットニーに荷物を押しつけると、自分もパックを背負った。「そのすらりと伸びたあんよをさっさと動かすんだ、時間がない」その手をつかむと、ダグは木立に向かって一直線に走った。ホイットニーの髪が風になびく。

空の上では、レモがヘリの中から双眼鏡で二人の姿を追っていた。口ひげの下に、数日ぶりの笑みが浮かぶ。ものうげに頬の傷を撫でると、手下に命じた。「ディミトリさんに無線で伝えろ。とうとうやつらを見つけました、とな」

8

「見られたと思う？」

ダグは死に物狂いで東に向かった。森の中を、できるだけ鬱蒼《うっそう》とした茂みを選んで走る。木の根や蔓《つる》の間をぬうように駆けていく足どりに乱れはない。まるでマンハッタンを駆けぬけるように、竹とユーカリが立ち並ぶ異国の森を、本能の命じるままに走りつづけた。かき分ける枝が鞭《むち》のようにはねかえってくる。木の葉のパンチを顔面にくらえば、いつものホイットニーなら黙ってはいないだろう。しかし、いまは走りつづけるのに精いっぱいで、声も出なかった。

「ああ、たぶんな」怒り、欲求不満、恐怖。すべての感情がいちどきにおしよせる。しかし、よけいなことを考えている暇はない。こっちがいくらか時間を稼いだつもりでいても、ディミトリは必ずすぐ後ろに迫っている。よくしこまれた猟犬、それも血の味を覚えた犬は、けっして獲物を逃さないのだ。作戦を練りなおす必要がある。それもこうして走っている間に。結局、その場その場で知恵をしぼるのがいちばんなのだ。先のことを考えすぎると、かえって足をすくわれる。「この森にいるかぎり、連中がヘリをつけられるような場所はないはずだ」

なるほど。「それじゃ、ここにいればいいのね」

「だめだ」ダグは息の乱れも見せず、マラソンランナーのようなスムーズな足の運びで駆けていく。たいしたものだと思いながらも、ホイットニーにはそれが恨めしかった。頭の上では、おびえたきつね猿たちがさかんに騒いでいる。「ディミトリは手下どもを使って、このあたり一帯をしらみつぶしに当たるだろう。もって一時間だな」

「じゃ、ここを出るのね」

「いいや」

走り疲れて木にもたれると、ホイットニーはそのまま座りこんだ。いつまでも若いつもりでいたが、とんだ思いあがりだったらしい。両脚の筋肉が、早くも悲鳴をあげている。

「それじゃ、どうするの？　消えてなくなる？」

ダグは眉根を寄せた。ホイットニーの言葉にいらだったわけでも、空から聞こえてくるローターの音を気にしたわけでもない。その目は森を見つめながら、頭の中では一つの計画がまとまりかけていた。

危険な賭《かけ》だ。まさに、のるかそるかの大博打《ばくち》だな。ダグは天を仰いだ。レモの銃口から自分たちを守ってくれるのは、わずかに木の葉の天蓋《てんがい》だけ。

しかし、案外うまくいくかもしれない。「その手で行こう」

「消えてなくなる」ダグはつぶやいた。「その手で行こう」さっそくしゃがんで、バックパックを開く。

「魔法の粉でも探してるわけ？」

「その大理石のように美しい肌を守ってやろうというのさ」ダグはアンタナナリボで買ったランバを引っぱりだすと、座っているホイットニーの頭からかぶせた。外見は二の次で、できるだけ顔を隠すように巻きつける。「ホイットニー・マカリスターよさようなら、マダガスカルの奥さん、こんにちはだ」

ホイットニーは目にかかる髪を吹きはらいながら、華奢《きゃしゃ》なつくりの手を組んだ。「冗談でしょ？」

「ほかに名案でもあるなら聞かせてもらうがね」

ホイットニーは黙って座っていた。空からは相変わらずローターの音が聞こえている。森の静寂は破られた。頭上をおおう木々も湿った苔《こけ》の匂《にお》いも、もはや安全を保証してはくれないのだ。ホイットニーはものも言わずにランバを顎の下で交差させると、後ろへはねあげた。へたな考えでも、無策よりはましだろう。

「よし、出発だ」ダグは、ホイットニーの手を引っぱって立たせた。「仕事がお待ちかねだぜ」

十分後、ダグはめざすものを見つけた。岩場を下ったふもと近くに拓《ひら》かれた一画があり、竹でできた小屋が数戸並んでいる。斜面の草を焼きはらって畑を作り、稲を育てているようだ。その下の野菜畑では豆を栽培しているらしく、地面にさした棒にはつるが巻きついていた。ホイットニーにも、がらんとした放牧場と小さな差し掛け小屋が見えた。その下では、鶏たちが目につくものを片端からついばんでいる。

斜面が急なため、小屋はいずれも柱で支えるようにして建っていた。藁《わら》ぶき屋根は遠目にも、修理の必要なことが見てとれる。土を削っただけの階段がふもとの細い道へと続いていた。道は東に向かっている。小さな茂みの陰にうずくまったまま、ダグは人の気配をうかがった。

片手をダグの肩に置いてバランスをとりながら、ホイットニーはその頭ごしに下を眺めた。こぢんまりとした小屋のたたずまいにメリナ族を思い出し、いくらか緊張がゆるむのを感じた。「あの村に隠れるつもり？」

「隠れたって、見つかるのは時間の問題だ」双眼鏡をとりだし腹這《ば》いになると、ダグは村の様子を詳しく調べた。煮炊きをする煙は見えず、どの家の窓にも人影はない。出払ってるようだな。瞬時にそう判断すると、双眼鏡をホイットニーに手渡した。「口笛を吹けるか？」

「なんですって？」

「口笛だよ」ダグは歯の間からひゅっと低い音を鳴らしてみせた。

「それよりはうまくできるわ」ホイットニーは鼻を鳴らした。

「上等だ。それじゃ、この双眼鏡で見張りを頼む。誰か戻ってくるのが見えたら、口笛を吹くんだ」

「私をおいて、自分だけ下りるつもりなら……」

「いいか、荷物は二つともここへ置いていく」ダグは、ホイットニーの髪をつかんで顔を引き寄せた。「あんたも封筒よりは命のほうがだいじだろうからな」

ホイットニーは冷ややかにうなずいた。「近ごろじゃ、生きのびることが最優先事項になりつつあるわ」

おれはずっと、そうやって生きてきたんだ。「だったら、おとなしく待ってることだ」

「なんで下に下りる必要があるの？」

「マダガスカル人の夫婦になりすますには、二、三手に入れなきゃいけないものもあるだろう」

「手に入れるですって？」ホイットニーは眉をつりあげた。「盗むつもりね」

「そのとおりさ、お嬢さん。あんたはその見張り役ってわけだ」

ちょっと考えてから、それもおもしろい、とホイットニーは心を決めた。時と場所が違えばぞっとしない役目かもしれない。だが、与えられた状況下での経験は、いつも楽しむことにしている。「人が来たら口笛を吹くのね」

「そうだ。頭を低くしてこの陰に隠れてろ。レモの野郎がいつヘリから降りてくるか、わからないからな」

すっかりその気になったホイットニーは、腹這いになると、さっそく双眼鏡で偵察を始めた。「安心して仕事にかかってちょうだい、ロード。こっちはこっちでやるから」

ダグはちらっと天を仰ぐと、険しい岩場を下りはじめた。まともに階段を下りたのでは人目に立ちすぎる。あえて道なき道を選んだ。崩れ落ちる小石がふくらはぎにぶつかり、一度は侵食の進んでいた斜面が崩れて、次の足場を見つけるまでに一気に二メートル近く滑り落ちた。それでも、頭の中ではぬけめなく、万一誰かに会ったときどうするかまで考えていた。おれは言葉がしゃべれない。フランス語の通訳は崖《がけ》の上で見張り番だ。あとは天の助けを待つだけか。とはいえ、ポケットには多少のドルもある――雀《すずめ》の涙ほどだがな、とダグは苦々しく思った。最悪の場合でも、必要なものの大半はこの金で買うことができるだろう。

下まで下りたところでいったん立ち止まり、あたりに物音がないのを確認すると、最初の小屋めがけてとびだした。

扉には錠が下りていたが、ダグにとってはむしろ物足りないくらいだった。難しい鍵《かぎ》を開けてこそ、満足感もひとしおだ——女も同じで、相手が賢ければ賢いほど、落としがいを感じる。ダグは顔を上げると、ホイットニーがいるあたりを眺めた。彼女とのけりはまだついていないが、鍵が相手ならもたつきはしない。わずか数秒の間に、ダグは小屋の中に消えていた。

やわらかい土の上に寝そべったまま、ホイットニーは双眼鏡でダグの動きを追っていた。鮮やかな身のこなしだ、と改めて思う。なにしろ出会ったときからほとんど一緒に走りどおしだ。これまでダグの動きをじっくり観察する暇もなかったが、こうして見てみると、その動きはじつになめらかだった。感動ものね。ホイットニーは舌の先を上唇につけながら、湖で抱きしめられたときのことを思い出していた。危険な男。最初に思ったよりも、もっとずっと危険な男。

ダグが小屋に入ったのを見届けてから、ゆっくりとあたりの偵察にかかる。二度ほど動きをとらえたが、いずれも森にすむ動物だった。針ねずみに似た動物がよたよたと日ざしの下へ出てきたが、鼻面を上げて臭《にお》いをかぐと、あわてて茂みの中に隠れてしまった。蠅《はえ》の羽音や甲高い虫の音が、ヘリコプターの音を連想させる。早く戻ってきてほしい。ホイットニーはダグのことばかり考えていた。

ふもとの集落は数もまばらで、小屋の造りも粗末だったが、この二日あまり通りすぎてきた村々と比べれば、暮らし向きはだいぶいいようだ。見た目にも緑はみずみずしく、生命のいぶきに満ちている。葉ずれの音に耳を澄ませば、木々の梢《こずえ》には鳥や動物たちの気配が感じられた。村の上を低く飛んでいったのはやまうずらだろうか。双眼鏡で丸々と太った鳥の姿をとらえたホイットニーは思った。

木陰に生えた草の匂い、ほのかに混じる花の香りが鼻をくすぐる。湿った苔に肘をつくと、その下の黒々とした、肥沃《ひよく》な土が肌に触れた。ほんの二、三メートル先は険しい崖。それも斜面の土はすっかり削りとられて、いまでは岩がむきだしになっているというのに。こうしてじっとしていると、新たな静寂が森全体に広がっていくのがわかる。すべての生命を包みこむ静けさには、神秘の匂いが感じられた。ダグの口から初めてこの国の名前を聞いたとき、真っ先に連想した匂いだ。

ほんとうに、あれから数日しかたっていないのだろうか。ニューヨークのアパートでダグと向かいあい、彼が私からお金を引きだそうと躍起になっていたのは？　いまではあの夜以前の出来事が、すべて遠い夢のように思われる。パリから戻ったばかりで、まだ荷も解いていないというのに、なに一つ心弾む思い出を呼びさますことができない。それにひきかえ、ダグがベンツにとびこんできてからというもの、一瞬たりとも退屈したことがなかった。

こっちのほうがおもしろい、と迷うことなく言いきれる。ホイットニーはもう一度小屋のほうに目を戻してみたが、ダグが崖を下りる前と同様、あたりはひっそりと静まりかえっていた。ダグの腕はかなりのものらしい。手先は器用だし、目もきく。それに、羽根のように軽い身のこなし。

この先仕事を変える気はないが、ダグにちょっとした技を教えてもらうのもおもしろいかもしれない。これでものみこみは早いほうだし、手先の器用さにも自信はある。それに加えて鉄の意志があればこそ、マカリスター家の後ろ楯《だて》なしに、いまの業界で成功することもできたのだ。あちらの世界でも、要求される基本的資質は同じではないだろうか。

これも経験のうち、一度くらい泥棒の真似《まね》をしてみるのも悪くない。なんといっても、黒は最高に似合う色の一つなのだから。

黒いアンゴラのセーター、あれならきっと映えるだろう。記憶が正しければ、黒のジーンズもあったはず。そう、間違いない、片側に銀の飾り鋲《びょう》が打ってある細身のジーンズだ。これで黒のスニーカーがあれば、すぐにも仕事にかかれる。

まず手始めに、ロングアイランドにある我が家の別荘を狙《ねら》おう。あそこの防犯設備は相当いりくんでいるようだ。複雑すぎて、父などは毎度のようにこれにひっかかり、そのたびに大声をはりあげては使用人に防犯ベルを止めさせているくらいだもの。もし、私とダグであの防犯設備をくぐりぬけることができれば……。

あそこには、ルーベンスや、唐三彩の馬の焼物一対、それに純金製のお盆もある。祖父から母に贈られたものと聞くが、うんざりするほど大きな代物だ。選《え》りすぐりの逸品を二、三盗みだし、箱に詰めてニューヨークの父のオフィスに送りつけてやろう。きっと頭から湯気をたてて怒るに違いない。

想像を楽しみながら、ホイットニーはまたあたりを見回した。空想に気をとられて、危うく東の動きを見逃すところだった。あわてて双眼鏡を右手に向け、焦点を絞る。三匹の熊《くま》のお帰りだわ。熊の家にはいりこんだゴルディロックスみたいに、ダグもつかまってしまう。

ホイットニーが合図の口笛を吹こうと息を吸いこんだとき、すぐ後ろで男の声がした。そのまま息をのんで耳を澄ます。

「やつらを見つけるか、でなきゃ、ここからいぶしだせとよ」頭のすぐ上で葉ががさがさと音をたてる。

「どっちに転んでも、ロードの野郎はおしまいさ」声の主は、顔にウィスキーの瓶をたたきつけられた恨みを忘れてはいなかった。話しながら、マンハッタンのバーでダグに折られた鼻をさわっている。「おれがこの手で、やつの体に鉛の弾をぶちこんでやる」

「おれは女をしとめたいね」と、別の声が言う。甲高くねっとりした話し方に、ホイットニーはぬるりとしたものに肌を撫《な》でられたような悪寒を感じた。

「変質者め」最初の男が森にわけ入りながら、ぶつぶつ言っている。「おい、バーンズ、女をかわいがってやるのもいいが、これだけは忘れるなよ。ディミトリさんは五体満足な姿で連れてこいとおっしゃってる。ロードのほうは、いくつに切り刻もうとかまわないがな」

ホイットニーは恐怖に目を見開いたまま、身動《みじろ》ぎもできずにつっぷしていた。口の中がからからだ。人間は心底恐怖に駆られると、すべてが遠い世界の出来事に思えると、なにかの本で読んだことがある。いまのホイットニーは身をもってそれを体験していた。男たちの声が小さくなり、視界がかすむ。あいつらがやけになれなれしく口にしている〝女〟とは、ほかならぬ私自身のことなのだ。連中にとって、これ以上のチャンスがあるだろうか。この崖の上を調べればことはすむ。こっちはマーケットの商品よろしく、おとなしく地面に寝そべっているだけなのだから。

無我夢中で小屋のほうをふりかえる。ダグさえいてくれたらなんとかしてくれるだろうに。こうしている間にも、ダグがひょっこり小屋から顔を出すかもしれない。この位置からだと一目瞭然《りょうぜん》、飛んで火に入る夏の虫。射撃練習場の熊みたいに、たちどころに蜂《はち》の巣にされてしまうだろう。かといって小屋に長居をしていれば、その家の主が戻ってきて、やれ泥棒だと騒ぎたてるに違いない。

とりあえず、いまは自分の身を守ることを考えなくては。もっと安全な隠れ場所はないか。それも手近に。頭だけを動かして、ホイットニーは左右を見回した。その目が、自分と茂みの間に転がる大きな倒木をとらえる。ためらうことなく二つのバックパックを引き寄せると、腹這いのまま進んでいった。樹皮に肌をすり寄せるようにして倒木をのり越えたが、落ちるとき、どさっと音が響いた。

「なにか聞こえなかったか？」

ホイットニーは息をつめたまま、木の陰に伏せていた。小屋もダグも、完全に視界から外れている。目に入るのは、小さな赤錆《あかさび》色の寄生虫だけだった。鼻先をうようよと這いまわっている。ホイットニーは嫌悪感と闘いながら、ひたすらじっとしていた。ダグは自分一人の力できりぬけるはずだ。私もなんとかしてこの場をのりきらなくては。

上のほうから葉ずれの音が聞こえる。ホイットニーの頭の中でその音は何倍にもふくれあがり、雷鳴のごとく轟《とどろ》いた。だが、目もくらむような恐怖の中でホイットニーが考えていたのは、父親にどう申し開きをしようかということだった。泥棒と一緒に遠くマダガスカルくんだりまで秘宝を探しに来たあげく、殺し屋どもに捕まりましたなどと、どんな顔で言えばいいのだろう？

ディミトリのことは知らない。だが、父の逆鱗《げきりん》に触れるとどうなるかは身にしみて知っている。それだけに、いまのホイットニーには、ディミトリよりも父の怒りのほうがはるかに気がかりだった。

がさがさと葉ずれの音がする。さっきまでの軽口は影をひそめ、男たちは黙々と獲物を探しまわっているらしい。しだいに迫ってくる気配の中で、相手が自分に気づかず行きすぎてしまう光景を、ホイットニーは必死に思い描こうとした。だが、頭の芯《しん》が凍りつき、なにも考えることができない。額に玉の汗がにじむ。重苦しい沈黙がひとしきり続いた。

ホイットニーはぎゅっと目をつぶった。子供のようにらちもないことを信じたくなったのだ。こちらが相手を見なければ、相手にも自分は見えないと。恐怖のあまり、意識が薄れると、かえって呼吸をするのが楽になった。そのとき、頭の真上でどさっと小さな音がした。見つかった。ホイットニーが観念して目を開けると、黒い顔のきつね猿がくいるようにこちらを見つめていた。

「神様」声が震える。だが、ほっとしかけたのもつかの間、男たちの足音が近づいてくるのを感じた。足どりがさっきよりも慎重になっている。体の芯から凍りつくような恐怖。セントラルパークで誰かにあとをつけられたら、やはりこういう気分になるだろうか。

「早く行って！」ホイットニーはきつね猿を追いはらおうとした。「どこかへ行ってよ」身動きもできないまま、顔をしかめてにらみつけたが、猿はおじけづくどころかおもしろがっている様子で、しかめっ面を真似している。ホイットニーはため息をもらすと、思わず目を閉じた。「もうだめだわ」きつね猿の声に、男たちが崖のほうへと駆けてくる。

鋭い叫びに銃声が重なる。その瞬間、頭の上で木がはじけとび、きつね猿は茂みの奥へと逃げこんでいた。ホイットニーの顔から十五センチあるかないかのあたりが、こっぱみじんになっている。

「ばか野郎!」頬を打つ鋭い音に続いて、くすくす笑う気味の悪い声が聞こえたとき、ホイットニーは耳を疑った。銃声よりも、忍びよる追っ手の恐怖よりも恐ろしい笑い声。恐怖のあまり、体が金縛りにあったように動かない。

「惜しかったな。ほんの数センチで、あのちび猿をしとめられたのに」

「ああ、いまの銃声で、ロードのやつも兎《うさぎ》みたいに逃げだしたろうさ」

「兎狩りはたまらないね。あいつら、すっかり震えあがっちまって逃げることもできないのさ。引き金を引く瞬間も、じっとこっちを見てるんだぜ」

「いいかげんにしろ」その言葉に嫌悪の情を感じとったホイットニーは、思わず声の主の肩を持ちたくなった。「行くぞ。レモの兄貴が北へ向かえとよ」

「それにしても惜しい」またしてもくすくす笑う声。「まだ猿を撃ったことがないんだよ」

「まったく危ない野郎だぜ」

　そのひと言を最後に、笑い声が遠ざかっていった。あたりに静けさがよみがえる。だが、ホイットニーは相変わらず石のように身を硬くしていた。寄生虫が腕にまで遠征してきたが、それを振りはらおうともしない。もう二、三日ここに隠れているのも妙案かもしれない、と腹をくくっていた。

　と、ふいに手で口をふさがれたホイットニーは、はじかれたように身を起こした。

「昼寝でもしてたのか?」ダグが耳もとでささやいた。ホイットニーの目の色が、驚きから安堵《あんど》へ、そして安堵から怒りへと変わっていくのが見てとれる。用心のために、しばらくの間、そのままホイットニーを押さえつけていた。「気を静めてくれよ。連中もまだそんなに遠くへは行ってないはずだからな」

ダグの手が離れた瞬間、ホイットニーはまくしたてた。「もう少しで撃たれるところだったのよ。いけすかないやつの手にかかって」

ホイットニーの頭の上を見て、ダグは肩をすくめた。木が粉々に砕けている。「あんたは無傷のようだが」

「おかげさまで、なんて言わないわよ」ホイットニーはブラウスの袖《そで》から虫を払い落とした。「あなたが下の村で気分よくロビン・フッドを演じている間に、いやらしい男が二人、いやらしい銃を持ってやってきたのよ。あなたの名前も出てたわ」

「有名人はつらいよ」追っ手はすぐそこまで迫っていたわけか。傷跡も生々しい倒木を眺めて、ダグは思った。近すぎる。こっちがどんなに知恵をしぼってまこうとしても、何度方角や作戦を変えてみても、ディミトリのやつはどこまでもついてくる。追われる者のつらさか。ダグはいま、ハンターに追いつめられた獲物の恐怖、全身から汗が噴きだすような感覚をかみしめていた。ここで負けるわけにはいかない。彼方《かなた》の森をにらみ、我が身に言いきかせる。落ち着け、ゴールはすぐそこだ。ここまで来て、やられてたまるか。「それにしても、役に立たない見張りだな」

「こっちはそれどころじゃなかったのよ。あの状況で口笛を吹けというほうが無理でしょ」

「そのおかげで、こっちはひやひやものさ。もう少しで、大汗かいて言い訳しなけりゃならないところだった」これからのことを考えるのが先だ。ディミトリが近くにいるなら、一刻もむだにはできない。「まあ、村の連中が戻ってくる前に、なんとか必要なものだけはいただいてきたよ」

「当然よ」内心ではダグの無事を喜んでいた。そばに戻ってきてくれたことが、こんなにもうれしいとは。だが、その思いを悟られてなるものか。「きつね猿が現れて……」ダグの持ち帰った品物を見て、ホイットニーの言葉がとぎれた。「何それ？」いかにもおもしろくないと言いたげな口調だ。

「プレゼントだよ」ダグは麦わら帽子をさしだした。「あいにく包んでる暇はなかったがね」

「とても見られたものじゃないわね」

「つばが広けりゃ十分さ」ダグは麦わら帽子をホイットニーの頭にかぶせた。「あんたの髪はめだちすぎるんだよ。まさか頭から袋をかぶせとくわけにもいかないだろ。帽子で隠すよりしようがないさ」

「おやさしいこと」

「帽子に合う服も見つけてきてやったぜ」そう言うと、ごわごわした木綿の服をホイットニーに放《ほう》った。形はずん胴、色は天日で乾いた糞《ふん》という趣だ。

「嘘《うそ》でしょ」ホイットニーは汚いものにでもさわるように、袖を指先でつまみあげた。大蜘蛛《ぐも》に起こされたときにも匹敵するほどの嫌悪感がこみあげる。「こんなの着るくらいなら、死んだほうがましだわ」

「死なないですむように着るんだよ、お嬢さん」

ホイットニーは、鼻先数センチのところをかすめた銃弾を思い、無残にふきとばされた木を思った。この服も、新しいころはもう少し見られたかもしれないわね。「で、私がこれを着るとして、あなたはどうするの？」

ダグはもう一つ、麦わら帽子を出してみせた。こちらはいくぶん山高になっている。

「すごくシックじゃないの」丈の長い格子縞《じま》のシャツにだぶだぶの木綿のズボン。ダグがとりだした洋服に、ホイットニーは笑いをかみ殺した。

「我らがご亭主どのは米がお好きらしいな」ズボンを広げて、ダグが感想をもらした。ウエストのサイズはかなりのものだ。「まあ、なんとかなるだろう」

「変装といえば、初めて会った晩の格好はなかなかのものだったわ。前のことをひきあいに出したくはないけど――」

「だったら、やめとけよ」ダグは洋服を小さく丸めた。「朝になったら着替えて出発だ。

市場へ向かう麗しきマダガスカル人の夫婦、てなもんさ」

「マダガスカル人の女性と、頭の弱いその兄っていうとりあわせはどうかしら?」

「図に乗るのもたいがいにしろ」

気分もいくらか落ち着き、ホイットニーはスラックスをあらためた。木にひっかけて膝のところが破れている。その穴を見たとたん、銃弾のショックなどどこかへふきとんでしまった。「これを見てちょうだい。この調子でいったら、着るものがなくなっちゃうわ。もうスカートとブラウスを一枚だめにしてるのよ。それも、とびきりすてきなやつを。今度はスラックスですって」指三本が楽々入る大穴だ。「ワシントンDCで買ったばかりなのに」

「だからこうして、新しいドレスを持ってきてやっただろ?」

ホイットニーは丸めた洋服をちらっと見た。「笑わせないでよ」

「ごねるのはあとにしろ。それより連中はなにか言ってなかったか、聞こえたことを早く教えてくれ」

いかにも不服そうな顔で、ホイットニーはバックパックから例の手帳を出した。「このスラックスの代金も、あなたへの貸しにつけときますからね」

「言いたいのはそれだけか?」首をひねったダグは、手帳に書きこまれた額を見て驚いた。「八十五ドルだって?　木綿のズボンごときにそんな大枚はたく物好きが、どこの世界にいるんだよ」

「私の目の前にいるわ」ホイットニーはにこやかに言った。「税金の分は勘弁してあげるから、ありがたく思うことね。さて、と」満足顔で手帳をしまい、本題に入る。「追っ手の一人はいけすかないやつだったわ」

「一人だけ？」

「いけすかないやつらの中でも、最低のなめくじ野郎だって意味よ。ねちねちしたしゃべり方して、薄気味悪い声で笑ってたわ」

その瞬間、ダグはふくれあがるつけのことも忘れていた。「バーンズか？」

「ああ、そう、もう一人の男がそう呼んでたわ。そのバーンズって男、きつね猿を撃ち殺そうとしたのよ。こっちの鼻まで、危うくふきとばされるところだったわ」そう言ってから、ホイットニーははっとしたようにコンパクトを出すと、鼻に傷がないかどうかを確認した。

ディミトリが飼い犬の綱を解いたか。やつめ、相当自信があるらしい。バーンズは頭や腕を買われて雇われている男じゃない。もともと、金や利害のために殺すのではなく、殺すこと自体を楽しんでいるような男だ。「連中はなんと言ってた？　なにを聞いたんだ？」

ホイットニーは安心したように、顔におしろいをはたいていた。「最初の男は、あなたを血祭りに上げてやるっていきまいてた。はっきりこの耳で聞いたわ。個人的に相当恨んでるみたいよ。バーンズは……」ふいに、不安がよみがえる。ホイットニーはダグのポケットに手を伸ばすと、たばこを一本引き抜いた。「あいつは私のほうがいいって。最初の男とは違う意味でね。わかるでしょ」

体がかっと熱くなる。ダグは息苦しいほどの怒りをなんとか押し戻すと、マッチを出してたばこに火をつけてやった。たばこも残り少なくなってきている。当分はホイットニーと分けあうしかない。その指から黙ってたばこを引き抜くと、深く煙を吸いこんだ。

バーンズの仕事を実際に見たことはなかったが、話は聞いていた。この業界では殺しなど珍しくもないし、何度かその場にぶつかったこともある。しかし、バーンズのやり方には、そのダグでさえ胸が悪くなった。このお嬢様には無縁の世界だろうが。

女、それに小さくてかよわいものたちばかりを、バーンズは好んで狙う。中でも、シカゴの売春婦殺しについては、身の毛もよだつような噂《うわさ》がささやかれていた。女の体を、やつがどう切り刻んだのか。

ダグは、たばこを持つホイットニーのほっそりした指を見つめた。バーンズには指一本触れさせない。やつのじっとりと汗ばんだ手が、ホイットニーの華奢な手に触れるところを想像するだけでむしずが走る。手首から先をたたき切ってでも、絶対にさわらせるものか。「ほかにはは?」

ダグの声には、いつにないすごみが感じられた。あのときと同じ——メリナ族の村でライフルを手にしたとき、そして私の喉に手をかけたとき。ホイットニーは時間をかけてたばこを吸った。ふざけ半分のときや、熱くなってじれているときのダグなら駆け引きを楽しむこともできる。だが、いまのように感情を映さない冷たい目をしているときには、なぜか近寄りがたいものを感じていた。

ワシントンでの記憶が脳裏によみがえる。ホテルの一室、倒れている若いウェイター、白い上着の背中に広がった真っ赤なしみ。「ダグ、それほど価値のあるものなの？」

ダグは落ち着かない様子で、頭の上の崖を目で追っていた。「なんだって？」

「あなたの夢、虹《にじ》の彼方にある黄金の壺《つぼ》の話よ。あの男たちはあなたの命を狙ってる。そんなときに、ポケットの金貨をじゃらじゃらいわせてなんになるの」

「じゃらじゃら程度で満足する気はない。金貨の山に首までどっぷりつかってやるさ」

「金貨のお風呂に入ってるところを、ずどんとやられて一巻の終わりってことになるかもしれないのに？」

「かもな。だが、ただじゃ死なないぜ」ダグの視線がホイットニーをとらえる。「狙われるのはいまに始まったことじゃない。もう何年も、弾の間をかいくぐって生きてきたようなもんさ」

ホイットニーも真剣なまなざしを返した。「いつになったら足を洗うつもり？」

「ひと山当てたらね。今度こそ、チャンスをものにしてみせるさ、必ず」ダグはふうっと煙を吐きだした。このお嬢様に、なにをどう話せばいい？　朝、目が覚めて、残ってる金がたった二十ドルとわかったとき、あとは自分の才覚でのりきるしかないと思い知らされたときの気分がどんなものか。自分はけちな詐欺師で終わる男じゃないと、おれにはわかっている。だが、そう言ったところで、ホイットニーが信じるだろうか。生まれながらの才能に恵まれ、これまで技を磨いてきた。あと一つ足りないのは金だけなのだ。なんとしても大金を手にしてやる。「ああ、命がけの勝負に値するお宝をな」

ホイットニーはしばらく口をつぐんでいた。そこまでしてなにかを求める気持など、しょせん自分にはわからないと悟っていたからだ。欲しいと思って得られぬものなどなに一つない立場の人間が、いったいなにを言えるだろう。飢えについては多少わかる気もするが、ことはそれほど単純ではない。人間の欲望は、野心と同じくらい複雑で、夢と同じくらい個人的なもの。人それぞれに違うのだ。それでも、私はダグについていく。出会った瞬間に感じた衝動を信じたいのか、ダグにそれ以上のものを感じているのか。理由はどうあれ、いまこうして彼と一緒にいるのだから。

「あいつらは北へ向かってるはずよ。最初の男が言ってたの、レモにそう命じられたって。ここからいぶしだすか、でなきゃ、見つけしだい息の根を止める腹らしいわ」

「筋は通ってるな」二人は高価なコロンビア産のマリファナでも吸うように、一本のたばこを交替で吸った。「そうとわかれば、今夜はここにいよう」

「ここ？」

「できるだけ小屋のそばまで行こう。見とがめられない程度にな」フィルターを残すだけとなった吸いさしを、ダグは名残惜しそうにもみ消した。「夜が明けたら、すぐに出発だ」

「ねえ、もっと」と、ダグの腕を引く。まじまじと自分を見つめる目つきが、ホイットニーに湖での出来事を思い出させた。

「もっとどうしてほしいって？」

「私、男たちに追われたあげく、狙撃《そげき》までされたのよ。ほんの数分前にはこの木の陰にうつぶせになって、あとどのくらい生きられるかと、真剣に心配したわ」うわずる声を抑えようと、ホイットニーは深呼吸した。しかし、その間も目はまっすぐにダグをとらえていた。「この私もあなたと同じリスクを冒してるのよ、ダグ。もっと書類を見せてちょうだい」

いつかはこうなるだろうと予想していた。ただ、ホイットニーに手の内を明かす前に、少しでも宝に近づきたいと考えて、時間稼ぎをしてきたのだ。そのときふいに、彼女をまこうとする気がうせていることに気づいた。結局、おれはこのお嬢様を相棒にしちまったわけか。

だが、なにもすべてを分かちあう必要はないさ。ダグは封筒の中から、まだ翻訳のすんでいない手紙を抜きだした。おれの見るところ、ほかの手紙ほど重大なものじゃないはずだが、中身を知らないでは始まらない。ホイットニーに見せれば、案外、役に立つことを拾いだしてくれるかもしれない。「ほら」ダグはていねいに樹脂加工された紙をさしだして、地面に腰を下ろした。

二人は互いに探るような目を向けあっていたが、やがてホイットニーは手紙に視線を落とした。日付は一七九四年十月になっている。

「〝親愛なるルイーズ〟」

ホイットニーは読みはじめた。

「〝この手紙があなたのもとへ届き、あなたの無事を確認できるようにと、祈りをこめてペンをとっています。遠く離れたこの地にいても、フランスの様子が聞こえてきます。この居留地は小さく、ほとんどの人がうなだれて歩いています。戦火は飛び火しそうな気配です。おそらく、政争は避けられないでしょう。フランス人らしき一行を探しては、王室ゆかりの亡命者ではないかと案じる日々、彼らを歓迎すべきか身を隠すべきか、心を決めかねています。

それでも、こちらにはまだ美しさが残っています。海も近く、朝になるとダニエルとともに浜辺へ出て、貝殻を集めるのが日課です。ダニエルも、この数カ月あまりの間にすっかりおとなになりました。母親として聞かせたくない、見せたくないおとなの世界の出来事を目のあたりにした我が娘の、こんな形での成長をつらい思いで見守っております。せめてもの救いは、あの子の目から恐怖の色が消えたこと。花を——私が見たこともないような花を摘んできてくれるのです。ジェラールはまだ王妃様の死を悲しんでおりますが、いましばらくは、こちらで穏やかに暮らせることでしょう。

ルイーズ、どうかもう一度、こちらへ来ることを考えてはくれませんか。それを言いたくて、こうして手紙を書いているのです。ディジョンにいても、あなたの身は安全とは言えません。家々が焼きはらわれ、打ち壊されていると聞いています。多くの人々が牢屋《ろうや》へ引きたてられ、死刑に処せられているそうではありませんか。こちらでも、ある青年のもとに悲しい報《しら》せが届きました。ご両親がヴェルサイユ近くの自宅を追われたあげく、絞首刑にされたというのです。夜になると、あなたを夢に見ては死の影が迫っているのではないかと、恐ろしさにただ震えるばかりです。愛する妹を手もとにおきたい、無事に暮らしてほしいという、姉のささやかな願いをわかってください。ジェラールはこの地で店を開き、私とダニエルは菜園を作ろうと考えています。質素な生活ですが、ここにはギロチンも恐怖政治もありません。

愛するルイーズ、話したいことはまだまだ尽きませんが、手紙にはとても書けないこともあります。いまはただ、ジェラールのもとに通信文が届いたとだけ申し上げておきましょう。それは、亡くなられるわずか数カ月前の、王妃様からのご命令でした。夫は与えられた責務の重さにうちひしがれています。なんの変哲もない木箱の中に、フランス王室と王妃様のご遺品の一部が秘められているかぎり、夫が運命から逃れるすべはないでしょう。重ねて申します、どうか時代の波に抗《あらが》わないでください。終焉《しゅうえん》の時を迎えたものに魂をささげるという、夫と同じ苦しみを背負ってほしくはないのです。フランスを、そして過去を断ち切りなさい、ルイーズ。どうかディエゴスアレスに来てくれることを、せつに祈っています。あなたの身を案じる姉、マグダリーヌ〟」

読み終えたホイットニーは、ダグの手にゆっくりと手紙を返した。

「これがどういうものか、あなたにはわかっているの？」

「手紙さ」ダグは心を打たれたことを隠すように、そっけなく手紙を封筒に戻した。「ある一家が革命を逃れてこの地にやってきた。ほかの書類によれば、ここに出てくるジェラールってのは、マリー・アントワネットの従者みたいなもんだったらしい」

「重大な事実だわ」

「もちろんだ。ここにある紙きれの一つ一つに重大な鍵が隠されている。そいつを組み合わせていってようやくパズルが完成するってわけさ」

ダグは、封筒をバックパックの中にしっかりしまいこんでいる。「言うことはそれだけ？」

「ほかになにがある？」ダグは鋭い目を向けた。「このご婦人には同情するさ。だが、相手はとっくの昔に死んじまった人間、こっちはまだ生きてるんだ」そう言うと、バックパックに手をかけた。「こいつは、おれが待ち望んでいた人生を手に入れるための、だいじな手がかりなのさ」

「二百年近くも昔の手紙なのよ」

「そのとおりさ。この中でいまでも残ってるのは、小さな木の箱の中身だけだ。おれはそいつをいただく」

ホイットニーはしげしげとダグを見つめた。熱を帯びた目、神経質そうな口もと。ふっとため息をもらすと、頭を振った。「人生はそれほど単純じゃないってわけ?」

「そうさ」ホイットニーの顔に浮かんださびしそうな影を払おうと、ダグは笑いかけた。「単純な人生なんてつまらないだろ?」

またあとで考えよう。おりを見て、残りの書類も見せてほしいときりだせばいい。いまはただ、疲れきった心と体に休息を与えてやりたい。ホイットニーは重い腰を上げた。

「これからどうするの?」

「そうだな……」ダグは付近を見回した。「今夜の宿を確保しないと」

二人は森の奥に手ごろな場所を見つけると、メリナ族にもらった肉と椰子《やし》酒を楽しんだ。火は起こさず、一晩じゅう交替で見張りを続けた。どちらもほとんど口をきかない。一緒に旅をするようになって以来、初めてのことだ。かすかな危険の香りと、滝の下で抱きあったあめくるめくひとときの記憶が、二人の沈黙を紡いでいた。

夜明けとともに、森には光の矢がいく筋もさしこみ、あたりを金や赤に染めていく。深い緑は朝靄《あさもや》の中で、おぼろげにかすんでいた。温室の扉を開いた瞬間のような匂いがたちこめている。この世のものとも思われない美しい光に、しっとりとやわらかな空気。朝日を喜ぶ小鳥たちの明るいさえずりが聞こえていた。地面や木の葉に残る朝露が、光の当たる角度で七色に変わる。世界には、まだこんな楽園が残っていたのだ。

満ち足りた思いの中で、ホイットニーはまどろんでいた。かたわらのぬくもりに身を寄せる。髪を撫でる手の感触に、小さな吐息をもらした。体の隅々に、やすらぎが広がっていく。男の肩に頭をあずけて、ホイットニーは眠りつづけた。

こんなふうに彼女を眺めていると、時がたつのも忘れてしまいそうだ。一時も気の休まらない、長い夜だった。そのあとに訪れた、つかの間のやすらぎ。輝くばかりの美女とはこういう女のことを言うのだろう。眠っているときには辛辣《しんらつ》な口調も影をひそめ、匂うような女らしさが漂う。ふだんは目ばかりに気をとられがちだが、寝顔になると、体全体の美しさや、しみ一つない肌のきめ細かさがよくわかる。

これなら男もいちころだろう。ひと目見たとたん、ぞっこん惚《ほ》れこんでしまうに違いない。女には慣れているはずのおれでさえ、もう一、二度つまずきかけたほどだからな。

ホイットニーを抱きたい、とダグは思った。スプリングのきいた、やわらかいベッド。

ふかふかの羽根枕《まくら》が置かれ、シーツはしなやかなシルク。ろうそくの淡い明かりの下で、ゆっくりと、心ゆくまで愛しあうのだ。その光景が、脳裏に鮮やかに浮かびあがる。しかし、おれの欲しいものはまだほかにたくさんある。人生の成功を約束する最大の能力はなにか。それは、欲しいものと手の届く範囲にあるものとを区別する力、そして、手の届く範囲にあるものと手を出してひきあうものとを区別する力だと、ダグは考えていた。確かに、ホイットニーは欲しい。それに、望めばまんざらチャンスがないわけでもない。だが、この賭はひきあわないと、本能がダグを押しとどめていた。

こういう女は男をがんじがらめにする——糸をさんざん絡みつかせたあとで、自分の思うままに引き寄せるのだ。女の言いなりになるのも、一人の女に縛られるのも、おれはごめんだ。金を手に入れたらおさらばだ、とダグは自分に言いきかせた。これはあくまでもゲームなのだから。眠ったまま、ホイットニーが身を震わせ、ため息をもらす。かたわらのダグもまた、身を震わせ、ため息をもらしていた。

少し距離を置かないとオーバーヒートしそうだ。ダグは手を伸ばして、ホイットニーの肩を揺すった。「目を覚ませよ、いい天気だぞ、公爵夫人」

「うーん?」ホイットニーは声をもらすと、かえってダグの腕の中で体を丸めた。温かくて、しなやかで、昼寝をしている猫でも抱いてるような気分だ。無理やり長い息を吐きだすと、ダグは言った。「ホイットニー、起きろ。さっさとけつを動かすんだ」

そのひと言が、たちまち眠りをつき破る。ホイットニーは顔をしかめて、目を開けた。

「壺の中の黄金を半分もらうくらいじゃ、ひきあわない気がしてきたわ。こう毎朝、あなたのチャーミングな声で起こされるんじゃね」

「なにも余生を共に暮らそうというんじゃない。ぬけたくなったら、いつでもそう言ってくれ」

ホイットニーはそのときふいに、二人がぴったり体を寄せあっていることに気づいた。まるで熱い一夜をすごしたあとの恋人同士みたいじゃないの。細く、きれいに弧を描いた眉をつりあげる。「こんなことして、いったいどういうつもり、ダグラス?」

「だから、起こしただろ」ダグはこともなげに言った。「おれにすり寄ってきたのは、あんたのほうさ。おれの体が欲しいのに、無理してつっぱってるからだよ。いいかげんに認めたらどうだ?」

「お断りよ。でも、そうね、その体にかみついてやりたいのを我慢してたのは認めてもいいわ」ダグを押しのけ、起きあがると、ホイットニーは髪をかきあげた。と、同時に叫び声をあげる。「まあ、なんてこと!」

ダグの反応はすばやかった。ホイットニーは息つく間もなく押し倒されていた。二人とも気づいてはいなかったが、ダグはいま、自分を捨てて、ホイットニーを救おうとしたのだ。我が身の安全も、利益も顧みることなく。そんなことは、これまでの人生でも数えるほどしかないことだった。「どうした？」

「〝どうした〟じゃないわ。私を襲うのが癖にでもなったわけ？」あきらめたようにため息をつくと、ホイットニーは上を指さした。用心しながら、ダグは指の示すほうをたどった。

二人の頭の上では、木々のてっぺんに何十匹というきつね猿が立ちあがっていた。細い体を弓なりに伸ばし、長い腕をいっぱいに天に向けてさしのべている。その姿は生贄《いけにえ》の儀式に臨む、恍惚《こうこつ》状態の未開人を思わせた。

ダグはひと言毒づくと、肩の力を抜いた。「これからもきつね猿にはごまんとお目にかかるんだ」わきへよけながら、ホイットニーに言った。「頼むから、きつね猿を見たくらいでいちいち叫ばないでくれよ」

「叫んでなんかいないわ」しかし、頭上のきつね猿に心を奪われているホイットニーは、ダグの言葉にも腹を立てなかった。空を見上げたまま、両膝を抱える。「まるでお祈りしてるみたい。でなきゃ、日の出に礼拝しているようね」

「伝説ではそうなってるがね」ダグはキャンプをたたみながら言った。遅かれ早かれ、ディミトリの手下どもはひきかえしてくる。ここでひと晩すごしたことをやつらにけどられてはならない。「実際は、体を温めてるだけなんだ」

「私は現実よりも神秘の香りが好きだわ」

「そりゃ、けっこう。新しいドレスにも、どっさり神秘の香りが詰まってるだろうさ」ダグは服を放った。「そいつに着替えてるんだ。もう一つ、村で手に入れてきたいものがある」

「どうせ選ぶなら、どうしてもうちょっとましな服にしてくれないのよ。きめの細かさはともかく、私はシルクが好きなのよ。色はブルーで、腰のあたりにちょっとドレープがあって」

「いいから、それを着ろ」そう命令して、ダグは消えた。ホイットニーはぷりぷりしながら、ワシントンDCで買い求めた、やわらかで高価な、そして破れた服を脱ぎ、色あせたチュニックを頭からかぶった。ずん胴の服が、すっぽり膝まで滑り落ちる。

「これで幅広の革のベルトでもあればね」ホイットニーはつぶやいた。「そう、色は目の覚めるような赤で、思いきりはでなバックルのついたやつがいいわ」ごわついた布に手を這わせ、顔をしかめる。

裾《すそ》のラインがまるでなってない。色に至ってはなにをか言わんやだ。地面に座りこみ、ホイットニーは化粧ケースを出した。こうなれば、せめて顔のほうだけでもいじらなければ。

ダグが戻ってきたとき、ホイットニーはランバの巻き方の研究の真っ最中だった。「だめだわ」吐きすてるように言う。「こんな服じゃ、ランバをどう巻いてもいかさない。まだそっちの縞《しま》のシャツとだぼだぼのズボンをはいたほうがましなくらいよ。少なくとも……」ふりむいたとたん、言葉がとぎれた。「いったい、なにを持ってきたの？」

「豚さ」きーきーわめいている塊と格闘しながら、ダグはためらいもせずに言った。

「それは見ればわかるわ。なんのつもりかってきいてるのよ」

「変装の小道具だよ」豚の首に縄を結び、そばの木に縛りつける。「バックパックはこの籠《かご》にしまって、おれが担ぐ。なんとなく、市場へ品物を運んでいるように見えるだろ。豚はちょっとした保険代わりさ。このあたりの農夫なら、市場へ生き物を連れてく連中は多いからな」ダグはしゃべりながら服を脱いでいく。「そんな化粧をしてどうするつもりだ？ よけいな人目を引かないように、こうやって苦労してるんだぜ」

「このどうしようもない服は我慢するとしても、鬼ばばみたいに見えるのはいやですからね」

「そのみえっぱりだけは、どうにかならないもんかね」新しいシャツに着替えながら、ダグは言った。

「別に、みえをはるのは悪いことだと思わないけど」ホイットニーも負けずに言いかえす。

「しかるべき理由がある場合には」

「髪を帽子の中に隠せよ──そっくり全部だ」

ジーンズをはき替えるダグから軽く顔をそむけるようにして、ホイットニーは帽子をかぶった。ダグはだぼだぼのウエストをなんとかしようと、上から縄で縛っている。ホイットニーがふりむくと、二人は互いの格好をしげしげと眺めた。

ダグのズボンはだらしなく腰のあたりまでずり落ち、丈のほうはすね丸出しのつんつるてんだ。肩からかけたランバが、ひきしまった肩や背の筋肉をうまく隠していた。幅広の帽子で顔は陰になり、髪もほとんど隠れている。これなら、よほど注意して見ないかぎり、誰もダグだとは気づくまい、とホイットニーは判断した。

いっぽう、ホイットニーのほうはといえば、こちらもだぼだぼの服のおかげで体の線はすっかりごまかせたが、問題はその下から見える脚の部分だった。あんなにほっそりした足首では、いかにも場違いだ。だが、じきにほこりまみれになるだろう、とダグは考えた。ランバは顔から肩、腕をすっかりおおい隠し、なかなかいい具合だ。あれなら手もほとんど見えない。

麦わら帽子は、初めて会ったときにかぶっていた白いフェルト帽とは比べものにならないお粗末な代物だが、いくら髪を隠してみても、ホイットニーの上品で彫りの深い顔だちまでごまかすことはできなかった。「これじゃ一キロともたないな」

「どういう意味？」

「その顔だよ。まったく、どうしても『ヴォーグ』の表紙から抜け出てきたような面をしなきゃならないのか?」

ホイットニーの口もとがかすかにゆるんだ。「ええ」

ダグは、憮然《ぶぜん》としてホイットニーのランバを手直しした。器用にたくしあげて、顎がすっぽり隠れるようにする。次に、帽子を目深に引き、つばをぐっと前に下げた。

「これじゃ前が見えないわ」ホイットニーは顔にかかるランバに息を吹きかけた。「それに息がつまりそう」

「人がいないときは帽子を上げときゃいいさ」腰に手を当て、一歩下がってじっくり点検する。ずん胴で、男か女かもわからず、ショールでぐるぐる巻き。これだけやっておけばなんとかなるだろう……。そう思ったのもつかの間、ホイットニーが顔を上げ、きっとダグをにらみつけた。

あの目だけはどうしようもない。ホイットニーの目を見たとたん、ダグの脳裏に、粗末な木綿に隠されているはずの体の線がよみがえっていた。パックを籠につっこみ、上から果物や食料をのせて隠す。

「道路へ出たら、頭を下げておれの後ろを歩くんだ。おとなしく、従順な妻らしくな」

「あなたが妻というものをどう考えてるか、よくわかったわ」

「やつらがひきかえしてこないうちに、先を急ごう」籠を両肩に担ぎ、ダグはまた険しい斜面を下りはじめた。

「なにか忘れてない？」

「豚はそっちの担当だ」

　異を唱えてもむだだと悟り、ホイットニーは縄をほどくと豚を引っぱった。なかなか言うことをきかない豚に業をにやし、だだっ子を扱うように腕に抱えこむ。豚は初めきーきーわめいたが、じきにおとなしくなった。「いらっしゃい、ダグラス坊や。お父様が市場へ連れてってくださるって」

「口のへらない女だ」そう言いながらも、木立をぬけるダグの顔は笑っていた。

「どことなく似てるもの」ホイットニーは斜面をお尻で滑り下りた。「鼻のあたりがね」

　その言葉を無視して、ダグは言った。「この道路で東へ向かう。運がよけりゃ、日暮れまでには海岸へ出られるだろう」

　土を削っただけの急な階段を、ホイットニーは豚と闘いながらよろよろと下りていく。

「おい、頼むから豚を下ろせよ。やつにだって、ちゃんと足はあるんだからな」

「赤ちゃんの前で、そんな言い方をするもんじゃないわ」

　そっと豚を下ろすと、自分たちと並んで下りられるように、ホイットニーは縄を引いた。山や森ともお別れだ。これでもう身を隠してくれるものはなにもない。ヘリコプターから見張っていれば、農夫らしい二人連れが森から出てくるのに気づくだろう。そばまで寄ってこられたら……。

「もし、服の持ち主に出くわしたらどうするの?」小屋をちらっとふりかえって、ホイットニーは言った。「このオリジナル・デザインに気がつくかもしれないわよ」

「運を天に任せるのみだな」細い道を歩きはじめる。このぶんなら二キロと行かないうちに、ホイットニーの脚も真っ黒になるだろう、とダグは思った。「村の連中なら、ディミトリの猿どもを相手にするよりはずっとましだ」

はてしない道のり。一日はまだ始まったばかりなのだ。ホイットニーは、ダグの言葉をしみじみとかみしめていた。

9

三十分もすると、ホイットニーはランバのせいで息苦しくなってきた。こんな日は身につけるものを最小限にとどめて、できるだけ動かないに限る。にもかかわらず、いまの彼女は長袖《そで》に丈の長いスカートを身にまとい、その下には何メートルものランバをぐるぐる巻きにしているのだ。この格好で五十キロも歩けというのか。

いつか回顧録を書くときには使えるかもしれない。『旅は豚を道連れに』

それはそれとして、ホイットニーはすっかりかわいいお供が気に入ってしまった。頭を右に左に振りながらちょこちょこと歩く姿は行列を従えているようでもあり、どことなく高貴な趣さえ漂っている。熟れすぎたマンゴーでも、この子は喜ぶかしら?

「ねえ」ホイットニーはダグに声をかけた。「この子、けっこうかわいいわ」

ダグは豚に目を落とした。「バーベキューにしたら、もっとかわいいぜ」

「悪趣味ね」まじまじと非難の目を向ける。「まさか、そんなことしないわよね」

ああ、しないとも。この姿を見ては、とてもじゃないが胃が受けつけない。自分にもやさしさがあるなどと、わざわざホイットニーに教えてやる必要はないが、ハムを食べるならちゃんと加工済みの包装されたものにしたい。

「おれは、とびきりうまい酢豚の作り方を知ってるんだがな。値千金の味だぜ」

「そのレシピはしまっておくことね」ホイットニーはぴしゃりと言った。「この子には、指一本触れさせないわ」

「サンフランシスコの中華料理屋で、三週間ばかり働いたことがあるんだ。街を出るときには、最高級のルビーのネックレス――ふつうは、博物館でしかお目にかかれないような代物だ。それに、こまどりの卵ほどもある黒真珠のタイピンと、極上のレシピをひと束。こいつは行きがけの駄賃さ」結局手もとに残ったのはレシピだけ。しかし、どれも満足できる味だった。「豚を一晩マリネにする。こいつがもう、口の中でとろけそうなんだ」

「いいかげんにしてよ」

「薄い焼き型に詰めたハーブ・ソーセージ」

「あなたのIQって全部胃袋に集まってるわけね」

丘陵地帯を離れるにつれて、道は平坦《へいたん》になり、幅も広くなっていった。東の平原は青々と草が茂り、湿気もあるが、見晴らしのよすぎる点が少々ひっかかる。ダグは頭上を走る電線を眺めた。まずいな。電話があれば、ディミトリはすぐにも指令をとばせる。どこから？　まだ南にいるのか？　こっちがさんざん苦労して隠そうとした足どりをたどり、すぐ後ろに迫っているのだろうか？

　ともかく、追われていることだけは確かだ。ダグはそれをずっと感じつづけていた。ニューヨークを出て以来、ずっといやな感覚をふりきれずにいる。いや、へたをすれば……と、ダグは背中の籠《かご》を背負いなおした。ディミトリは二人の目的地をとっくに知っているのかもしれない。網を広げて、二人が罠《わな》にかかるのを辛抱強く待っているのか。ダグはあたりを見回した。どっちの方角から追っ手が来るのか、それだけでもわかれば、少しは枕《まくら》を高くして眠れるだろうに。

　マダガスカル人の夫婦を装う二人は、あえて双眼鏡を使わなかったが、はてしなく連なる平原の彼方《かなた》には、大規模で、手入れの行きとどいた大農園が見えた。これだけ広い土地があれば、ヘリコプターだって楽に下りられるだろう。一面に花が咲き乱れ、さんさんと降りそそぐ日ざしをいっぱいに浴びている。花びらには土ぼこりがかかっていたが、それでも充分に異国の香りを漂わせていた。きれいに晴れわたり、視界をさえぎるものもない。その気になれば、東へ向かう道を旅する二人と一匹の珍道中を見つけることなど、いともたやすいことだろう。ダグは一定のペースを保ちながら、どこかの旅の一団にでも紛れこめないものかと考えていた。しかし、かたわらのホイットニーをちらりと見たとたん、旅人の中にとけこむことは容易ではない、と悟った。「あんた、〈ブルーミングデールズ・デパート〉へでも行くような歩き方しかできないのか」

「なんですって？」ホイットニーは、豚を思いどおりに歩かせるこつをつかみかけていた。案外、犬よりおもしろいペットになるかもしれないと考えていたところだった。

「あんたの歩き方は、いかにも金持的なんだよ。もっとつましい感じにできないのか」

ホイットニーはうんざりしたようなため息をもらした。「ダグラス、こんなみっともない服も我慢したわ、豚を引いて歩くのだって平気よ。だけど、つましくふるまうのだけは無理だわ。ねえ、そんなしかめっ面をするのはやめて、散歩を楽しみましょうよ。景色はきれいだし、空気もなんだかバニラの匂《にお》いがするみたい」

「むこうに大農園がある。そこでバニラを栽培してるんだ」農園まで行けば、車もあるはずだ。その一つをいただくというのは、危険すぎるだろうか。

「ほんとう？」ホイットニーは太陽を仰いで目を細めた。広々とした畑は、一面の緑に埋めつくされていた。その間に点々と人影が見える。「バニラって、もともと小さい豆なのよね。そうでしょ？」のんびりした口調でたずねる。「細くて白いろうそくがあるでしょ。あのバニラの香りが、昔から好きだったわ」

ダグはちらっとホイットニーを見た。白いろうそくに白いシルク、いかにも彼女らしい。頭に浮かんだイメージを振りはらうと、ダグは自分たちが歩いている場所に神経を集中した。いまここでトラックをいただくには人目がありすぎるし、こうだだっ広い所では、エンジンをかけたとたん、すぐにばれてしまう。

「かなり常夏の島らしい気候になってきたわね」ホイットニーが手の甲で汗をぬぐう。

「貿易風が湿気を運ぶんだ。来月まではむし暑い日が続くだろう。サイクロンの季節だけは外したようだがね」

「それを聞いて安心したわ」熱気が波のように地面から立ちのぼるのが見える気がする。不思議なことに真夏のニューヨークがふいになつかしく思い出された。歩道の照りかえし、汗と排気ガスの臭《にお》いで息がつまりそうな大都会の夏。ホイットニーは頭を振って、なにかほかのことを考えようとした。

「こんな日はマルティニク島でのんびりしたいわ」

「誰だってそう思うさ」

ダグのつっけんどんな答えを無視して、ホイットニーは話を続けた。「マルティニクに別荘を持っている友だちがいるの」

「そうだろうと思ったよ」

「名前くらい聞いたことがあるんじゃない、ロバート・マディソンっていうんだけど。スパイ・スリラーを書くのよ」

「マディソンだって？」ダグは驚いてホイットニーをふりかえった。「『魚座のしるし』のか？」

なかなかやるじゃない。ダグがあげたのは、ホイットニー自身もいちばんいいできだと思う作品の名前だった。帽子の下からのぞくようにダグを見上げる。「ええ、そうよ。読んだことあるの？」

「ああ」ダグは肩にくいこむ紐《ひも》をずらした。「小学校の教科書より少しはましだったかな」

ホイットニーもその作品をすでに読んでいた。「いやみったらしい言い方しないでよ。私、彼の大ファンなんだから。長年のつきあいなのよ。国税局が意地悪するものだから、ボブはマルティニク島へ移ったの。すてきな別荘よ。海の眺めも最高だし。いまごろプールサイドのテラスに座って、山盛りのフローズン・マルガリータでも飲みながら、浜辺の人たちを眺めていられたら言うことないけど」

それがホイットニーの生活なのだと、頭ではわかっていても、ダグはなぜかいらだちを覚えていた。テラスつきのプール、心地よい風。白いスーツに身を包んだボーイが銀のトレイで飲み物を運び、見てくればかりで頭は空っぽの男たちが、ホイットニーの体にオイルを塗る。ダグ自身、飲み物を運んだこともあれば、女の背中にオイルを塗ったこともある。相手が金持でさえあれば、好き嫌いを言っていられる身分ではなかった。

「もし、こんな日になにもすることがなかったら、あなたならどうする？」

しなやかな体がオイルに光る。ダグは、半裸の姿でラウンジに横たわるホイットニーの姿をかき消そうと躍起になっていた。「おれなら一日じゅう寝てるよ、頭のいい赤毛の女とね。目は緑がいい。それから胸のでかい――」

「なんともありふれたファンタジーね」ホイットニーが口をはさんだ。

「凡人の衝動を捨てきれないもんでね」

ホイットニーはあくびするふりをした。「この子もきっと、その血を受けついでるわね。見て」ダグが反論するより早く、ホイットニーが言った。「むこうからなにか来るわ」

遠くのほうで土煙があがるのを見たとたん、体がこわばる。ダグは左右を見回した。必要なら、どちらへでも走ることはできる。だが、逃げたところで追いつかれるのは時間の問題だ。まにあわせの変装を見破られたが最後、わずか数分ですべてが終わる。

「下を向いていろ。主義に合おうが合うまいが、知ったこっちゃない。とにかく、つましく、従順な女のふりをしろ」

ホイットニーは首をかしげ、帽子の下からダグを見た。「どうすればそう見えるのか、まるで見当もつかないわ」

「いいから下を向いて歩くんだ」

トラックのエンジンは調子がいいらしく、力強い音をたててやってくる。車体はほこりまみれだが、まだ新しそうだ。本で読んだところでは、農園のオーナーたちは、はぶりがいいらしい。このあたりでとれるバニラやコーヒー、丁字などの売り上げで、かなり儲《もう》かっているようだ。トラックが近づいてくると、ダグは籠を背負いなおすふりをして、下を向いた。緊張に体がこわばる。しかし、トラックはほとんどスピードを落とすこともなく通りすぎていった。いまのダグの頭にあるのは、いかにして一刻も早く海岸にたどりつくか、そして宝の山に手をかけるかだけだった。

「うまくいったわね」ホイットニーが顔を上げて、にっこりする。「こっちを見もしなかったわ」

「人は自分の期待に反するものでないかぎり、ことさらに見ようとはしないものなんだ」

「なかなか含蓄のある言葉だこと」

「人間なんて、そんなもんさ」ダグはそう言いながらも、トラックを逃したことが残念でならなかった。あいつの後ろに乗っていければ、どんなにか楽だったろうに。「赤いベルボーイの上着を着て、愛想笑いの一つも浮かべてりゃ、ホテルを歩きまわっていても誰も怪しむ者はいない。おれはその手で、さんざん稼がせてもらったよ」

「あなた、昼の日中にホテルで泥棒したの？」

「かえって昼間のほうが、部屋に人がいないんだ」

ホイットニーはその光景をちらっと思い浮かべてみたが、すぐに頭を振った。「あんまりスリリングじゃないわね。やっぱり、真夜中に黒装束で、手にはライトを持って、人が眠っている部屋に忍びこむほうが、断然エキサイティングだわ」

「そんなことをするから、十年や二十年もくらいこむことになるんだ」

「危険を冒すからこそ、わくわくするんじゃない。ところで、あなたは捕まったことあるの?」

「いや、あいにくと、まだ一度もそのささやかな恩恵に浴したことはないね」ホイットニーはうなずいた。やはり、思ったとおり、ダグは一流なのだ。「で、いちばん大きなヤマはなんだったの?」

汗が滝のように背中を伝う。だが、ホイットニーの言葉に、ダグは思わず声をたてて笑っていた。「おい、いったいどこでそんな言葉を仕入れてきたんだ? 『スタスキー&ハッチ』の再放送か?」

「ねえ、話してよ、ダグラス。ちょうどいい時間つぶしになるじゃないの」そうでもしていなければ疲労のあまり、この場にへたりこんでしまいそうだった。丘を越えているときには、あれ以上暑くてつらいことはもうないだろうと思っていたが、期待はむなしかった。「あなたの華々しいキャリアからすれば、もっと、すごい獲物もあったんでしょ」

ダグは一瞬黙って、遠くに目をやった。その視線はまっすぐにどこまでも続く道を見つめている。だが、ダグの目が追っていたのは土ぼこりでも轍《わだち》でもなく、真昼の太陽が投げかける短い影でもなかった。「あんたの拳《こぶし》くらいあるダイヤモンドを手に入れたことがある」

「ダイヤモンド?」ホイットニーはこの響きに弱かった。冷たい光、虹《にじ》色の輝きを内に秘めた、この世でもっとも派手な宝石。

「ああ、そうだ。それも、そんじょそこらの石とはわけが違う。でかくて、輝きも最高のアンティークだ。あんなに美しいダイヤは、あとにも先にもあれっきりだった。〝シドニー・ダイヤモンド〟さ」

「シドニーですって?」ホイットニーは思わず息をのんだ。「まあ、シドニーっていったら四十八・五カラットの完全な石じゃないの。たしか三、四年前、サンフランシスコで展示されて、そういえば盗まれたとか……」言いかけて、はっとする。「あなただったの?」

「そのとおりさ、お嬢さん」ダグはホイットニーの驚きようを楽しんでいた。「あの石ころを、おれはこの手でつかんだんだ」ダグは空っぽの手を眺めた。森の中をぬけてきたせいで、掌《てのひら》は傷だらけだ。しかし、ダグにはいまも手の中の、目もくらむような輝きが目に見える気がした。「あいつはすごかった。こう、見ていると熱気を感じるんだ。光にかざすと、まったく違う百の表情を見せる。ちょうど、熱い血の流れる、クールなブロンドを抱くような感じなんだ」

ホイットニーにも、その熱気が伝わってきた。体の底から湧《わ》きあがるような興奮の渦。初めてもらったのは真珠のネックレスだった。あれ以来、ダイヤをはじめ、いろいろな宝石のブローチやネックレスを身につけてきたが、宝石で身を飾るのはじつに楽しいものだ。しかし、シドニーを手にする喜びは想像するだけでも、はるかに心を揺さぶった。冷たいガラスの陳列ケースからとりだしたとたん、手の中で光が生き物のように輝きはじめるに違いない。「どうやって盗んだの？」

「メルビン・フェインスタイン。ちびのうじ虫野郎が、おれの相棒だった」

ダグの口ぶりからして、どうやらハッピーエンドではなさそうだ。「それで？」

「うじ虫のやつは、その筋ではちょっとは知られた男だった。身長が一メートル三十五、六って小男で、ドアの下のすきまから中へもぐりこめるんだ。本当の話さ。あいつは博物館の設計図も持っていた。ところが、あいにく警報装置を相手にするほどの頭がない。そこで、おれにお声がかかったわけさ」

「あなたが警報装置を破ったのね」

「人それぞれに特技があるもんさ」ダグは、サンフランシスコにいた昔のことを思い出した。毎日毎日霧がたれこめ、夜は冷えこんだものだ。「まず、おれたちは何週間もかけて下調べをした。想定しうるあらゆる角度から検討してみたのさ。警報装置はみごとなものだった。このおれも見たことがないような代物だったよ」

思いおこすだけでも小気味いい。難問への挑戦、いかにして複雑なシステムをだし抜いたか。コンピューターと数学を駆使するのは、けちな小遣い帳をつけてるよりも、ずっとおもしろいことなんだ。

「警報器ってのは女と同じなんだ」ダグは思い入れたっぷりにつぶやいた。「おびき寄せるし、ウインクもする。ちょっとした魅力と技を使えば、どうすれば相手がその気になるか、おのずとわかるってもんさ。気長にやるのが肝心だ」ダグは一人でうなずいている。

「つぼさえ押さえちまえば、あとはこっちの思いどおりさ」

「すてきな比喩《ひゆ》だこと」ホイットニーはつばの下から冷ややかな視線を投げた。「そのお説に従うと、警報器と女は、のせられればすぐにその気になっちゃうってことかしら？」

「ああ。だが、こっちが一歩先んじていれば、それを避けることもできるってわけだ」

「それ以上の説明はけっこうよ。話の先を続けてちょうだい、ダグラス」

ダグの記憶は、ふたたびサンフランシスコの冷たい夜に引き戻された。長い指が地を這《は》うように、霧が足下に忍びよる。「おれたちは通気孔から中へ入ったんだ。さすがに、うじ虫はおれよりも楽々と入りこんだよ。それから天井にロープを張り、そいつをたどっていった。なにせ、床には赤外線が張りめぐらされているからな。まず最初にダイヤをとったのは、このおれさ。相棒は不器用なうえに小さすぎて、肝心のケースまで届かない。おれが陳列ケースの上にぶらさがって、ブツをいただいたのさ。ガラスを切りとるのに六分と三十秒かかったが、とうとうシドニーを手に入れたんだ」

その一部始終が目に見えるようだ。天井に渡したロープに足でつかまったまま、陳列ケースの上にぶら下がるダグ。その黒装束に、ダイヤのきらめきが映える。「シドニーは発見されなかったはずよ」

「仰せのとおりさ。おれの持ってきた本にも載ってるよ」あの本を読みながら、ダグがどれほどの悦《よろこ》びと悔しさに身を焦がしていたか、ホイットニーには知る由もなかった。

「でも、シドニーを手に入れたのなら、いまごろはマルティニク島に別荘の一つや二つ持ってたってよさそうなものじゃないの？」

「いい質問だ」ほほ笑みとも冷笑ともつかない表情を浮かべて、首を振る。「鋭いところをついてるよ。確かに、おれはシドニーを手に入れた」半ば自分に言いきかせるような口調だ。帽子を目深にかぶりなおしたが、まぶしいものを見るように、ダグは目を細めた。

「ほんの一瞬だけ、おれは億万長者だった」あのときの光景が、いまでも目に浮かぶ。陳列ケースの上にぶら下がった瞬間のぞくぞくするような感覚が、いまでも鮮やかによみがえってくるのだ。そして、きらめく氷を手にした瞬間。まるで世界を従えたような気分だった。

「それで、どうなったの？」

一瞬にして、美しい幻想が崩れ去る。ダイヤが音をたてて砕け散るような感じだ。「おれたちは脱出にかかった。さっきも言ったとおり、うじ虫のやつは、なめくじみたいに通気孔をぬけられるんだ。こっちがようやく這いだしたときには、あいつはどこかへ姿をくらましたあとだった。あのくそちびは、おれのバッグから宝石を抜きとって逃げやがった。おまけに警察にたれこみの電話まで入れるという念の入れようさ。ホテルに戻ってみると、まわりは警官だらけ。東京でほとぼりをさましたのは、そのときのことさ」

「うじ虫はどうなったの？」

「最後に聞いた噂《うわさ》じゃ、豪華なヨットを買って、水上カジノを経営してるそうだ。いつかきっと……」しばらく想像を楽しんでから、ダグは肩をすくめた。「いずれにせよ、それ以来、人と組むのはやめにしたんだ」

「今回まではね」ホイットニーが訂正する。

ダグはその顔に目をやった。そうだ、いまはマダガスカルにいるのだ。体の芯《しん》から冷たくなるような霧も、ここでは無縁のもの。汗と筋肉痛、それにホイットニーがいるだけだ。

「ああ、今回まではね」

「もしも、お友だちのうじ虫さんを見習おうなんて思ってるとしたら、覚えていてちょうだい。あなたが隠れられる穴なんて、どこにもありませんからね」

「お嬢さん」ダグはホイットニーの顎をつまんで、顔を引きあげた。「おれを信じろよ」

「ご遠慮申しあげるわ」

しばらく二人は黙って歩いた。ダグは、シドニーの一件を一つ一つ思いおこしていた。あの緊張感、冷静な集中力——あれだけの場面で、脈も手の動きも乱れなかった。そして世界をこの手につかんだ興奮。ほんのつかの間の、見果てぬ夢に終わったが。必ずまた手に入れてみせる。ダグはそれだけを心に誓った。

今度はシドニー一つきりじゃない。宝石がぎっしり詰まった宝の箱だ。このヤマに比べれば、シドニーなどクラッカー・ジャックのおまけみたいなものだ。今回は、誰にも宝を渡さない。がにまたの小男にも、ブロンドのお嬢様にも。

これまで、何度も虹をつかみかけては、その虹が消えていくのを指をくわえて見送ってきた。自分のミスや賭《かけ》が外れたせいなら、まだあきらめもつく。だが、愚かにも他人を信じたばっかりにばかを見るのは……。これがダグの弱点だった。盗みはしても、嘘《うそ》はつかない。他人もそうだろうと、なんとなく思いこんでいたのだ。いつも自分のポケットが空っぽなのに気づくまでは。

シドニーね。ホイットニーはひとり考えていた。二流のこそ泥が狙《ねら》える代物じゃない。まして、実際に盗みだすなど、簡単にできることではない。いまの話を聞いて、ホイットニーはいまさらながらに自分の目が正しかったことを確信した。ダグ・ロードは超一流、彼独自の美学を持っている。さらに、もう一つ。ほんとうに宝が見つかれば、間違いなく独り占めしようとするに違いない。この点については、もっとよく考えておかなくては。

考え事をしたまま、ホイットニーは自分の左側を走っていく二人の子供に笑いかけた。たぶん、この子たちの親も農園で働いているのだろう。もしかすると、オーナーかもしれない。いずれにしろ、その生活は素朴なものに違いない。ときとして、簡素なものが魅力的に見えるのはどうしてなのか。ごわついた木綿の服で肩がこすれて痛い。それを思えば、ぜいたくな暮らしにも、いい面はあるのだが。いや、実際、おおいにあると言うべきだろう。

二人は背後から聞こえるエンジン音に、びくっとした。ふりかえると、トラックがのしかからんばかりに近づいている。走って逃げようにも、十メートルと行かないうちにひかれてしまうだろう。ダグは己の迂闊《うかつ》さをののしった。そして、運転手が首をつきだし、二人に声をかけると、またもや己の早とちりをののしるはめになった。

先ほど走りぬけたトラックほど新しくはないが、メリナ族のジープほどいかれてもいない。道路の真ん中でアイドリングしていられるくらいだから、エンジンの調子はいいようだ。荷台には水さしや籠、木の椅子やテーブルと、さまざまな道具が積んである。行商人だ。とっさに判断すると、ホイットニーはめぼしいものがないか物色した。あの鮮やかな色の壺《つぼ》はいくらするのだろう。サボテンのコレクションと一緒にテーブルに飾ったら、映えるかもしれない。

こいつはきっとベチミサラカ族だろう。ダグは、現在地と、男のヨーロッパ風の山高帽から、そう判断した。男は惜しげもなく白い歯を見せてほほ笑むと、二人をトラックのほうへ呼び寄せた。

「今度はいったいなに？」

「どうやらおれたち、拾われたみたいだぜ、望むと望まざるとにかかわらず。ここは一つ、あんたのフランス語とおれの魅力とが通用するかどうか、やってみるしかないな」

「私のフランス語だけでやってみるわ、いいわね」つつましくふるまうことなどすっかり忘れて、ホイットニーはトラックに歩み寄った。帽子の下からのぞきながら、最高の笑顔を向ける。その間にも、頭の中では話をでっちあげていた。

自分と夫とは――この言葉を口にするのは抵抗があったが、この際、背に腹はかえられない――丘の上で農場をやっているのだが、はるばる自分の実家がある海岸へと向かっているところだ。じつは、母が病気なのだと、とっさの思いつきを口にする。男の黒い瞳が探るように自分の顔を眺めまわしているのに、ホイットニーは気づいた。麦わら帽子には不つりあいの青白い肌を疑問に思ったのだろうか。しかし、あくまで堂々と、ペースを乱すことなく事情を説明した。やがて話が終わると、すっかり納得した様子で運転手がドアを示した。自分も海岸へ行くところだから、乗っていけという。

ホイットニーはかがんで、豚を抱きあげた。「いらっしゃい、ダグラスちゃん。新しい運転手が見つかったのよ」

ダグは籠を荷台に固定してから、ホイットニーの隣に乗りこんだ。運というのはどちらにでも転ぶものだと、骨身にしみて知っている。どうやら今回はこっちに運が向いたらしい。

ホイットニーはかよわい子供でも抱くように、豚を膝に抱いた。「いったいなんて話したんだ?」運転手に愛想よく会釈しながら、ダグはきいた。

ホイットニーは車に乗るぜいたくをかみしめながら、深いため息をもらした。「海岸をめざしてるって言ったの。病気のママに会いに行くところだって」

「そいつは、ご同情申しあげるよ」

「危篤ってことになってるから、あまり幸せそうな顔しちゃだめよ」

「でも、おれはあんたのお袋さんには好かれてやしないだろうからなあ」

「そうだとしても関係ないわ。それに、母はただ、私をタッドと結婚させたかっただけなのよ」

ダグは運転手にたばこをさしだしてから、ホイットニーにきいた。「どこのタッドだって?」

ダグが顔をしかめるのを見て、ホイットニーは気をよくしながらスカートの乱れをなおした。「タッド・カーライス四世。やきもち焼かないでね、ダーリン。最後には、あなたを選んだんだから」

「ああ、おれは果報者だよ」ダグがぼそりと言う。「おれたちが土地の人間じゃない点については、どう説明したんだ?」

「私はフランス人。父が船乗りで、ここの海岸に落ち着いたの。あなたは休暇でここを訪れていた教師だった。二人は熱烈な恋に落ち、両親の反対を押しきって結婚した。いままでは丘の上の小さな農場で暮らしている。ところで、あなたはイギリス人ってことになってるから、よろしくね」

ダグはいまの話を反芻《はんすう》してみた。自分がやっても、これ以上うまくはできないだろう。

「よくできた話だ、やるじゃないか。で、おれたちは結婚して何年になるんだ？」

「知らないわ。どうして？」

「いや、熱々のほうがいいのか、そろそろ飽きてくるころなのか、どっちかと思ってね」

ホイットニーは目を細めた。「お尻にまでキスするくらい」

「おいおい、新婚ほやほやだって、公衆の面前でそこまではやらないぜ」

笑いをこらえながら、ホイットニーは目を閉じて豪華なリムジンを想像した。ほどなく、ダグの肩に頭をあずけて眠りに落ちる。その膝の上では子豚がやすらかな寝息をたてていた。

夢の中で、二人はこぢんまりしたエレガントな部屋にいた。キャンドルが部屋を照らし、バニラの香りがほのかに漂う。ホイットニーは、体の線もあらわな、薄い純白のシルクをはおっている。ダグは黒装束に身を固めていた。

その澄んだ緑色の目がにわかに色を増す。ダグの巧みな手がホイットニーの体を滑り、唇が重なった。体がふわふわと宙に浮いている感じだ。足が地につかない。だが、ぴたりと重なったダグの体だけは、あらゆる面から線に至るまで、はっきりと感じることができた。

ほほ笑みながら体を離すと、ダグはシャンパンのボトルをとった。ひどくリアルな夢で、グラスについた水滴まで見えるほどだ。ダグがコルクを抜き、鼓膜の破れそうな音がする。ホイットニーが改めて目を向けると、いつのまにかダグはぎざぎざに割れたボトルを手にしていた。ドアに男の影、そして太陽がきらめいている。

二人は暗い穴の中を這っていた。汗が流れる。狭い通気孔の中を、身をよじって進んでいるのだ。ホイットニーには、なぜかそれがわかった。だが、ここは洞穴に続くトンネルのようでもある。暗く、じめじめして、息がつまりそうだ。

「もうちょっとだ」

ダグが言った。前方にはなにか光るものがある。ダイヤモンドだ。巨大なダイヤがきらきらと光を放っている。一瞬、すさまじい、神々しいばかりの光が暗闇《くらやみ》にとってかわった。しかし、それはすぐに消えうせ、ホイットニーは一人、なにもない丘にとり残されていた。

「ロードのばか野郎!」

「目を覚ませよ、お嬢さん、着いたぞ」

「あんたみたいな、うじ虫」ホイットニーがぼそぼそ言う。

「夫に向かってそういう口をきくもんじゃないぜ」

目を開けると、そこにダグの笑顔があった。「この、ひとでな——」

その言葉をさえぎるように、ダグはホイットニーの口をふさいだ。深く、長いキス。ダグは顔をわずかに離して、ホイットニーを軽くつねった。「おれたちは愛し合ってるはずだろ。親切な運転手が、汚い英語に気づいたらどうするんだ」

まだぼんやりしている。ホイットニーは目を固く閉じてから、またぱっと開いた。「夢を見てたの」

「らしいな。どうも、おれはいい役回りじゃなかったようだが」ダグは座席からとび下りて、荷台の籠をとりに行った。

ホイットニーは頭をすっきりさせようと、首を左右に振り振り、窓の外を眺めた。町だ。どこから見ても小さな町。あたりには魚を思わせる臭いが満ちている。それでも、町には違いない。まるで、四月の朝をパリで迎えたようにわくわくしながら、ホイットニーはトラックからとび下りた。

町とくればホテル、ホテルといえばお風呂に、熱いシャワー、そして正真正銘のベッド。「ダグラス、あなたってほんとうにすてき！」ホイットニーが抱きつくと、二人の間で子豚がサンドイッチになった。

「おい、ホイットニー、おれに豚を押しつけるなよ」

「だって、すてきなんだもの」そうくりかえすと、音をたてて盛大にキスをした。

「ああ、わかったよ」気がつくと、ダグの手はホイットニーのウエストに落ち着いていた。

「だが、ちょっと前は、うじ虫だったんだろ？」

「そのときは、どこにいるかわからなかったのよ」

「いまはわかるのか？　じゃ、教えてくれよ」

「町だわ」豚を抱いて、ホイットニーは踊るようにくるっと回ってみせた。「ひねれば、お湯も水も出る水道に、スプリングのきいたマットレス。ね、ホテルはどこなの？」目の上に手をかざして、遠くを見る格好をしている。

「待てよ、おれは泊まるつもりなんか——」

「あったわ！」勝ち誇ったように、ホイットニーは叫んだ。

こざっぱりと、よけいな飾りのないホテル——というよりは、むしろ宿屋といった趣だ。ここはインド洋を背にした海の男の町。季節ごとに襲ってくる洪水に備えて、海岸べりには高い防潮壁が築いてあった。そこここに網が干してある。椰子《やし》の木が生え、羽目板を這いのぼる蔓《つる》には、大きなオレンジ色の花が咲き乱れている。電柱の上では、かもめが気持よさそうに羽を休めていた。まっすぐ延びた海岸線のために、港は造れなかったらしい。だが、海辺の町にもときおりは旅人が訪れるようだった。

ホイットニーは早くも運転手に礼を言っている。ここに泊まるつもりがないなど、彼女に言うのはあまりに酷だ。ダグはそう考える自分自身に驚いた。当初の計画では、この町で必要なものを補給して、改めて海岸沿いに進む交通手段を考えようと思っていたのだが。

ダグは運転手にほほ笑むホイットニーの顔を見た。一晩くらいなら大丈夫だろう。朝になったら、元気いっぱい出発できる。たとえディミトリが迫っていたとしても、少なくとも数時間は背中に壁がある状態だ。壁を背にして、次の計画を練ろう。ダグは両肩に籠をのせた。

「豚をやって、さよならを言うんだ」

ホイットニーは最後にもう一度運転手に向かってほほ笑むと、道を渡ってきた。足もとの道路は、砕けた貝殻と泥、それにわずかな砂利がまじってできていた。「私たちの初めての子供を行商人にやれですって？　あなた本気なの、ダグラス？　ジプシーに売り渡すようなものだわ」

「笑っちゃうな。かわいくなっちまったんだろう」

「あなただって、おなかで考えるのをやめれば、きっとかわいいと思うようになるわ」

「だけど、いったいどうするつもりなんだ？」

「ちゃんとしたおうちを見つけてあげるわ」

「ホイットニー」ホテルのすぐそばで、ダグは彼女の腕をとった。「そいつはベーコンのかたまりなんだ。ポメラニアンじゃないんだぞ」

「黙って」守るように豚を抱えて、ホイットニーは中に入った。

ホテルの中は、うっとりするほど涼しかった。天井では扇風機がゆっくりと回っている。

ホイットニーは『カサブランカ』に出てくるリックの店を思い出した。壁は白く塗ってある。床は黒っぽい板張りで、傷はあったがよく磨いてあった。さらした繊維で織った敷物がいくつか壁にとめてある。唯一の飾りらしい飾りだった。テーブルには、二、三人の客がいて、分厚いグラスで、なにか濃い金色のものを飲んでいる。ホイットニーは、奥の開け放したドアから、なにか得体の知れない、しかし、おいしそうな匂いが漂ってくるのに気づいた。

「魚のシチューだ」腹をへらしたダグが声をもらした。「ブイヤベースに似てる。あの香りは……ローズマリー」ダグは目を細めた。「それに、ガーリックも少々」

ホイットニーの口にも唾《つば》があふれてきて、思わずのみこんだ。「昼食にぴったりね」

ドアから女性が大きなエプロンで手をぬぐいながら出てきた。もとは白かったはずのエプロンも料理をしたせいで、パレードの旗のように彩られている。その顔には深いしわが刻まれ、手には労働のあとと年輪が刻まれていたが、髪は少女のように派手に丸く編みこんであった。彼女はホイットニーとダグを眺めてから、ちらりと豚に目をやり、早口の、くせのある英語でしゃべった。ダグの変装もこの程度のものだ。

「部屋をお望みかい？」

「ええ」匂いの漂ってくるドアのほうにつとめて目をやらないようにしながら、ホイットニーは女に向かって笑みを浮かべた。

「妻と二人、一晩部屋と風呂を使わせてもらいたいんだ。それから、食事も頼むよ」

「二人分？」女主人は、二人と一匹を見てききなおした。「それとも、三人分かい？」「この子豚ちゃん、途中の道でうろうろしてるのを見つけたの。誰か、世話をしてくれそうなかたはいないかしら？」

豚を品定めするような女の目を見て、ホイットニーは思わず豚を抱きしめた。すると、女がにっこりした。「あたしの孫が世話するよ。六つだけど、責任感は強いんだ」女は腕を伸ばした。ホイットニーはしぶしぶ、しばしのペットに別れを告げた。片方の腕で豚を抱えあげて、女はポケットの中の鍵《かぎ》を捜した。「この部屋が空いてるよ。階段を上がって右側の二つ目のドアだ。まあ、ゆっくりしとくれ」

ホイットニーは女が豚を抱えたまま台所に入っていくのを見送った。

「さあ、さあ、お嬢さん。どの母親も、いずれは子離れするんだ」

彼女は鼻をすすって、階段に向かって歩きだした。「今晩のメニューにのらなきゃいいけど」

部屋は二人が眠った洞穴よりはるかに小さかった。だが、壁には明るい海の絵がかかっていたし、ベッドには細かいパッチワークでできた派手な花柄のカバーがかけてある。風呂は竹のスクリーンで部屋と仕切っただけの場所だった。

「天国だわ」ホイットニーはひととおり見回して結論を出すと、顔を下にしてベッドに倒れこんだ。わずかながら、魚の臭いがする。

「どの程度天国に近いか知らんが」ダグはドアのロックが頑丈なのを確認しながら言った。

「とりあえず、本物にお目にかかるまでは、こんなもんでいいだろう」

「私、まずお風呂に入って、ふやけるまで浸《つ》かってることにするわ」

「ああ、お先にどうぞ」ダグは無造作に籠を床におろした。「おれはまわりを見てくる。どんな足があるか調べてくるよ」

「ゆったりしたメルセデスがいいけど」ため息をつきながら、ホイットニーは両手を枕に頭を置いた。「荷馬車と三本足のポニーで我慢するわ」

「きっと、その中間のものが見つかるさ」冒険だとは思ったが、ダグは封筒をバックパックから出してシャツの背にさっと隠した。「お湯を使いきるなよ、お嬢さん。すぐに戻ってくる」

「ルームサービスを確認していってほしいわ。カナッペが遅れて届かないようにね」ドアがかちりと閉まる音を聞いて、ホイットニーは思いきり体を伸ばした。すぐにも寝てしまいたかったが、いまは風呂のほうがもっといい。

　起きあがって長い木綿の服を脱ぐと、足下で山になった。「もとの所有者にご同情申しあげるわ」ホイットニーはつぶやいた。そして麦わら帽子をフリスビーのように放《ほう》り投げた。髪が陽光のように素肌にぱさりと降りかかる。うきうきしながらお湯の蛇口をめいっぱい開いて、バックパックに隠していたバスオイルとバブルをとりだした。十分後、彼女は香りたつ湯気と泡の中に体を横たえていた。

「まさに極楽」ホイットニーはそう言って目を閉じた。

外では、ダグがすばやく町のチェックをしていた。窓に手工芸品を並べた店がいくつかある。ポーチの手すりにかけたカラフルなハンモック、玄関口に並べた鮫《さめ》の歯。ここの連中は観光客がなんの役にも立たないものを好むと、よくわかっているようだ。波止場に近づくにつれて、魚の臭いがさらに強烈になった。ボートがいくつかある。ダグはほれぼれと眺めた。ぐるぐる巻きのロープがあって、網が干してある。

もし魚を氷詰めにする方法さえわかれば、値段交渉をするところだ。いい腕があれば、たき火で焼いた魚でも奇跡の味が出せる。しかし、いまはまず、海岸沿いに進むことを考えなくてはならない。これをいかにしてやるか。

水上を行くのがもっとも早く行ける合理的な方法なのは、すでにわかっていた。ガイドブックの地図によれば、パンガレン運河経由で行けば、一気にマロアンツェトラまで行ける。そこまで行けば、あとは熱帯雨林の中を行けばいい。

熱帯雨林に入れば少しは安心できる。暑さと湿気はともかく、隠れるところがたくさんあるからだ。運河を通るのがいちばんいい。となると、必要なのはボートと有能なガイドだ。

小さな店を見つけて、ダグは歩いていった。何日も新聞を読んでいない。ホイットニーに訳してもらわなくてはならないが、とにかく新聞を買うことにした。ドアに手をかけた瞬間、ダグは一瞬自分がどこにいるのかわからなくなった。店の中から、確かにパット・ベネターのロックが聞こえてきたのだ。

「〝あたしを撃って！　あんたのいちばんいいとこで！〟」ダグがドアを開けるとパットが挑発した。

カウンターのむこうには、ひょろりと背の高い男が立っていた。彼が高価なポータブルステレオからあふれるビートに合わせて体を動かすと、浅黒い肌が汗で光った。両足を動かしながら、男はカウンターのわきの窓ガラスを磨き、ベネターに合わせて歌詞をがなりたてる。

「〝ファイヤーアウェー！〟」

ほとんど絶叫だ。ダグの背後でドアがばたんと閉まると、男はふりかえった。

「いらっしゃい」明らかにフランス語なまりの英語だ。色あせたTシャツには、ニューヨーク市立大学のロゴがある。彼の笑みは若者らしく、魅力的だった。背にした棚には細々したものやリネン、缶やボトルが並んでいる。ネブラスカの雑貨屋だって、これほどの品ぞろえはないだろう。

「みやげものをお探しですか？」

「ニューヨーク市立大学？」木の床を歩きながらダグはきいた。

「アメリカのかたですね！」敬意を表すように、ベネターのボリュームをおとすと、青年は手をさしのべながらきいてきた。「合衆国からいらしたんですか？」

「ああ、ニューヨークから来た」

そのとたん、青年の顔が花火のように、ぱっと輝いた。「ニューヨークですか！　ぼくの兄も」と、Tシャツをさして言う。「大学に行ってるんです、留学生で。弁護士になるんです。もうばりばりのエリートなんですよ」

思わずダグはほほ笑んだ。手を青年にあずけたまま、ダグは自己紹介した。「ダグ・ロードだ」

「ジャック・ツィラナーナです。アメリカか……」青年はいかにも残念そうに、ダグの手をようやく離した。「ぼくも来年行くつもりです。あの、ソーホーに行くんです。知ってますか？」

「ああ、知ってる」そう口に出して初めて、ダグは自分がソーホーをなつかしんでいることに気づいた。「ソーホーはよく知っている」

「写真を持っています」カウンターの後ろでごそごそして、青年は折りめのついたスナップ写真を引っぱりだした。ジーンズ姿の背の高いがっしりした男が、タワーレコードの前に立っている。

「兄です。レコードを買って、テープに録音してくれるんです。アメリカの音楽をね」ジャックはきっぱりとした口調で言った。「ロックンロール。ベネターはいかがですか?」

「いい声をしてるね」ダグは写真を返しながら同意した。

「ここでなにしてるんですか? せっかく、ソーホーにいられるのに」

ダグは首を振った。彼自身、何度同じ問いをくりかえしたことか。「その、つまり、おれはある女性と海岸まで旅する途中なんだ」

「休暇ですか?」そう言いながら、青年はちらりとダグの身なりを見た。貧しいマダガスカルの農夫のような格好だ。でも、目には鋭い力がある。

「まあ、そんなもんだ」追われて逃げている点を除けば。「運河を行けば、彼女をちょっと喜ばせられると思ってね。眺めもいいだろうし」

「ここは美しい国です」ジャックも同意した。「それで、どこまで?」

「ここなんだ」ダグは地図をポケットから出すと、ルートを指で示した。「ずうっと行って、マロアンツェトラまで」

「そいつはすごい」ジャックはつぶやいた。「一日ですよ。まるまる一日。ところによっては、運河をうまく渡るのは難しい」彼の歯が光った。「鰐《わに》がいますからね」

「彼女なら大丈夫だ」ホイットニーのやわ肌を思い浮かべながら、ダグは保証した。「世の中にはキャンプとか、たき火とか好きな連中がいるだろ。おれたちが必要としているのは、腕のいいガイドと頑丈なボートなんだ」

「支払いは米ドルですか？」

ダグは目を細めた。ほんとうに運が向いてきたようだ。「それも可能だ」

ジャックは親指でシャツの文字をさした。「それなら、ぼくが案内します」

「ボートはあるのか？」

「町でいちばんいいのを持っています。自分で造ったんだ。百ドルありますか？」

ダグは青年の手を見た。しっかりしているし、力もありそうだ。「前金で五十。出発はあしたの朝、八時」

「ご婦人をここへ八時に案内してください。楽しませてあげましょう」

自分のためにどんな準備が進んでいるかも知らずに、ホイットニーは風呂の中でうとうとしていた。温度が下がると、少しずつ熱い湯を加えた。いまの気分を言えば、一晩じゅう風呂に浸かっていてもいいくらいだった。頭を後ろの縁に置くと、濡《ぬ》れた髪が艶《つや》やかに浴槽の外にこぼれた。

「長風呂の世界新記録でも作る気か？」

突然、後ろから聞こえたダグの声に、ホイットニーはとびあがった。その勢いで、お湯がこぼれかかる。「ノックもしないなんて。それにドアにはちゃんと鍵をかけたはずだけど」ホイットニーはダグをなじった。

「ちょっと開けさせてもらったよ」ダグが涼しい顔で言う。「常に練習をしておく必要があるんでね。ときに、湯かげんはどうだい?」答えも待たずに、お湯に指をつっこむ。「うーん、いい匂いだ」ダグはお湯の表面を眺めた。「せっかくのバブルも泡と消えかけてるようだな」

「もって二、三分なのよ。ねえ、いつまでそんなむさ苦しい格好をしているつもり?」

にやっと笑って、ダグはシャツのボタンを外した。「そっちから誘ってくれるとは思わなかったな」

「ついたてのむこうで脱いでね」ほほ笑みながら、ホイットニーは湯の上に爪先を出して眺めた。「もう出るから、今度はあなたが入ればいいわ」

「せっかくのお湯をむだにしちゃ、ばちが当たる」浴槽の両端に手をついて、ダグは言った。「おれたちはパートナーなんだから、お湯も分けあうのが筋ってもんじゃないか?」

「そう思う?」ダグの唇はすぐそこだ。ホイットニーはすっかりくつろいだ気分で、その頰を指でなぞった。「いま、頭の中でなにを考えてたの?」

「ちょっとね」ダグはそっとホイットニーに口づけた。「まだけりのついてないビジネスが残ってると思ってたところさ」

「ビジネス?」ホイットニーは声をたてて笑うと、手をダグの首に回した。「交渉でもしたいわけ?」

衝動に駆られて、ホイットニーはその手をぐいっと引いた。そのとたん、バランスを崩したダグはお湯の中に落ちていた。お湯がまわりにあふれる。女学生のようにはしゃぎながら、ホイットニーはダグの泡だらけの顔を眺めていた。

「ダグラス、最高にすてき」

ホイットニーともつれあいながら、ダグはなんとか沈みそうになる体を支えた。「お嬢さんはゲームがお好きだな」

「だって、ずいぶん暑そうだったし、汗もかいてたでしょ」気前よく石鹸《せっけん》をさしだすと、ダグがシャツの上から塗りつけるのを見て、また笑い声をあげた。

「手伝ってやろう」ホイットニーが避ける間もなく、ダグは石鹸を彼女の喉元からウエストにかけて一気に滑らせた。「そういや、背中を流してやった貸しがあるはずだよな」

ダグの言葉の意味はすぐにぴんときた。だが、ふざけ半分のままにホイットニーは石鹸を受けとった。「だったら、早く——」

突然のノックの音に、二人とも身をこわばらせた。

「じっとしてろ」ダグがささやく。

「わかってるわ」

ダグはすばやく浴槽から上がった。歩くたびに靴の中からお湯があふれ、部屋じゅうが水浸しになっていく。ダグはバックパックの中から銃を出した。ワシントンDC以来、手にするのは初めてだ。できることなら、もう二度と手にしたくない気分だった。

もし、ディミトリがここをかぎつけたのなら、まだまだ詰めが甘い。後ろの窓をちらっと見て、ダグは思った。あそこからとび下りれば、ほんの数秒でこっちはどろんだ。そのとき、竹のついたてが目に入った。冷めかけたお湯の中には、裸のホイットニーがなすすべもなく横たわっているのだ。ダグは悔しさをかみしめながら、窓からの脱出をあきらめた。「くそっ」

「ダグ――」

「しっ」銃を構えながら、ドアのほうへ動く。今度もいい目が出てくれればいいが。「どなた？」

「警察署長のサンビラノです。ご挨拶《あいさつ》に上がりました」

「くそったれ」すばやく周囲を見回し、ダグは急いで銃をズボンの背中に押しこんだ。

「バッジを見せていただけますか、署長さん？」ドアを少しだけ開けて、すきまからバッジと相手を確かめた。お巡りならば、三百メートル先にいたって臭いでわかる。ダグはしぶしぶドアを開けた。「どんなご用で？」

小柄で、丸々と太った男が中へ入ってきた。いかにも西欧を意識している服装だ。「どうもお邪魔をしてしまったようで」

「入浴中だったんですよ」ダグは足もとにたまった水たまりを眺めて、ついたてのむこうからタオルをとった。

「それは失礼いたしました。ミスター……」

「ウォレス、ピーター・ウォレス、私は、この町へいらしたかたには、皆さんにご挨拶申しあげることにしておりまして。なにしろ、お客様などめったにない静かな町ですから」署長はさりげなく上着の裾《すそ》を引っぱった。短く切った爪が、きれいに磨いてある。「ごくまれにですが、旅行者の中には、このあたりの慣習やら法律をよくご存じないかたもおいでになるもので」

「警察には喜んで協力しますよ」ダグは満面に笑みをたたえて言った。「といっても、私たちは明日発《た》つんですが」

「それは残念ですな。お急ぎですか？」

「ピーター……」ついたての陰から、ホイットニーが頭と裸の肩をのぞかせた。「失礼」長いまつげを強調するように、大きく瞬きをする。

それが効果を発揮したのか、署長は帽子をとって頭を下げた。「これは奥様」

「妻のキャシーです。キャシー、こちら署長のサンビラノさんだ」

「はじめまして」

「いや、お美しい」

「こちらから失礼しますわ。なにしろ、こんな格好なものですから……」思わせぶりに言って、にっこりほほ笑む。

「もちろんですとも。こちらこそ、お邪魔して申し訳ありません。もしお困りのことがありましたら、ご遠慮なさらず、なんなりとお声をかけてください」

「ありがとうございます」

ドアに向かう途中で、署長がふりかえった。「ところで、どちらまで、ウォレスさん？」

「いや、行くあてもない気ままな旅です。キャシーもぼくも大学院の学生でして、植物学の研究をしてるんです。そこで、ぜひこちらの国を訪れてみたいということになりまして」

「ピーター、お湯がすっかり冷めてしまったわ」

ダグは後ろをちらっとふりかえって、笑った。「これが、ぼくたちの新婚旅行なんですよ」

「なるほど。それでは、私からもお祝いを申しあげます。どうぞ楽しい午後をおすごしください」

「ええ、それではまた」

ダグはドアを閉めると、扉にもたれて毒づいた。「いけすかない野郎だ」

タオルで体をくるんだホイットニーが、ついたての陰から現れた。「どういうことかしら？」

「こっちがききたいよ。だが、理由はどうあれ、お巡りがかぎまわりだしたら、別のねぐらを探すに限る」

ホイットニーは華やかな柄のベッドカバーを見つめた。「だけど、ダグ……」

「悪いな、あきらめてくれ。さあ、早く服を着るんだ」そう言うが早いか、自分も濡れた服を脱いでいく。「すぐ舟に乗ろう。予定をくりあげるんだ」

「なにか新しい収穫は？」ガラス製のチェスの駒《こま》をひとしきりもてあそぶと、ディミトリはビショップでポーンをとった。

「やつらは海岸へ向かっていると思われます」

「思う？」ディミトリが指を鳴らすと、黒服の男がすぐさまその手にクリスタルのゴブレットをさしだした。

「丘にはそう隠れ場所はないはずです」ディミトリがグラスを口に運ぶのを見て、レモは唾をのんだ。この一週間、夜もろくに寝ていないのだ。「我々が行ったとき、村人が騒いでいました。畑へ出ている間に泥棒が入ったと」

「わかった」申し分のないワインだった。しかし、ディミトリはわざわざ自宅からも所蔵のものを運ばせていた。旅は好きだが、旅先で不便を強いられるのは好まない。「それで、村人からはどの程度の話が聞けたんだ？」

「帽子が二個と洋服、それに籠……」レモが一瞬、口ごもる。

「それから?」ディミトリが気味悪いほどやさしい声でささやいた。

「豚が一匹」

「豚か」ディミトリがくくっと笑う。レモは思わず肩の力をゆるめかけた。「なんとみごとな。ロードを手放したのが惜しくなってきた。ああいう男は使いでがあっただろうにな。レモ、先を続けろ」

「昼近くに、行商のトラックがそれらしい二人連れと豚を乗せるのを、子供が何人か見ています。車は東へ向かったそうです」

ひとしきり長い沈黙が続いた。背中にナイフでも突きつけられないかぎり、レモはびくとも動かないだろう。ディミトリはゴブレットに残るワインをじっと見つめ、やがて口に含んだ。レモの神経がきりきりと音をたてて張りつめていくのが聞こえるようだ。ディミトリはゆっくりと目を上げた。

「それでは、おまえも東へ行け。私はそろそろここを引きはらうつもりだ」チェスの駒を手にとると、その精巧な細工をしばし堪能《たんのう》する。「獲物の行く先は読めた。あとは、おまえが捕まえてくるのを待つだけだ」ディミトリはゴブレットを口もとに運ぶと、ワインの馥郁《ふくいく》たる香りが口の中に広がるのを楽しんだ。「ホテル暮らしも飽きてきた。ここのサービスは申し分ないがね。私が客をもてなすときは、もう少しプライバシーを尊重したいものだ」

ワインを置くと、ディミトリは白のナイトとクイーンをとった。

「そうとも、存分にもてなしてやろう」言うが早いか、手の中の駒を二つとも握りつぶした。砕けたガラスの破片がきらきらと、テーブルの上に落ちていった。

10

「まだ食事もしてないのよ」

「あとで食えばいい」

「いつだってそればかり。それに、どうして毎度毎度、こんなチェックアウトの仕方をしなければならないのか、理解に苦しむわ」ホイットニーは床に目をやり、顔をしかめた。村から拝借してきた洋服が乱雑に積まれている。この五分間の、ダグの行動のすばやさには驚くばかりだ。これほど支度の速い人間は見たことがない。

「ちょっとした用心、てやつを聞いたことがないのかい、お嬢さん?」

「そんなもの、お塩をかけてひと口で食べてやるわ」ホイットニーは窓枠にかかるダグの指先をにらんだ。その指があっという間に視界から消える。ホイットニーはダグが地面にとび下りるのを、息をつめて見守った。

膝が少々がくがくするが、なんとか無事らしい。ダグはすばやくあたりに目を配り、気づかれた様子がないかどうかを確認した。二階からのジャンプを見ていたのは太った猫だけだ。猫は日だまりの中でまどろんでいる。歴戦の勇士らしく、体じゅう傷跡だらけだった。窓を見上げて合図する。「荷物を投げろ」ホイットニーからの豪速球に、ダグは危うく尻もちをつくところだった。「そう力むなよ」おし殺した声で言うと、バックパックをわきに置いて、ダグは窓の下に立った。「いいぞ、あんたの番だ」

「私？」

「残ってるのは、あんただけだろ。早くしろ、受けとめてやるから」

別にダグを疑ったわけじゃない。だが、結局のところ、ホイットニーはダグがとび下りる前に、自分のパックから財布をぬきとるという予防策を講じていた――それもダグの見ている前で。ダグにしてもしっかり例の封筒を、パックからジーンズのポケットに移しかえていた。泥棒の世界の信頼など、しょせん夢物語でしかないのだ。

それにしても、ダグがぶら下がったときに比べて、こうも高く見えるのはなぜだろう。ホイットニーはダグに向かって顔をしかめた。「マカリスター家の人間は、正面玄関からホテルを出るものと決まってるのよ」

「いまは家風について云々《うんぬん》してる暇はないんだ。頼むから誰かに見られないうちに、さっさととび下りてくれよ」

歯をくいしばると、ホイットニーは窓枠に片足をかけた。軽い身のこなしで、だがゆっくりと体をひねり、外へ出る。そのとたん、早くも後悔の念が頭をかすめた。マダガスカルまで来て、宿屋の窓からぶら下がるなんて冗談じゃない。「ダグ……」

「手を離せ」

「できそうにないわ」

「できるさ。自分で下りられないって言うなら、石を投げてやってもいいぜ」

あの男ならやりかねないわね。ホイットニーは目をつぶると、息を止めてとんだ。

ほんの一瞬の出来事だった。気がついたときには、体を支えるダグの手が腰から腋《わき》へと滑っていたが、突然の衝撃に息がつまる。

「わかっただろ?」ダグはそう言いながら、ホイットニーをふわりと地面に下ろした。

「やってみりゃなんてことないのさ。堂に入ったもんだ。あんた、泥棒の素質があるよ」

「それどころじゃないわ」ホイットニーは指先を点検して言った。「爪が一本折れてる。どうしてくれるの」

「そりゃ、お気の毒に」ダグはかがんで荷物を手にとった。「なんなら一発お見舞いして、楽にしてやろうか」

ホイットニーはダグの手から、自分のバックパックをひったくった。「冗談でしょ。爪が一本だけ短いなんてみっともないと、ちょっと思っただけよ」

「ポケットに手をつっこんで歩くんだな」そう言うと、ダグは歩きだした。

「今度はどこへ行くつもり?」

「川下りの手はずを整えてある」ダグはバックパックの紐《ひも》をずらして、うまく背になじむように調節した。「あとは舟のところへ行くだけだ、人目につかないようにな」

表通りを避け、家の裏をぬける。ホイットニーはダグのあとをついていった。「それもこれも、あのちびでぶのお巡りさんが挨拶《あいさつ》に来たせいなの？」

「ちびでぶのお巡りを見ると、いらいらするんだ」

「あの人、とても礼儀正しかったじゃない」

「ああ。ちびでぶで礼儀正しいお巡りは、もっといらいらするぜ」

「宿屋の奥さんにも申し訳ないわ。豚まで引き取ってくれて、親切な人だったのに」

「それがどうした。お嬢様はお代を踏み倒したことなんかないってわけか？」

「当然でしょ」ホイットニーは鼻を鳴らした。ダグから遅れないように、細いわき道を走って渡る。「そんなこと、したいとも思わないわ。さっきの宿にもちゃんと二十ドル、置いてきましたから」

「二十ドルだって！」ダグはホイットニーの腕をつかむと、ジャックの店のわきにある木の陰へ引き寄せた。「なんのためだ？　おれたちはベッドに寝てもいないんだぜ」

「お風呂に入ったでしょ、二人とも」

「勘弁してくれよ、こっちは服を脱ぐ暇もなかったってのに」観念したように、ダグはかたわらの建物を眺めた。古びた、ちっぽけな板張りの店。

ホイットニーはダグが動きだすのを待つ間、ふとなつかしさに駆られて宿屋をふりかえった。改めて不満がこみあげてくる。だが、そのとき、白いパナマ帽の男が通りを渡ってくるのが見えた。なにげなくその姿を追っているうちに、汗が背筋を伝いはじめる。「ダグ」言いようのない不安が喉に絡みつく。「ねえ、あの男、見て」ダグの手を引き、かすかにふりかえる。「ゾマで見かけた男よ、間違いない。タマタブ行きの列車にも乗ってたわ」

「影にもおびえるってやつか」ダグはそう言いながらも、ちらっとふりむいた。

「違うわ」ホイットニーはもう一度、ダグの腕を引っぱった。「見たのよ、二回も。これで三度目よ。なんであの男がここに現れるわけ？」

「ホイットニー……」だが、その男が先ほどの署長に歩み寄るのを見て、ダグは言葉をのみこんだ。列車での大騒ぎのさなかに、あの男は席からとびあがった。読んでいた新聞を落とすほどあわてて。そしておれの目を、まともににらみつけた。埋もれていた記憶が、突然鮮やかによみがえる。偶然か？　ダグはホイットニーを木の陰に引き戻した。おれは、偶然なんか信じない。

「あれもディミトリの手下なの？」

「わからん」

「それ以外、なにがあるって言うの？」

「うるさい、知らないったら知らないんだ」いらだちが語気を荒くする。四方八方から追っ手が迫ってくるのを感じていた。だが、そうとわかっても、はいそうですか、と納得するわけにはいかない。「やつが誰だろうとふりきるまでだ」ジャックの店をふりかえる。「裏口から入ったほうがよさそうだな。中に客がいるかもしれない。できるだけ人には会わないほうがいい」

裏口には鍵《かぎ》がかかっていた。ドアの下にしゃがむと、ダグはペンナイフをとりだして仕事にかかった。鍵が開くまでに五秒とかからなかった。ホイットニーは感心しながら、ナイフをポケットにしまうダグを見つめた。「どうやってやるのか、私にも教えてほしいわ」「あんたみたいなお嬢様に、そんな必要はないだろ。黙ってドアの前に立てば、誰かが開けてくれるさ」ホイットニーがその言葉をかみしめている間に、ダグは裏口からそっと忍びこんだ。

倉庫兼、寝室兼、台所といったところらしい。きれいに整えられた細長い作りつけのベッドのわきには、六本のカセットテープが置いてあった。壁板のむこうから、アップテンポの曲が聞こえてくる。エルトン・ジョンのナンバーのようだ。壁に貼《は》られたポスターの中では、ティナ・ターナーが豊満な肉体をくねらせていた。そのお隣はバドワイザーの広告――例の〝ザ・キング・オブ・ビヤーズ〟というコピーが躍っている。そして、ニューヨーク・ヤンキースのペナントに、夜の闇《やみ》に浮かぶエンパイアステート・ビル。「なんだか二番街に迷いこんだみたいな気分だわ、どうしてかしら?」ホイットニーは奇妙なやすらぎを感じていた。

「兄貴がニューヨーク市立大学へ交換留学中だと」

「どうりで。ところで、誰のお兄さんですって?」

「しっ!」音もたてず、猫のように爪先立ちになると、ダグは店に続くドアへ歩み寄った。かすかに開いたすきまから中の様子をうかがう。

ジャックはカウンターにもたれて、客とおしゃべりの真っ最中だった。細々と、街の噂話《うわさ》に関する情報を交換している。相手は黒い瞳の、やせた女の子で、買い物よりもジャックと話がしたくて来ているらしいのがはた目にもわかる。色とりどりの糸巻をつきながら、楽しそうに笑っている。

「どんな様子?」ホイットニーはダグの腕の下に頭をつきだすと、ドアのすきまから店をのぞいた。「あら、お熱いこと。彼女、あのブラウスをどこで買ったのかしら。あの刺繍《ししゅう》をごらんなさいよ、すてき」

「ファッションショーはまたあとだ」

少女はひとしきり笑っていたが、やがて糸を二巻き買って帰っていった。ダグはもう二センチばかりドアを開けて、ひゅっと口笛を吹いた。だが、その程度の音では、とてもエルトン・ジョンにはたちうちできない。ジャックは相変わらず、腰を揺すりながら歌詞を書きとっている。通りに開け放った窓の外をうかがって、ダグはさらにドアを押し開くと、今度はジャックの名を呼んだ。

糸巻を並べかえていたジャックは、突然降ってきた声に仰天して商品をひっくりかえすところだった。「脅かさないでくださいよ」まだ用心しているダグは口に指を当てて合図すると、ジャックのほうから近づいてくるのを待った。「こんなところでなにしてるんです？」

「予定変更だ」手をつかんで奥に引きずりこむ。ジャックからは男性用香水の匂《にお》いがした。

「いますぐ出発したい」

「いまから？」目を細めて、ジャックはダグの顔を見つめた。おれは、この海辺の小さな村で一生を終わるかもしれないが、ばかじゃない。相手が追われていることぐらい、目を見ればわかる。「なにか、まずいことでも？」

「こんにちは、ジャック」ホイットニーは前へ進みでると、手をさしだした。「ホイットニー・マカリスターよ。連れの失礼は許してね。ダグラスったら私のこと、紹介もしてくれないんだから。いつもこうなの」

ほっそりした白い手をとった瞬間、ジャックはホイットニーに心を奪われていた。こんなに美しい女性は見たことがない。ティナ・ターナーとパット・ベネターとリンダ・ロンシュタットが束になってもかなわないくらいだ。ジャックは言葉を失っていた。

相手の表情には覚えがあった。五番街の、ぴしっと三つ揃《ぞろ》いで決めたエリートには、いくらそんな顔をされてもうんざりするだけだ。それがウェストサイドのトレンディなクラブだと、けっこういい気分にもなれる。ジャックの場合は憎からず感じた。「いきなり押しかけて、ごめんなさいね」

「どうぞ《イッツ》……」使い慣れているはずの英語の言いまわしが、なかなか出てこない。「気に《オー》しない《ケイ》で」

ダグはしびれをきらして、ジャックの肩に手をかけた。「急ぎたいんだ」理由も話さず無関係な若者を引きずりこむのは、フェアプレイの精神に反する。かといって、すべてをうちあけることには、生存本能が首を縦に振らなかった。「署長がやってきたもんでね」

ジャックはやっとの思いでホイットニーから目をそらした。「サンビラノのことですか?」

「そうだ」

「あのまぬけ《アスホール》」ジャックはいかにも得意げに、その言葉を口にした。「あいつのことなら心配には及びません。なんにでも首をつっこみたがるだけですから。詮索《せんさく》好きの婆《ばあ》さんみたいな野郎ですよ」

「そうかもな。だが、おれたちのことを捜してる連中がいるんだ。こっちとしては見つかりたくない」

ジャックは二人の顔を見比べた。旦那のやきもちだろうか。だとしたら、これ以上の色恋沙汰はお呼びじゃない。「我々マダガスカル人は時間にとらわれません。日は昇り、日は沈む。もしいま発《た》ちたいとおっしゃるなら、いま発つことにしましょう」

「そいつは最高だ。ところで、手持ちの品が底を尽きかけているんだが」

「大丈夫。ここで待っててください」

「彼のこと、どうやって見つけたの？」店に戻るジャックを見送ると、ホイットニーはきいた。「いい子じゃないの」

「そうだろうさ、あんたに見とれて目ん玉を丸くしてたものなあ」

「目ん玉を丸く？」ホイットニーは笑って、ベッドの端に腰かけた。「まったく。ダグラス、あなたってそういう変わった言い方をどこで探してくるの？」

「実際、落っこちるんじゃないかと思うくらい、目をむいてたじゃないか」

「ええ」ホイットニーは髪をかきあげた。「確かに」

「すっかり虜《とりこ》にしちまったってわけか」いらいらしながら、ダグは狭い部屋の中を歩きまわった。なにか打つ手はないのか。なにか。トラブルの匂いがする。それもだんだん近づいてくるようだ。「男が自分にでれっとするのが気持いいだけなんだろ」

「そういうあなただって、かわいいマリーがひれ伏して自分の足にキスせんばかりだったのを見たときには、悪い気はしなかったでしょ。尾羽根が二本ある雄鳥みたいに、きどって歩いてたじゃないの」

「彼女は命の恩人だぞ、あれは単なる感謝の印だ」

「というよりは、単なる欲望って感じだったけど」

「欲望？」ダグはホイットニーの目の前で足を止めた。「あの娘はどう見ても十六歳どまりだぜ」

「だから、なおさらたちが悪いっていうのよ」

「確かに、あんたのお相手は二十歳を越えてるだろうさ」

「おやおや」ホイットニーは爪やすりを出して、折れた爪を磨きはじめた。「なんだか妬《や》いてるみたいに聞こえるわ」

「ばか言え」ダグは二つのドアの間を行ったり来たりしている。「おれはあんたにいかれたりしないぜ、公爵夫人。ほかにもっとやることがあるんでな」

ホイットニーはダグに淡い笑みを投げると、エルトン・ジョンに合わせて鼻歌まじりに、爪を磨きつづけた。

そのまま、二人は黙りこんでいた。しばらくすると、ジャックが片手に大きな袋を抱え、もう一方の手にはポータブルステレオを下げて戻ってきた。そしてベッドのわきに置いてあった残りのテープを袋にしまうと、にっこり笑った。「さあ、準備完了です。ロックに合わせて行きましょう」

「早く店じまいして、変に思う者はいないか?」ダグは裏口を開け、すきまから外の様子をうかがう。

「いつ店を閉めようと、誰も気にしやしませんよ」

うなずくと、ダグはドアを開けてジャックを促した。「それじゃ、行こうか」

ジャックの舟は、店から四百メートルとは離れていない川岸につけてあった。こんな形の舟を見るのは初めてだ、とホイットニーは思った。縦に長い。おそらく五メートル近くあるのではないだろうか。それにひきかえ幅は一メートル足らずの、細長い舟。以前、ニューヨーク北部の田舎へサマーキャンプで行ったおり、一度だけ漕《こ》いだことのあるカヌーを思い出していた。あれを引き伸ばせば、だいたいこんな形になるはずだ。ジャックはひらりと舟にとび乗り、荷物を積みこみはじめた。

伝統的なマダガスカルのカヌー、ジャックの頭にはニューヨーク・ヤンキースの帽子、そして足ははだし。なんともおかしなとりあわせだが、二つの世界がみごとに一つになっている。ホイットニーはジャックの姿に、不思議な魅力を感じた。

「いい舟だな」口ではそう言いながら、ダグはどこかにエンジンらしきものはないかと祈っていた。

「ぼくが自分で造ったんですよ」ごく自然な、そして礼儀正しい仕草で、ジャックはホイットニーに手をさしのべた。「あなたはこちらへどうぞ」真ん中の場所を示して言う。「ここがいちばん楽なんです」

「ありがとう、ジャック」

ホイットニーが自分の向かい側に腰を下ろすと、ジャックはダグに長い棹《さお》を手渡した。

「浅瀬はこれで行きますから」自分も別の棹を手にして、ジャックは舟を押しだした。湖を泳ぐ白鳥のように、舟が軽やかに水面を滑っていく。くつろいだ気分を味わいながら、ホイットニーは舟旅の楽しさを思っていた――海の匂い、風にそよぐ葉ずれの音、体に感じる川の穏やかなうねり。そのとき、わずか五、六十センチのところに、気味の悪い顔がのぞいているのに気づいた。

「あれ……」それしか言葉にならない。

「そう、鰐《わに》ですよ」ジャックは棹を操る手を止めずに、くくっと笑った。「ここらへんには鰐がうようよしてるんです、気をつけてくださいね」そう言うと、鰐に向かって息を吐くともどなるともつかない声を投げる。丸い眠たげな目は、それ以上近づこうとはしなかった。ダグがなにも言わずに荷物から銃を出し、ベルトにはさむ。今度ばかりはホイットニーも、異を唱えなかった。

水が深さを増すと、ジャックは棹を櫓《ろ》に持ちかえて、ステレオのスイッチを入れた。いまは古典となったビートルズのナンバーが流れだす。疲れも見せずしなやかに櫓を漕ぎつづける若者に、ホイットニーは感嘆の目を向けた。あれから一時間半、ビートルズの華やかなメロディに合わせて、澄んだテナーで歌いどおしだ。ホイットニーがつられて口ずさむと、ジャックはうれしそうに笑った。

ジャックが店から持ってきたもので、ありあわせの遅い昼食をとる。ココナツに小さな果実、加工した魚。水筒を手渡されたホイットニーは、てっきり水だと思ってぐいっと飲んだが、もう一度改めて口に含むと、今度は口の中でゆっくりと味わった。まずくはないが、水でもない。

「ラヌ・ブラです」ジャックが言う。「旅にはもってこいですよ」

ダグの櫓も軽やかに水を切っている。「鍋《なべ》の底にこびりついた米粒に、水を加えて作るんだ」

ホイットニーは下品にならないよう気をつけながら、口の中の液体を飲みくだした。

「そうなの」少し体をずらして、水筒をダグに回す。

「あなたもニューヨークからいらしたんですか?」

「ええ」ホイットニーは果実をまた一つ、口に放《ほう》りこんだ。「ダグから聞いたんだけど、あなたのお兄様、あちらの大学へいらしてるそうね」

「法学部なんです」Tシャツの胸に輝く文字が、誇らしさに震えんばかりだ。「兄はいずれ大物になりますよ。〈ブルーミングデールズ〉へも行ったことがあるんです」

「ホイットニーはそこに住んでるんだよ」ダグが小声で言う。

ホイットニーはダグを無視して、ジャックとの話を続けた。「アメリカへ来る予定はないの？」

「来年になったら」ジャックは櫓を膝にのせて言った。「兄を訪ねるつもりです。街へ出て、タイムズ・スクエアや〈メイシーズ〉、それに〈マクドナルド〉なんかにも行きたいと思って」

「そのときにはぜひ電話して」ホイットニーは財布から名刺を抜いてさしだした。まるで、イーストサイドの高級レストランで仕事の打ち合わせでもしているような仕草だ。持ち主に似て、その名刺は華奢《きやしや》でなめらかで、高級感が漂っている。「パーティをしましょうよ」

「パーティ？」ジャックの目がぱっと輝く。「ニューヨークのパーティ」磨きぬかれたダンスフロアーと、色とりどりのきらびやかなドレスが脳裏に浮かぶ。頭の中では、早くも華やかな音楽が鳴り響いていた。

「そうよ、やりましょう」

「あらゆる種類のアイスクリームをごちそうになれるぜ」

「意地悪言わないの、ダグラス。パーティには、あなたもちゃんと呼んであげるから」

ジャックはひとしきり空想に浸っていた。想像力を駆使して、パーティの光景を思い描く。兄の手紙には、脚もあらわなドレスに身を包んだ女性たちや、全長がこの舟ほどもある高級車のことが書いてあった。むこうには山ほどもある高層ビルが建ち並んでいるとか。

一度はレストランでビリー・ジョエルと顔を合わせたこともあると、兄は書いていた。ニューヨーク、なんて魅力的なところ。もしかしたら、この人たちならビリー・ジョエルとも知りあいかもしれない。頼めばパーティに呼んでくれるだろうか。ジャックはホイットニーの名刺を慈しむように撫《な》でてから、ようやくポケットにしまった。

「あなたがた、お二人は……」こういう場合、英語ではどう言えばいいのか自信がない。くだけた表現ならともかく、きちんとした言い方は知らないのだ。

「仕事上のパートナーよ」ホイットニーが笑みをたたえて答える。

「ああ、きれいさっぱり仕事だけの間柄さ」ダグは顔をしかめながら、櫓で水を切った。いくら年が若いといっても、生まれたばかりの赤ん坊ではない。ジャックはさらにつっこんできた。「仕事？　どういった関係の？」

「こことうぶんは、旅と穴掘りだな」

ダグの表情に眉を上げたホイットニーは、言葉を補った。「ニューヨークでは、私はインテリア・デザイナーの仕事をしているの。彼は……」

「フリーランサー」ダグがあとを受けた。「人を使うことも使われることもない一匹狼《おおかみ》さ」

「それが最高ですよね」足でリズムをとりながら、ジャックが言う。「子供のころはコーヒー農園で働いてました。あれをやれ、これをやれと、ずいぶんこき使われたもんですよ」頭を振りながら、笑みを浮かべる。「でも、いまはこうして自分の店を持てるようになりました。あれをやれ、これをやれと、人に言うことはあっても、もう誰かに命令されることはありませんから」

流れてくる音楽が故国への思いを誘う。ホイットニーはくすくす笑いながら、背筋を伸ばした。

やがて、カリブ海の夕日を思わせる美しい日没の刻《とき》が訪れた。運河の両側を囲む森がしだいに深くなり、まるでジャングルのごとき様相を呈してくる。細く茶色い葦《あし》が水辺でそよぎ、草深い茂みへと続いていた。ホイットニーは初めて見るフラミンゴの姿に、うっとりと見入った。全身を包むピンクの羽根、いまにも折れそうな細い脚。藪《やぶ》の中では美しいブルーの影が動く。羽根が虹色《にじいろ》に輝き、短くくぎるような鳴き声がひとしきり続く。ジャックがバンケンという鳥だと教えてくれる。ちらっとだけだが、何度かきつね猿の姿もとらえた。

舟はふたたび浅瀬に入り、ときどきは棹に持ちかえなければならなかった。水は川岸の赤土を洗い、水面すれすれに虫が飛んでいく。木立の間から西の空を染める夕日がかいま見え、まるで森全体が燃えたつようだ。こういう原始的なカヌーでの川下りも、テムズ川を平底船で遊覧するよりはずっと魅力的だ、とホイットニーは思った。のんびりできるという点では、どちらもいい勝負だ——ときおり顔を見せる鰐が玉にきずだけれど。

静かに深まる夕闇の中で、ジャックのステレオからは休みなしに音楽が流れていた。コマーシャルなしのヒット・メドレーだと、ちょっとプライドのあるDJなら胸を張りそうなところだわ。ホイットニーは、このまま何時間でも揺られていたいと思っていた。

「そろそろキャンプの準備にかかろう」

夕日から目をそらすと、ホイットニーはダグにほほ笑んだ。とっくの昔にシャツを脱ぎすて、うっすらと汗のにじんだ裸の胸が残照に光っている。「こんなに早く？」

ダグは言いかえしたい思いをこらえた。腕がしびれてゴムみたいだ、掌《てのひら》が焼けつきそうだと、すなおに認めるのは抵抗がある。まして、若いジャックが涼しい顔で櫓を漕ぎつづけているとあってはなおさらだ。相変わらず、ロックに合わせて体を揺らしながら、いっこうにペースの衰える気配もない。このぶんだと真夜中まででも平気で漕ぎつづけていることだろう。

「じきに暗くなる」ダグはそれだけ言った。

「オーケイ」櫓を漕ぐたびに、ジャックのひきしまった筋肉がもりあがる。「それじゃ最高のキャンプ場を探しましょう」はにかんだような笑みを、ホイットニーに向けた。「あなたも休まないと、一日じゅう水の上で疲れたでしょう」

ぶつぶつ言いながら、ダグは舟を岸に向けた。

ジャックは、ホイットニーに荷物を持たせようとしなかった。彼女のバックパックと自分の荷物を担ぎ、ホイットニーの手にはだいじなステレオを委《ゆだ》ねる。真っ赤に染まる木立の中を、三人は一列に並んで奥へと入っていった。姿は見えないが、空に向かって鳥の声がする。葉はみずみずしい緑に輝いていた。ジャックはときどき立ち止まっては、小さな鎌《かま》で草の蔓《つる》や竹を切っていく。森の中にはむせかえるような匂いがたちこめていた。草、水、花——蔓を這《は》わせ、藪の上に顔を出した花々。一箇所に、これほど色とりどりの花が咲いているのを、ホイットニーは見たことがなかった。薄闇の中で、虫の羽音が耳を打つ。すさまじい葉ずれの音とともに、一羽の青鷺《あおさぎ》が飛びたち、運河のほうへと滑るように飛び去っていった。暑く、湿った、鬱蒼《うっそう》たる森は、まさに異国情緒を漂わせていた。

三人は、ブルース・スプリングスティーンの《ボーン・イン・ザ・USA》をBGMに、テントを組み立てた。たき火を起こし、コーヒーもわくころ、ダグは思いがけないものを見つけて、すっかり上機嫌になっていた。ジャックの袋の中にはスパイスの瓶がいくつかと、レモンが二個、そして、ていねいに包まれた魚が入っていたのだ。マルボロも二箱入れてあったが、いまはたばこどころではなかった。

「ようやく」スイートバジルに似た匂いのスパイスを鼻先に掲げて、ダグは言った。「まともな食事にありつける」地べたに座っていようが、蔓草に囲まれていようが、そんなことはかまいはしない。虫に少々くわれるくらい、これから食べる食事を思えばなんでもなかった。これまでキッチンやきらめくシャンデリアの下で食べてきた最高の味を、いまここで再現するのだ。調理器具を並べながら、ダグは腕が鳴るのを感じた。「ダグはけっこうグルメなのよ」ホイットニーはジャックに言った。「だけど、ありあわせの材料でどんなものができるか心配だわ」そのとき、ぷーんといい匂いが漂ってきた。思わず口に唾《つば》がたまる。ホイットニーは魚を焼いているダグをふりかえった。「ダグラス」その名前がなめらかに口をついて出る。「惚《ほ》れなおしちゃうわ」

「ああ」真剣な目をして、手には力が入っている。ダグはみごとに魚をひっくりかえした。

「みんなそう言うよ、かわいこちゃん」

その夜、ごちそうとプラムワイン、それにロックのおかげで、三人はぐっすり眠ることができた。

夜明けから一時間後、海辺の小さな町に黒塗りのセダンが入ってきた。たちまち、まわりに人が集まってくる。いらだたしげに車を降りると、レモは群がる子供たちを押しのけた。幼い者特有の敏感さで、皆が道を開ける。レモは顎をしゃくり、残っている二人の男にも、ついてくるように命じた。

ことさらにめだとうとしたわけではない。たとえ黒塗りの車を騾馬《らば》に替え、ランバに身を包んできたとしても、結局は殺し屋かなにかに見えてしまっただろう。その生きざまが、悪の世界に生きてきた男の臭《にお》いが、レモたちの体全体からにじみ出ていた。

町の人間は、よそ者に対して警戒心が強いとはいえ、もともと気のいい人たちだ。それでも、レモたちのそばへは誰も近づこうとはしない。いくら、こぎれいなスーツや派手なイタリア製の靴で身を飾ってみても、町の人の目をごまかすことはできなかった。島の言葉ではタブーのことを〝ファディ〟と言う。レモと仲間の男たちは、まさにそのファディだったのである。

レモは宿屋に目をつけると、男たちに二手に分かれて裏へ回るように指示し、自分は正面の入口に向かって歩いた。

女主人はまっさらのエプロンをつけていた。テーブルはまだ二つしか埋まっていないが、厨房《ちゆうぼう》からは朝食のいい匂いが漂っていた。女主人はレモを即座に値ぶみすると、空きはないと言って断ろうと、心を決めた。

「人を捜しているんだ」こんな人里離れた島で英語を話す人間がいるとは、はなから期待しちゃいない。レモはすぐさまダグとホイットニーの写真をとりだし、相手の鼻先でひらつかせた。

女主人はちらとも顔色を変えなかった。あの二人はいきなり発ってしまったけれど、部屋にはちゃんと鏡台の上に二十ドル札が置いてあった。それに、あの笑顔を見るかぎり、悪い人間ではなさそうだ。女主人は知らないというように、頭を振った。

レモが札入れから十ドル札を抜いて見せる。しかし、女主人は黙って肩をすくめただけで、写真を返してよこした。孫息子は前の晩、もらった子豚と一緒に一時間も遊んでいた。この男のコロンの匂いに比べれば、あの子豚の臭いのほうがまだましさ。

「おい、ばあさん。この二人がここへ寄ったことはわかってるんだ。いまさら隠すこともないだろう」レモは誘うように、さらにもう一枚、十ドル札を出した。

女主人は無表情のまま、もう一度肩をすくめた。「ここにゃ、いないよ」

英語の正確な発音に、レモは内心驚いた。「この目で確かめさせてもらうぜ」二階への階段を上ろうとしたとき、後ろから声がかかった。

「おはようございます」

警官をかぎわける嗅覚《きゅうかく》にかけては、レモもダグにひけをとらない。四十番街の下町だろうが、馬一頭しかいないようなマダガスカルの町だろうが、お巡りと名のつく者はすぐにわかる。

「私はサンビラノ、この町の警察署長を務めております」かたくるしい挨拶を述べると、署長は手をさしだした。レモの服装のすばらしさに尊敬の念を抱き、頬の傷や冷たい光を宿した目に、ただ者ではないと感じとっていた。財布にうなっている大金も、見逃してはいない。「なにかお力になれるのではと存じまして」

お巡りと取り引きするのは好きではない。どっちへ転ぶかわからない連中だ、とレモは考えていた。ここ一年の間に三回ばかり、ごくふつうの巡査を仲間に引きこんでやった。

簡単に金でなびくやつばかりだ。

だが、この際はそうも言っていられない。ディミトリのもとへ空手で帰ることを思えば、否《いや》も応もないのだ。「妹を捜しているんです」

レモだけは頭がきれるとダグも認めていたとおり、レモはとっさの作り話をでっちあげることにした。

「妹が男とかけおちしたんです。相手はけちなこそ泥なんですが、若い娘のことで、すっかりのぼせてしまって。お察しいただけるでしょうが」

署長がかしこまってうなずく。「よくあることですとも」

「親父《おやじ》がひどく心配しましてね」そう言いながら、金のシガレット・ケースから細いキューバ製の葉巻をとりだす。相手にも一本勧めながら、レモは、署長が葉巻の香りや金の輝きに目を細めているのを見てとった。これならとりいるのは簡単だ。「それではるばるこまで追ってきたわけですが……」わざとそこで言葉を切り、いかにも心を痛める兄のふうを装った。「どんなことをしてでも、妹を連れ帰りたいのです、署長さん。そのためならば、なんだって」

相手がその言葉の真意を理解するのを待って、レモは写真をとりだした。同じ写真だ、と署長は心の中で思った。もう一人の男がこれと同じ写真を出して見せたのは、ついきのうのことではないか。あの男もやはり、父親が娘を捜しているというようなことを言っていた。金を出してもいいと、ほのめかしたところまでそっくりだ。

「父は、力を貸してくださるかたには相応のお礼をさしあげたいと言ってます。妹は一人娘で、おまけに末っ子と申しあげれば、父の心配ぶりもご理解いただけるものと思いますが」レモは、自分の末の妹がどれほど甘やかされていたかを、とりたてて感慨もなく思い出していた。「礼金として、かなりの額を用意しているはずです」

サンビラノは、ホイットニーとダグの写真に目を落とした。突然、町を出ていった新婚夫婦。ちらっと、女主人の顔を見上げた。口をへの字に結んだまま、その顔は〝教えるな〟と言っている。ほかのお客もそれがわかったと見えて、またおとなしく食事を始めた。

レモの話に対しても、きのう聞いたダグの話と同様、たいして心を動かされたわけではない。だが、ホイットニーの面影はいまもくっきりと、脳裏に刻まれていた。「美しいお嬢さんだ」

「そう思ってくださるなら、親父の心中を察してやってください、署長さん。かわいい娘がこんな男と一緒だと知ったときの父親の気持を。あのくず野郎」

最後のひと言にはひどく実感がこもっている。どうやら、写真の男を恨んでいることだけは確かのようだ、と署長は思った。二人の男が出会えばどちらかが死ぬことになるだろう。この町以外のところで死んでさえくれれば、どっちが死のうと知ったことではないが。この際、似たような写真を見せに来た、もう一人のパナマ帽の男のことは、とりたてて言うまでもあるまい。

「兄として」レモは葉巻を口もとに運びながら、ゆったりとした口調で言った。「妹の幸せを願うのは、当然のことですからね。妹の金を使いはたしたり、妹に飽きちまったら、あの男が妹をどうするか。まったく、身の上が案じられてなりません。どんなことでもいいんです、もし力を貸していただけるなら……けっしてご好意を無にするようなことはしないとお約束しますよ、署長さん」

そもそも、この静かで小さな町で、わざわざ法の番人を引き受けたのは、これという志もなかったからだ。額に汗して畑仕事に精を出したり、手にまめを作って漁をするのはまっぴらだった。金はきれいに稼ぎたい。常々そう思っている。署長はレモに写真を渡した。

「ご家族にご同情申しあげます。私にも娘がおりますから。署までご一緒願えるなら、もっと詳しい話をうかがいましょう。必ずやお力になれるものと思います」

男たちの目が暗黙の了解を交わす。互いのおもわくを含んだうえで、あくまでもビジネスとして割り切る、という黙契だ。「感謝します、署長さん。いや、ほんとうに」

ドアをぬけながら、レモは頬の傷に触れた。あと少しだ。じきにダグを血祭りに上げてやる。ようやく緊張の糸もゆるむ思いだった。これでディミトリさんも、喜んでくださるに違いない。きっと。

11

朝のコーヒーを飲みながら、ホイットニーは例の手帳にジャックへの前払い金五十ドルを書き加えた。宝探しも、ずいぶん経費がかさむこと。

ダグはかたわらで、ジャックは星の下で幸せそうに寝入っている。ホイットニーは一人、これまでの出来事をふりかえっていた。こんなにおもしろい旅は初めてだ。ぞくぞくするほど刺激的で、どこか夢を見ているような気がする。おみやげも手に入れたし、異国情緒あふれる食事も楽しんだ、これほど充実した休暇があるだろうか。もし宝が見つからなかったとしても、旅のありのままを本に書こう――巻き添えになって死んでいった、若いウエイターの思い出だけはこの胸にしまったまま。

世の中には、生まれついての純真さを失わない人もいる。生活の苦労を知らずにすむなら、天真爛漫《らんまん》に生きてもいけるだろう。お金次第で、人は純真にもなれれば、皮肉屋にもなるものだから。

自分をふりかえってみると、ある程度、家の財産が後ろ楯《だて》となったことは否めない。しかし、ホイットニーは天真爛漫ではいられなかった。釣銭はきっちり数える。なにも一セントにこだわるわけではない、お金の価値は正しく評価したかったからだ。その力にふりまわされないようにするためにも。それにまた、命の値段にも高い安いがあることを、ホイットニーは悟っていた。

死によって、人の命の重さが推しはかられてしまうのだ。復讐《ふくしゅう》のため、あるいは殺しそのものを楽しむため、なかには金で請け負う殺しもあるだろう。しかし、その値段は一律ではない――一国を動かす政治家の命と、スラム街の麻薬の売人の命を秤《はかり》にかければ、どちらに傾くかはおのずと知れている。たった注射一本のヘロインと同じ価値しかない命もあれば、手の切れそうなスイスフラン何十万枚と引き換えられる命もあるということだ。

ビジネスの世界でも、我が身を削って出世を手に入れようとする者はいる。以前は、過労死などと聞いても、社会が生んだ弊害の一つ程度にしか考えていなかった。遠い世界の出来事としか感じられなかったからだ。しかし、いまのホイットニーには、人の死の重さが身にしみて感じられた。なんの罪もない人間が死んでいった。いや、それどころか、私はこの手で人ひとり殺したかもしれないのだ。この黄金の壺《つぼ》のために、いくつの命が失われ、あるいは金でやりとりされてきたのだろう。

手帳に記された几帳面《きちょうめん》な数字を眺める。何ドル何セント――だが、そこには数では推しはかることのできない重さが秘められているのだ。これまでは、私自身、人生の上っ面しか見ていなかったのかもしれない。その意味では、金に無頓着《むとんちゃく》なほかの金持連中をそしる資格はないだろう。少なくとも、ほんの二、三週間前までは、食べ物や寝るところはあるのがあたり前だと思っていた。日の当たる場所から追いやられ、人生を片隅で生きる人間がいることなど、考えようともしなかった。是非の判断を下すのも、己の立場でしかとらえていなかったように思う。しかし、善悪を見分ける目だけは確かなはずだ。

ダグ・ロードは泥棒かもしれない。これまでも、数えきれないほど悪いことをしてきたに違いない。だが、それはあくまでも社会の基準から見た場合のこと。そんなことはどうでもいい。私にはわかるのだ、ダグは本質的には〝いい人間〟だと。そして、ディミトリこそ魂の底から悪に見入られた人間だということが。単なる感傷ではない、もって生まれた本能と健全な知性とが、私にそう教えている。

寝つけないままに、ホイットニーはとうとうダグに勧められた本を手にとった。ワシントンDCの図書館から無断借用してきた本だが、時間つぶしにはなるだろう。携帯用ライトを片手にページをめくる。何世紀もの間に、行方知れずになった宝石の数々。読み進むうち、ホイットニーはのめりこんでいた。挿絵には、あまり心が動かない。ダイヤもルビーも立体であってこそ意味があるのだ。しかし、宝石にまつわる物語には、考えさせられることも多かった。

マリー・アントワネットの〝首飾り事件〟のくだりを読むうちに、どれほど多くの男女がそのダイヤに翻弄《ほんろう》され、命を落とす結果となったか、ホイットニーにはよくわかった。食欲、物欲、肉欲――そうした感情の激しさなら理解もできるが、恋に命をかけるのは、いかにも浅はかに思われる。

しかし、それが忠誠心ならばどうだろうか？　マグダリーヌの手紙が脳裏によみがえる。文面からは、王妃の死を悼む夫の落胆ぶりがうかがわれた。だが、それ以上に印象的だったのは、〝責務の重さ〟というくだりだ。はたしてジェラールという人物は、忠誠心のためにどれほどの犠牲を強いられたのだろう。王妃から託されたという〝木の箱〟の中身はなんだったのか？　宝石。自らの人生をなげうち、彼はその遺産を守ることに一生をささげたというのか？

それは、金銭的、それとも芸術的、歴史的遺産なのだろうか？　答えが見つからぬまま、ホイットニーは本を閉じた。スミス・ライト夫人の情熱にはついていけなかったが、その生き方を尊敬していた。だが、その彼女も、財宝を歴史的資産としか見なさなかったがために、命を落とすはめになったのだ。夫人の目には、古びた書類も光り輝く宝石も、等しく人類に与えられた財産と映ったのだろう。

何百人もの人々とともに、アントワネットはギロチンという手荒い正義の洗礼を受けた。多くの人々が家を追われ、捕らえられ、虐殺される一方で、通りには飢えた人々があふれていたのだ。理想のため？　違う。理想のために闘わずして死んでいく人間を、私は認めない。そういう人たちは、時代の大きなうねりに巻きこまれ、運命に翻弄されただけなのだ。ギロチンへの階段を上る女性に、ひと握りの宝石がなんの意味を持つというのだろう？

そう考えると、宝を追うこと自体、ばからしく思えてくる。そう、然《しか》るべき名目がなければ。そろそろ、自分にとっての宝探しの意味を考える時期なのかもしれない。

意味を見つけ、ファンという名の若いウェイターのためにも、宝を探しだす。ぐうの音も出ないほど、ディミトリのやつをこけにしてやるわ。

ホイットニーは、決意に満ちたまなざしを夜明けの空に向けた。そうよ、私はうぶなお嬢ちゃんじゃない。正義は必ず勝つ、と信じてはいるけれど――ことに、正義がとても賢明な場合には。

「ライトのバッテリーが切れそうだってときに、いったいなにをしてるんだ？」

ホイットニーはダグにほほ笑むと、小型の電卓と手帳をバッグにしまった。もしも、私が夜通し考えていたのが彼のことだと知ったら、ダグはどう思うだろうか。「ねえ、ダグ」

ホイットニーはやさしくささやいた。「目覚めのコーヒーでもいかが？」

「ああ」やけにご機嫌じゃないか。ダグは体を起こしながら、ホイットニーを怪訝《けげん》な面持ちで見つめた。けさはまたいちだんと美しい。何日か旅を続けるうちには多少はやつれるものと思っていたが、とんでもない話だ。ダグは無精ひげの伸びた顎を撫《な》でた。こっちはこのざまだというのに、お嬢様の晴れやかさはどうだ。透きとおるような金髪が背中で波打ち、日ざしに紅潮した頬が、非のうちどころのない顔だちに華を添えている。まったく、やつれの影さえない。

ダグはコーヒーを受け取ると、ぐっと飲んだ。

「ここ、すてきね」ホイットニーが膝を抱える。

そう言われて、ダグはあたりを見まわした。木の葉からは音もなく、朝露が滴り落ちている。大地は水を含んでしっとりと濡《ぬ》れていた。首に止まった蚊をたたきながら、虫除《よ》けスプレーはいつまでもつか、とふとそんなことを考える。まるでサウナ風呂のように、地面から白い水蒸気が立ちのぼっていた。「サウナが好きなら、おあつらえ向きだな」

ホイットニーは眉を上げた。「ご機嫌ななめみたいね？」

ダグはうめいただけだった。健康美あふれる女性の隣で指も触れずに夜を明かすなど、どう見ても不自然な話だ。健康な男性だったら、いらつくぐらい当然だろう。

「ねえ、考えてもみてよ、ダグラス。もしもマンハッタンにこれだけの土地が遊んでいたら、人が群がって、きっとたいへんだわ」ホイットニーが肩をすくめてみせる。命を吹きかえしたように、あたりには鳥の声が響き渡っていた。灰色の岩にはりついたカメレオンが、ゆっくりとその色に同化していく。花がいっせいに咲き誇り、緑はみずみずしい光をたたえている。すべてが新鮮で輝いていた。「こんなすてきな朝を独り占めできるなんて」

ダグは二杯目のコーヒーをついだ。「あんたみたいな女性は、人ごみのほうが好きかと思ったがね」

「時と場合によるわ。そう、時と場合にね」そう言うと、はっとするような笑みを浮かべる。ダグは一瞬心臓が止まるかと思った。「いまは、ここにこうしてあなたといるのが楽しいの」

熱いコーヒーが舌を焼くことさえ、気づかずにいた。ダグはホイットニーから目をそらすことのできないまま、コーヒーを飲みくだした。女の扱いはお手のものだと思っていた。こっちが強気な態度に出れば、むこうのほうからなびいてくる。かなり若いころから、そうやってきたのだ。それが、ホイットニーをくどく絶好のチャンスを目の前にしながら、気のきいたせりふの一つも言えずにいるとは。「へえ、そうかい？」それだけ言うのが、やっとだった。

ダグの狼狽《ろうばい》ぶりを楽しみながら、ホイットニーはうなずいた。「ええ、今回のことをいろいろ考えてみたの」ダグにもたれて、軽くキスする。「あなたは、どう思ってるの？」一瞬言葉につまるところだが、さすがに長年の経験がものを言った。ダグはすかさず体勢を立てなおすと、ホイットニーの髪に触れた。「そうだな、一度二人で」言いながら、すばやく唇を奪う。「じっくり話しあおう」

唇に触れるか触れないかの軽いキス。ふわっと包みこむような抱擁。ホイットニーはダグのやり方が好きだった。しかし、彼が本気になるとどうなるかは、湖の一件で経験ずみだ。「そうね」

二人は見つめあったまま、小鳥が戯れるようにキスを交わした。互いの体には触れようとせず、試すように、じらすように。どちらも主導権を譲ろうとしない。感情に流されたほうが負けなのだ――恋愛においても、金銭問題においても。たとえゆるくでも、手綱を握っているかぎり、行き先を誤ることはないのだから。

しかし、唇のぬくもりが、二人の理性を奪おうとしていた。頭の中で、優先順位が入れ替わる。髪に触れるダグの手に力がこもり、ホイットニーもダグのシャツを強く握りしめていた。つかの間、時間が止まり、二人は固く身を寄せあった。相手を求める心が二人を駆りたて、欲望がさらなる深みへと誘う。

しかし、ホイットニーたちがためらいも後悔も忘れて情熱に身を委《ゆだ》ねようとしたとき、藪《やぶ》の向こうからはじけるようなシンディ・ローパーの歌声が聞こえてきた。

クッキーの缶に手を突っこんだところを見つかった子供みたいに、二人はぱっと離れた。ジャックの澄んだテナーが、シンディの陽気な声に重なる。ホイットニーとダグは、思わず咳《せき》払いをした。

「お仲間が来たらしいな」ダグはたばこに手を伸ばした。

「そうね」ホイットニーは立ちあがり、スラックスのほこりを払った。露で少し湿っているが、地面のほうは早くも日ざしのせいで乾きはじめている。糸杉の間からさしこむ光を、ホイットニーは仰ぎ見た。「ね、言ったとおりでしょ。こういう場所には人が集まってくるのよ。さて、私は——」いきなりダグに足首をつかまれて、ホイットニーは言葉をのみこんだ。

「ホイットニー」思いがけないことに、ダグの目は真剣だった。足にくいこむ指が痛い。「必ず、このけりはつけるからな」

こんな高飛車な言い方をされる覚えはない。ホイットニーはことさらに冷たい視線を返した。「機会があれば」

「必ずだ」

思わず、ホイットニーの目もとがゆるむ。「ダグラス、私があまのじゃくだってこと、いいかげんわかってもよさそうなものだわ」

「あんたも、おれが欲しいものは必ず手に入れる男だってことを、覚えとくことだ」

ダグの言葉に、ホイットニーの顔から笑みが消えた。「それは、こっちの言うせりふよ」

「ねえ、お二人さん、ココナツを仕入れてきましたよ」ジャックが藪の間から顔を出すと、手にした網を振ってみせた。中の一つを出して、ホイットニーに放《ほう》る。

受けとったホイットニーは思わず笑った。「どなたか、栓抜きをお持ちかしら？」

「大丈夫」ジャックは勢いよくココナツを岩にたたきつけた。カメレオンが音もたてずに逃げていく。にっこり笑って、ジャックは二つに割れたココナツをホイットニーにさしだした。

「おみごと」

「これでラム酒が少々あれば、ピニャ・コラーダのできあがりってわけだ」

ホイットニーは眉を上げて、ダグに実の片方を渡した。「つむじを曲げないで、ダーリン。あなただって椰子《やし》の木くらい登れるって、ちゃんとわかってるわ」

ジャックは笑いながら、小さなナイフで果肉を切りとった。「ほんとは、水曜日に白いものを食べるのは〝ファディ〟――タブーなんですけど」あたり前のように言うジャックを、ホイットニーはまじまじと見つめた。いかにもうしろめたそうに、ココナツを口に放りこむ。「でも、なにも食べないのはもっと悪いことですから」

ヤンキースの帽子に、ニューヨーク市立大学のロゴ入りTシャツ、そしてポータブルステレオ。その姿を見ていると、ついマダガスカル人の、それも由緒正しい部族の一員だということを忘れてしまう。メリナ族の長ルイのときには、いかにもという印象を受けた。だが、ジャックは違う。ブロードウェイや四十二丁目ですれ違う若者と、まるで変わりがないのだ。「あなたって、迷信を信じてるの、ジャック？」

ジャックは肩をすくめた。「悪いことをしたときには、神様や精霊に謝ります。彼らを怒らせてはいけませんから」ズボンの前ポケットから、鎖に通した小さな貝殻を出してみせる。

「ああ、〝ウディ〟だな」黙ってことのなりゆきを眺めていたダグが、口をはさんだ。ダグ自身はお守りなど信じてはいない。運は自分で切り開くものだ。さもなければ、他人の〝運〟を分けてもらえばいい。「一種の魔除けだよ」

ジャックの、いかにもアメリカナイズされた服装や話しぶりと、タブーや精霊に対する信仰心とのギャップにとまどいながら、ホイットニーは貝殻を眺めた。「幸運を運ぶの？」

「身を護《まも》るためですよ、神様がお怒りになったときにね」ジャックは指で貝をこすると、ホイットニーにさしだした。「きょうは、あなたが持っててください」

「そうするわ」ホイットニーは鎖を首にかけた。そう見た目の悪いものでもないし。父もきれいな青に染めた兎《うさぎ》の足を身につけている。あれと似たようなものだろう――でなければ、旅人が聖クリストフォロスのメダルを持ち歩くようなものか。「身を護るために」

「二人とも、文化交流はまたあとにしてくれ。そろそろ出発しよう」ダグは腰を上げながら、ジャックにココナツを投げ返した。

すかさず、ホイットニーがウインクをする。「不作法な人だって、言ったとおりでしょ」

「気にしませんよ」ジャックはそう言うと、今度は後ろのポケットからだいじそうに花をとりだした。

「蘭《らん》ね」真っ白な花が一輪、ホイットニーの前にさしだされる。触れたらいまにも崩れそうな、はかなさが感じられた。「ジャック、すてきだわ」ホイットニーは花に頬ずりして、髪にさした。「ありがとう」お礼にキスをすると、ジャックが唾《つば》をのみこむ音が聞こえた。

「よく似合います」手早く荷物をまとめながら、ジャックは言った。「マダガスカルは花の宝庫です、どんな花でも見つかりますよ」しゃべりながら、カヌーに荷物を積みこんでいく。

「花が欲しけりゃ、ちょっとかがんで引っこ抜けばいいだろ」ダグがぼそりと言う。

ホイットニーは花びらに触れた。「やさしさを解する男性もいれば、鈍感な男もいるってことね」さっさと自分の荷物だけ持ち、ジャックのあとに続く。

「やさしさねえ」残りの荷物を抱えながら、ダグはぼやいた。「狼《おおかみ》の群れに追われているときに、お嬢様はやさしくしろとさ」腹立ちまぎれにたき火を蹴《け》散らす。「おれだって花の一ダースくらい、いつでも摘んでやるさ」ホイットニーの笑い声が聞こえてくる。ダグはちらっと肩ごしにふりかえった。

「まあ、ジャック、すてき」口真似《まね》をすると、鼻を鳴らして銃を手にした。安全装置を確かめ、ベルトにはさむ。「おれだってココナツくらい割れるさ」

たき火にもうひと蹴りくれると、ダグは荷物を抱えてカヌーに向かった。

レモはたき火の跡に、イタリア製の高級靴の爪先をつっこんだ。灰はすでに冷えきっている。真上から照りつける日ざしのせいで、木陰にいてもうだるような暑さだ。スーツの上着を脱ぎ、ネクタイを外す――ディミトリの前ではけっして見せたことのない姿だった。アロウ・ブランドのシャツもすっかり汗にまみれている。ロードとの追いかけっこには、いいかげんうんざりしていた。

「やつらはここで夜明かししたらしいな」ウェイスと呼ばれる男が、額の汗をぬぐいながら言った。長身の、一見銀行員風の容貌《ようぼう》だが、ニューヨークのバーでダグにウィスキーの瓶をたたきつけられ、鼻を折っている。首筋に並んだ虫刺されの跡を、ひどく痒《かゆ》がっていた。「まあ四時間の後れってところか」

「おまえはどう思う、できそこないのアパッチさんよ?」乱暴に灰を蹴散らしてふりむくと、レモはバーンズの顔を眺めた。満月のような丸顔に、しまりのない笑みを浮かべている。「なにがそんなにおかしいんだ、え? このまぬけ野郎」

しかし、バーンズは笑うのをやめなかった。レモがマダガスカル人の署長を料理しろと命じてから、ずっとこの調子だ。すでに仕事を片づけたことは知っていたが、レモほどの経歴を誇る男でさえ、バーンズの仕事ぶりだけは詳しく聞きたいと思わなかった。ディミトリがこの男に目をかけていることは周知の事実だが、ちょうど、自分のもとへ獲物をせっせと運んでくるまぬけな犬がかわいくて仕方ない、というような感じだ。牙《きば》でずたずたに引き裂かれた鶏やねずみ。レモは、ディミトリが、退職しようとする使用人の始末をバーンズに任せていることも知っていた。失業手当などというものは、ディミトリの頭の中には存在しない。

「行くぞ」レモは口早に言った。「日暮れまでには連中を見つけるんだ」

ホイットニーは二つのバックパックの間に、いい気持で横たわっていた。糸杉やユーカリから長く伸びた影が、運河沿いの砂浜や反対側の藪をすっぽり包んでいる。細く茶色い葦《あし》が流れにそよぎ、ときおり舟に驚いた鷺《さぎ》がばたばたと飛びたっては、藪の中へと姿を消した。そこここに花が顔をのぞかせている。赤、オレンジ、淡い黄色と、色とりどりの花が群生しているところもあった。ここでは蘭の花までが、牧草地のひなげしのように、さりげなく自生している。その花びらのまわりを、蝶《ちょう》が、ときには群れをなして飛び交う。

草木の深い緑や茶色く濁った運河の中で、そこだけが燃え立つように鮮やかだった。川岸のあちこちで鰐《わに》が日向《ひなた》ぼっこをしている。カヌーがそばを通り過ぎても、ほとんどの鰐は目もくれない。川面には、芳醇《ほうじゅん》でけだるい匂《にお》いが漂っていた。

ジャックに借りた野球帽を目深にかぶり、ホイットニーは両足を舟の縁にのせて寝そべっていた。手にはジャックが釣竿《つりざお》に仕立てた棹《さお》を持ち、うつらうつらしている。ミシシッピを下るハックルベリー・フィンもきっとこんな気分だったのだろう、とホイットニーは思った。心底のんびりできて、それでいて目をみはるような冒険も楽しめる。こんなすてきな取り合わせがほかにあるだろうか。

「もしも、その安全ピンに食いつく物好きな魚がいたら、どうする気だ？」

ホイットニーはゆっくり伸びをした。「そしたらあなたの膝の上に放ってあげるわ、ダグラス。あなたなら、魚を料理するくらいお手のものでしょ」

「ほんとに上手だな」ジャックは相変わらず力強い動きで櫓《ろ》を漕《こ》ぎつづけている。エール大学の卒業生も形なしのみごとな漕ぎっぷりだ。ティナ・ターナーの歌声に合わせて、軽快なリズムを刻んでいた。「ぼくは料理なんて……」ジャックが頭を振る。「からきしだめだな。結婚するなら、料理の得意な女性を妻にしないと。母さんみたいな」

ホイットニーが帽子の下で鼻をならした。膝に蠅《はえ》が止まっているが、それを払いのけるのも億劫《おっくう》なほどだ。「ここにも一人、胃袋で考える男性がいたわ」

「そう言うなよ、こいつはいいとこついてるぜ。人間にとって、食べるってのはだいじなことさ」

「そこまでいくと、信仰に近いわね。伝統的な手順にのっとって作るんじゃなきゃ、料理じゃないみたいな言い方しちゃって」ホイットニーは帽子のつばをずらして、ジャックの姿を眺めた。若々しくて、陽気な好青年。これだけハンサムでいい体をしていたら、女の子のほうでほっとかないわね。「それじゃあなたは、心と胃袋を同列に扱うわけ？　料理のへたな女の子を好きになったらどうするの？」

ホイットニーの言葉にジャックは考えこんだ。まだ二十歳の若者にとっては、人生同様、恋愛もごく単純な一般論のレベルでしか考えられないのだろう。その無邪気で、気負ったような笑顔に、ホイットニーは思わず笑いを誘われた。「彼女を母さんのところへ連れてって、料理を習わせます」

「ああ、それがいい」ダグは、櫓を漕ぐ手を止めてココナツの果肉を口に放りこんだ。

「そういうあなたは、料理を習おうなんて思ったこともないでしょ？」

たくましい腕で櫓を漕ぎながら、ジャックはまたも考えこんでいる。その様子に笑みを浮かべると、ホイットニーは胸にかけた貝殻を指でなぞった。

「マダガスカルでは妻が食事を作ります」

「その合間に、家事や子供の世話をしたり、畑仕事までするんでしょうね」

ジャックはうなずくと、にやっと笑った。「そのかわり、お金を動かすのも女の役目です」

ホイットニーは、ポケットに入れた財布のふくらみを確かめた。「ええ、それがいちばんね」そう言うと、ダグに向かってにっこりほほ笑んだ。

「あんたはそう言うだろうと思ったよ」ダグはダグで、ズボンのポケットにしっかり例の封筒を隠していた。

「結局、自分にいちばん合った仕事をするのがいいってことよ、単純明快な話だわ」またのんびり寝ころがろうとしたとき、釣糸が引いた。ホイットニーは目を丸くして、あわてて起きあがった。「嘘《うそ》みたい、ほんとにかかるなんて」

「なにがかかったって？」

「魚よ！」釣竿を必死に握りしめたまま、ホイットニーは棹の先が上下するのを見つめた。「かなり大きいみたい」

　間に合わせの釣糸がぴんと張っている。それを見たとたん、ダグの顔に笑みが広がった。

「やったぜ、ちくしょう。いいか、落ち着けよ」膝立ちになったホイットニーに声をかけて、舟を止める。「逃がすなよ、今夜のメインディッシュだからな」

「逃がすもんですか」くいしばった歯の間から、ホイットニーは答えた。だが、実際、次にどうすればいいのかわからない。しばらく魚と格闘してから、ジャックをふりむいた。「どうすればいいの？」

「ゆっくり引きあげて。相手は大物ですからね」櫓をカヌーの中に引き入れると、ジャックは舟を揺らさないよう軽い身のこなしでホイットニーのそばへやってきた。「イェシリーだ。今夜にも食べられますよ。ちょっとあばれるでしょうけど」片手をホイットニーの肩に置き、じっと舷側《げんそく》からのぞきこんでいる。「フライパンに入れられると思っているんですよ」

「がんばれ、ホイットニー、やるんだ」ダグは櫓を後ろに放りだしたまま、盛んに声援を

送った。「早く引きあげろ」そうすりゃ、このおれがきれいにおろして、ソテーにし、ふ

かふかの米のベッドに寝かしてやるぜ。

目もくらむような興奮の中で、ホイットニーは歯の間から舌を出し、夢中で棹を握って

いた。もし、男性群のどちらかが釣竿をとりあげようとしたら、鼻を鳴らして抗議しただ

ろう。腕の筋肉などたまのテニスでしか使ったことはなかったが、なんとか魚を水から引

きあげた。

小刻みに揺れる棹の先で、魚の体が午後の日ざしにきらめく。獲物はごくふつうの鱒《ます》だ

ったが、死に物狂いで躍る体が銀色に輝き、深まりゆく空の青に映えて、その姿はつかの

間、荘厳にさえ見えた。ホイットニーが勝鬨《かちどき》をあげて、勢いよく尻餅《しりもち》をつく。

「ここまできて落とすなよ!」

「大丈夫ですよ」ジャックが手を伸ばして棹を握ると、そっと引き寄せた。魚は風にひら

めく旗のように、前後に体をくねらせている。「ホイットニーさんの獲物です。こんな大

物を、ご自分で釣りあげたんですよ」すばやい動作で針をたぐり寄せ、獲物を外す。「ね、

どうです？　いいことがあるでしょ？」ティナ・ターナーの絞りだすような歌声を背に、

魚を手にしたジャックは、にっこりと笑った。

まさに一瞬の出来事だった。しかし、ホイットニーの目には、その光景がくっきりと焼

きつけられていた。この記憶は死ぬまで薄れはしないだろう。まるで映画でも見るように、

ひとこまひとこま鮮明に思い出すに違いない。たったいま、額に汗を光らせ、誇らしげに笑っていたジャックが、次の瞬間、もんどり打って水に落ちたのだ。まだ、ホイットニーの笑い声の余韻さえ残るなかを。銃声を意識する間もなく、ジャックの姿は舟から消えていた。

「ジャック?」ぼうっとしたまま、ホイットニーは腰を浮かせた。

「頭を下げろ」ホイットニーが息もできないほど、ダグはぴったりとおおいかぶさった。そのままカヌーの揺れが止まるのを待つ。なんとか逃げきるのだ、とダグは祈るような思いで考えていた。

「ダグ?」

「じっとしてるんだ、いいな」だが、その目はホイットニーを見てはいなかった。頭だけをわずかにもたげて、運河の両岸をうかがう。鬱蒼《うっそう》とした藪の中には、たとえ軍隊が隠れていたってわからないだろう。いったい、やつらはどこにいるんだ? ゆっくりと、動きを気どられぬように腰の銃に手を伸ばす。

それを見たホイットニーは、頭を動かしてジャックの姿を捜した。「ジャックは川に落ちたの? あの音はまさか……」ダグの目からすべてを悟ったホイットニーは、頭を抱えた。「嘘よ!」起きあがろうと、必死でもがく。上から押さえつけているダグは危うく銃を落とすところだった。「ジャック! どうして」

「起きあがるな」両膝でがっちりホイットニーをはさみ、ダグはふりしぼるように言った。「もうどうしようもないんだ」それでももがきつづけるホイットニーの腕を、ダグはあざができるほど強く握りしめた。「死んじまったんだよ。水に落ちる前に死んでただろうさ」

大きく見開かれた目に、みるみる涙があふれる。ダグを見あげたホイットニーは、なにも言わずに目を閉じると、じっと動かなくなった。

罪の意識も、悲しみも、あとでたっぷりかみしめてやる。とにかくいまは、いちばんだいじなことに神経を集中するんだ。生き延びることに。

聞こえてくるのはただ、カヌーの横腹を打つ静かな水音だけだった。舟は流れに乗って漂っていく。レモたちはどちらの岸にいるのだろうか。どっちからでも狙《ねら》えたはずだが、わからないのは、どうして舟を撃ち抜かなかったのか、ということだ。カヌーごと沈めちまえば簡単じゃないか。

ということは、生け捕りにしてこいと命令されているわけか。ダグはホイットニーをちらっと見た。固く目を閉じたまま、死んだように動かない。そうか、片方を生け捕りにしてこいとのご命令ってわけだ。

ディミトリが、ホイットニー・マカリスターのような女に食指を動かさないはずはない。彼女のことは、さんざん耳に入っているころだろう。むざむざ殺すには惜しいと考えたところで不思議はない。しばらくの間かわいがって――楽しんだあとは身の代金をふんだくろうって寸法か。だとすれば、連中はカヌーを撃ってはこない。こっちが舟を降りるのを、じっと待つつもりだろう。ダグは肩胛骨《けんこうこつ》の間に汗があふれてくるのを感じた。

「レモ、あんただろ？」ダグは叫んだ。「コロンをぶちまける癖がまだなおらないようだな。どこに隠れても、その臭《にお》いですぐにわかるぜ」一瞬間をおき、かすかな音も聞き逃すまいと、耳を凝らす。「ディミトリは、おれがあんたをきりきり舞いさせてるのを知ってるのか？」ダグはレモを挑発した。

「逃げてるのはおまえのほうだろうが、ロード」

左側だ。どうすればいいかはまだわからない。だが、ともかく反対側の岸に上がらなくては。

「ああ、さすがに少々疲れてきたよ」あらゆる角度から検討を重ねながら、ダグは話しつづけた。銃声に驚き、飛びたっていった鳥たちも静かになり、何羽かは、さえずりはじめている。ホイットニーはさっきから目を開けているが、相変わらずぴくりともしなかった。

「そろそろ取り引きしてもいいころじゃないか。おれとあんたとでだ、レモ。おれが持ってるお宝があれば、あんた、フランス製のコロンでプールをいっぱいにだってできるんだぜ。自分のしまを持ちたいと考えたことはないのか？　レモ、あんたは頭もきれる。いいかげん人に使われる身分とはおさらばしたらどうだ？　いつまで人のために自分の手を汚すつもりだ」

「話をしたいなら、舟を降りろ、ロード。そうしたら、ビジネスの話をしようじゃないか」

「舟を降りたら、その場で脳天に一発くらって終わりだろ、レモさんよ。お互い、あんまり相手を見くびるのはやめにしようぜ」うまくすれば、うまく棹を手にすることさえできれば、舟を向こう岸へつけられるかもしれない。そこで日暮れまで時間を稼げれば、まだチャンスはある。

「取り引きの話を持ちだしたのはそっちだろう、ロード。いったい、なにを考えてるんだ？」

「おれは書類を持ってるんだぜ、レモ」ダグはそっとバックパックの口を開いた。中には弾丸の箱がしまってある。「それに、こっちには毛並みのいいお嬢様も一緒だ。この二つを合わせれば、あんたがいままで見たこともないような大金を手に入れることもできるって話さ」ちらっと、ホイットニーをうかがう。暗く乾いた瞳で、ダグをじっと見つめている。「このお嬢さんのことは、ディミトリからも聞いてるだろう？　マカリスター、あの〈マカリスター・アイスクリーム〉だ。全米一のファッジリップルのおかげで、何百万ドルって金を稼ぎだしてる大富豪のご令嬢さ。娘を無事に返すといえば、親父《おやじ》はいくら出すと思う？」ダグは弾丸の入った箱をポケットに滑りこませた。「ひと芝居打つんだ」銃に弾が装填《そうてん》されたのを確認しながら、ダグはホイットニーにささやいた。「うまくすれば生きてここを出ることができる。おれはこれから、やつにあんたのことを並べたてる。そうしたら、おれにくってかかるんだ。舟を揺すって派手に騒ぎたてろ。そのすきに棹をとれ、いいな?」

表情を変えずに、ホイットニーはうなずいた。

「このお嬢様はたいして肉づきはよくないが、喜んで肌を温めてくれるぜ、レモ。男なら相手は選ばないとさ。おれの言ってる意味がわかるだろ? あんたとおれとで、この儲《もう》け話を分かちあおうって言うんだよ」

「この人でなし」極めつきの金切り声を張りあげて、ホイットニーは腰を浮かせた。敵の視界に入るのは計算にないことだ。ダグはあわてて腕をつかんだが、かまわずその手を払いのける。「あなたみたいに下品な男、見たことないわ」まっすぐに立ち、ダグに向かって叫んだ。「品性のかけらもない。あなたと寝るくらいなら、いっそなめくじとでも寝たほうがましだわ」

傾きかけた日ざしの中で、ホイットニーは神々しいばかりだった。髪をなびかせ、瞳は深い悲しみをたたえて、感情の昂《たかぶ》りを隠そうともしない。レモの目がその姿に釘《くぎ》づけになっていることは、想像に難くない。「棹をとれ。そう真剣になるなよ」ダグはささやいた。

「私に向かって、よくもそんな口がきけるわね、うじ虫の分際で」ホイットニーは棹をつかんで、頭の上に振りかぶった。

「よし、その調子……」ダグは思わず言葉をのみこんだ。ホイットニーの表情、あれは復讐に燃える女の目じゃないか。反射的に手を上げる。「おい、ちょっと待て」言うと同時に、棹が振りおろされた。身をかわしたダグの目に、ウェイスが小さないかだからカヌーへと乗り移ってくるのが見えた。そのままいけば、捕まっていただろう。しかし、ホイットニーがバランスを崩し、反対側から落ちかけたせいで、舟が大きく傾いた。「ばか、座ってろ」言い終わらぬうちに、ダグとウェイスの取っ組み合いが始まった。

ホイットニーの一撃はウェイスの肩をとらえ、その手から銃をたたき落としたまではよかったが、ダメージを与えるよりも、むしろ怒りに火をそそぐ結果となった。肩の痛みが、ダグに鼻の骨を砕かれたときの記憶を呼びさましてしまったのだ。ホイットニーは棹を振りあげ、もう一発お見舞いしてやろうとしたが、ダグがウェイスの上にのしかかっていて思うにまかせない。カヌーは大きく揺れて、どんどん水が入ってくる。一瞬、運河を流されていくジャックの遺体が目に入ったが、ホイットニーは思いを振りはらった。いまはただ、生きるために戦うことだけを考えるのだ。「お願いよ、一発決めさせて」威勢よく叫んだが、舟の激しい揺れに後ろへよろめいた。

岸では、レモがバーンズを押しのけていた。「ロードはおれが殺《や》ると言ったはずだ。覚えとけ、この野郎」銃をとりだし、狙いをつけて機会を待つ。

まるでゲームを見ているようだ。そんな錯覚にとらわれかけて、ホイットニーは頭を振った。少々育ちすぎた少年が二人、舟の上でレスリングをしている。どちらかがひと言〝まいった〟と言えば、とたんに服のほこりを払って次の遊びを始めるような気がしてならない。

ホイットニーはもう一度立ちあがろうとしたが、危うく水に落ちるところだった。ダグは銃を手にしてはいるが、どう見ても二十キロは体重差のありそうな大男が相手だ。なんとか膝立ちになると、ホイットニーは改めて棹を握りしめた。「じゃまよ、ダグ、あなたが上にのってたんじゃ、そいつを殴れないでしょ。どいて！」

「了解」ダグは首に絡みつくウェイスの手を引きはがしにかかった。「一分待ってくれ」その瞬間、顎に一発くらって、ダグはのけぞった。口の中で血の味がする。

「てめえは、おれの鼻を折りやがった」ダグを引きずり倒して、ウェイスが言った。

「あのときの野郎か」

二人は立ちあがると、足を踏んばった。ウェイスがダグの銃を持つ手をねじあげ、銃口をダグの顔にむける。「ああ。今度はおれが、てめえの鼻を吹っとばしてやる」

「まあ、そう熱くなるなよ」左肩に鋭い痛みが走る。銃口が顔からそれたのだと気づいたのは、しばらくたってからのことだった。

全身から汗が噴きだす。ウェイスに引き金を引かせまいと、ダグは必死でもみあっていた。相手の笑い顔が目に映る。これがこの世の見おさめか、と我が身の運命を呪《のろ》ったとたん、ウェイスがはっとしたように目を見開き、その口から鋭いあえぎがもれた。ホイットニーの鋭い一撃が、みごとに相手のみぞおちに決まったのだ。

体勢を立てなおそうと、ウェイスがダグの体にしがみつく。次の瞬間、その体が大きくのけぞった。皮肉にも、レモが岸から撃った弾を、ダグの楯となって受けたのだ。驚きの表情を浮かべたまま、ウェイスがカヌーのわきへ落ちる。水に石を投げこむような衝撃。気づいたとき、ホイットニーは水を飲んでいた。

パニックに襲われ、むせながら、夢中で水の上に顔を出す。

「これにつかまれ」ダグは転覆したカヌーの横腹にしがみついたまま、バックパックをホイットニーのほうへ押しやった。二発の弾丸が頭のすぐわきを通りぬけて、水面に突き刺さる。「くそったれ」早くも鰐がウェイスの死体に近づいていく。肉が裂け、骨の砕ける音に、ダグは胸が悪くなった。死に物狂いでバックパックの紐《ひも》をつかむ。もう一つのバックパックは、すでに手の届かないところへ流されていた。「急げ！」ダグはまた叫んだ。「早く逃げろ、岸に上がるんだ」

ダグ同様、ウェイスの死体がどうなったかを見ていたホイットニーは、やみくもに泳いだ。運河の茶色い水がそこだけ、鈍い朱に染まっている。気づいたときには二匹目の鰐が、すぐそばまで迫っていた。「ダグ！」

ダグはふりむきざま、大きく開けたワニの口めがけて弾を五発撃ちこんだ。鰐はそのまま朱の海に沈んでいったが、血の臭いをかぎつけた鰐たちは次々に集まってきた。とても全部は仕留められないと知りつつ、弾の入った箱を手探りする。ダグは決死の覚悟で、迫ってくる鰐とホイットニーとの間に立ちはだかった。牙のくいこむ衝撃と痛みを待ち構える。緊張に、くいしばった歯の間から思わずうめき声がもれる。しかし、鰐が一メートル足らずのところまで迫ったとき、突然その頭が吹きとび、ダグが反応する間もなく、続けざまに三匹の鰐がまわりを血で染めながら水の中に沈んでいった。

レモが撃ったんじゃない。あれは、ずっと南のほうから飛んできた弾だ。おれたちには守護神《ゴッドマザー》でもついているのか。それとも、ほかにもおれたちのあとを追っている者がいるのだろうか。そのとき、ダグの目はなにかの動きをとらえた。白いパナマ帽の影だ。ふりむいてホイットニーを見たときも、その男のことが脳裏にひっかかっていた。「来いよ、ぐずぐずするな」腕をつかんで、岸へと引っぱりあげる。ホイットニーは後ろも見ずに、必死で水辺を駆け上がった。

その体を半ば引きずるようにして岸辺の葦をのりこえ、ダグは奥の薮へと逃げこんだ。痛みに耐え、あえぎながら、ぶつかるように木の幹にもたれる。

「こっちはまだ例の書類を持ってるんだぞ、まぬけ野郎!」むこう岸に向かって叫ぶ。「ここに持ってるんだ。欲しけりゃ、川を泳いで渡ってきたらどうだ?」

しばらく目をつぶったまま、呼吸がもとに戻るのを待つ。かたわらで、ホイットニーが運河の水を吐きだす音が聞こえた。

「書類はおれが持ってると、ディミトリに伝えろ。また一つ、借りが増えたとな」口の端の血をぬぐい、唾を吐く。「わかったか、レモ？　おれには一つ、借りがある。まだ、返しそびれている借りがな」激しい痛みに、ダグはウェイスとの戦いで傷ついた肩を撫でた。濡れた服は体にはりつき、血にまみれている。そのうえ泥の臭いがした。二、三メートル先の運河では、鰐たちがウェイスの死体をむさぼるように食べている。まだ手にしたままの銃はすでに弾を使いはたしていた。ゆっくりと弾をとりだし、再度装填する。「これでよし。さあ、ホイットニー……」

ホイットニーは頭を膝の間に埋め、背を丸めてうずくまっていた。声一つもらさないが、ダグにはすぐに泣いているのだとわかった。とほうにくれて、濡れた髪をかきあげる。

「おい、泣くなよ」

ホイットニーは黙ったまま、動こうとしない。ダグは手の中の銃を見つめていたが、やがて乱暴にベルトに押しこんだ。

「さあ、来るんだ、お嬢さん。ぐずぐずしている暇はないんだ」そう言うと、肩をつかんで立たせようとしたが、ホイットニーは身を引いた。ぽろぽろと涙が頬を伝う。だが、ダグを見上げる目は怒りに燃えていた。

「さわらないで。あなた一人で行けばいいでしょ、ロード。自分の蒔《ま》いた種じゃないの。

動け、走れ、それぱっかり。命より大切な封筒を抱えて、さっさと消えちゃえばいいわ。ほら」ホイットニーは、濡れてはりついたスラックスのポケットから、力まかせに財布を引き抜いた。「これも持っていきなさいよ。あなたに用があるのは、このお金だけでしょ」あふれる涙をぬぐおうともせず、ダグをじっと見つめている。「もう二、三百ドルしか現金はないけど、まだカードがあるわ。みんな、あげるわよ」

ずっとこうなるのを待っていたはずだ。金、宝、そして相棒はなし。宝を目の前にして身軽になれるのだ。足手まといがいなくなれば旅も楽だし、宝だって独り占めできる。まさに、思うつぼじゃないか。しかし、ダグは財布をホイットニーの膝に放ると、その手をとった。「さあ、行こう」

「あなたとなんか行かない。一人で黄金の壺を探せばいいわ、ダグラス」喉もとまでこみあげる吐き気をなんとか押し戻す。「一生遊んで暮らせるか、金貨の数でも計算することね」

「あんたを一人、置いてくわけにはいかない」

「どうしてよ?」ホイットニーはくってかかった。「ジャックのことは平気で見捨てたくせに」川をふりかえる肩が激しく震えだす。「ジャックと私と、どこが違うっていうの?」

ダグがホイットニーの両肩をつかんだ。思わず声がもれるほどのすごい力だ。「ジャックは死んでいた。どうすることもできなかったんだ」

「私たちが殺したのよ」

その思いはダグ自身にもあった。ホイットニーの肩をつかむ手に力が入ったのは、そのせいかもしれない。「違う。これ以上、重荷を背負うのはたくさんだ。ジャックを殺したのはディミトリなんだ。やつにとっては、壁に止まった蠅をたたき落としたようなものだろう。やつはジャックの名前さえ知らずに、殺した。人ひとり殺すくらい、なんとも思わない野郎さ。汗をかくことも、気分が悪くなることもない。ましてや、次は自分の番かもしれないと、恐れることさえない人間なんだ」

「あなたはどうなの？」

ダグは一瞬、体をこわばらせた。濡れた髪から雫《しずく》だけが滴り落ちる。「おれは死ぬのが怖いよ」

「まだ若かったのに」ダグのシャツをつかんで、ホイットニーはしゃくりあげた。「ニューヨークへ行くことだけを、あんなに楽しみにしてたのよ。なのに、もうその夢もかなわないなんて」また涙があふれだす。今度は泣き声をこらえようともしなかった。「もうどこへも行けないのよ。それもみな、あの封筒のせいだわ。あれのために、いったい何人死んだと思うの？」ホイットニーは、ジャックがくれたお守りの貝殻に触れた――身を護り、幸運をもたらす、一族に伝わるお守り。目がずきずきするほど泣いてもなお、心の痛みは癒《い》えなかった。「その書類のせいで、ジャックは死んだのよ。そんなものがあることさえ知らずに」

「おれたちの手で宝を探しだすんだ」ダグはホイットニーにつめよった。「この勝負、負けるわけにはいかない」

「それほど大切なこと？」

「理由が聞きたいか？」ダグがホイットニーを引き寄せる。その目は険しく、息は荒かった。「聞きたけりゃ、腐るほど並べてやるよ。宝のために何人もの人間が死んだからだ。ディミトリの野郎がこいつを狙っているからだ。いいか、ホイットニー、この勝負は絶対に勝つ。ディミトリに負けるわけにはいかないんだ。いまここで負けたら、それこそジャックは犬死にしたことになっちまう。もう金だけの問題じゃない、いや、初めからそうじゃなかった。わかるだろ？　これは勝つための戦いなんだ。なにがなんでも勝って、ディミトリのやつにひと泡吹かせてやる」

ダグに抱き寄せられたホイットニーは、相手のなすがままに任せた。「勝つための戦い……」

「勝つことをあきらめたら、もう死んだも同じなのさ」

その気持は、ホイットニーにもわかった。私だって、むざむざ死にたくはない。「ジャックは〝ファマディハナ〟をやってもらえないのね」ぽつりとつぶやく。「あの子の魂を慰めるお祭りはないのよ」

「おれたちがやればいい」ホイットニーの髪を撫でるダグの脳裏に、魚を手にしたジャックの顔がよみがえる。「最高にニューヨークらしいパーティをやってやろうぜ」

ダグのうなじに顔を押しあて、ホイットニーはうなずいた。「ディミトリの思いどおりにはさせないわ、ダグ。宝は渡さない。思い知らせてやる」

「ああ、たっぷり悔しがらせてやろうぜ」ホイットニーから体を離すと、ダグは立ちあがった。ダグのバックパックは流され、もうテントも調理器具もない。かわりにホイットニーのバックパックをとって、背負った。濡れて、疲れきった二人の体に、悲しみが追い討ちをかける。ダグは手をさしのべた。「さあ、けつを動かすんだ、お嬢さん」

ホイットニーは力なく立ちあがり、財布をポケットにしまった。体裁も気にせず、鼻をすする。「よけいなお世話よ、ロード」

黄昏《たそがれ》の中、二人はふたたび北をめざして歩きはじめた。

12

なんとか窮地は脱したものの、レモが血眼になって追ってくるのは目に見えている。二人は息つく間もなく歩きつづけた。やがて日が沈み、森はほのかな残照に包まれた。画家や詩人ならば、この微妙な時刻を存分に堪能《たんのう》するのだろう。しかし、あたりに夕靄《もや》がたちこめ、空が薄墨色に変わってもなお、二人は足を止めなかった。急速に闇《やみ》が深まり、さえざえとした満月が夜空を彩る。満天の星が、いにしえの宝石のごとく輝いていた。

月明かりが森をおとぎ話の世界に変える。月の動きとともに、大地に落ちる影も移っていった。動物はおろか花までが、花弁を閉じて息をひそめ、まるで眠りの時を知っているかのようだ。羽ばたきと葉ずれの音が静寂を破り、茂みの奥で鳴き声があがる。二人はただ、黙々と歩いていた。

ホイットニーは疲れきっていた。欲も得もなく、その場にうずくまってしまいたい。だが、そのたびにジャックを思っては、歯をくいしばって歩きつづけた。

「ディミトリのことを話して」

ダグは足を止め、磁石を出して方角を確かめた。ホイットニーは胸の貝殻をさわっている。歩いている間じゅう、おりにふれてそうしているのを知っていたが、あえてやさしい言葉をのみこんだ。「もう話したはずだ」

「ほんのさわりだけでしょ。もっと詳しく聞かせて」

その口調から、ダグにはホイットニーの気持が読めた。ディミトリに復讐《ふくしゅう》するつもりなのか。危険な感情だ。復讐心は人の心を惑わせる——ときには、己の身すら危うくしてしまう。「おれの言うことをまともに聞いてりゃ、それ以上知りたいとは思わないはずだが」

「そう思うのは、あなたの間違いだわ」息はきれていたが、ホイットニーは落ち着いた声で言いきると、額の汗を手の甲でぬぐった。「私たちのディミトリ氏について、話してちょうだい」

もうどれほど歩いたのか、何時間歩いたのかすらわからない。いまのおれにわかっているのは、たった二つだけ——レモを引き離したことと、そして自分たちに休息が必要だということだけだ。「ここでキャンプをしよう。干し草の山に身を隠すのさ」

「干し草の山ねえ」ホイットニーはほっとして、やわらかい土に腰を下ろした。もしも脚に口があれば、うれしさにさめざめと泣くところだろう。

「この森が干し草の山で、おれたちはその中にまぎれこんだ針ってわけだ。ここじゃ、ほかに利用できそうなものもないだろ」

ホイットニーはバックパックの中から、化粧品と下着、すっかり汚れて破れた服を引っぱりだした。ほかに残っているのは、アンタナナリボで買った果物だけだ。「残された食料はマンゴーが二つに、熟しきったバナナ一本だけ」

「こいつをウォルドーフ・サラダだと思うことだ」そう言うと、ダグはマンゴーを一つとった。

「わかったわ」ホイットニーはダグにならい、両脚を伸ばした。「ディミトリのこと、聞かせて」

話をそらそうと思ったのだが、相手がホイットニーでは、しょせんむだなあがきらしい。

「あの『スター・ウォーズ』に出てくるジャバ・ザ・ハットが、イタリア製のスーツを着たようなものさ」マンゴーをかじりながら、ダグは言った。「ディミトリの前では、暴君ネロでさえ聖歌隊の坊やみたいなもんさ。やつが好きなのは、詩とポルノ映画」

「ずいぶん幅広い趣味だこと」

「ああ。骨董《こっとう》品を集めるのも趣味の一つで、とりわけ中世の拷問道具には目がない。〝親指締め〟くらいは知ってるだろ」

ホイットニーは右の親指がうずくのを感じた。「お美しい話ね」

「実際、ディミトリの美にかける情熱はすさまじいものがある。やわ肌の、きれいな女がやつのお好みで、女房は二人ともはっとするような美人だった」ダグはホイットニーをしげしげと眺めた。「あんたならきっと、やつのお眼鏡にかなうだろうな」

ホイットニーは、身震いしそうになるのをこらえた。「それじゃ、結婚してるのね」

「二回結婚して、二度とも悲劇的な妻の死で終わりを告げた。そろそろ、やつの趣味がわかってきただろ」

ホイットニーは考えこみながら、マンゴーをかじった。「どうして、彼はこれほど……成功したのかしら」ほかにふさわしい言葉を思いつかない。

「頭がきれるのと、人間ばなれした冷淡さのおかげかな。相手の爪の間に針を刺しながら、チョーサーを引用するって話も聞いてる」

いきなり食欲が失《う》せていく。「それがディミトリの美学なわけ？　詩と拷問が？」

「ただ殺すだけじゃ、あきたらないのさ。儀式にのっとり、厳かに処刑をとり行う。それがディミトリのやり方なんだ。一流のスタジオまで用意して、拷問の始めから終わりまで、生贄《いけにえ》の哀れな最期を逐一録画してるらしい」

「なんてこと」すべてはダグの作り話だと思いたい。ホイットニーはすがるような目を向けた。「いまの話、あなたが作ったってことはなくて？」

「おれもそこまで想像力は豊かじゃないさ。やつのおふくろは学校の教師だったそうだ。ディミトリにも少なからぬ影響を与えた人物らしい」果汁が顎を滴り落ちる。ダグは無意

いで、そのおふくろに小指をたたき切られたって話だ。おおかた、バイロンかなにかだろう
識に手でぬぐうと、話を続けた。「噂《うわさ》によれば、ディミトリは詩を暗誦《あんしょう》できなかったせ
が」

「その女が……」マンゴーが喉につまる。ホイットニーは無理やりのみくだそうとした。

「母親が、詩を暗誦できなかったくらいで、我が子の指を切り落としたっていうの？」

「通説じゃ、そういうことになってる。きっと信心深い女で、詩と神学とをごっちゃにしてたのさ。息子がバイロンをきちんと引用できないのは、神に対する冒涜《ぼうとく》だとでも思いこんでたんだろ」

一瞬、ホイットニーは、ディミトリに対する恐怖も、失われた命の恨みも忘れかけた。いたいけな少年の姿が脳裏に浮かんだのだ。「恐ろしい女。そんな母親は、子供から引き離すべきだったのよ」

ホイットニーに復讐心を捨ててほしいとは思ったが、それが同情にすり替わるのも困りものだ。同情も復讐心に負けず劣らず、人の目を曇らせる危険をはらんでいる。「ディミトリもそう考えたようだ。家を出て、自分の……仕事を始めたとき、やつは家に火を放ったんだ。自分のおふくろが住んでるアパートを丸ごと、黒焦げにしちまった」

「実の母親を殺したの？」

「おふくろと、無関係の人間を二、三十人、あの世へ送ってる。ディミトリにとっては、

なんの恨みもない人間ばかりだ。たまたまその場にいあわせたのが、身の不運ってわけさ」

「恨み、快楽、そして欲のため」ホイットニーはつぶやいた。薄れかけた死の記憶がよみがえる。

「そいつを一つにしたのが、ディミトリという人間なのさ。もしも魂ってやつがあるとしたら、ディミトリのはきっと真っ黒で、そこらじゅう腫《は》れものだらけだろうよ」

「もしも魂があるとしたら」ホイットニーは同じ言葉をくりかえした。「ディミトリの魂を地獄へ送ってやりましょう」

ダグは笑わなかった。そうするにはあまりにも、ホイットニーの口調が冷静だったからだ。明るい月の光が照らしだす、青白く、疲れのにじんだ顔を、ダグはまじまじと見つめた。彼女は本気だ。こうなったら、おれが楯《たて》になるしかない。直接手を下したわけではないにしろ、おれのせいで罪のない人間がもう二人も死んでいるのだ。ホイットニーだけは、この手で守らなければ。こんな気持になるのも、ダグ・ロードにとっては初めてのことだった。

「なあ、お嬢さん」ダグはホイットニーの隣に並んだ。「おれたちがまずしなけりゃならないのは、生き延びることだ。二番目は、宝にたどりつくこと。それができれば、ディミトリへの仕返しも充分したことになる」

「それだけじゃ足りないわ」

「あんたはまだわかっちゃいない。いいか、よく聞けよ。すきを見てひと蹴《け》りしたら、すぐに退く。それが、この世界で生きてくための鉄則なんだ」だが、ホイットニーは耳を貸そうともしない。ダグはしぶしぶ切り札を出すことにした。「あんたにも、そろそろ例の書類を見せるときがきたようだな」顔を見るまでもなく、ホイットニーの驚きがわかる。自分にもたれる肩の動きから、心の変化が感じられた。

「あらまあ、それじゃ、お祝いのシャンパンを抜かなくちゃ」

「小生意気な口をきくと、気が変わるかもしれないぞ」ホイットニーの笑顔にほっとしながら、ダグはポケットに手を伸ばした。うやうやしく、例の封筒をささげ持つ。「だいじな、だいじな宝の鍵《かぎ》さ。おれはこいつを使って、いままで一度も開けたことのない錠を破ってみせる」中の書類を引き抜くと、ダグは一枚一枚ていねいにしわを伸ばした。「前の手紙同様、大半はフランス語で書かれたものだが、かなりの部分はもう翻訳ずみなんだ」一瞬ためらってから、樹脂加工を施した紙をホイットニーに手渡した。「署名を見てみろよ」

黄ばんだ紙に目を走らせたホイットニーは、思わず声をあげた。「まあ、これっ！」

「だろ、値打ち物だぜ。投獄される二、三日前に出した手紙らしい。これが翻訳だ」

しかし、ホイットニーはもう原文を読みはじめていた。悲運の王妃、マリー・アントワネットの直筆。

「〝レオポルトも私を見捨てました〟」

「神聖ローマ皇帝レオポルト二世、マリーの兄だ」

ホイットニーは目を上げて、ダグを見た。「もう下調べはすんでるってわけね」

「なにごとにつけても、事実は正確に把握する主義なんでね。フランス革命のことは徹底的に調べたよ。マリーは裏で画策して、なんとか自分の地位を守ろうとしたが、結局果たせなかった。この手紙を書いたころには、自分の命運も尽きかけていることを、悟っていたはずだ」

ホイットニーはうなずくと、手紙に目を戻した。

「〝彼は兄である前に、皇帝であったのです。兄の手にもすがれないとわかったいま、私にはもはや寄る辺もありません。ヴァレンヌから連れ戻されたおりの屈辱は、とても語り尽くせるものではありません。一国の王たる者が従者に身をやつし、この私も……。耐えがたい恥辱です。その姿のまま囚《とら》われの、文字どおり囚われの身となり、罪人の護送さながらにパリへと連れ戻されたのです。恐ろしいほどの沈黙でした。私たちはまだ息をしておりましたけれども、あれはまさしく私たちの葬列だったのです。議会は、国王の身柄を押さえたと言ってはばからず、一方的に憲法の改正を行いました。この企てこそ、破滅へ至る最初の兆しだったのです。

国王は、レオポルトとプロイセンの国王が介入してくるものと、信じておられたようです。王は代理人のル・トネリーにも、かえってそのほうがよいと、おもらしになりました。ジェラール、私たちは戦争が国内の暴動の火種を消してくれることを願っております。ジロンド党はその無能をさらし、悪魔のごときロベスピエールにつき従う者たちを恐れるばかりです。形の上でこそ、オーストリアに宣戦を布告いたしましたが、私たちの真意がそこになかったことは、おわかりいただけるものと思います。昨春の軍事的敗北は、ジロンド党に戦争を指揮する能力のないことを世に知らしめました。

そして、いまや裁判が取り沙汰《ざた》されております――あなた方の王が裁かれようとしているのです。親愛なるジェラール、私は国王の命を、私たち一家の行く末を案じております。どうか、あなたの忠節と友情だけを頼みとする私に力を貸してください。囚われの身となったいま、ただ信じて待つことが定めと心得ております。ジェラール、どうか使いの者に託したものを受けとってください。そして、守ってください。すべてが虚《むな》しく崩れ去っていくなか、いまの私には、あなたの愛と忠節におすがりするよりほかないのです。これまで何度となく裏切られてきました。けれども、その裏切りを逆手にとることも、ときには可能と知りました。

このささやかな品は、王妃である私自身のもの。それをあなたの手に委《ゆだ》ねます。私の子供たちの命を救うために、これが必要となるときもくるかもしれません。たとえいまは平民たちが勝利を得たとしても、やがては失脚するときが訪れましょう。ジェラール・ルブラン、どうか私の託したものを、子供たちのために守ってください。いずれ、私たちが然《しか》るべき地位に返り咲く日もくるでしょう。どうか、その日を信じていまを耐えてください〟」

ホイットニーは書き連ねられた文字を見つめた。自らの描いた筋書きによって、やがて死を迎える頑迷な女性。だが、そこには女として、母としての、そして王妃としての顔がしのばれる。

「このわずか数カ月後に、死んでいくのよね」ホイットニーはつぶやいた。「本人はそれをわかってたのかしら」そのときふと、あることに気づいた。本来ならばこの手紙自体、スミソニアン博物館の一画に、きちんと陳列されていて然るべきものではないか。スミス・ライト夫人も、そう考えたに違いない。だからこそ、貴重な書類をホイッティカーのような人物の手に託すという愚かな過ちを犯したのだろう。いまはもう二人とも、この世の人ではないけれど。「ダグ、この手紙がどれほど価値のあるものか、わかってるの？」

「そいつをこれから確かめるのさ」

「ちょっとお金のことは忘れなさい。私が言ってるのは文化的、歴史的価値のことよ」

「宝さえ手に入れたら、船いっぱいだって文化を買ってやるさ」

「世間がどう思おうと、文化はお金じゃ買えない。ダグ、これは博物館に納めるべきだわ」

「用がすんだら、一枚残らず寄贈してやるよ。少しでも税金を安くしてもらいたいからな」

ホイットニーはあきれたように頭を振ると、肩をすくめた。優先順位のとおりに、ことを運ぶしかないらしい。「ほかには、どんな資料があるの？」

「日記の一部だが、ジェラールの娘が書いたもののようだ」ダグはすでに翻訳されたものを見ていたが、読んでいて胸が痛くなった。黙って、一ページをホイットニーにさしだす。

日付は一七九三年十月十七日。幼さの残る文字でつづられた恐怖ととまどいは、時を超えてホイットニーの胸を打った。その少女は、王妃の処刑を目のあたりにしたのだ。

「〝王妃様のお顔は青ざめ、やつれはてて、ひどくお年を召したように見えた。あの人たちは、王妃様をまるで売春婦のように、馬車で刑場へと引きたてていった。断頭台の階段を上られるときも、王妃様は少しも臆《おく》するところをお見せにならない。お母様は、あのかたは最期まで王妃だったとおっしゃった。まわりには人があふれ、商人が物を売るさまは、まるで市を見るよう。あたりには、獣じみた臭《にお》いが漂い、それにひかれてたくさんの蠅《はえ》が群がっていた。ほかにも、多くのかたがたが羊のように馬車に引かれて、刑場へと向かうのをこの目にした。その中には、マドモアゼル・フォンテンブローのお姿もあった。去年の冬にはうちの広間で、お母様とご一緒にケーキを食べていらしたのに。

ギロチンの刃が王妃様の首をはねたとたん、民衆の間からは歓声がわきおこり、お父様は泣いておられた。お父様のそんな姿を見るのは初めてのこと、私はお手を握りしめたま
ま、ただ立っていることしかできなかった。お父様の涙に胸が震えた。刑場へ向かう馬車を見たときよりも、王妃様のお姿を見たときよりも、もっと恐ろしい。お父様までが泣かれるなんて、私たちはこれからどうなるのでしょう？　その夜、私たち一家はパリを離れた。きっと、パリへは二度と戻れないでしょう。庭を見下ろす私の部屋へも。お母様は、金とサファイアの美しい首飾りをお売りになった。これから長い旅に出るのだと、皆、勇気を持たねばならないと、お父様は言われる〟」

ページをめくると、日付は三カ月後になっていた。

「〝ずっと死ぬような苦しみを味わっている。船の揺れはひどく、不潔な船室から漂う耐えがたい悪臭に悩まされている。お父様もずっとおかげんが悪く、一時はこのまま亡くなられたらどうしようかと、本気で案じたほど。お父様の熱が高いときには、お母様は神に祈り、私はベッドのかたわらでお父様の手を握ってさしあげるだけ。あの幸せだった日々も、遠いことのように思われる。お母様はおやせになり、お父様の美しい髪に、日ましに白いものが増えていく。

お父様は病床で、私に小さな木の箱を持ってくるように言われた。見たところなんの変哲もない、農家の娘がささやかな装身具をしまっておくような箱。けれど、お父様はこれ

を、王妃様が自分を信じて託されたものだ、と言われた。いつか必ずフランスへと戻り、王妃様の名の下に、これを新しい国王へお返しするのだと。私は具合が悪く疲れていたので、横になりたいと思ったけれど、お父様は、お母様と私に、自分と同じ誓いを立てるようにと言われ、私たちの誓いがすむと初めて、箱を開けられた。

中には、すばらしい宝石が納めてあった。王妃様がつけていらしたのを見たものもある。髪を高く結いあげられ、笑みを浮かべられたお顔は輝くようだった。こんな粗末な木の箱に、王妃様の胸を飾ったエメラルドの首飾りが入っているとは。ろうそくの明かりを受けて、ほかの宝石までも明々と照らしだしているようだった。真紅のルビーをダイヤで囲んだ指輪は、星のきらめきのよう。首飾りと対になったエメラルドの腕輪もある。

けれど、それにも増して驚いたのは、ダイヤの首飾りを見たときだ。あまりの美しさに、目もくらむばかり。いくつものダイヤが連なりながら、その一つ一つが息づいている。中には、いままで見たこともないほどの大粒のダイヤもあった。この首飾りをめぐるロアン枢機卿《すうきけい》の事件のことを、お母様から聞いた覚えがある。お父様は、枢機卿はだまされ、王妃様は利用されたのだ、と話しておられた。たしか首飾り自体も行方がわからなくなっていたはず。王妃様はご自分の手でそれを取り戻されたのだろうか〟」

日記を置くホイットニーの手は心なしか震えていた。

「〝首飾り事件〟のことね。ダイヤの首飾りはばらばらにされて、売られたものと思われていたはずでしょ」

「思われていた」ダグはくりかえした。「だが、枢機卿は追放され、首謀者と目されたド・ラ・モット伯爵夫人は逮捕されて、裁判で有罪となった。その後、彼女はイギリスに亡命したが、逃げるときに例の首飾りを持っていたという記述は、一度も目にしたことがない」

「そうね」ホイットニーは改めて日記を見つめた。これ一つとっても、博物館の館長には垂涎《すいぜん》の的だろう。「あの首飾りは、フランス革命のきっかけともなったものなのよ」

「当時としてもかなりの値打ち物だったんだ」ダグはホイットニーに別の書類を渡した。

「いまならどのくらいの値がつくか、計算してくれよ」

値のつけようもない、とホイットニーは思った。しかし、そう言ったところで、ダグに真意は伝わるまい。渡された書類は王妃がジェラールに託した宝石類のリストで、事細かに記されていた。宝石の描写と価値も付されている。本の挿絵同様、文字のられつを見ても、べつだん心は騒がない。とはいえ、中で一つだけ、異彩を放つものがあった。その価値百万リーブル以上とされたダイヤの首飾り。これならダグにもよくわかるだろう。ホイットニーは書類をわきへ置くと、ふたたび日記を手にとった。

さらに数カ月が流れて、ジェラールの一家はマダガスカル北端の海沿いに落ち着いたらしい。

「〝フランスが、パリが恋しい。自分の部屋が、庭がなつかしくてならない。お母様は、不満を口にしてはいけないと言われ、ときおり、浜辺への散歩に誘ってくださる。空を鳥が舞い、浜辺で貝を探すのはいちばん楽しいひととき。お母様も明るいお顔を見せてくださる。でも、ふと遠い目をして海の彼方《かなた》を見ておられるのは、きっと、お母様もパリをなつかしんでらっしゃるのに違いない。

海からの風に乗って船がやってくるたび、遠い祖国の死の噂が聞こえてくる。恐怖政治。商人たちの話では、何千という人々が囚われ、その多くがギロチンにかけられたとか。ほかにも絞首刑になった人や、火あぶりになった人までいるという。商人たちは〝公安委員会〟のことも話していたが、お父様は公安どころか、彼らのせいでパリの治安は脅かされるのだ、と話しておられた。誰かがロベスピエールの名を出そうものなら、きまって口をつぐんでしまわれる。パリをなつかしむ気持に変わりはないけれど、この様子では二度と祖国の土を踏むこともないだろうということが、少しずつわかってきた。

お父様は一生懸命働いておられる。お店を開き、ほかの居留者たちとの取り引きを始められた。お母様と私は庭作りを始めた。育てているのは野菜ばかりだけれど。うるさい蠅には手を焼いている。ここには召使いもいないので、自分たちの力でやるしかない。それはそれで楽しいことでもあるが、心配なのはお母様の体だ。おなかに子を宿しておられるので、このごろはすぐに疲れてしまわれるようだ。赤ちゃんの生まれる日が待ち遠しい。

いつかこの手に我が子を抱く日もくるのかと、考えている。いまの私たちには、よぶんなろうそくを買う余裕はないけれど、夜なべをして赤ちゃんのものを縫っている。お父様はゆりかごを作っておられるところだ。キッチンの床下に隠した小さな木の箱のことは、誰も口にしない〟」

ホイットニーは日記をわきに置いた。

「この人、いくつだったのかしら？」

「十五歳だよ」ダグはもう一枚の樹脂加工をした紙に触れた。「これが彼女の出生証明書と、両親の結婚証明書」そう言いながら、ホイットニーの手に渡す。「それから、死亡証明書だ。この娘は十六で死んでる」ダグは最後のページをとりあげた。「この部分が、すべてを教えてくれる」

「〝息子よ〟」ホイットニーは読みはじめ、怪訝《けげん》な目をダグに向けた。「〝私が作ったゆりかごで安らかに眠る我が子よ、おまえがいま着ている小さなブルーの産着は、母と姉とが縫ったものだ。二人の魂は、天に召されようとしている。母はおまえをこの世に産みだすために力を使いはたし、姉は突然の高熱のために、医者も手のほどこしようがなかったのだ。先日、おまえの姉が認《したた》めていた日記を見つけ、読みながら、私は泣いた。いつか、おまえが大きくなったら、この日記もその手に委ねよう。私はこれまで祖国と王妃様のために、そして家族のために、己の信じる道を貫いてきたつもりだ。このような遠い異国の地にやってきたのも、愛する者たちを恐怖政治から救おうと思ってのことだった。しかし、いまの私にはもう生きていくだけの気力がない。父のかわりに教会のシスターたちが、おまえの世話をしてくださるだろう。おまえに遺《のこ》してやれるものといえば、家族の証《あかし》と姉の日記、そして母の愛だけだ。だが、そのほかに、おまえに託さねばならないものがある。それは、私が王妃様から命じられた責務のことだ。おまえが成人したおりには、この木箱をおまえに渡してほしい旨、手紙にしたためシスターに預けようと思っている。おまえは、この責務と、父が王妃様に対し立てた誓いを引きつぐのだ。いまは私とともに埋葬されるだろうが、いつかその手でこれを掘りだし、大義のために戦ってほしい。ときが来たら、どうか私の墓に参り、マリーを見つけだしてくれ。おまえが、父と同じ過ちを犯すことのないよう、陰ながら祈っている〟この人、自殺したのね」ホイットニーはため息まじりに、手紙を置いた。「家を失い、家族を失い、結局、自分の心までなくしてしまったんだわ」

政争のために故国を追われ、見知らぬ異郷で、なんとか新たな生活になじもうと、もがき苦しむ貴族たちの姿が目に見えるようだ。王妃との約束のために生き、そして死んでいったジェラール。「それから、どうなったの?」

「おれが調べたかぎりでは、この赤ん坊は修道院に引き取られている」ダグは数枚の書類をぱらぱらとめくった。「その後、養子縁組をして、義父母と一緒にイギリスへ移住したんだ。結局、親父《おやじ》が遺した書類はしまいこまれて、スミス・ライト夫人が見つけだすまで、日の目も見ずじまいだったようだ」

「それじゃ、王妃の箱は？」

「まだ土の中ってわけだ」ダグはそう言うと、彼方をにらんだ。「ディエゴスアレスにある墓の中さ。あとは、そいつを見つけだすだけだ」

「そのあとは？」

「一生優雅な暮らしができる」

ホイットニーは膝の書類に目を落とした。この中には、いくつもの散っていった命や夢、希望、そして忠誠心があるのだ。「言うことはそれだけ？」

「ほかになにがある？」

「この人は王妃と約束したのよ」

「その王妃は、とっくの昔に死んでるんだぜ。現在のフランスは民主国家さ。いまさらおれたちが、王政復活のためにこの宝を使います、とがんばったところで、誰も支持する人間はいないと思うね」

ホイットニーは言いかえそうとしたが、もう議論をする気力は残っていなかった。時間をかけて、じっくり考えてみる必要がありそうだ。そのあとで、自分なりの結論を出せばいい。いずれにせよ、宝を見つけるのが先決だ。ダグは勝つためだ、と言った。それならば、勝利のあとで、道義的な問題を論じるとしよう。「それじゃ、あなたはお墓を捜しあてる自信があるわけね。墓地に踏みこんで、王妃の宝を掘りかえそうってわけ」

「そのとおり」

ダグのはっとするような笑顔に、思わず心がぐらつく。「もう掘りだされたあとかもしれないわ」

「いやいや」ダグは頭を振って、腰を上げた。「日記にも出てきたルビーの指輪のことだが、図書館からいただいた本の中に、まるまる一章さいてそのことが書いてあったよ。あの指輪は何百年もの間、フランス王家に代々受け継がれてきたものらしい。そいつが行方不明になった――フランス革命のときにね。箱の中身が出まわったとすれば、たとえそれが闇のルートだったにしろ、おれの耳に届かないわけがない。宝は手つかずのままさ、ホイットニー。暗い土の中でおれたちが来るのを待っているんだ」

「もっともらしい話だこと」

「もっともらしいもなにも、ほんとうの話さ。現にこうして、おれは書類を手に入れたんだ」

「私たちは、ね」訂正して、木にもたれる。「あとは、約二百年前のお墓を捜しだすだけ」

目を閉じたとたん、ホイットニーは眠りに落ちていた。

目が覚めたのは空腹のせいだった。生まれて初めて味わう、深く激しい飢餓感。うめき声をもらしながら寝返りをうつと、鼻先にダグの顔があった。

「おはよう」

ホイットニーは舌なめずりした。「クロワッサン一個のために、人を殺しかねない気分だわ」

「メキシコ風オムレツ」ダグは目を閉じて、料理を思い描いた。「こんがりきつね色に焼くんだ、玉ねぎと胡椒《こしょう》だけを振りこんで」

ホイットニーも熱々のオムレツを思い浮かべてみたが、想像だけではおなかはふくらまない。「茶色くなってるけど、バナナが一本残ってるわ」

「ここらじゃ、セルフサービスになってるんだ」ダグは起きあがり、顔を両手でこすった。すっかり夜が明け、強い日ざしに朝靄はすでに影も形もない。森はふたたび活気を取り戻し、朝の匂《にお》いと喧噪《けんそう》に包まれていた。姿は見えないが、頭の上では鳥がさえずっている。

ダグは木を仰ぎ見た。「ここなら果物には不自由しないはずだ。きつね猿の肉がどんな味かは知らないが――」

「だめよ」

ダグはにやっとして、腰を上げた。「ちらっと思っただけさ。新鮮なフルーツサラダで、軽めの朝食はいかがかな？」

「おいしそうね」背のびをしたとき、肩からランバが滑り落ちた。布を拾いあげながら、昨夜、ダグがかけてくれたのだと気づく。さんざんたいへんな目にあったあとだというのに、まだ私をびっくりさせるようなことをするのね。しなやかな絹でも扱うような手つきで、ホイットニーはていねいにランバをたたみ、バックパックにしまった。

「あんたはそこの果物をとってくれよ。おれはココナツをとってくる」

ホイットニーは枝に手を伸ばした。「なんだか発育不良のバナナみたい」

「ポーポーだよ」

三つばかりもいで、顔をしかめる。「まあ、しなびたりんご一個とでも交換する気にならないってとこかしら。目先がちょっと変わってはいるけれど」

「せっかく朝食にお連れしたのに、お嬢様は文句を言われる」

「せめてブラディ・マリーくらいは買ってほしいわね」言いかけてふりむくと、ダグが椰《や》子《し》の木を登っていくのが見えた。「ダグラス」用心しいしい近寄っていく。「自分がなにやってるかわかってるの？」

「唐変木に登ってるとこさ」また一歩よじ登りながら、ダグが答える。

「そこから落っこちて、首の骨でも折ろうっていうんじゃないでしょうね。私、一人で旅するなんてごめんだわ」

「本質的には」ダグがふりしぼるように言った。「三階の窓によじ登るのと、大差はない」

「煉瓦《れんが》づくりの建物なら、手足をすり傷だらけにすることもないでしょ」

手を伸ばして、ダグはココナツをもいだ。「下がってろよ、そっちを狙《ねら》うかもしれないぜ」

口をへの字にして、ホイットニーは後ろに下がった。一つ、また一つ、全部で三個のココナツが足下に降ってきた。一個を手にとり、木の幹に何度もたたきつけて殻を割る。

「おみごとね」地面に飛び下りたダグに、ホイットニーは言った。「一度、あなたの仕事ぶりを見せてもらいたいと思ってたの」

ダグはココナツを受けとり、腰を下ろした。ポケットナイフを出して、果肉を切りとる。その姿に、ふとジャックの面影が重なる。ホイットニーはいまも首から下げたままの貝殻に触れ、悲しみを心の奥に押し戻した。

「ふつう、あんたのような立場の人間は、おれたちみたいな稼業の人間に対して、そう……寛大にはなれないもんだが」ダグは言葉を選んで言った。

「私、資本主義経済の下では、経済活動は自由であるべきだと考えてるの」ホイットニーは、ダグの隣に腰を下ろした。「それに、抑制と均衡の問題でもあるわね」ココナツを口に頬ばったまま答える。

「抑制と均衡？」

「そうね、あなたが私のエメラルドのイヤリングを盗んだとしましょう」

「よく覚えとくよ」

「あくまでも、たとえ話として聞いて」

　顔にかかる髪をかきあげたとき、ホイットニーはまだ髪をとかしてもいないことに気づいた。色気より食い気になっちゃったわ。そう思いながら、ブラシを捜す。

「まず、保険会社はしぶしぶお金を支払うわよね。こっちは何年も、目のとびでるような掛け金を払ってきたんだから。ところで、私はそのイヤリングを一度もつけたことがなかった。派手すぎていやだったから。でも、あなたが質入れすれば、今度はそれを気に入った人が買っていく。私は私で、保険会社から下りたお金で、もっと自分の趣味に合うものを買いなおせるわけ。長い目で見れば、みんなが幸せになれるんだもの、言ってみれば公共事業みたいなもんだわ」

　ダグはまたココナツをそいで、口に含んだ。「自分の仕事をそんなふうに考えたことはなかったな」

「もちろん、保険会社だけは喜ばないでしょうけどね」ホイットニーはつけ加えた。「それに、中には絶対に手放したくない宝石や、代々伝わる銀食器みたいなものもあるはずよ。どんなに飾りたてるのが趣味だろうと、本人にとっては大切な場合もあるだろうし。盗み必ずしも善行ならず、ってこと」

「だろうな」

「でも個人的には、コンピューター犯罪や横領、脱税みたいな企業犯罪よりも、そのものずばりの泥棒のほうが評価できるわね。詐欺まがいの株のブローカーなんかより、よっぽどましょ」ココナッツの試食をしながら、ホイットニーは話を続けた。「かよわいお婆《ばあ》ちゃんをかもにして、自分だけさんざんうまい汁を吸ったあげく、用済みになったら裸で放《ほう》りだす。そんな卑劣なこと、すりの技や〝シドニー・ダイヤモンド〟を盗むのと同レベルでは語れないわ」

「シドニーの話はやめてくれ」

「あれもいつかはめぐりめぐって、また……」話を中断して、マンゴーを捜す。「だけど、泥棒に職業としての将来性はあまり感じないわね。趣味としてはおもしろいけど、仕事としてはおのずと限界があるもの」

「ああ、おれも足を洗おうと思ってるんだ、引退の花道を飾れるときが来たらな」

「アメリカへ戻ったら、まずなにをするつもり？」

「シルクのシャツを買って、カフスにおれのイニシャルを入れる。そいつに合うイタリア製のスーツをそろえて、仕上げは小型のランボルギーニだ」ダグはマンゴーを二つに切ると、ナイフの刃をジーンズでぬぐって、ホイットニーに片方をさしだした。「そっちはどうなんだ？」

「まず、おなかいっぱいごちそうを食べるわ」口いっぱいにマンゴーを頬ばり、ホイットニーは言った。「食い道楽で名を成すつもり。手始めはチーズとオニオンをはさんだハンバーガー、その次はロブスター。さっと焼いたところに、溶かしバターをたっぷりかけて」

「これほど食い物に執着してて、よくそれだけやせていられるな」

ホイットニーはマンゴーをのみこんだ。「執着してるほどには、ごちそうを食べてる暇がないもの。それに、私は細身なだけで、やせてるわけじゃありませんから。やせっぽちっていうのは、ミック・ジャガーみたいなことを言うのよ」

ダグはにやっと笑って、マンゴーをもう一切れ口に放りこんだ。「お忘れのようだが、おれはあんたの裸を拝見する光栄に浴してるんだ。あまりめりはりのきいた体じゃなかったはずだが」

眉を上げて、ホイットニーは指についた果汁をなめた。「私の場合、微妙な体の線をだいじにしてるのよ」ダグは相変わらずにやついている。ホイットニーは、彼の頭のてっぺんから爪先までじろじろと眺めた。「そっちこそ忘れないで。裸を堪能したのはあなただけじゃないのよ。少しはダンベルでも持ち上げて鍛えたらどう?」

「むきむきの筋肉なんて目障りなだけさ。おれは繊細さで売ってるんだ」

「だろうと思ったわ」

ココナツの殻をわきへ放って、ダグはホイットニーを見た。「袖《そで》なしのTシャツ着て、二頭筋や三頭筋を見せびらかすようなのが趣味なのか?」

「男らしさは、とても刺激的だわ」ホイットニーはさらりと言った。「自信のある男性は、男に媚《こび》を売る女をじろじろ見るなんて真似《まね》はしないはずよ。頭が空っぽなのを隠すために、わざわざ胸にはりつくようなセーターを着る女なんて、最低だわ」

「じろじろ見られるのは、お好きじゃないらしい」

「当然よ。胸の谷間より品格が大切だわ」

「そりゃ、けっこう」

「ばかにすることないでしょ」

「いやいや、賛成してるのさ」ダグは、きのう自分の腕の中で泣きじゃくったホイットニーのことを思い出していた。あのとき、なにもしてやれない自分がどんなに情けなかったか。もう一度、彼女に触れたい。笑顔が見たい、やわらかな体を抱きたい。気がつくと、そんなことを考えている。「まあいいさ」我に返って、ダグは言った。「たとえやせてるとしても、おれはあんたの顔が好きだよ」

ホイットニーの口もとに、冷ややかで超然とした笑みが浮かぶ。たまらない。この顔がぐっとくるんだ。

「ほんとう？　どこがいいの？」

「その肌だ」衝動的に、ダグは手の甲でホイットニーの輪郭をなぞった。「雪花石膏《アラバスター》みたいだぜ。そいつで作ったカメオを一度見たことがある。そう大きなものじゃなかったが」指先で頰骨をたどりながら思い出していた。「二、三百ドル程度の代物だったと思うが、おれが手に入れたものの中では、あれが最高だった」にやっと笑って、ダグは手をホイットニーの髪の中へと滑らせた。「あんたに会うまではな」

ホイットニーは身動《みじろ》ぎもせずに、じっとダグの目を見つめていた。肌にダグの息がかかる。「今度も同じってわけ？　この私をひっかけたつもり？」

「そういう見方もできるってことさ」また過ちをくりかえすのか。唇を重ねながら、ダグは考えていた。かなりの深手を負うことになるぞ。さんざん痛い目を見てきたはずじゃなかったのか。「せっかく手に入れたってのに」ダグはささやいた。「あんたをどう扱うべきか、まだわからないのさ」

「私はアラバスターのカメオじゃないわ」甘くささやきながら、ダグの首に腕を絡ませる。

「シドニーでもなければ、黄金の壺《つぼ》でもないのよ」

「おれだって社交クラブのメンバーじゃない。マルティニクに別荘も持ってないぜ」

「私たちって……」ダグの口もとに唇を這《は》わせながら、ホイットニーは言った。「ほとんど共通項がないみたい」

「ほとんどどころか、皆無だろ」ダグの手がホイットニーの背に滑る。「おれたちみたいな二人が一緒にいても、もめるばっかりだな」

「そうね」ホイットニーがほほ笑む。長いまつげに縁どられた瞳は、妖《あや》しく輝いていた。

「いつ幕を開けるつもり？」

「とっくの昔に開いてるさ」

唇が重なった瞬間、泥棒でも令嬢でもない、ただの男と女になっていた。情熱はあらゆるギャップをも埋める。二人はやわらかな土の上でもつれあった。

こうなるつもりではなかった。でも、悔やんではいない。出会いの日、エレベーターの中でダグがサングラスを外した瞬間から、私はこの男に惹《ひ》かれていたのだから。緑色の澄んだ瞳でまっすぐに見つめられたときには、心の奥まで見透かされそうな気がしたものだ。あの日から少しずつ私の心に入りこみ、そしていま、情熱のありったけをぶつけてくる。

ホイットニーも自分から、むさぼるようにダグを求めた。初めての経験ではない。男の手の感触に、体を弓なりにそらしたこともある。しかし、いまだけはすべてを忘れて、純粋に愛しあいたい。よけいなことは考えずに、ただ肉体の快楽だけを求めるのだ。ホイットニーにとっては最後の一線を許すことになるが、受け身に回るつもりはなかった。私だって負けないくらい、ダグを求めているのだ。二人は互いの服を、ちぎらんばかりの勢いで脱がせた。

汗ばんだ肌をすり寄せ、二人は飽くことなく口づけをくりかえした。子供のように大地を転がりながら、互いの情熱をぶつけあう。それは男と女の闘いだった。いくら求めても、求めきれない。なにもかもが初めてのようだ。その瞬間、ホイットニーは過去の男たちをすべて忘れ去っていた。ダグは私の心を独り占めにして、いつまでも居座るつもりだろうか。少し怖い気もする。だが、ホイットニーはあるがままを受けいれようと思った。

いままでにも、女を抱きたいと思ったことは何度もある。だが、それは錯覚だったのかもしれない。一人の女を心底手に入れたいと、女を抱きたいと思う気持がどんなものか、いま初めてわかった気がする。ホイットニーが毛穴の一つ一つから、おれの中に入りこんでくる感じだ。お互い楽しみはしても、女に心は許さない。常に追われている男にとって、あとに思いを残すのは禁物なのだ。しかし、いまはもうホイットニーの侵入をとどめるすべはなかった。

なめらかな肌を撫《な》でる自分の手さえ、ホイットニーの思いのままだ。母親、妻、恋人――男はいつだって、女の腕に抱かれると、すっかり骨抜きにされちまう。だが、いまのダグにあるのはホイットニーを求める思いだけだった。危険なまでに温かく、危険なまでにやわらかな肌。

ホイットニーはしなやかな身のこなしで、ダグを包みこんだ。その髪に顔を埋《うず》めながら、ダグは自分の後ろで扉の閉じる音を聞いた。音もたてずに閂《かんぬき》が締まる。おれを意のままにしようとしても、そうはさせない。ダグは時間をかけて、ホイットニーの顔にキスの雨を降らした。額、鼻、唇、顎。ホイットニーは笑顔で応《こた》えると、その華奢《きゃしゃ》な指をダグの腰へと滑らせた。ついに一つに結ばれたとき、二人は目を開けたまま、互いをじっと見つめていた。

自分を包みこむ熱さに、ダグはあえぎをもらした。ホイットニーの顔に光と影の模様ができている。目をうっすらと開けて、ホイットニーはダグの体の動きに応えた。動きが速くなるにつれ、情熱は否応《いやおう》もなく高まっていく。官能の極みの中で、ダグは、虹《にじ》の果てを目のあたりにしたような、一瞬のきらめきが駆けぬけるのを感じた。

ダグとホイットニーは、なにも言わずに横たわっていた。二人とも子供ではない、それなりの経験もある。初めて結ばれた自分たちがこの先どうなるのか、それぞれの胸の内で思いをめぐらせていた。

ホイットニーがそっとダグの背を撫でる。ダグは甘い髪の香りを吸いこんだ。

「いつかはこうなると、わかってた気がするわ」しばらくたって、ホイットニーが口をきった。

「そうだな」

ホイットニーは頭上をおおう木の天蓋《てんがい》を見上げ、そのむこうに広がる澄んだ青空を見つめた。「この先はどうなるのかしら？」

現実を無視して先のことを考えても、しょせんむだなことだ。もし、ホイットニーが二人の将来の話をしているのだとしたら、ここはとぼけておくに限る。ダグはホイットニーの肩先にキスした。「まずいちばん近い町まで出て、足を確保するんだ。頼みこむか借りるか、盗んだっていい。そこからディエゴスアレスに向かう」

ホイットニーは一瞬閉じた目を、決意も新たに見開いた。私は、すべて承知のうえで足を踏み入れたのだ。最後まで、この目で見届けてみせる。「宝のありかね」

「いよいよだぞ、ホイットニー。あと数日ですべてが決まる」

「その先は？」

また将来の話か。ダグは肘をついて、ホイットニーを見おろした。「お望みのままに」

いまは彼女の美しさしか目に入らない。ダグにはそれしか言えなかった。「マルティニクでも、アテネでも、ザンジバルでも。アイルランドに農場を買って、羊でも育てるか」

ホイットニーは声をたてて笑った。財宝を前に語る夢としては、なんともつつましやかな話だ。「それができるとすれば、ネブラスカで小麦を栽培する手もあるわね」

「ああ。このマダガスカルでアメリカ式のレストランを開くってのはどうだ？　おれが料理をして、きみが帳簿をつける」

ふいに起きあがると、ダグはホイットニーを抱き寄せた。どう言おうと、おれは一人で生きることをやめちまったんだ。そのことに、いまのいままで気づかなかっただけの話さ。一人がいちばんいいとわかっていながら、ホイットニーを相棒にした。人生を分かちあう相手を、帰るべき胸を、おれは求めている。かたわらに人のぬくもりが欲しいと。まぬけな話だが、それが正直な気持だ。

「宝さえ手に入れたら、もう怖いものなしだ。欲しいときに欲しいものを手に入れる。きみの髪にダイヤの雨を降らせることだってできるんだ」ホイットニーならば、望めばすぐにでもダイヤを手にできる。ダグはそのことも忘れて、美しい髪に手を滑らせた。

ホイットニーの胸はうずいた。後悔、そして悲しみにも似た思いをかみしめる。この男には黄金の壺しか見えないのだ。いまも、たぶんその先もずっと。それをわかっていながら、ホイットニーは笑みを浮かべ、ダグの頬を撫でた。「そうね、宝を見つけましょう」

「見つかるとも」ホイットニーを引き寄せ、ダグが言う。「そのときは、全部おれたち二人のものだ」

それから丸一日、二人は日が暮れるまで歩きつづけた。空腹におなかが鳴り、脚は棒のようだ。ホイットニーはダグにならい、旅の終点ディエゴスアレスだけを思ってそれに耐えた。いまはなにも考えまい。ともかくも、宝を求めてここまで来たのだから。ずいぶんといろいろなことがあった。過去になにがあろうと、行く手になにが待ち受けていようと、宝を見つけだすのだ。この旅をふりかえるのは、そのあとでいい。

ホイットニーは、ダグがさしだした果物に頭を振った。「これ以上マンゴーを食べたら、体が反乱を起こしそうだわ」胃袋をなだめるように、おなかを手で押さえる。「〈マクドナルド〉って、世界じゅうどこにでもあるはずでしょ。どうしてこんなに歩いてるのに、あの金色のアーチが見えないのかしら」

「ファーストフードのことは忘れるんだな。この仕事がすんだら、とびきりのフルコースをごちそうしてやるよ。天にも昇る心地のな」

「そんなぜいたくは言わない。ホットドッグ一個あればいいわ」

「頭の中は公爵夫人なみのくせに、胃袋はぐっと庶民的じゃないか」

「農奴だって羊の足くらいは食べられるわよね」

「おい、おれたちは……」言いかけて、ダグはホイットニーの腕をつかむと、藪《やぶ》の中に押しこんだ。

「どうしたの？」

「明かりだ、むこうのほうに。見えないか？」

ホイットニーは用心しながら、ダグの肩ごしに前方を見つめた。茂みの間に、かすかな光の点が見える。反射的に、声を落としてきく。「レモなの？」

「かもしれない」ダグは頭の中でそれ以外の可能性も検討してみたが、答えはすべてノーと出た。「用心してかかったほうがよさそうだ」

集落に着いたのは十五分後、あたりはすでに闇に包まれていた。小さな建物の窓から明かりがもれている。店か交易場のようだ。掌《てのひら》ほどもある大きな蛾《が》が、窓ガラスにはりついていた。店の外にジープが止めてある。「〝求めよ、さらば与えられん〟」ダグがささやいた。「様子を見てこようぜ」身をかがめて窓に近づく。中をのぞいたとたん、その顔に笑みが広がった。

レモがビールのコップを前に、座っている。あつらえのシャツもすっかりくたびれて、苦虫をかみつぶしたような顔つきだ。向かいにはバーンズが薄ら笑いを浮かべて座っていた。はげ頭がもぐらを連想させる。

「よしよし、きょうはついてるぞ」

「あの人たち、ここでなにをしてるの？」

「どうしたものか、頭を抱えてるんだろ。レモの顔を見ろよ、無精ひげが伸びて、だいぶお疲れのようじゃないか。いかついノルウェー人の女マッサージ師でも呼んでやりたいね」酒場にはほかに三人ほど客がいるが、皆、二人のアメリカ人を遠巻きにしている。テーブルの上には、湯気のたつスープが二皿とサンドイッチ、ポテトチップスらしき袋が一つ。口の中に唾《つば》がたまる。「食い物を前にして、なにも注文できないとはいまいましいぜ」

ホイットニーも料理を眺めていた。思わず窓ガラスに鼻を押しつける。「あの人たちが出ていくのを待って、なにか食べましょうよ」

「そのときにはジープもなくなるだろうが。いいか、もう一度見張りを頼む。今度こそしっかりやれよ」

「この前のことなら、ちゃんと説明したでしょ。自分の身を守るのに精いっぱいで、口笛を吹くどころじゃなかったのよ」

「お互い、死に急ぐことはないさ。まずは車を調達しよう。行くぞ」

ダグはすばやく小屋の裏手に回った。低い声と手ぶりで、ホイットニーを窓のそばに残し、自分はジープに乗りこんで仕事にかかる。

レモが席を立ち、行ったり来たりするのを見て、ホイットニーは息をのんだ。目を丸くして、ジープをふりかえる。うずくまっているのだろう、ダグの姿は見えない。歯をくいしばり、壁に背を押しつけて、窓辺を通るレモをやりすごした。「急いで」かみつくように言う。「レモがいらいらしはじめたわ」

「せかすなよ」ダグは配線をいじりながら言った。「微妙な手かげんのいる仕事なんだからな」

ホイットニーが店の中をのぞくと、ちょうどレモがバーンズを押すようにして、席を立たせるところだった。「早いとこ、微妙な手かげんとやらをすませてちょうだい。やつらが出てくるわ」

毒づきながら、ダグは指先の汗をぬぐった。あと一分。あと一分、時間があれば。「車に乗ってろ、もう少しで片がつく」返事がない。顔を上げたダグは、小屋の入口からホイットニーの姿が消えているのに気づいた。「くそったれ」配線と格闘しながら、目でホイットニーを捜す。「おい、どこだ？　いまは悠長に散歩してる場合じゃないだろう」

あたりを見まわす間も、指だけは動かしつづける。なにも見えない。ようやくエンジンがかかったとき、突然あがった叫び声に、ダグはとびあがった。きーきーという声に混じって、犬が盛んに吠《ほ》えたてている。なにか騒ぎが起こったようだ。ダグが銃を手にジープからとび降りたところへ、ホイットニーが小屋の横手から走ってきた。車にとびこむなり、叫ぶ。「車を出して。でないと、連れが増えちゃうわ」

ホイットニーの言葉が終わらぬうちに、ジープは細い泥道を猛スピードで走っていた。低くつきだした枝がフロントガラスを打ち、弾痕《だんこん》に似たひびが広がる。ダグが肩ごしにふりかえると、レモが小屋の横手から走ってくるのが見えた。ホイットニーの頭を押さえつけ、アクセルをいっぱいに踏みこむ。それを追うように、三発の弾丸がたてつづけに飛んできた。

「どこへ行ってたんだ？」集落の明かりが見えなくなると、ダグはなじった。「まったくひどい見張りもあったもんだ。こっちはもう少しで捜しに行くところだったんだぞ」

「当然の恩返しよ」ホイットニーは起きあがり、髪を後ろへ払った。「私があそこで騒ぎを起こさなければ、エンジンがかかる前に見つかってたわ」

ダグは木との衝突を避けるため、わずかにスピードをゆるめた。「なんの話だ？」

「レモが出てくるのが見えたから、ほかに注意をそらそうと思ったの。いわゆる陽動作戦よ——映画なんかでやるじゃない」

「おそれいったね」ダグは身をかがめて岩をのりこえると、かわまずに走りつづけた。

「小屋の裏手へ回って、犬を豚小屋に放してやったわ」目にかかる髪を吹きはらい、すました顔でほほ笑む。「ちょっとした見物だったわよ。ゆっくり眺めてる暇はなかったけど、作戦は完璧《かんぺき》に成功したわ」

「その頭を吹っとばされずにすんだだけでも、めっけものだぜ」

「私はあなたの頭を守るために奮戦したのよ。それに文句をつけるなんて、男のエゴもいいとこだわ。こんなことなら……」ホイットニーは言葉をのみこむと、鼻をひくつかせた。

「これ、なんの匂い？」

「匂いって？」

「この匂いよ」草や土とは違う、動物の臭いでもない。その手の臭いなら、もう慣れっこのはずだ。ホイットニーは改めて匂いをかぐと、座席に膝をついて後ろをのぞきこんだ。

「これって……」頭をつっこんでいるせいで、横を向いたダグの鼻先には、形のいいお尻だけが残っていた。「チキンだわ！」勝ち誇ったようにひと声叫ぶと、ホイットニーは鶏《とり》のすね肉を手に、勢いよく起きあがった。「やっぱり鶏肉よ」そう言うなり、大口をあけてかぶりつく。「後ろにコールドチキンが丸ごと積んであるわ。それに缶詰もいっぱい……オリーブもある」缶の山を掘りかえしながら実況中継だ。「大粒で実の厚いギリシア産のオリーブよ。缶切りはどこかしら？」

ダグは、ホイットニーの手からひったくるようにチキンをとった。「ディミトリも食い物にはうるさいんだ」言うが早いか、かじりつく。肉の塊が喉から胃袋へと落ちていくのを感じながら、思わず神に感謝したい気分になった。「旅に出るのにちゃんと食料を用意するとは、レモも気がきくじゃないか」

「まったくだわ」ホイットニーは目を輝かせて、座席に座りなおした。「キャビアよ」小さな缶を指先でつまんで見せる。「それに、プイイフュイッセの七九年物。辛口の白ワインとしちゃ、最高よ」

「食塩はあるかな？」

「もちろんよ」

にっこり笑うと、ダグは食べかけの鶏肉をホイットニーに返した。「ディエゴスアレスまで、豪勢な旅ができそうじゃないか」

ホイットニーはワインを手にとり、コルクの栓を抜くと、きどった調子で答えた。「ダーリン、私はそういう旅しかできないわ」

13

二人はティーンエイジャーのように、ジープの車内で愛しあった。激しい疲労とワインの酔いのせいで、半ば朦朧《もうろう》としたまま、熱に浮かされたように求めあう。月が皓々《こうこう》と輝く静かな夜、聞こえてくるのは夜鳥や虫、そして蛙の声ばかりだ。ジープを藪《やぶ》の奥に引き入れ、二人は森の歌をBGMに、キャビアやチキンに舌鼓を打った。

窮屈なフロントシートでごちそうの奪いあいをしながら、ホイットニーは声をたてて笑った。服をはだけたしどけない姿で、ダグの上にのしかかり、にっこりほほ笑む。「こういうデートは十六のとき以来だわ」

「へえ？」ホイットニーの腿から腰に、ダグは手を滑らせた。疲れと、酔いと、欲望に潤んだ熱い瞳。また必ずこういう目をさせてみせる、とダグは心に誓った。そのときには、地球の裏側の、こぎれいなホテルで愛しあうのだ。「その野郎は、ワインとキャビアで釣って、あんたをバックシートに引っぱりこんだってわけか？」

「ただのクラッカーとビールってのが真相よ」ホイットニーは指についたキャビアをなめ

た。「相手のみぞおちに一発お見舞いして、終わり」

「デートの相手を殴るとは、ふざけた女だな」

ホイットニーはワインの瓶を傾け、最後の数滴を流しこんだ。うるさいほどの虫の音が、あたりを包んでいる。「いまも昔も、相手は選ぶ主義なの」

「相手を選ぶ？」ダグは起きあがり、ジープのドアにもたれる。ホイットニーはその胸に寄り添った。「それじゃ、おれとのことはどういうつもりだ？」

それは、ホイットニー自身も考えたことだった。答えは簡単。簡単すぎて不安になる。そうしたかったから。ダグの肩に頭をあずけ、しばらく黙りこくっていた。ここが自分の居場所だと、ふとそんな気がする。ばかげたことと思いながらも、心はなぜか安らいでいた。「あなたの魅力にまいったらしいわ」

「女なら誰でもそうさ」

ホイットニーは小首をかしげてほほ笑むと、ダグの下唇をかんだ。

「おい！」笑っているホイットニーの両腕を、ダグが押さえつける。「お嬢さんは荒っぽいのがお好みらしいな」

「すごんだって怖くないわよ」

「へえ？」ダグは片手でホイットニーの両手をつかむと、もう一方の腕を首に回した。ホイットニーは平然としている。「ちょっと甘い顔をしすぎたようだな」

「やってみなさいよ」ホイットニーは挑むように言った。「いちばんおっかない顔を見せてちょうだい」

冷ややかな笑みを浮かべて、ダグを見上げる。琥珀《こはく》色の瞳は謎《なぞ》めいて、そして眠りを誘うかのようだ。そのとき、ダグは自分の犯した過ちを悟った。あれほど用心してきたのに。小さな町の保安官や大都会のお巡りをかわす以上の知恵を絞り、用心を重ねて避けてきたものに、とうとう捕まった。恋。おれはホイットニーに惚《ほ》れちまった。「ちくしょう、あんた、きれいすぎるぜ」

ダグの声には、いつもとは違う響きがある。しかし、その意味を考える間も、ダグの目に宿る光を確かめる間さえないままに、ホイットニーは唇を奪われていた。たちまち、二人を熱い波が包む。

こんなことは初めてだ。まさか、こんな気持になるとは。ホイットニーを求める思いがどんどんふくらんでいく。ダグはなすすべもなく、激しい感情に身を任せた。

ホイットニーの肌は水のようになめらかだった。重ねた唇に熱く応《こた》えてくる。甘い接吻《せっぷん》というより、まるで挑みかかるような迫力だった。激しい疲労の極みをつきぬけると、体は不思議な力に満たされていた。彼女がいれば、おれはどんなことでもできる、なにもかも手に入れることができるのだ。ダグはそんな思いに駆られていた。

むし暑い夜、重く湿った空気には、熱気のせいで何十という花の、むせるような香りが漂っていた。藪の中では虫たちが、羽をすりあわせ、夜の宴《うたげ》を楽しんでいる。淡いキャンドルの光があれば、とダグは思った。ホイットニーのために、やわらかくてひんやりとした羽根布団と、絹の枕《まくら》を用意してやりたい。彼女のために、なにかをしてやりたい。常に自分の利益を最優先してきた男にとって、それは初めて味わう感情だった。

ホイットニーの体は、どこまでも繊細で優美だった。派手な金持女、素朴な娘、商売女――いままで相手にした女たちとは、まるで違う。微妙な体の線、華奢《きやしや》なつくり、日ごろの手入れを物語るなめらかな肌。その美しさに酔いながら、ダグは心に誓った。いつかまた、ホイットニーを抱く。そのときには、ゆっくりと時間をかけて、その体の隅々まで丹念に味わいたい。過去の男たちが誰も知りえなかった彼女を、そして、この先、ほかの男たちには知ることのできない彼女を、おれは見つけてみせる。

ホイットニーは、ダグにこれまでと違うものを感じていた。激しさに変わりはない、けれど……。

感覚はもつれにもつれて、熱い官能の渦に巻きこまれていく。ダグだけが、感じられる確かなものだった。肌を撫《な》でる指先、そして唇。身も心も、ダグ一色に満たされていく。温かく、雄々しく、刺激的な男。ダグのささやきと、それに応える自分の声を、ホイットニーは遠くに聞いていた。ダグの体は麝香《じやこう》のような匂《にお》いがする。この天然の温室よりも、もっと私を酔わせる香り。誰かに夢中になるというのがどういうことか、いま初めて思い知らされた。いいえ、いままでは本気で誰かを愛したいと思うことさえなかった。ホイットニーが心を開き、ダグがそれを満たす。ダグが与えるすべてを、ホイットニーは全身で受け止めた。出会ったときから、一緒に走りつづけてきた二人。いまも思いは同じだった。二つの鼓動が一つに重なり、固く寄り添ったまま、ダグとホイットニーは、すべての恋人たちが探し求める愛の国への橋を渡った。

二人はそのまま軽く眠った。一時間足らずの仮眠だったが、ジープの座席で寄り添って眠ることは、いまの二人にはなにものにも替えがたい喜びだった。西の空に月がかかっている。木立の間からその位置を確かめたダグは、ホイットニーを揺り起こした。

「出発の時間だ」レモはまだ、車の手配に駆けずりまわっているかもしれない。だが、すぐそこまで追ってきている可能性もある。いずれにしろ、かなり熱くなっているはずだ。

ホイットニーはため息まじりに伸びをした。「目的地まではどのくらい？」

「さあな……百六十キロ、いや、二百キロ近くあるかもしれない」

「いいわ」あくびをすると、ホイットニーは服を着はじめた。「私が運転する」

ジーンズをはいていたダグが鼻を鳴らす。「やめてくれよ。おれは前にもあんたとドライブしてるんだぜ、覚えてるだろ？」

「もちろんよ」服に目を走らせたホイットニーは、しわがとれそうもないことを悟った。ここらに、ドライクリーニングをしてもらえるとこなんてあるかしら？「あなた、そのおかげで命拾いしたんだったわよね」

「命拾い？」ダグは、ブラシを捜しているホイットニーをふりかえった。「あんたのおかげで、危うく心中するとこだったんだぜ」

ホイットニーは、髪を梳《す》きながら言った。「もう一度言ってみなさいよ。私の運転は一流よ。この腕があったからこそ、あなたの命を救うばかりか、レモたちをふりきることもできたんじゃないの」

ダグはエンジンをかけた。「見解の相違だな。とにかく、運転はおれがする。そんなに飲んでちゃ、ハンドルを握るのは無理だ」

その言葉に、ホイットニーはじろっとダグをにらんだ。「マカリスター家の人間は、けっして正気を失ったりしないわ」ジープは車体を揺すりながら、藪をぬけて道へ出た。ホイットニーの手はしっかりとドアハンドルを握っている。

「大酒をくらっても、アイスクリームが酔いから胃壁を守ってくれるってわけか」車が安定したペースで走りだすと、ダグは言った。

「笑わせないでよ」ドアハンドルから手を離し、両足をダッシュボードに上げると、ホイットニーは車窓を流れる夜景を眺めた。「いま思ったんだけど、あなたばっかり私の家の事情を知ってるわ。そっちはどうなの？」

「どんな話がお好みで？」ダグはさらりと言った。「状況に応じて、各種バラエティをとりそろえてるぜ」

「捨て子だったって話から、貴族の落とし胤《だね》っていうのまででしょ、察しはつくわ」ホイットニーは、ダグの横顔をじっと見つめた。彼は何者？　どうしてそんなことが気になるの？　最初の答えは、ほんとうにわからない。だが、二つ目の答えについては、いつまでも知らないふりを続けることはできなかった。「その中には、ほんとうの話も入ってるの？」

嘘《うそ》をつくこともできた。路地裏がねぐらの、身寄りもない孤児だった、ひどい継父のもとをとびだしたのだ。そう言うのは簡単だ。彼女にそれを信じこませることもできただろう。しかし、ダグは座席の背にもたれると、めったにしない話を選んだ。飾らないありのままを話すことにしたのだ。

「育ったのはブルックリンだ。静かで、いいところさ。近所は皆、いわゆるブルーカラーだったが、つましいながらも落ち着いた暮らしをしている連中だった。おふくろは家を守り、親父《おやじ》は排水管の修理をしていた。姉も妹もチアリーダーだった。チェッカーって名前の犬を飼ってたよ」

「ごくまともな話じゃない」

「ああ、そのとおりさ」ごくまれには、当時のことを思い出し、なつかしむこともある。「親父は〈ムース〉のメンバーで――会員制のクラブだよ、知ってるだろ？　おふくろの焼くブルーベリーパイは世界一だった。二人とも、まだ現役さ」

「若かりし日のダグラス・ロードは？」

「当時から、その、手先が器用だったもんで、親父はおれを腕のいい配管工に育てるつもりだったらしい。だが、おれにはぴんとこなかった」

「配管工組合が設定している時給は、かなりのものでしょ」

「ああ。だが、おれには時間いくらで働く気はなかったんだ」

「それで――なんて言ったらいいのかしら――フリーランスの道を選んだわけ？」

「人にはそれぞれ天職があるのさ。おれには叔父貴が一人いた。だが、家族はこの叔父貴のことを口にしたがらなかった」

「黒い羊――はみだし者だったってこと？」ホイットニーは好奇心をそそられた。

「白百合《しらゆり》のごとく清らかとは、言えないだろうな。刑務所に入ってたこともあるらしい。ま、早い話がしばらく我が家に同居して、親父の仕事を手伝ってた時期があったのさ」ダグはにやっと、魅力的な笑みを投げた。「叔父貴も手先が器用だったんだ」

「読めたわ。そこであなたは自分の才能に目覚めた。確かに、あれは才能よ、すなおに認めるわ」

「ジャックも腕は抜群だったが――叔父貴の名前はジャックっていうんだが――酒にだらしないのが玉にきずでね、飲むとたんにだめになる。そうなりゃ、当然捕まる。叔父貴がまず教えてくれたのは、仕事中に酒は飲むなという教訓だったよ」

「それって、配管工事の話じゃないわよね」

「ああ。ジャックは配管工としちゃ二流さ。だが、泥棒の腕は一流だった。叔父貴が鍵《かぎ》の開け方を教えてくれたのは、おれが十四のときさ。なんでおれに目をつけたのかはわからない。ま、一つあるとすれば、おれが本を読むのが好きで、叔父貴は話を聞くのが好きだったってことかな。じっと座って本を読むようなタイプじゃなかったが、人が話をしてやるぶんには何時間だって聞いてるんだ。『鉄仮面』や『ドン・キホーテ』なんかをね」

ダグの頭のよさと趣味の広さには、最初から気づいていた。「つまり、ダグラス少年は読書が好きだったのね」

「ああ」ダグは体を傾け、カーブを曲がった。「いちばん最初に盗んだのも本だったよ。家は本も買えないほど貧乏じゃなかったが、おれが欲しいだけの本をそろえるほど余裕もなかったからな」

おれには本が必要だった。ダグは心の中で言いなおした。人が日々の糧を求めるように、自分には本が、日常からの逃げ道が必要だったのだ。しかし、誰にもわかってはもらえなかった。

「ともかく、ジャックは話を聞くのが好きだった。おれはいまでも、読んでやった本のことを覚えてるよ」

「作家が聞いたら喜ぶわ」

「そうじゃない、ほとんど一行ずつ覚えてるっていう意味だ。その記憶力のおかげで、学校じゃ苦労しなかった」

言われてみれば、ガイドブックに出ていた事実や数字を、ダグはいともたやすく並べたてていた。「あなた、フォトグラフィック・メモリーの持ち主なの？」

「べつに、写真みたいに見えるわけじゃないんだ。ただ忘れない、それだけのことさ」ダグはなにごとか思い出したように、にやっとした。「おかげで、プリンストンの奨学金までもらったよ」

ホイットニーは思わず体を起こした。「プリンストンへ行ったの？」

その反応に、ますます顔がほころぶ。作り話よりもほんとうの話が受けるとは、いままで思わなかった。「いや、大学へ行くより実戦で鍛えたかったんだ」

「それじゃ、プリンストンの奨学金を蹴《け》ったっていうの？」

「ああ。法学部なんて、決まりきったことを覚えるだけの、つまらないところに思えたんだ」

「法学部ねえ」ホイットニーは思わず笑った。「一歩間違えば弁護士になってたわけ。それもアイビーリーグの」

「壊れた便所を修理するのもいやだったが、弁護士になるのもいやだった。そこでジャック叔父さんの登場だ。前から言ってたんだよ、自分には子供がいないから、誰かにこの技を引き継いでほしいとね」

「まあ、伝統主義的だこと」

「ああ、その道にかけては、叔父貴も立派な伝統主義者さ。おれはのみこみの早い弟子だった。動詞の活用なんか覚えるより、鍵を開けるほうが何倍もおもしろかったんだ。ところが、叔父貴は教育にはうるさい人でね。おれが高校を卒業するまでは、仕事をさせてはくれなかったよ。で、数学と科学に多少強くなったところで、今度は防犯装置《セキユリテイシステム》のお勉強さ」

これだけの才能があれば、正業についても一流のエンジニアになれたはずだが、まあ、それはよしとしよう。「たいへん賢明なやり方ね」

「それからは稼いだよ。五年ほど、小さな仕事ばかりだったが、二人だけでうまくやってた。たいていはホテルを狙《ねら》った。〈ウォルドーフ〉で一万ドル稼いだ晩のことは、いまでも忘れない」ダグはうっとりしたようにほほ笑んだ。「二人でベガスへ飛んであらかたすっちまったが、ありゃ、最高だった」

「〝悪銭身につかず〟ってことかしら?」

「楽しまなければ、盗んだかいがないだろう」

これには思わずにやっとさせられた。楽しまなければ、金を稼ぐかいがない。それが父の口ぐせだったからだ。やり方こそ少々違うが、父ならばダグの人生哲学をわかってくれそうな気がする。

「宝石店を狙おうと言いだしたのはジャックのほうだった。おれたちは準備に何年もかけて、あとは細かいことをいくつか詰めれば、仕事にかかれる手はずだった」

「なにがあったの?」

「ジャックがまた酒に手をつけたんだ。自分一人で仕事をやろうと考えたのさ。いわゆるプライドってやつさ。おれはどんどん腕がよくなる、自分は落ちこんでいく。本人にすればつらかっただろうさ。そんなこんなで、叔父貴はだめになっていった。それでも、禁を犯さなけりゃ救いはあった。だが、叔父貴は銃を持ちだしたんだ」ダグは片手を座席の背にかけて、頭を振った。「たった一度銃を振りまわしたせいで、十年もくらいこむはめになった」

「刑務所《ムショ》送りになったわけね。で、あなたは?」

「ムショ送りね」ダグはおもしろそうにつぶやいた。「おれはシャバに残った。まだ二十三で、自分じゃいっぱしのつもりでも、くちばしの青いひよっこさ。だが、一人前になるのにそう時間はかからなかった」

ダグは、プリンストンを蹴って、ビルの二階によじ登るほうを選んだ。そのまま勉強に身を入れていれば、いまごろは望みどおりぜいたくな暮らしができたかもしれないのに。

それでも……それでもきっとこの男《ひと》は、他人と同じ道を選びはしないだろう。

「ご両親はなんて言ってるの?」

「近所には、おれはＧＭ《ゼネラル・モーターース》で働いてると言ってるらしい。おふくろは、おれが身を固めて落ち着く日をいまかいまかと待ってるよ。錠前師にでもなればいいってね。ところで」ダグは話の矛先を変えた。「タッド・カーライス四世ってのは何者だ?」

「タッド?」ホイットニーは東の空が明るみはじめたのに気づいた。がんばって目を開けていなければ、いまにも眠ってしまいそうだ。「しばらく婚約の真似《まね》事をしてたの」

それを聞いたとたん、ダグはタッド・カーライス四世が大嫌いになった。「婚約だって?」

「ええ、タッドと父はその気になってたらしいけれど、私はそうは思っていなかった。私が一ぬけたって言ったら、二人ともかんかんだったわ」

「タッドか」ダグは、その姿を思い描いた。金髪でいかにもひ弱そうな顔、青いブレザー、素足には白いデッキシューズ。「やつの仕事は何なんだ?」

「仕事?」ホイットニーは目をしばたたいた。「どこのタッドの話をしてるつもり? 私が言ってるのは〈カーライス&フィッツ〉の御曹司のことよ。アスピリンからロケット燃料まで作ってる大企業じゃないの」

「ああ、名前は聞いてる」億万長者どころか、何兆という金を動かす大資産家だ。ダグは道路のくぼみを三つ、続けざまに乱暴に越えた。ふつうの人々を、それと気づきもせず平気で踏みつけにする連中だ。「どうしてカーライス夫人に納まらなかった?」

「あなたが配管工になるのをやめたのと似たようなものね。たいしておもしろそうに思えなかったの」ホイットニーは足首を交差させた。「ダグラス、またその気になったんじゃない? さっきの洞穴探検の味が恋しくてたまらないって顔してるわ」

二人がディエゴスアレスを見おろす山の頂に立ったのは、完全に夜が明けてからのことだった。遠くから見る入江の水は、目にしみるような青だ。だが、昔、このあたりにたむろしていた海賊たちは、その青さにも気づかなかったことだろう。停泊中の船はいずれも、灰色で頑丈な鋼鉄の船。小型の帆船や丸木船の姿は一隻も見あたらない。

かつては海賊たちの夢であり、移民たちの希望であったこの入江も、いまではフランス海軍の主要基地に姿を変えている。海賊たちが我が物顔に闊歩《かっぽ》した町も、都会の趣を身につけた。現在の人口は約五万、マダガスカル、フランス、インド、東洋系、イギリス、アメリカなど、多くの人種で構成されている。以前の藁《わら》ぶき屋根に代わって、鉄筋コンクリートのビルが立ち並んでいた。

「ああ、とうとう着いたのね」ホイットニーはダグに腕を絡めた。「早く下へ下りて、ホテルに部屋をとりましょうよ。熱いお風呂にでも入って」

「ここまで来たんだ」ダグはつぶやいた。ポケットにしまった書類から熱が伝わってくるようだ。「まずは宝を見つけるのが先だ」

「ダグ」ホイットニーはダグに向きなおり、肩に手を置いた。「あなたにとって、それが重要なことはわかるわ。私も宝は見つけたいもの。だけど、この格好を見て」ホイットニーは自分の姿に目をやった。「すっかり薄汚れて、それに疲れてもいる。たとえ私たちは気にしないとしても、これじゃ人目に立つでしょ」

「そんな場所へは行かないさ」ダグはホイットニーの頭ごしに、眼下の町を眺めた。虹《にじ》の彼方《かなた》、おれの夢の終着点。「手始めは教会回りだ」

ダグがジープへ戻ると、ホイットニーはあきらめたようにあとに続いた。

それから後れること八十キロ、レモとバーンズを乗せた車は北に向けてひた走っていた。六八年製のルノーで、排気の調子も悪い。考える時間が欲しかったので、レモはバーンズに運転を任せていた。もぐらに似た顔をまっすぐ前に向け、両手でハンドルを握ったまま、薄笑いを浮かべている。バーンズは運転が大好きだった。車の前にとびだした小さな生物をひき殺すのは、なおたまらない。「やつらを捕まえたら、女はくれよ、いいだろ?」

レモは顔をしかめてバーンズを見た。自分を潔癖な人間と自負するレモは、バーンズのことを忌み嫌っていた。「あの女はディミトリさんがご所望なんだ。獲物を切り刻んだりしたらどういうことになるか、その頭によくたたきこんでおくんだな」

「切り刻んだりしないよ」ホイットニーの写真を思い出した瞬間、バーンズの目がきらっと光った。すごくきれいな女だった。おれはきれいなものが好き、やわらかくてきれいなものは最高だ。そこにディミトリの顔が浮かんだ。

ほかの者たちとは違い、バーンズはディミトリを恐れてはいなかった。それどころか、無条件に崇拝している。たとえ何度蹴られようと、飼い主を恋い慕う小さくて醜い犬。ディミトリに対するバーンズがまさにそうだった。長年の間に、乏しい脳みそにはディミトリの言葉だけが刻みこまれている。もし、ご主人があの女を欲しいというなら、早く捕まえて届けなくては。バーンズはレモに人なつこい笑顔を向けた。レモのことも、彼なりに好きだったのだ。

「ディミトリさんはロードの耳が欲しいって」くすくす笑いながら言う。「やつの耳はおれが切ってもいいだろ、レモ？」

「黙って運転しろ」

ディミトリはロードの耳が欲しいと言った。しかし、ことと次第によっては代わりにこの耳をさしだすことも覚悟しておかねばなるまい。逃げきれる望みがわずかでもあるなら、すぐにも車をUターンさせるところだ。だが、ディミトリはきっと地の果てまでも追ってくるに違いない。使用人は死ぬまで手もとに置くのが、あの男のやり方なのだ。たとえ、自らの手で息の根を止めることになろうとも。ディエゴスアレスではディミトリが自分の到着を待っている。今回の首尾を報告したあと、この耳が残っていることを、いまはただ神に祈るほかなかった。

二時間かけて五つの教会を回ったが、収穫はゼロだった。まもなく運が開けるものやら、すでに尽きはててしまったものやら、見当もつかない。「この先、どうするの？」六つ目の教会の前に車を止めて、ホイットニーはダグに迫った。今度の教会は、これまで回った中でもいちばん小さい。屋根もひどく傷んでいる。

「せっかく来たんだ、お参りしようぜ」ダグはジープを降り、歩いていった。

ホイットニーはあわてて追いついた。「いったい、このあたりにいくつ教会や墓地があると思うの？　それどころか、墓地の跡に家が建ってるかもしれないでしょ」

「墓地の跡に家は建てないさ。人がいやがるからな」

ダグはここの配置が気に入った。正面扉には閂《かんぬき》がかかっている。定期的にここを使う人間はいないということだ。わきに回ると、頭をおおわんばかりに伸びた椰子《やし》の下に、苔《こけ》むした墓石が並んでいた。ダグはかがんで、埋もれかけた碑銘をのぞきこんだ。

「ダグ、死者に対する冒涜《ぼうとく》だとは思わない？」なんだか寒気がする。ホイットニーは腕をさすりながら、こわごわ後ろをふりかえった。

「べつに」ダグはこともなげに言うと、次から次へと、顔を寄せるようにして碑銘を読んでいった。「人間、死んだらそれまでだぜ、ホイットニー」

「あとでたたりがあるとか、考えてもみないの？」

ダグはホイットニーを見た。「おれがどう思おうと、二メートルの土の下に埋められた死体はもうなにも感じやしないさ。いいから、手を貸してくれ」

ホイットニーは臆病《おくびょう》者と思われたくない一心で、ダグのかたわらにしゃがむと、墓石に絡む蔓《つる》をむしりとった。「年代はいいようね。ええと……一七九〇、一七九三」

「それに名前もフランス人のものだ」うなじがぞくぞくする。宝に近づいているなによりの証拠だ。

「あとは、ジェラールの名前さえ――」

「こんにちは《ボンジュール》」

突然の声に、ホイットニーはとびあがった。思わず逃げだしかけたところへ、木立の間から年老いた神父が姿を現した。うしろめたさを笑顔で隠し、フランス語で挨拶《あいさつ》を返す。

「おはようございます、神父様」白髪に青い瞳、青白い肌が、僧衣の黒と際立った対照を成している。さしだされた手には、老齢者特有のしみが浮いていた。「いきなりおじゃましまして、ご迷惑でなければよろしいのですが」

「ここは教会じゃ、訪れるかたならどなただろうと歓迎する」神父は二人の薄汚れた服装に目を留めた。「旅のおかたかな？」

「ええ、神父様」ダグは立ちあがったが、なにも言おうとはしない。どう取り繕うかは私に一任するということらしい。しかし、ホイットニーには、聖職者を前にあからさまな嘘をつくことはできなかった。

「じつは、ある一家のお墓を捜してはるばる旅をしてきたのです。そのかたたちは、フランス革命のおりに移民していらしたご家族なんですけれど」

「そういう人は大勢いた。あなたがたのご先祖かね？」

ホイットニーは、老神父の穏やかな青い目を見つめ、死者を敬うメリナ族のことを思った。「いいえ。でも、そのかたたちのお墓を見つけることは、私たちにとっては大切なことなんです」

「失われたものを捜すことがかね？」神父はそう言いながら、手を組んだ。年のせいで弱った筋肉は、それだけのことにぶるぶると震えた。「多くの者が訪れ、失意のうちに去る。遠くから来たのかね？」

ホイットニーはいらだちをこらえて、その問いかけに答えた。老いは肉体のみならず、心にも及んでいるようだった。「ええ、遠くからまいりましたの。私たちの捜している一家は、こちらに埋葬されていると思うのですが」

神父はちょっと考えてからうなずいた。「たぶんお力になれるじゃろう。その家族の名前は？」

「ルブラン家、ジェラール・ルブランです」

「ルブラン」神父は老いた顔をしかめて、記憶の糸をたぐった。「ここの墓所に、ルブランという名はない」

「おい、なんて言ってるんだ？」ダグは耳もとでささやいたが、ホイットニーは黙って首を振った。

「その一家は二百年前、パリからここに移り住み、この地で亡くなっているのです」

「永遠の生を受けるために、人は皆、この世での死を受けいれねばならんのじゃよ」

ホイットニーは歯をくいしばり、なおも話を続けた。「ええ、わかってますわ、神父様。ですが、私たちはルブラン一家に関心を抱いているんです、歴史的な関心を」これなら嘘にはなるまい。

「長旅でお疲れじゃろう、ひと休みしていかれるがいい。デュブロック夫人にお茶の支度を頼むとしよう」ホイットニーを誘うように、腕に手を添える。辞退しようとしたとき、その手の震えを感じた。

「ありがとうございます、神父様」ホイットニーは足を踏んばり、相手の体を支えた。

「いったい、どうなってるんだ？」

「お茶をごちそうになることにしたわ」ダグにささやき、神父に笑顔を向ける。「ここがどういう場所か、わきまえてちょうだい」

「なんてこった《ジーザス》」

「そのとおりよ」老神父に手を貸しながら、ホイットニーは狭い小道をぬけ、小さな住まいの前へ出た。こちらが手を伸ばす前に、扉は内側から開いた。木綿の仕事着を着た年配の女性が立っている。顔には深いしわが刻まれ、古びた紙にも似た、ほこりっぽい臭《にお》いが鼻をついた。

「神父様」デュブロック夫人は神父の腕をとり、中へ引き入れた。「お散歩はいかがでした？」

「旅のおかたをお連れしたよ。お茶をさしあげてくれ」

「ええ、ええ、もちろんですとも」夫人は神父に寄り添い、薄暗い廊下を狭い面会室へと連れていった。歴史を感じさせる黄ばんだ聖書が置かれ、ダビデの章のところが開いてある。両側のテーブルには短くなったろうそくが灯《とも》り、かたわらには古びたアップライトピアノが置かれていた。まるで何度も落としたように傷だらけだ。窓辺には聖母マリア像。色褪《あ》せ、欠けているが、教会にふさわしい美しさを漂わせている。デュブロック夫人はなにごとか低くささやき、神父を椅子に座らせた。

ダグは壁にかかった十字架を見あげた。時を経て傷つき、なお贖罪《しょくざい》の血の痕《あと》が見てとれる。昔から教会に入ると落ち着かない。十字架はもっと苦手だった。「ホイットニー、こんなところで油を売ってる暇はないんだ」

「しっ！ デュブロック夫人よ」

「おかけください、いまお茶をお持ちしますから」

老人への憐憫《れんびん》と先を急ぐ気持とが、心の中でせめぎあう。ホイットニーはたまらずふりかえると、神父に声をかけた。「神父様……」

「あなたがたはまだ若い」ため息まじりにつぶやき、胸にかけたロザリオをいとおしむようにさわっている。「私はあなたがたが生まれる前から、教会で神の言葉を伝えてきた。だが、訪れる者もめったにいない」

その沈んだ声と青い瞳に、ホイットニーはまたも言葉を失った。「数は問題ではありませんわ、神父様」かたわらの椅子に腰を下ろす。「一人だって充分ですわ」

神父は笑みを浮かべると、目を閉じてまどろみはじめた。

「気の毒な人」ホイットニーはつぶやいた。

「おれもここまで長生きできれば本望だね。なあ、おれたちがこうしてお茶を待ってる間にも、レモは町に近づいてるんだぜ。やつのジープを奪ったことで、いささかおかんむりだと思うがね」

「それじゃどうすればよかったの？ あの神父様に、放《ほう》っといてくれ、私たちは銃で狙われてるからって言えばよかった？」自分をにらみつけるホイットニーの目を見れば、彼女が老人に心を寄せていることは明らかだった。

「ああ、わかったよ」ダグにしても、まんざら同情の念がわかなかったわけではない。「おれたちが善行を施したおかげで、こうして安らかにお休みだ。そろそろ本題にかかろうぜ」

ホイットニーは胸をかき抱いた。墓をあばくような真似などできない。「聞いて。ここに記録があるかもしれないわ。台帳を調べたほうが……」そこまで言うと、墓地に目をやった。「わかるでしょ」

ダグは手の甲でホイットニーの頬を撫でた。「だったらここで待ってりゃいい。おれが見てくる」

ここでうなずくのは臆病者のすることだわ。「いいえ、二人で行きましょう。ここにマグダリーヌかジェラールのお墓があるなら、一緒に捜すわ」

「マグダリーヌ・ルブランのお墓ならありますよ、お産で命を落とされたんです。その娘さんのダニエルも熱病で亡くなられてますけど」デュブロック夫人は、お茶とビスケットをのせたお盆を手に、部屋へ入ってきた。

「ええ」ホイットニーはダグをふりむき、手をとった。「そのかたですわ」

いぶかしげな目を向けるダグに、夫人はほほ笑んだ。「一人で過ごす夜は長いものですわ。教会の古い記録に目を通すのが、いまではすっかり楽しみになってしまって。この教会は建てられてから、もう三百年になるんですよ。嵐《あらし》にも戦争にも耐えてきたんです」

「それで、ルブランの名に覚えがあると？」

「年はとりましたがね」ダグがその手からお盆を受けとると、夫人はほっとしたように小さく息をもらした。「まだもの覚えはいいほうですよ」かたわらでまどろむ神父をちらっと見る。「記憶もいずれは薄れるでしょうが」だが、そこにはプライドがにじんでいた。

いや、神への信頼かもしれない、とホイットニーは思った。「革命のおりには、多くのかたが逃げてこられ、この地で命を落とされました。中にルブラン一家の名前もあったと、記憶しています」

「ありがとうございます、マダム」ホイットニーは財布から、残る紙幣の半分を抜きとった。「こちらのためにお役立てください」神父をふりかえり、さらに何枚かを足した。「神父様のために、そしていまは亡きルブラン一家のために」

デュブロック夫人は厳かにお金を受けとった。「神のご意志に沿うものであれば、必ずや求めるものは見つかるでしょう。もしまた休息が必要なときは、どうぞ戻ってらっしゃい、いつでも歓迎しますよ」

「ありがとうございます」そう言いながら、ホイットニーは思わず前に踏みだしていた。

「じつは、私たちのことを捜している男たちがいます」

夫人はただじっとホイットニーの瞳を見つめている。「ええ、それで？」

「危険な人たちです」

その声を耳にした神父は体を動かし、ダグを見つめた。危険というならこの男もだ。だが、彼の心は安らいでいる。神父はホイットニーにうなずいた。「神がお守りくださる」それだけ言うと、目を閉じて、また眠りに戻っていった。

「あの人たち、なにもきかなかったわ」外に戻りながら、ホイットニーがつぶやく。

ダグも肩ごしにふりかえった。「求める答えをすべて与えられた人たちもいるのさ」自分はその中にはいないが。「さあ、目的のものを捜すんだ」

伸び放題の雑草と蔓草に埋もれかけた墓石を見て回るのはひと苦労だった。半分回るだけで一時間が過ぎた。太陽が真上から照りつけ、身を寄せる日陰もない。離れていても、潮の匂いが感じられた。疲れとあきらめとで、ホイットニーは地面に腰を下ろしたまま、ダグの姿を眺めていた。

「続きはまた明日にして、少し休みましょうよ。もう目がかすんで、碑銘もよく見えないわ」

「きょうやるんだ」半ば自分に言いきかせるように、ダグは次の墓石にかがみこんだ。

「どうしてもきょうじゅうに片をつけなくちゃいけない、と感じるんだ」

「私が感じるのは腰の痛みだけだわ」

「もう少しだ。すぐ近くまで来てる、おれにはわかるんだ。そういうときがあるだろう、手に汗がにじみ腹の底から予感がわいてくる。金庫を開けるときもそうだ。鍵の開く音なんか聞くまでもない、あと少しってときに、必ず手応えを感じるものなんだ。捜しているものは、絶対ここにある」ポケットに両手をつっこみ、背中を伸ばす。「あと十年かかろうと、おれは捜しだしてみせるぜ」

ダグを見ていたホイットニーは、ため息まじりに腰を上げた。蔓草に足をとられ、思わず近くの墓石に手をつく。毒づきながら、かがんで蔓をとろうとした瞬間、ホイットニーの胸は躍った。改めてそこに刻まれた名前を読む。かちり、と鍵の開く音が聞こえた。

「それほど長くはかからないみたいよ」

「なんだって？」

「十年もかからないって言ってるの」輝くばかりのホイットニーの笑顔に、ダグがはじかれたように体を起こした。「ダニエルのお墓を見つけたわ」墓石から草を払いながら、こみあげる涙をこらえる。「ダニエル・ルブラン」碑銘を声に出して読んだ。「一七七九〜一七九五年。かわいそうに、遠い異国の地で」

「母親の墓はこっちだ」ダグの声にはしゃいだ響きはなかった。そっとホイットニーの手をとる。「彼女も短い一生だったな」

「パリにいるときは髪粉をつけ、羽根飾りで装い、肩もあらわなドレスの裾《すそ》をひいて歩いていたでしょうに」ホイットニーはダグの腕に頭をもたせかけた。「ここへ来てからは畑を耕し、夫の秘密を共に守りとおしたのよ」

「だが、そのジェラールはどこだ？」ダグはまたかがみこんだ。「どうして女房の隣に墓がないんだ」

「それは……」そのとき、ホイットニーの脳裏にあることが閃《ひらめ》いた。「彼は自殺したのよ、神聖な墓地に埋葬されたはずがないわ。ダグ、彼のお墓はこの中にはないのよ」

ダグはその顔をのぞきこんだ。「どうしてだ？」

「自殺者は」ホイットニーは髪をかきあげた。「罪を犯したことになるのよ。だから、教会の中に埋葬されることは許されなかったはずなの」とほうにくれて、あたりを見回す。

「どこを捜せばいいのか、見当もつかないわ」

「だが、どこかしら埋めた場所はあるはずだ」ダグは墓の間を歩きまわった。「そういう場合、ふつうはどうするものなんだ？」

ホイットニーは眉を寄せて考えた。「場合にもよるわ。神父様が同情的であれば、家族のそばに葬ると思うけど」

ダグは足下に目を落とした。「家族の墓はここにある。おれの手はまだ汗ばんでいる」低くつぶやくと、ホイットニーの手をとり、墓地を仕切る低い塀に歩み寄った。「ここから始めよう」

草むらを捜しまわっているうちに、また一時間が過ぎた。蛇を見たときには、ホイットニーはすんでのところでジープに逃げ戻るところだったが、ダグは黙って棒きれをさしだすと、慰めの言葉一つかけようとはしなかった。ホイットニーは憤然と棒で蛇を追いはらった。冷たい仕打ちのお返しに、ダグがつまずいて転んだときは、見向きもしなかった。

「くそったれ!」

ホイットニーが棒を振りかぶる。「蛇ね!」

「蛇なんかほっとけ」ダグはホイットニーの手をつかんで、地面に引き寄せた。「見つけたんだ」

小さくて粗末な石碑は、半ば埋もれかけていた。ただ〈ジェラール・ルブラン〉とのみ記されている。ホイットニーは石碑に手を置き、ここを訪れ、その死を悼む者がいたのだろうか、と感慨にふけった。

「大当たりだ」ダグはその隣の石碑から、自分の親指ほどもある太い蔓を引きちぎった。石の面に刻まれた文字は〈マリー〉と読めた。

「マリー」ホイットニーはつぶやいた。「この人も自殺したのかしら」

「違う」ダグはホイットニーの両肩に手をかけ、石碑をはさんで向かいあった。「ジェラールは約束どおり宝を守ったんだよ。死んでからもな。あの遺書を書く前に、ここに宝を埋めたんだ。自分が死んだらこの地点へ埋めてくれと、言い残したうえでな。家族と一緒に葬るわけにはいかないが、最後の願いまで拒む理由はなかったはずだ」

「話の筋は通るわね」言葉とは裏腹に、ホイットニーの口は乾いていた。「で、どうするの?」

「シャベルを一丁、仕入れてくるか」

「ダグ……」

「いまは、思いやりを云々《うんぬん》している暇はないんだ」

ホイットニーは息をのんだ。「いいわ、その代わり早くしてね」

「すぐ戻る。息を止めて待ってろよ」ダグはホイットニーに軽くキスすると、さっと立ってどこかへ消えた。

ホイットニーは膝を抱えて、二つの墓石の間に座っていた。胸の高鳴りを抑えることができない。ほんとうに私たちは手の届くところまで来たのだろうか。とうとうゴールまでたどりついたと? 自分の手の下にある、忘れ去られた石碑を改めて眺める。王妃の信頼に応えるために、ジェラールは二百年もの間、こうして宝を守りつづけていたのだろうか。

もし宝を見つけたら、その先はどうする? ホイットニーは指先で草をむしった。いまはただ、自分たちが宝を手に入れればディミトリの手には渡らないということしか考えられない。しばらくは、それだけでよしとしよう。

ホイットニーは耳もとで名前を呼ばれるまで、ダグが戻ってきたことに気づかなかった。草をかき分ける音すらしなかったのだ。ダグが持ち帰ったものを見たとたん、ホイットニーは身をのりだして、なじった。「そんなので掘ろうっていうの？」

「おれたちの仕事ぶりを宣伝したくはないんでね」その手には柄の短い、小さなシャベルが握られている。「手近なもので妥協するよりなかったんだ」

しばらくの間、ダグは黙って足下の土を見つめていた。おれはいま、新たな生活への入口に立っているのだ。そう思うと、興奮を静めることができない。

ホイットニーはダグの目に、その思いを読みとっていた。またも心の中で、二つの思いがぶつかりあう。ダグの気持をわかりながらも、一抹の失望を隠しきれない。シャベルを握るダグの手に自分の手を重ねて、ホイットニーは長いキスをした。「幸運を祈るわ」

ダグは土を掘りはじめた。さくっ、さくっとシャベルが土を削る単調な音だけが響く。海からの風ひとつなく、ダグの顔を滝のような汗が流れた。熱気と静けさが容赦なく、二人を押しつぶそうと迫る。穴が深くなるにつれ、それぞれの胸の内でこれまでの旅の思い出が、次々によみがえっては消えた。

マンハッタンの通りを追ってきた男。ワシントンDCでの決死の逃避行。走っている列車からとび降り、はてしない荒野を、険しい岩山を、ひたすら歩きつづけた日々。メリナ族の村。パンガラン運河に響き渡るシンディ・ローパーの歌声。敵の手から奪ったジープで激しく愛しあい、キャビアを堪能《たんのう》した夜。二人が出会った愛と死、それはどちらも予期せぬ出来事だった。

　シャベルがなにか固いものをとらえた。くぐもった響きが草むらに広がり、二人の目と目が合う。次の瞬間、ダグとホイットニーはその場にしゃがんでいた。四つん這《ば》いになり、手で土をかき分ける。めざすものを見つけたとき、二人は息をつめて、それをとりだした。

「ああ、神様」ホイットニーは声をもらした。「話はほんとうだったのね」

　それは縦横三十センチにも満たない、小さな木の箱だった。長い間土の中に埋まっていたせいで、泥にまみれ、湿気を帯びている。ダニエルが書き残したとおり、なんの変哲もない粗末な作りだ。だが、この木箱でさえ、収集家や美術館にとってはひと財産に値するものなのだ。時の重みは、真鍮《しんちゅう》さえも黄金に変える。

「鍵を壊さないで」力まかせに蓋《ふた》を開けようとするダグに、ホイットニーは注意した。いらいらしながらも、ダグは一分ほどでなんの苦もなく鍵を開けた。ついに蓋を開けた瞬間、二人は呆然《ぼうぜん》と箱の中身に見入っていた。

　これほどだとは予想もしていなかった。旅の間も半信半疑で、軽い気まぐれ程度にしか考えていなかったのだ。ダグの入れこみようがわかっても、例の書類を見せられたときですら、これほどの宝が眠っていようとは、思ってもみなかったのだ。

　ホイットニーは、ダイヤモンドのまばゆい光と金の輝きに目をみはり、息もつけぬまま、箱の中に手を入れた。

　手の中からこぼれるダイヤの首飾りは、冬の空に輝く月にも負けないほど、美しく冷たい光を放っている。

これがあの首飾りなのだろうか、とホイットニーは思った。革命直前の不穏な空気の中、王妃マリー・アントワネットを陥れるために利用された首飾りがいま、私の手の中にある。そんなことがあり得るのだろうか？　はたしてマリーは一度でも、これを自らの胸に飾り、その炎とも氷とも見える変幻自在の輝きを堪能したのだろうか？　美しいものを愛してやまない一人の女性が、権力と欲の塊と化して、この首飾りを手に入れたというのか？　それとも、彼女はいわれなき中傷の犠牲者として、その胸を痛めていたのだろうか？

その謎は、歴史家の手に委《ゆだ》ねよう。私にわかることはただ一つ、マリーが従者の忠誠心に訴えたという事実、そして、ジェラールがその誓いどおり、祖国と王妃のために、この宝石を守りぬいたということだけだ。

ダグはエメラルドを手にしていた。大粒のエメラルドを五つも並べた首飾りはずっしりと手に重い。これをかけていたら、首がおかしくなるのではないだろうか。この首飾りのことは、本にも出ていた。たしか女性の名前がつけられていたはずだ……マリア、ルイーズ、はっきりとは思い出せない。しかし、以前ホイットニーも感じたように、絵や写真では宝石の魅力は伝わらない。この厚みが、重みがあってこそ、その価値も倍加するというものだ。この手の中で輝く石が、二百年もの間、日の目も見ずに埋《うず》もれていたとは。

箱の中に眠っていたのは、宝石だけではなかった。人々の情熱を、欲を満たして余りある宝。小さな箱にはあふれんばかりの宝石とともに、歴史的遺産も秘められていた。ホイットニーは細心の注意を払って、精巧な細密画をとりだした。

王妃の肖像はこれまでにも幾度となく目にしてきたが、これほどの作品には出会ったことがない。手の中のマリー・アントワネットは、いまも権力の座にあるかのように、軽薄とも映る華やかな笑みを、ホイットニーに投げかけていた。それは十五センチに満たない細密画だが、卵形の純金の額に納められている。画家のサインを読みとることはできず、絵そのものもひどく傷んではいるが、その価値の大きさを、ホイットニーは悟っていた。これはもう、道義上《モラル》の問題だ。「ダグ……」

「すごいぜ」どれほど夢をふくらませてみても、まさかそれがこんな形でかなおうとは思ってもみなかった。この指に、おれは財産を、最高の結末を握っているのだ。ダグは片手に涙形のダイヤを、もう一方の手にはルビーの腕輪を握りしめていた。おれはたったいま、ゲームに勝ったのだ。勝利の実感もわかないまま、ダグはポケットにダイヤをしのびこませた。「見てくれよ、ホイットニー。おれたちは世界を手に入れたんだぜ、この世界をさ。王妃に祝福あれ」笑いながら、ダグはホイットニーの頭から、ダイヤとエメラルドの首飾りをかけた。

「ダグ、これを見てちょうだい」

「ああ、なんだい?」宝石に魅せられたダグの目には、小さな絵などかすんで見える。

「その額は、いくらか金になりそうだな」気のない返事をすると、二十五セント硬貨ほどもある大粒のサファイアをあしらった、豪華な首飾りを手にとった。

「これはマリーの肖像よ」

「値打ち物だな」

「値段なんてつけようがないわ」

「へえ、そうかい？」気をそそられたダグは、改めて絵に目を向けた。

「ダグ、この細密画は二百年前のものなのよ。それも、生きている人は誰一人見たことがない、いいえ、こんな絵があることすら知らない作品なの」

「それじゃ、いい値がつくわけだ」

「まだわからないの？」いらだちを抑えきれずに、ホイットニーはダグの手から絵を奪いかえした。「これは美術館に納めるべきものだわ。故買屋に持ちこむような品じゃない、芸術品なのよ。ダグ……」ホイットニーはダイヤの首飾りを掲げた。「これも同じよ。高価な宝石がただ並んでるわけじゃない、この気品、技巧のすばらしさをよく見てちょうだい。これはもう芸術よ、歴史的遺産だわ。第一、もしもこれが世に言う〝首飾り事件〟のネックレスだとしたら、通説に新たな光を投げることになるわ」

「おれとは関係ないことだ」ダグはそう言うと、首飾りを箱に戻した。

「ダグ、この宝石は二世紀前の女性のものなのよ。二百年よ。彼女からそれをとりあげることは誰にもできない。首飾りや腕輪を質屋に持ちこんで、ばらばらにしようだなんて、人として許されないことだわ」

「道義的な問題は、改めて話しあおうぜ」

「ダグ……」

むっとしたダグは、箱の蓋を閉めて立ちあがった。

「その絵を美術館に寄贈したいなら、それもいい。宝石だって、二、三個までは目をつぶってやる、その話しあいには応じよう。だが、おれは命がけでこの箱を手に入れた。そうさ、あんたの命まで危険にさらしてな。やっと浮かびあがれるチャンスを手にしたのに、それをむざむざ他人の手に渡せるか。一生に一度のチャンスだぞ、それを美術館に譲るほどおれは大物じゃないんだ」

ホイットニーは腰を上げ、ダグの前に立った。その目がなにを訴えているのか、ダグには理解することができなかった。「あなたは大物よ」ホイットニーは穏やかに言った。

その言葉に心が揺れる。しかし、ダグは頭を振った。「買いかぶられても困るぜ、お嬢さん。生まれたときからなんでもそろってる人間とはわけが違うんだ。おれみたいな人間は、そいつを自分の力で手に入れなきゃいけないのさ。だが、ゲームをするのももう疲れた。これを潮に、足を洗いたいんだ」

「ダグ……」

「いいか、この中身をどうするかはともかく、いまはまずこいつを運びだすのが先だ」

ホイットニーは言いかえそうとして、思いとどまった。「わかったわ。だけど、あとできちんと話しあいましょうね」

「お気のすむまで」ダグが魅力的な笑みを投げる。こういう笑顔はけっして信用ならないと、ホイットニーは悟っていた。「この赤ん坊を、家まで無事に連れて帰れると思うか？」

ホイットニーは首を振りながら、笑顔で応えた。「ここまで来たんですもの。きっとうまくいくわ」

ダグが向きを変え、草をかき分けたとき、ホイットニーはふと足を止めた。蔓草に咲いた花をとり、ジェラールの墓に手向ける。

「あなたは最善を尽くされたわ」ホイットニーは踵《きびす》を返すと、ダグを追ってジープに向かった。

ダグは車に戻ると、もう一度すばやくあたりを見まわしてから、後部座席に木の箱を置き、上から毛布をかぶせた。「よし、それじゃホテルを探そう」

「きょういちばんの朗報だわ」

眼鏡にかなうホテルが見つかると、ダグは縁石に車を寄せた。洗練されたたたずまいで、値段もかなり高そうだ。「先にチェックインしててくれ。明日の朝一番の便に空きがあるか、ちょっと調べてくる」

「アンタナナリボに置いてきた荷物はどうするの？」

「送ればいい。行き先はどこにする？」

「パリにして」ホイットニーは即座に答えた。「今度は退屈しないですみそうな気がするの」

「了解。そこで相談だが、そろそろ現金を分けちゃもらえないかな。そろえたいものもあるんだが」

「もちろんよ」一セントまでこだわっていたことが嘘のように、ホイットニーはいそいそと財布を出した。「クレジットカードを持ってけばいいわ。ご希望なら、ファーストクラスのチケットをどうぞ」

「当然だろ。最高の部屋をとれよ。今夜から一流の生活を始めるんだ」

ホイットニーはにっこりと、だが、後部座席に身をのりだして、毛布に隠した木箱をとった。「これは私が預かるわ」

「おれを信じてないのか？」

「信じてると、言いきる自信はないわね」ホイットニーは弾むように車を降りると、ダグに投げキスをした。泥だらけのスラックスに破れたブラウスといういでたちで、臆することなく歩いていく。彼女が王女のように胸を張って入っていくと、ドアボーイが三人、あわてて駆け寄ってドアを開けた。あれが品格というものか、とダグは改めて思った。ホイットニーの体からは気品が匂いたつようだ。そういえば、ブルーのシルクのドレスを欲しがっていたな。ダグはにやっと笑って車を出した。ホイットニーを驚かすようなプレゼントを二、三手に入れよう。

部屋を気に入ったホイットニーは、ボーイにもチップをはずんだ。一人になると、もう一度木箱を出して、蓋を開けてみた。

自分を保護論者だとも、美術狂だとも思ったことはない。淑女ぶる気もさらさらない。しかし、箱の中の宝石や前世紀のコインを目のあたりにすると、とても現金のような通俗的なものには替えがたい気がするのだ。この箱のために、何人の命が失われたことか。欲のために死んだ者もいれば、信義を貫くために死んでいった者もいる。中には、その場にいあわせたために命を落とした、罪のない者もいた。もしも、これをただの宝石というなら、その人たちの死はなんだったのか。ホイットニーは、ファンと、そしてジャックを思った。違う、あの人たちの命は、宝石とは比べられないものだわ。

これは私のものでも、ダグのものでもない。なんとかして、そのことをダグに納得させなければ。

蓋を閉めると、ホイットニーは浴室に行き、蛇口をいっぱいにひねった。海辺の安宿と、ジャックの記憶がよみがえる。なにも知らずに死んでいった若者。しかし、あの宝石や細密画が然《しか》るべき場所に納められたときには、彼の名も永く後世に語り継がれるだろう。ニューヨークの美術館に、ジャックの名を刻んだプレートが掲げられるのだ。思わず口もとがほころぶ。きっとジャックも喜んでくれるに違いない。

湯がたまるのを待って、窓辺に歩み寄る。眼下に広がる入江と、活気に満ちた小さな町の眺めを、ホイットニーは楽しんだ。あの通りを散歩し、港の雰囲気を満喫したい。船と海の男たち。私のようにインテリアを手がける者には格好の品が、きっとたくさん見つかるに違いない。マダガスカルの民芸品をニューヨークへ持ち帰ることができないのは、残念としか言いようがない。

思いをめぐらせるホイットニーの目が、舗道の人影をとらえた。思わず身をのりだして見る。またあの白いパナマ帽だ。考えすぎよ、南国ですもの、パナマ帽をかぶる男性はいくらでもいるわ。まさか、あの男が……。そう心に言いきかせてはみても、感じるのだ。あれはゾマで見かけた男に違いない。男がふりむくのを息をつめて待っていたが、扉の中にその姿が消えると、ホイットニーは不満げに息をもらした。神経質になってるだけ。ディエゴスアレスまでの道のりを思えば、いったいどこの誰が二人のあとをつけてこられるというのか。ダグが早く戻ってくれるといいけれど。お風呂につかり、さっぱり着替えて、食事をしよう。明日の朝には飛行機にとび乗り、この国ともお別れだ。

パリ。ホイットニーはうっとりと目を閉じた。一週間はなにもせずに、のんびりしたい。

ダグと愛しあい、シャンパンを飲む。あれだけの試練に耐えたのだから、それくらいの報いがあってもいいはずだ。パリのあとは……。ホイットニーはため息をもらすと、浴室に戻った。それがもう一つの問題だわ。

湯を止めて体を起こし、ブラウスのボタンに手をかける。だが、その瞬間、ホイットニーの目は、洗面台の鏡に映るレモの目に釘《くぎ》づけになった。

「ミス・マカリスター」頬の傷をひと撫でると、レモは笑った。「こいつの礼を言わせてもらうぜ」

14

ホイットニーは悲鳴をあげようと思った。恐怖のあまり、喉の奥に熱く苦いものがこみあげ、みぞおちのあたりに冷たいしこりを感じる。しかし、レモの、なにかを待っているような冷静な目に、声をあげるのを思いとどまった。ちょっとでも騒いだら、この男は喜んで私を黙らせるに違いない。

次の瞬間には、逃げることを考えていた。レモを突きとばし、死に物狂いでドアをとびだす。うまくいくかもしれない。だが、失敗したらどうなる。

ホイットニーはブラウスのボタンに手をかけたまま、あとずさった。狭い浴室に響く荒い息づかいを聞きながら、レモは笑みを浮かべた。落ち着いて、なんとかするのよ。ホイットニーは自分に言いきかせた。さんざんつらい目にあって、こんな遠くまで来て、いままた敵に追いつめられようとしている。洗面台の縁を固く握りしめた。絶対に泣くものか。命乞《ご》いなどしたりはしない。

人の気配を感じて目をやると、レモの後ろにバーンズが立っていた。例のいやらしい薄笑いを浮かべている。恐怖に理屈はいらないことを、ホイットニーは悟った。猫にもてあそばれるねずみも、きっとこんな気持を味わうに違いない。いま自分にピストルを向けている男よりも、あのバーンズのほうがよほど恐ろしい相手だと、本能的に感じていた。震えてばかりはいられない。大胆に、賽《さい》を投げるときが来たのだ。ホイットニーはこわばる指を伸ばして、神に祈った。

「あなたがレモさんね。ずいぶんお早い到着だこと」そう言いながら、頭の中はめまぐるしく動いていた。どうすれば逃げられるか。ダグが出かけてから、まだ二十分とたってはいない。この場は自分一人できりぬけなくては。

女が叫ぶか逃げるかしてくれればいい、とレモは思っていた。そうすれば、二、三発殴ったところで言い訳はたつ。頬に負わされた傷の恨みはまだ消えていなかったが、ディミトリのことを思うと、手向かいもしない女に傷をつけるほどの度胸はなかった。無傷の獲物を手に入れるのがボスの望みだ。しかし、脅かすだけなら跡は残らない。レモはホイットニーの喉もとに銃口を押しつけた。女が震えるのを見て、ほくそ笑む。「ロードはどこだ?」

ホイットニーは黙って肩をすくめた。これほど怖い思いをしたことはない。とっさには声が出なかった。緊張で口の中がからからだ。だが、あくまでも冷静な声で言った。「私が殺したわ」

自分でも驚くほど、嘘《うそ》がすらっと口をついて出た。巧《たく》まぬ嘘には、真実味が漂うものだ。このまま押しとおそう。ホイットニーは指先で、喉にくいこむ銃口を外した。レモはホイットニーを見つめていた。だが、内面の動きを読むほどの知恵はなかったらしい。ホイットニーの、超然とした瞳の奥に、恐怖が潜んでいるのを見抜くことはできなかった。やにわに腕をつかみ、寝室へ連れこむと、乱暴に椅子に座らせた。「ロードはどこだ？」

ホイットニーは姿勢を正すと、破れたブラウスの袖《そで》を払った。指の震えを気どられてはならない。ありったけの知恵を絞って、相手をだますのだ。「いやだわ、レモ。あなたには、二流のこそ泥にはない上品さを期待していたのに」

レモが顎をしゃくると、にやにやしながらバーンズが寄ってきた。手には小さなリボルヴァーを持っている。「きれいだ」いまにも笑いだしそうな口調だ。「やわらかくて、きれいだ」

「やつは、膝頭を撃ち抜くのが好きなんでね」レモが言う。「で、ロードはどこだ？」

ホイットニーは左膝に向けられた銃口を、懸命に無視した。もし、ちらっとでも見てしまったら、いや、考えただけでも、ひれふして命乞いをしてしまいそうだ。「だから私が殺したのよ」同じ答えをくりかえす。「たばこあるかしら？　もう何日も吸ってないのよ」

レモがうっかりたばこに手を伸ばしかけたほど、それはさりげない口調だった。業をにやしたレモは、今度は自ら、ホイットニーの眉間《みけん》に銃を向けた。早くも眉間の奥がずきずきとしはじめ、その痛みがしだいに広がっていく。「いいか、もう一度だけきいてやる、ロードはどこだ？」

ホイットニーはいらついたように、小さなため息をもらした。「さっきから言ってるでしょ。死んだわ」バーンズが鼻歌まじりに、ずっと自分を見つめている。そう思っただけで、胃が痛くなる。だが、ホイットニーはあえて平然と、爪を眺めた。「この町でマニキュアを売ってるところなんて、心あたりはないわよね？」

「どうやって殺した？」

緊張に胸が高鳴る。レモはいま、半分信じかけている。あとひと息だ。「撃ち殺したに決まってるじゃないの」ホイットニーは脚を組み、意味ありげにほほ笑んだ。レモの合図で、バーンズが銃を下ろす。ほっと安堵《あんど》の息がもれそうになるのを、ホイットニーはこらえた。「いちばん簡単で、確実な方法でしょ」

「なぜだ？」

「なぜ？」ホイットニーは目をしばたたいた。「なにが？」

「どうしてやつを殺した？」

「もう用がすんだからよ」さらりと言ってのける。

そのとき、バーンズが近より、ずんぐりした手でホイットニーの髪を撫《な》でた。喉の奥で、うれしそうな声をたてる。うっかり顔を向けたホイットニーは、バーンズと目が合ったとたん、血も凍るような思いに駆られた。じっと身を硬くしたまま、恐怖を気どられまいと努める。「このねずみは、あなたのペットなの、レモ？」嫌悪をにじませ、だが、やんわりとホイットニーは言った。「もちろん、扱い方は心得ているでしょうね」

「下がってろ、バーンズ」

だが、バーンズは肩にかかる髪を撫でつづけた。「さわりたいよ」

「下がってろ！」

レモに向けたバーンズの目から、先ほどまでの愛想のよさは消えていた。どす黒い、悪意に満ちたまなざし。ホイットニーは思わず息をのんだ。バーンズがおとなしく従うか、それともこの場でレモを撃ち殺してしまうのか。二人のうちどちらか一方を選ばねばならないとすれば、バーンズだけは願いさげだ。

「お二人とも」男たちの目を自分に引きつけようと、ホイットニーはやさしい声で呼びかけた。「もしもお話が長びくようなら、たばこをいただけないかしら。けさはすっかり疲れてしまって」

レモは左手をポケットに伸ばすと、一本さしだした。ホイットニーがたばこを指先にはさみ、火をつけてくれといわんばかりの目を向ける。本来なら、その場で脳天をぶちぬいてやるところだ。しかし、レモは思いなおすと、伝統的な作法にのっとり、ライターで火をつけてやった。

レモに向かってにっこりほほ笑み、ホイットニーは細く煙を吐きだした。「ありがとう」

「いや。だが、こんな話をどうやって信じろというんだ。あんたがロードを殺した？　やつはばかじゃないぞ」

ホイットニーはたばこを口に運びながら、椅子の背にもたれた。「見解の相違ね。ロードなんて最低のばかよ。なんて言えばいいかしら、そう、下半身でものを考えるような男よ。手玉にとるくらい、わけない話だわ」背中を玉の汗が伝う。すました顔で座っているのは、たいへんな苦労だった。

レモはじっくりとホイットニーを見つめた。涼しい顔、手も震えてはいない。よほど肝の座った女か、できなきゃ、ほんとうのことを言ってると考えていい。自分で手を下さずに片がつくのはありがたい話だが、ロードだけはこの手で殺《や》りたかった。「だが、お嬢さん、あんたは自分から好んでロードについたはずだ。ずっと手を貸してきたんじゃなかったのか」

「当然でしょ。彼は私の欲しいものを持っていたんですもの」内心、むせずにすんだことを感謝しながら、ホイットニーはたばこをふかした。「国外へ出るのにも力を貸したし、経済的援助までしたわ」かたわらの灰皿へそっと灰を落とす。このまま時間稼ぎをしていてもらちがあかない。いまここへダグが帰ってきたら、それこそ二人とも一巻の終わりだ。

「彼は品のない男だったけど、ちょっと惹《ひ》かれたことは認めるわ。だけど、女って、あの手の男にはじきに飽きるものよ、こう言えばわかってくださると思うけど」煙のベールごしに、笑みを浮かべてレモを見つめる。「とにかく、これ以上彼にくっついてる義理はないと思ったわけ。宝を山分けする義理もね」

「だから殺したのか」

レモの言葉に嫌悪の響きはなかったが、まだ半信半疑のようだ。「もちろんよ。あなたのジープを盗んだあたりから、ばかみたいにいばりちらして。車を止めさせるのは簡単だったわ。ちょっと草むらで休んでいきましょうって言ったの」ものうげな仕草で、ブラウスのボタンをもてあそぶ。レモの視線が自分の胸もとに吸い寄せられるのを、ホイットニーは感じた。「例の書類もジープも手に入れた、となれば、もう彼に用はないわ。藪《やぶ》に入ったところで撃ち殺して、自分で運転してきたのよ」

「あんたに殺られるとは、やつもやきが回ったもんだ」

「彼……」指先で体の線をたどってみせる。「ほかのことで手いっぱいだったのよ」それでも、レモはのってこない。ホイットニーは荒々しく肩を引いた。「信じたくないなら、好きなだけ捜しなさいよ。せいぜい時間をむだにするといいわ。だけど、私が一人でチェックインしたことは、もう知ってるはずよね。それに、私が宝を持ってることをどう考えるわけ？　ダグラスがどういう人間か、よく知ってるでしょ。私を信じて、だいじな宝を預けるような男だとでも思ってるの？」

ホイットニーは鏡台を指さした。中身を目にしたとたん、思わず生唾《なまつば》をのんだ。

レモは歩いていくと、蓋《ふた》を開けた。中身を目にしたとたん、思わず生唾をのんだ。

「どう、ちょっとしたもんでしょ？」ホイットニーは軽くたばこの灰を落とした。「ロードみたいな男と分けるには惜しい芸術品だわ。だけど……」レモと視線が合うのを待って、言った。「家も育ちもきちんとした男性が相手なら、話は別ってこと」

おれを引きこむつもりか。誘うような目をしやがって。小さな箱の中からは、熱気さえ漂ってくるようじゃないか。だが、そのとき、ディミトリの顔が浮かんだ。「宿を変えてもらうぜ」

「いいわ」どうでもいいというように、ホイットニーは立ちあがった。一刻も早く、ここから出なければ。どこへ連れていかれようと、膝を撃たれたり、命を落としたりするよりはずっとましだ。

レモは宝石箱を手にとった。ディミトリも喜んでくれるだろう。手放しで喜ぶに違いない。薄笑いを浮かべて、ホイットニーに言った。「バーンズに車まで送らせる。おとなしくしてりゃ、手出しはしない。お望みとあらば、いつでも右手の一つくらいつぶしてやるがな」

バーンズのにやけた顔を見たとたん、ホイットニーは身震いした。「ご念には及ばないわ、レモ」

二人分のパリ行きのチケットを手配するのに、そう長くはかからなかった。むしろ、時間をかけたのは買い物のほうだ。ホイットニーのために透けるような下着を買うのは、大いなる喜びだった――たとえ、レシートに打ちこまれたのが、彼女自身のカードの番号だとしても。ダグは一時間近くかけたあげく、店の女性が小躍りしそうな、高価なシルクのドレスを見立てた。紺青色で、胸もとにはドレープをとり、裾《すそ》にかけてはなめらかな、細身のラインになっている。

自分には、さりげない中にも優雅さの漂うスーツをおごった。これぞまさしく、おれの望む生き方。さりげなく、優雅に。たとえ、つかの間の夢だとしても。

ホテルへ戻るころには、箱をいくつも抱え、すっかり上機嫌で口笛を吹いていた。いよいよ新しい生活が始まる。明日の晩にはマキシムでシャンパンを飲み、セーヌ川を見おろすホテルで愛しあうのだ。缶ビールや道端の安モーテルとも、もうおさらば。一流、とホイットニーは言った。これからは、そういう生活に慣れなければ。

部屋に戻ったダグは、ドアが開いているのに驚いた。ホテルの鍵《かぎ》を開けるくらいは朝飯前だと、ホイットニーなら先刻承知のはずではないか。「おい、パーティの始まりだ。支度はいいか？」箱をどさっとベッドに下ろし、七十五ドルもかけたシャンパンをとりだす。

コルクの栓を抜きにかかりながら、浴室に向かった。「お湯はまだ熱いかな?」

浴槽の中の水は冷えきり、中には誰もいない。ダグはその場に立ちつくし、浴槽を見つめていた。ぽんっと派手な音をたてて、コルクが飛ぶ。シャンパンが指を濡《ぬ》らしていることさえ気づかずにいたが、突然はっとしたように寝室に駆けもどった。

ホイットニーのバックパックは入ったときに放《ほう》りだしたまま、床に転がっている。しかし、小さな木箱は影も形もなかった。すさまじい勢いで、だが、念入りに部屋を探す。箱も中身も、なにもかも消えていた。そして、ホイットニーも。

熱い怒りがこみあげる。裏切り。がに股《また》の小男に裏切られるより、百倍も悪い。少なくとも、メルビン・フェインスタインは同じ世界の人間だ。しかし、あの女は。琥珀《こはく》色の瞳と、クールなほほ笑みにしてやられた。悪態をつきながら、ダグは手にした瓶を、たたきつけるようにテーブルに置いた。

女《め》ぎつねめ! 昔から、足を引っぱるのは女だった。何度痛い目にあえば、気がすむんだ? やつらはしなを作り、まつげをひらひらさせて、最後の一ドルまでまきあげる気なんだぞ。

まったく、おまえはどこまで甘いんだ。本気で、ホイットニーも自分に惚《ほ》れてると思っていたのか。だが、愛しあったときのおれを見るまなざし、寄り添う仕草、あれはなんだったのか。命をかけて、一緒に戦ってきたはずではなかったのか。小石が深い湖に吸いこまれるように、おれは彼女に心奪われた。こっちは将来のことまで考えていたというのに、彼女はチャンスが来たとたん、おれを踏みつけにして出ていったというのか。

ダグは足下のバックパックに目を落とした。ホイットニーはこれを背負って、何キロも歩きつづけたんだ。笑ったり、すねたり、このおれをからかったり。それから……。ダグははじかれたように、パックにとびついた。中には、彼女のものが残されていた。レースの下着、コンパクト、ヘアブラシ。ホイットニーの残り香が鼻をくすぐる。

違う。いきなり頭を殴られた気がした。自分に腹を立てながら、ダグはバックパックを壁ぎわに放った。ホイットニーは逃げたりはしない。むこうもその気だと思ったのは、おれのうぬぼれかもしれない。だとしても、こんな形で約束を反故《ほご》にするのは、彼女のプライドが許さないはずだ。

逃げたのでなければ、拉致《らち》されたことになる。

ホイットニーのブラシを手にしたまま、ダグはその場に凍りついた。拉致。それならまだ、裏切りのほうがましだ。

ディミトリ。手の中で、ブラシが真っ二つに折れた。まんまと彼女を手に入れたつもりか。ダグは壊れたブラシを投げ捨てた。彼女はすぐに取り戻してみせる。

まもなく部屋を出たダグに、もう口笛を吹く余裕はなかった。

屋敷はすばらしかった。だが、ディミトリほどの男であれば、これくらいは予想しておくべきだったのかもしれない。窓の外には白いバルコニー。錬鉄製の手すりがついた優雅なデザイン。入江を見おろす眺めは、さぞ美しいことだろう。広々とした庭は手入れがゆきとどき、色とりどりの南国の花が咲き乱れていた。日ざしをさえぎるように、椰子《やし》が並んでいる。そうした光景を、ホイットニーは恐ろしさに震えながら、見つめていた。

白い玉砂利をしいた私道のはずれで、レモが車を止めた。ひるむ心を懸命にふるいたたせる。これほどの屋敷を構えることは、ばかではできない。相手が頭のきれる男なら、交渉の余地はあるはずだ。それよりも、バーンズの物欲しげな目つきや笑い顔を見ると、不安でたまらない。

「まあ、さっきのホテルよりはよさそうね」晩餐会《ばんさん》にでも赴くような態度で、ホイットニーは車を降りたった。ハイビスカスの花を手折り、香りをかぎながら、玄関へと向かう。レモのノックに応《こた》えて、同じくダークスーツ姿の男がドアを開けた。使用人には、ビジネスマンらしい服装をさせるのが、ディミトリのやり方らしい。全員がきちんとネクタイをしめ、懐には四五口径の銃をしのばせているというわけか。男は笑うと、前歯が派手に欠けていた。それが例のカーチェイスのおり、〈ゴディバ・チョコレート〉のショーウィンドウにつっこんだせいだとは、ホイットニーは夢にも思わなかった。

「とうとう女を捕まえたのか」レモとは違い、男はホイットニーを恨んではいなかった。

歯が欠けたのは、一種の労災だ。むしろ、あれほど度胸のいい運転のできる女に、尊敬の念さえ感じていた。「ロードの野郎はどうした?」

レモは男に見向きもしなかった。自分が答える相手は一人しかいない。「女から目を離すな」そう命じると、直接ディミトリのもとへ報告に向かった。宝を手に入れたせいで、足も軽い。前回は、這《は》うがごとき足どりだったのが嘘のようだ。その体からは職務を全うした男の誇らしさが漂っていた。

「で、どういうことになったんだ、バーンズ?」ダークスーツ姿の男は、ホイットニーに目を転じた。なかなかの美人だ。ディミトリさんも趣向を凝らしてもてなすことだろう。「ロードの耳はどうした? ボスへのみやげを忘れたのか?」

バーンズの不気味な笑いに、ホイットニーは鳥肌が立った。「あの女が殺したんだと」いかにもうれしそうな口調だ。

「ほう、そうかい?」

男の好奇のまなざしを受け止めると、ホイットニーは髪をかきあげた。「そのとおりよ。ところで、ここではなにも飲ませてもらえないのかしら?」

返事も待たずに、広々とした真っ白な廊下を歩いていくと、手前の部屋に入った。一見してわかる、正式な客間だ。インテリアを担当した人間は、派手に飾りたてるのが趣味らしい。私なら、もっと軽めの装飾にするところだ。

ホイットニーの背丈の倍はあろうかという大きな窓を、真紅の繻子《しゅす》で編んだ花綱でとりまいている。部屋の中を歩きながら、この窓を開けて逃げだすことはできるだろうかと、考えていた。ダグはもうホテルに戻っているころだろう。繊細な彫刻を施した穹窿《きゅうりゅう》胴の
テーブルに指を這わせながら、ホイットニーは可能性を考えてみた。しかし、ダグが第七騎兵隊のごとく駆けつけてくれるなどとは期待しないほうがいい。なにをするにしても、自分ひとりの力できりぬけなければ。

二人の男が自分の動きを目で追っていると承知で、ホイットニーはデカンタに歩み寄り、一杯ついだ。このクリスタルは、〈ウォーターフォード〉の名品に違いない。指はこわばり、じっとり汗ばんでいる。景気づけに一杯やるのも悪くはない。なにしろ、まだ立ち向かうべき相手の正体さえつかめないのだ、焦ってみても始まらない。世界じゅうの時間を独り占めにしたような優雅さで、アン女王朝様式の背もたれの高い椅子に腰を下ろすと、ホイットニーはベルモットのなめらかな口あたりを楽しんだ。

上等の酒を用意している人間ならば、交渉の余地はある。父はかねがねそう言っていた。ホイットニーはもうひと口含みながら、父の教えが正しいことを祈った。

何分かが過ぎた。ホイットニーは杯を傾けながら、わきあがる恐怖を必死に抑えようとしていた。もしも自分を殺すつもりなら、とっくの昔にそうしているはずではないか。むしろ、身の代金めあてに生かしておくと考えたほうが筋が通る。たかだか数十万ドルと交

換されるのも気に入らないが、銃弾に倒れるよりははるかにましだ。

ダグは、詩と拷問がディミトリの趣味だと言っていた。親指締めにチョーサー。ホイットニーはさらにベルモットをあおった。自分の運命はディミトリの手中にあるのだ。その男のことをあれこれ考えるのは、かえって恐怖に火をそそぐようなものではないか。少なくとも、いましばらくはダグの身は安全だ。ホイットニーは、そのことに神経を集中した。レモが戻ってきたのを見て、ホイットニーは全身をこわばらせた。内心の動きを気どられぬように、グラスを口に運ぶ。「お客を十分以上も待たせるなんて、ずいぶん失礼ね」努めてさりげなく言う。

レモが頬の傷を撫でる。その仕草を、ホイットニーは見逃さなかった。「ディミトリさんが昼食を一緒にとのご希望だ。まず、風呂に入って着替えをしたらどうかと、おっしゃっておいでだ」

まずは執行猶予。「ご親切にどうも」立ちあがると、グラスをわきに置いた。「でも、あんまりせかされたもので、荷物も持ってきていないのよ。着替えがないわ」

「ディミトリさんにぬかりはない」少々手荒いエスコートで、レモはホイットニーを案内した。廊下をぬけ、螺旋《らせん》階段を上って二階へ行く。葬儀屋のような匂《にお》いがする。レモがドアを開けた。「一時間やる。その間に支度をしろ。ディミトリさんを待たせるんじゃないぞ」

中に入ると、後ろで鍵のしまる音がした。

そのとたん、ホイットニーは両手で顔をおおった。体の震えが止まらないのだ。深呼吸をしながら、自分に言いきかせる。私はまだ生きている。いまはそのことだけを考えるのだ。ホイットニーはゆっくり手を下ろし、まわりを見まわした。

ディミトリは、けちくさい男ではなさそうだ。自分のために用意されたスイートは、外観と同じく、じつに優雅だった。広々とした居間には、磁器の花瓶に生花がふんだんに盛ってある。女性的な色調で、絹の壁紙の薔薇《ばら》色とパールグレーとが、床に敷いた東洋緞通《だんつう》の色をひきたてていた。深い色のソファには、手作りのクッションが置いてある。専門家であるホイットニーの目から見ても、全体的には申し分のない、洗練された仕上がりだった。ふと、気がついて、窓を開けてみる。

これはだめだ。ひと目見るなり、あきらめた。バルコニーから庭までは、ゆうに三十メートルはある。宿屋の二階からとび下りるようなわけにはいかない。ホイットニーは窓を閉めると、ほかに手はないかと、スイートを見まわした。

寝室が、またみごとだった。磨きのかかった大きなチッペンデール風のベッドに、凝った作りの陶製のランプ。まさに完璧《かんぺき》としか言いようのない飾りつけだ。紫檀《したん》のたんすの引き出しが開けてあり、中には衣類が用意されていた。これだけのものにそっぽを向ける女はいないだろう。薄い象牙《ぞうげ》色のシルクに手を触れたホイットニーは、思わず顔をそむけた。

これは私が二、三日ここにいることを想定しての準備だ。ディミトリはしばらく、私を滞在させるつもりらしい。喜ぶべきか、それとも警戒すべきだろうか。

ふりかえると、大鏡に映る自分の姿があった。そばへ寄り、鏡をのぞく。顔は青ざめ、服は汚れて破けていた。おびえた目。自分の姿に腹を立てながら、ホイットニーはブラウスを脱いだ。

ディミトリの前に惨めな姿をさらすものか。けっして震えたりはするまい、と心に誓った。ほかにどうすることもできないのなら、せめて美しく装おう。ホイットニー・マカリスターは、いついかなるときも、その名に恥じぬ装いができるのだ。

スイートのドアを全部調べてみたが、すべて外側からしっかり鍵がかかっていた。窓という窓も開けてはみたが、その結果わかったのは、自分は完全な籠《かご》の鳥だということだけだった。

逃げられないとわかれば、腰を据えて支度にかかろう。ホイットニーは深い大理石の浴槽に、ゆったりと身を沈めた。バスオイルのむせるような香りがたちのぼる。ディミトリの指図だろう、化粧台にはファンデーションからマスカラに至るまで、ひととおりの化粧品が並んでいた。すべて、彼女好みのブランドと色調でそろえるという念の入れようだ。

ディミトリは、噂《うわさ》にたがわぬ完璧主義者らしい。化粧品を使いながら、ホイットニーは思った。憎いほどの心くばり。アメジストクリスタルの小瓶には、ホイットニー愛用の香水が入っている。洗いたての髪をとかすと、真珠貝の櫛《くし》を二枚使って後ろへ流した。この櫛も、今宵《こよい》のホストからの贈り物だ。

次にクロゼットへ行くと、鎧《よろい》を選ぶ騎士の面持ちで、念入りに服を選んだ。自分が置かれた立場を思えば、服一つとってもおろそかにはできない。結局、ミントグリーンのサンドレスに決めた。裾を引きずるようなロングスカートで、背中が大きくあいている。シルクのスカーフを腰に結び、彩りを添えた。

改めて大鏡の前に立ち、満足げにうなずく。これで支度は完璧だ。

ノックの音にも、堂々と応じた。入ってきたレモに、落ち着きはらった顔を向ける。ダグが愛した、氷の女王《アイスプリンセス》を思わせる表情だ。

「ディミトリさんがお待ちだ」

ひと言もなしに、ホイットニーはレモのわきを通りぬけた。掌《てのひら》はじっとりと汗ばんでいる。両手を握りしめたい思いをこらえて、軽く階段の手すりに添えた。刑場に連れだされるのだとしても、せめて気品だけは失うまい。一瞬、きっと唇をかみしめて、ホイットニーはレモに従った。屋敷をぬけ、花壇に仕切られた広いテラスへ出る。

「ミス・マカリスター、ようやくお目にかかれましたな」

ホイットニーは目を疑った。私はなにを期待していたのだろう。何度も恐ろしい目にあい、ダグから身の毛もよだつ話を聞かされているうちに、いつの間にか頭の中では、残忍な大男のイメージができあがっていたのだ。しかし、すりガラスと柳細工のテーブルから立ちあがったのは、小柄で青白い、さえない男だった。丸顔に穏やかな笑みを浮かべ、薄くなりかけた髪をていねいに後ろへ撫でつけている。ぬけるように白い肌は、一度も日の光に当たったことがないかと思うほどだ。あの頬を指で突いたら、やわらかいパン生地みたいに、くにゃっとへこみそうだわ。そんな場面が頭をかすめる。黒いがめだたない眉の下から、透きとおるように淡い水色の目がこちらを見ていた。四十とも六十とも、まるで年齢の見当がつかない。

　薄い唇、こぢんまりした鼻。この目に狂いがなければ、肉づきのいい頬には薄く紅をつけているようだ。小粋《こいき》な白のスーツも、出っぱったおなかは隠しきれない。とるに足りない小男として、軽くあしらいたい誘惑に駆られる。だが、そのとき、マニキュアを施した九本の指と、ひときわ短い小指が目に入った。ぽっちゃりと、色艶《いろつや》のいい外見の中で、そこだけが不協和音を奏でている。ディミトリが歓迎の意を表すように手をさしだすと、皮膚の固くなった傷口をよく見ることができた。

　少女のようになめらかな掌。しかし、外見がどうであれ、ディミトリの本性を忘れることはできない。沼から這いだしてきた鰐《わに》のごとく、危険で狡猾《こうかつ》な男なのだ。一見しただけではその力のほどはわからないが、目くばせ一つであのレモを下がらせたのだから。

「ご一緒していただけて、うれしいかぎりですよ。一人の昼食くらい、気がめいるものはない。おいしいカンパリがあるんだが」ディミトリは、〈ウォーターフォード〉のクリスタルを手にとった。「ひと口、いかがかな?」

ホイットニーはなにか言おうと口を開けたが、声が出ない。ディミトリの目がうれしげに光ると、引きこまれるように、ふっと前へ出ていた。「いただくわ」テーブルへ近づくほどに恐ろしさがつのる。どうかしてるわ、相手はどこかのきどったおじさんじゃないの。いくら心に言いきかせても、恐怖は去らない。ふと、ディミトリが瞬《まばた》きをしないことに気づいた。ただじっと、穴があくほどこちらを見つめている。グラスへ伸ばす手が震えないように、ホイットニーは全神経を集中しなければならなかった。「こちらのお屋敷は、ちょっとした名所ですわね」

「あなたのような専門家におほめいただけるとは、光栄ですな。いささか急だったが、手ごろな屋敷が見つかってよかった」ディミトリはひと口カンパリをすすり、白いナプキンでそっと口もとをぬぐった。「こちらのご一家が……快く、私のお願いを聞いてくださいましてな。二、三週間屋敷を明け渡してくださったんですよ。ここの庭はじつにいい、むし暑さをしのぐにはまたとない憩いの場だ」ディミトリは回ってくると、うやうやしく椅子を引いた。こみあげる嫌悪とパニックを懸命にこらえる。「長旅のあとでは、さぞやおなかもおすきでしょう」

ホイットニーは肩ごしに見上げると、無理に笑顔を作った。「それどころか、昨夜はたいへんなごちそうをいただきましたのよ、それもあなたのお心づかいのおかげですけど」

自分の席へ戻りながら、ディミトリは怪訝《けげん》な顔をした。「ほう、それはまた？」

「おたくの……従業員、でいいかしら？」ディミトリがうなずくのを見て、ホイットニーは話を続けた。「そのかたたちから頂戴《ちょうだい》したジープの中に、おいしいワインや食べ物がありましたの。キャビアは大好物なんです」そう言いながら、かたわらの、クラッシュアイスに盛られたキャビアを眺めた。さっそく、その黒々と輝く粒に手を伸ばす。

「なるほど」

相手が気分を害したのか、喜んでいるのか、ホイットニーには測りかねた。ひと口含んで、にっこりとほほ笑む。「改めて申しあげたいわ。ほんとうに、最高のものばかりそろえていらっしゃるのね」

「お気に召していただければよろしいが。ロブスターのクリームスープもお勧めですよ。さ、私がおとりしましょう」予想もしなかった優雅な、むだのない手つきで、ディミトリは銀のレードルをスープの壺《つぼ》に入れた。「レモの話では、あなたがロード君の片をつけてくださったとか」

「ありがとう、すばらしい匂いですわね」ホイットニーはゆっくりと、スープを飲んだ。

「ダグラスが少々うっとうしくなりましたの」これはゲーム。そして、勝負はいま始まったばかりなのだ、と心に言いきかせる。グラスに手を伸ばすと、鎖につけた小さな貝がかすかな音をたてた。この勝負だけは、絶対に負けられない。「おわかりいただけると思いますけど」

「もちろんですとも」ディミトリはゆったりと、優雅な仕草で料理を口に運んだ。「ロード君には、私もいささか手を焼かされましたからな」

「あなたの目の前で書類を盗んだんですものね」一瞬、マニキュアをした指がスプーンを握りしめるのを、ホイットニーは見た。しまった。彼はばかにされて黙っている男ではない。思わず息をのみそうになるのをこらえて、笑みをつくる。「ダグラスは頭のきれる男でしたわ、それなりに」さらりと言った。「惜しむらくは、あまりに不作法でしたけど」

ディミトリはかすかにうなずいた。「しかし、そう言いながら、あなたは彼についた。ホイットニー……そう呼ばせていただいてよろしいかな?」

「もちろんですわ。たしかに、彼に協力したことは認めます。カードの行方を眺めていましたの」

「賢明ですな」

「でも、何度か」ホイットニーは言いかけて、スープを飲んだ。「死んだ人を悪く言いたくはないけれど、ダグラスは軽率で、理に合わない判断をすることもしょっちゅうでしたの。まあ、扱いやすい男でしたけれど」

ディミトリは、食事をするホイットニーの手の美しさ、グリーンのドレスに映える若い肌の輝きを、うっとりと眺めていた。傷つけるには惜しい。別の楽しみ方を考えるとしよう。コネチカットの屋敷へ連れ帰り、そこで飼うのも一興か。食事のたびに、気品ある優雅な姿を鑑賞し、ベッドでは意のままに従わせる。「それに、若くて粗削りな魅力がある。そうじゃありませんかな？」

ホイットニーはまた笑みを浮かべた。「目先を変えるには格好の遊び相手でしたけど、二、三週間が限度でしたわ。長くおつきあいする男性には、やはり肉体的魅力よりも品性を求めたいですもの。キャビアはいかが、ミスター・ディミトリ？」

「頂戴しましょう」

ホイットニーから皿を受けとるとき、わざと手を触れた。小指のない手がかすっただけで、びくっとするのがわかる。ホイットニーのちらっと見せたおののきが、ディミトリにはたまらなかった。かまきりが蛾《が》を捕らえるのを眺めていたときの気分に似ている――あの細い体で、必死にもがく獲物を引き寄せ、じっと疲れるのを待っている。利口なやり方ではないか。抵抗する力さえなくした蛾の、もろく鮮やかな羽を、やつはむさぼり食う。遅かれ早かれ、若く、弱い、繊細な生き物は、屈する運命にあるのだ。ディミトリもまた、かまきりのごとく、獲物に対する忍耐強さと美学、そして残酷さとを備えていた。

「それにしても、あなたのような繊細な女性が、大の男を撃ち殺すとは、いささか信じがたい。このサラダの野菜はとれたてですぞ。きっとお気に召すと思うが」そう言いながら、大きなサラダボウルのレタスをかきまぜている。

「きょうみたいにむし暑い午後には、ぴったりですわね」ホイットニーは相槌《あいづち》を打った。

「必要に迫られれば」グラスのカンパリを見つめながら、言葉を続ける。「繊細さを二の次にすることもやむを得ない、そうはお思いになりませんこと？　結局のところ、私も事業をしている身ですし。それに、さっきも申しましたでしょ、ダグラスの相手をするのも面倒になってきたので、機会をうかがっていたんです」手にしたグラスごしに笑みを投げた。

「やっかいばらいができて書類も手に入る。まさに一石二鳥ですわ。私はただ、そこにあるものをいただいただけ。ロードも、しょせんはただの泥棒ですもの」

「仰せのとおりですな」

ディミトリは、ホイットニーに対して敬意を抱きはじめていた。このクールな物腰をそっくりうのみにはできないが、育ちのよさには抗《あらが》えない。信仰にとりつかれた女と、旅回りの楽士との間に生まれた私生児。その生い立ちゆえに、ディミトリの家柄に対する尊敬と羨望《せんぼう》の念には根深いものがあった。だからこそ、何年もかかってそれに代わるものを手に入れた。それは権力《パワー》だ。

「では、あなたが書類をご覧になり、ご自分の手で宝を見つけだされたということかな？」

「簡単なことですわ。宝のありかなど、書類を見れば一目瞭然《りょうぜん》ですもの。ご覧になりまして？」

「いや」またも、ディミトリの指がこわばるのを見てとった。「ごく一部だけ」

「まあ、いずれにしても、もう書類は用済みでしょう」ホイットニーはサラダに手をつけた。

「私はまだ、全部に目をとおしていないが」目はじっとこちらを見据えたまま、ディミトリが穏やかな口調で言う。

書類はまだジープの中だ。「それはあいにくでしたわ」とっさに嘘をつくと、ホイットニーはいかにも残念そうに言った。「宝を見つけた時点で、書類はぜんぶ処分してしまいましたの。あとくされが残るのはいやですから」

「賢明な処置ですな。それで、宝石はどうなさるおつもりですかな？」

「どう？」ホイットニーは驚いたようにディミトリを見上げた。「もちろん、楽しませてもらいますわ、それしかないでしょう？」

「いや、まったく」ディミトリはうれしそうにうなずいた。「いま、宝石は私の手にある。そしてあなたの手にも」

ディミトリとまともに目が合った瞬間、ホイットニーは息をのんだ。あやうくサラダを喉につまらせるところだった。「ゲームをするからには、敗れたときの覚悟も必要ですわ。たとえどれほど意にそまないことであっても」

「潔い態度だ」

「いまはただ、あなたのお情けにおすがりするだけですわ」

「よくわかっておいでだ。ホイットニー、うれしく思いますよ。手が届くところに美女がいるというのも、じつにいい」

食べたばかりの料理が胃にもたれている。ホイットニーはグラスをかかげて、ディミトリがカンパリをつぐのを待った。縁から一、二センチのところまでなみなみとつぐ。「もしおさしつかえなければ、いつごろまでこちらのお世話になるのか、聞かせていただけません?」

ディミトリは自分のグラスにも酒をつぐと、ホイットニーと乾杯をした。「ご懸念にはおよびません。私の気がすむまで、存分にお世話させていただきますとも」

これ以上なにかを口にしたら、吐きだしてしまいそうだ。ホイットニーはグラスの縁に指をかけた。

「あなたは父に身の代金を要求するのではないかとも考えてみたんですけれど」

「いけませんな、お嬢さん」ディミトリは困ったような笑みを浮かべた。「正式な昼食の場には、ふさわしからぬ話題ですぞ」

「ちょっと思ったまでですわ」

「そのような心配はご無用です。ただのんびりと、ここでの日々を楽しんでいただければ、それでいいのですよ。あなたのお部屋はいかがですかな？　気に入っていただけたものと思いますが」

「すばらしいですわ」バーンズと向かいあったときよりも、もっとずっと恐ろしい。ホイットニーは泣きわめきたい衝動に駆られた。ブルーの目が瞬きもせず、こちらをじっと見つめている。まるで魚の目。でなければ、死人の目だ。ホイットニーはたまらず目を伏せた。「服のお礼がまだでしたわね。ほんとうに、着るものがなくて困っていたところでしたの」

「お気づかいなく。さて、庭を散歩するというのはいかがですかな」ディミトリは席を立つと、ホイットニーの後ろに回った。「のちほど、昼寝でもなさるといい。午後の暑さはたまりませんからな」

「お心づかいに感謝しますわ」ホイットニーはこわばる指を伸ばして、片手をディミトリの腕に添えた。

「あなたは私のお客様だ。心から歓迎しますよ」

「お客？」ホイットニーの笑みが冷笑に変わった。自分でも意外なことに、声には皮肉めいた響きさえある。「お客を部屋に閉じこめるのが、あなたのやり方ですの、ミスター・ディミトリ？」

「そうですとも」ホイットニーの手を口もとに運びながら、ディミトリは言った。「大切な宝は鍵をかけてしまっておく、当然の配慮です。さ、行きましょうか?」

ホイットニーは髪を後ろに払った。必ず逃げだしてみせる。ディミトリにほほ笑みながら、そう心に誓った。もしもかなわぬときは——ディミトリの唇の冷たさが、いまも手に残る——死ぬしかない。

「ええ、ご一緒しますわ」

15

ここまでのところはまあまあのできだ。あまり前向きな言い方ではないが、いまの私にはこれが精いっぱいだ。ディミトリの〝お客〟として、第一日目は無事に過ぎた。しかし、相変わらずぱっとしたアイデアも閃《ひらめ》かない——どうすればここから〝チェックアウト〟できるか、それも五体満足で。

ディミトリはあくまでも慇懃《いんぎん》で、丁重だった。多少のわがままなら、すぐに聞いてもらえる。チョコレートスフレが食べたいともらしたところ、さっそくその晩の夕食のデザートとして供されるという具合だ。晩餐《ばんさん》自体も、時間をかけ、贅《ぜい》を尽くした七品目のフルコースだった。

午後、三時間ほど部屋に閉じこめられていた間にホイットニーはさんざん知恵を絞ってみた。だが、なにひとつ成果はなし。ドアを破る手だてもなければ、窓からとび下りることもできない。部屋の電話は屋敷内にしか通じない。昼食のあと、庭を散歩しているときが逃げだすチャンスだとも考えた。しかし、歩きながら頭の中で計画を煮つめていると、ディミトリがいきなり腕をつかんでピンクの薔薇《ばら》の花壇へと連れていき、そっと秘密を告白したのだ。曰《いわ》く、敷地内に武装した見張りを置かねばならないのは、自分としては本意ではない。しかし、〝防犯〟は成功者に課せられた務めだ、と。

庭のはずれまで歩いていくと、ディミトリはさりげなく部下の一人を指さした。いかつい感じの男だが、きちんとダークスーツを着こみ、粋《いき》な口ひげを生やしている。手には小型の短機関銃《ウージー》を持っていた。

庭には身を隠す楯《たて》もない。そこを走って逃げるなんて、むちゃもいいところ。もうちょっとさりげない方法を考えたほうが身のためだわ。

午後の幽閉の間には、そういったことも考えてみた。遅かれ早かれ、父は自分の帰りが遅いことを不審に思うはずだ、と。しかし、それだとひと月くらい先のことになるかもしれない。

いずれ、ディミトリはこの島を離れるだろう。宝を手に入れたいま、長くとどまる理由はない。そのときには、自分も同行を求められるのか。そうでないとしたら、黙って解放してもらえるのかどうか――すべてはディミトリの気分次第で決まる。頬紅をつけたり、お金で人に殺しをやらせるような男の気まぐれに、自分の運命を預けるなんて冗談じゃない。

ホイットニーは午後いっぱい、広いスイートの中を歩きまわった。シーツをつなぎあわせたロープで窓から逃げるという古典的な方法からバターナイフで壁に穴をあけるという手のこんだ方法まで、思いつくまま考えては没にしていく。

結局、時間切れの形で、ホイットニーは着替えにかかった。晩餐のために選んだのは、アイボリーのシルクのドレス。薄くしなやかな布は肌のように体の線を浮きあがらせ、全体に小粒の真珠がちりばめてあった。

それから二時間、ホイットニーはディミトリと、長いマホガニーのテーブルをはさんで向かいあっていた。周囲には二十四本ものキャンドルが灯《とも》され、淡い光の下ではマホガニーが鋭い光沢を放つ。エスカルゴからスフレに至るまで、ドン・ペリニョンを飲みながらの晩餐は、どれ一つとっても最高のものばかりだった。静かにショパンの調べが流れる中、二人は文学や芸術について語りあった。

ディミトリの目が確かなことは、認めざるを得ない。この男ならばどれほど排他的なクラブにだろうと、違和感なく溶けこめるに違いない。晩餐も終わりに近づくころ、二人はテネシー・ウィリアムズの戯曲やフランスの印象派の繊細さを論じあい、また日本の天皇制にまつわる微妙な問題について意見を交わした。

ホイットニーは、与えられたときをそれなりに楽しもうと努めていた。しかし、スフレが口の中でとろけたとき、心はダグとすごした洞穴の一夜へと飛んでいた。べとべとの米と果物の味が、なぜかたまらなく恋しい。

ディミトリとよどみなく会話を交わしながら、心の中では、ダグとやりあったときのことを一つ一つ思いかえしていた。肩に感じるひんやりとしたシルクの感触。だが、いまの私は、あのごわごわした木綿の服とひきかえなら、五百ドルもするドレスだろうと、ためらうことなくさしだすだろう。あの服を着て、私はダグと一緒に海岸への道を歩いたのだ。明日をも知れぬ身でこんなことを思うのは変かもしれない。だが、退屈だ。退屈でたまらない。

「今宵《こよい》は心ここにあらずですかな、お嬢さん」

「え？」ホイットニーは我に返った。「とてもおいしいお食事ですわ、ミスター・ディミトリ」

「しかし、お若いかたには、ちと趣向が物足りないでしょう。あなたのようなはつらつとした女性は、もっと刺激的なものをお好みではないかな？」鷹揚《おうよう》な笑みを浮かべ、ディミトリがかたわらのボタンを押すと、すぐさま白い制服姿の東洋人が入ってきた。「ミス・マカリスターと私は、書庫のほうでコーヒーを飲む。なかなかの蔵書ですぞ」召使いが下がると、ディミトリは言い添えた。「私は文学をこよなく愛しておりましてな。おつきあい願えればうれしいのだが」

一度は断ることも考えた。しかし、屋敷の中を見てまわれば、いい逃げ道が見つかるかもしれない。けっしてマイナスにはならないはずだ。ホイットニーはほほ笑むと、口を開けたまま皿の隣に置いておいたバッグの中へ、そっとナイフを滑らせた。

「よいものを見る目がおありの殿方と、宵のひとときをすごすのは楽しいものですわ」バッグの口金を閉じながら、席をたつ。ディミトリの腕に手をかけながら、ホイットニーは心に誓っていた。チャンスがきたら、迷わずその心臓にナイフを突き立ててやるから。

「私のように外国へと旅する場合、どうしても欠かすことのできないものがあります。よいワイン、好みの音楽、そして数冊の本」ディミトリはなめらかな足どりで屋敷の中を歩いていく。その体からはかすかにコロンの香りがした。純白のディナージャケットには、しわ一つない。

ディミトリはいつになく寛大で、やさしい気持になっていた。このように若く美しい女性と夕食を共にするのは、何週間ぶりだろうか。書庫へ続く両開きの扉を開くと、ホイットニーを中へ招き入れた。「お好きな本をどうぞ」ディミトリは棚に並んだ本を示した。

ここにはテラスに出られるドアがある。ホイットニーはすぐに気がついた。夜のうちに部屋を出ることさえできれば、ここから外へ逃げられるかもしれない。あとは、どうやって見張りをかわすかが問題だ。それに、あの銃も。焦ってはだめ。心に言いきかせながら、ホイットニーは革の背表紙を指でたどった。「父も同じような書庫を持っていますの。昔から、そこで夜をすごすのが好きでしたわ」

「コーヒーとブランディがあれば、なおいい」先ほどの東洋人が銀のトレイを手に入ってくると、ディミトリは自らブランディをついだ。「お持ちのナイフをチャンに渡しなさい、お嬢さん。彼はなんでもぴかぴかに洗いあげてくれますぞ」

ふりむくと、ディミトリは淡い笑みをたたえてこちらを見ていた。その目が爬虫類《はちゅうるい》を思わせる——無表情で、冷たい目。じっと息をこらして獲物を待ちつづける、恐ろしい目。

ホイットニーは黙ってナイフを出すと、召使いに渡した。口まで出かかった言い訳を、必死の思いでのみこむ。取り繕ってみても、しょせんむだなこと。

「ブランディは？」チャンが部屋を出ると、ディミトリがきいた。

「ええ、いただきます」ホイットニーも平然と、なにごともなかったかのようにグラスに手を伸ばした。

「あのナイフで私を殺すおつもりでしたかな？」

ホイットニーは肩をすくめ、ブランディを飲んだ。一瞬、胃がかっと熱くなる。「それも手だと」

ディミトリは喉に絡んだ耳障りな笑い声をたてた。脳裏にはまたも、獲物を追いつめるかまきりと必死にもがく蛾《が》の姿が浮かんでいた。「ホイットニー、あなたには敬服する。いや、まったく」軽くグラスを合わせ、グラスを揺らしてブランディを飲む。「財宝を、じっくりご覧いただこうかと思いましてな。けさはその時間もあまりなかったはずだが」

「ええ、レモがひどくせかすものですから」

「いやいや、それは私の罪です」ディミトリは軽くホイットニーの肩に手を触れた。「あなたにお会いするのを待ちきれなかったのですよ。そのおわびに今晩は心ゆくまで、宝石をご覧になるといい」

ディミトリは東に面した棚のところへ行くと、ある一画の本を引き抜いた。中から金庫が現れたときもホイットニーはべつだん驚かなかった。目隠しとしてはありふれたやり方だ。しかし、この屋敷の隠し金庫のことをディミトリがどんなふうにして知ったのかという疑問が、ちらっと頭をかすめた。すぐにホイットニーはまたブランディをあおった。屋敷の所有者はなにひとつ隠しだてすることを許されなかったに違いない。この屋敷を……明け渡す前に。

金庫を開ける間、ディミトリはダイヤルを回す手もとをホイットニーから隠そうともしなかった。よほど自信があるらしい。そう思いながら、ホイットニーは番号を頭に刻みこんだ。あまりいい気になっていると、いつか痛い目をみるわよ。

「おお」古い木箱をとりだしながら、ディミトリはため息ともつかぬ声をもらした。いましがた食べたものの匂《にお》いが漂う。さっそく磨きたてたらしく、木は艶《つや》やかに輝いていた。

「この木箱さえ、収集家にとっては類のない貴重品だ」

「ええ」ホイットニーはグラスを揺らした。これほどまろやかなブランディは初めてだ。これをあの男の顔にかけてやれたら、どんなにすっとすることだろう。「同感ですわ」

ディミトリは両手で包みこむように箱を持った。初めての子供を抱く父親のような、慎重で、どこかこわごわとした手つきだ。「しかし、宝のためとはいえ、そのように美しい手が土を掘るさまは、想像しがたいですな」

その美しい手がこの一週間にしてきたことを思って、ホイットニーは笑みを浮かべた。「肉体労働は好みませんが、必要とあらばやむをえません」掌《てのひら》をかざして、しげしげと眺める。「マニキュアをするつもりでしたのよ。そこへ、レモがあなたからの……ご招待を伝えに来たものですから。今回のことでは、すっかり手が荒れてしまいましたわ」

「明日にはマニキュアを届けさせましょう。それでは」ディミトリは広いテーブルに木箱を置いた。「どうぞお楽しみを」

その言葉を受け、ホイットニーは箱のそばへ行くと蓋《ふた》を開けた。何度見ても、はっとするような美しさだ。中から、ダイヤとサファイアの首飾りをとりだす。ダグが感嘆していた品。いえ、あれはどう見ても、ほくそ笑むといった顔だわ。ダグの記憶に、淡い笑みがこぼれる。私もその例にならおう。

「すばらしいわ」ホイットニーはため息をついた。「ほんとうに夢のようだわ。ドレスにちりばめた真珠の輝きさえ、この光の前には色あせて見えるほど」

「時価二千五百万ドルは下らない品を、あなたは手にしておられる」

ホイットニーの口もとがほころんだ。「いい気分ですわね」

宝石を手にとるホイットニーの姿に、ディミトリは胸の高鳴りを感じた。王妃もこうして眺めたのかもしれない。目の前に、屈辱と死の影が迫っているとも知らずに。「そうした宝石は、女性の肌を飾ってこそ生きるものですな」

「ええ」笑い声をもらすと、ホイットニーは首飾りを胸にあててみせた。深い光をたたえた瞳のごときサファイアの輝き。ダイヤは、見る者を興奮させずにおかないまばゆさを放っていた。「とても美しくて、高価なものばかりでしょうけれど……」その首飾りを箱に戻し、今度はダイヤだけをつないだ首飾りを手にとった。「これにはもう一つ、重大な意味があります。王妃はどうやって、これをド・ラ・モット伯爵夫人の手から取り戻したのか。どう思われます？」

「では、これをかの悪名高き〝首飾り事件〟のネックレスだと思っていらっしゃる？」彼女はまたしても、私を喜ばせてくれる。

「ええ」指の間から首飾りを滑らせて、光にきらめくダイヤを眺める。ダグが〝シドニー・ダイヤモンド〟について言っていたのと同じ、氷と熱とを一緒に封じこめたような輝きだ。「王妃が、自分を利用した人間どもに逆ねじを食わせたと、私は信じたいんです」ルビーの腕輪に腕を通してみながら、ホイットニーは考えていた。「ジェラール・ルブランは王妃から預かった宝石を床下に隠して、自分は貧しい生活に甘んじた。おかしな話だとお思いになりません？」

「忠誠心とは、理屈では割りきれぬものです。主君への恐怖が生んだ忠誠心であれば、また別だが」

ディミトリはホイットニーの手からダイヤの首飾りをとり、穴のあくほど見つめている。その目の中に、ホイットニーは初めて、むきだしの欲を見た。自分の膝に銃口を向けたバーンズと、そっくりの目の輝き。ディミトリがゆっくりと唇をなめる。ふたたび口を開いたとき、その声には熱烈な唱道者のごとき熱い思いが感じられた。

「フランス革命は、まさに動乱に満ちた熱い嵐《あらし》でした。死、そして復讐《ふくしゅう》とも言うべき貴族社会への断罪。これらの宝石を手にされるとき、あなたはなにも感じませんか？　血、絶望、欲、権力。平民と政治家とが、百年も続いた王家をひっくりかえした――どうやって？」ダイヤのきらめきを手にしたまま、ディミトリはホイットニーにほほ笑みかけた。その目が熱く燃えている。「恐怖。実際、恐怖政治とはよく言ったものだ。血塗られた歴史にこれ以上ふさわしい名前があるだろうか？　その勝利の証《あかし》として、亡き王妃の宝石ほどふさわしいものがあるだろうか？」

この男はそれを楽しんでいるのだ。目を見ればわかる。ディミトリは宝石そのものだけではなく、そこにまつわる血の臭《にお》いをこそ、求めている。ホイットニーは、激しい嫌悪に恐怖さえ忘れた。ダグが言ったとおりだ。勝たねばならない。私はまだ負けたわけではないのだ。

「ロードのような人間は、これを見ても故買屋に持ちこんで、ばらばらに売りとばす程度のことしか考えませんでしたわ。下賤《げせん》なこと」ホイットニーはまたグラスを傾けた。「あなたでしたら、違うお考えをお持ちでしょう」

「お美しいうえに、もののわかったおかただ」二度目の妻と結婚したのは、生クリームのようになめらかな肌を愛したからだった。それを始末したのは、頭の中身もクリームなみとわかったからだ。だが、ホイットニーはなかなか楽しませてくれる。ディミトリは平静な顔に戻ると、首飾りを両手の間から滑らせた。「私はじっくり楽しむつもりですよ。この宝石がいくらしようが、問題ではない。私は金に不自由はしていませんからな」最後のひと言を、ディミトリはいかにもうれしそうにつけ加えた。富の力は、知性や男性としての能力にも匹敵する。いや、それ以上だ。どちらかが欠けていようと、金さえあればそれを埋めることもできる。「収集が」ディミトリは、ホイットニーの腕にあるルビーのブレスレットを撫《な》で、手首を撫でた。「すっかり趣味になりましてな。ときには、その熱が度を過ぎることもある」

趣味。この箱と中身を手に入れるために何人もの人間を殺しておいて、それでもまだ趣味だと言いきるの。少年がきれいな石ころを集めるようなものだと。ホイットニーは懸命に、嫌悪の情を顔や声に出すまいと努めた。「こんなことを言っては戦いがいのない相手だとお思いになるでしょうけど、あなたの収集力がこれほどでなかったらよかったのにと思いますわ」ため息をつきながら、ホイットニーは宝石に手を触れた。「すっかりこれを手に入れたつもりでいましたの」

「いやいや、それどころか、あなたの率直さには感服するばかりです」箱のそばにホイットニーを残したまま、ディミトリは席を立ち、コーヒーをついだ。「マリーの財宝を手に入れるために、ずいぶんとご苦労なさったことも承知しています」

「ええ、私は……」ホイットニーは言葉を探した。「うかがいたいことがありますの。あなたはどうして、この財宝のことをお知りになりましたの？」

「仕事上のことです。クリームは？」

「いえ、けっこう。ブラックで」ホイットニーはいらだちを押し殺して、ディミトリのもとへ行った。

「ロードはホイッティカーについてなにか言ってましたかな？」

ホイットニーはコーヒーを受けとり、仕方なく腰を下ろした。「書類はもともとホイッティカーが手に入れたもので、それを競売にかけようとしたとだけ」

「ホイッティカーは愚かな男でしたが、ときには賢明な判断を見せることもあった。ハロルド・R・ベネットを仕事上のパートナーとしたことも、その一つに挙げられる。その人物をご存じですかな？」

ベネット──父の友人のベネット将軍のことだろうか。「もちろんですわ」さらりと言いながら、頭の中では必死に記憶の糸をたぐっていた。将軍の名前など、ダグは一度でも口にしただろうか？　そうだ。たしかホイッティカーよりも先に、スミス・ライト夫人に交渉していた人物がいた。それが将軍か。「ベネット氏はすでに退役された陸軍元帥ですわ。事業の才にもたけていらっしゃるようで、父とも多少、おつきあいがあったようです――仕事とゴルフ、公私ともに」

「私は昔からゴルフよりチェスが好きでして」アイボリーのシルクに身を包んだホイットニーは、またいちだんと輝くばかりだ。これならば、粉々に砕いてしまったガラスのクイーンの代わりが務まるかもしれん。ディミトリは、手にしっくりとなじんだ駒《こま》の感触を思い出していた。「では、将軍の評判はご存じですな」

「芸術の保護に尽力され、骨董《こっとう》品の収集家としても知られたかたですわね。二、三年前にはカリブ海へ遠征されて、海中からスペインのガリオン船を引き揚げられたとか。五百五十万ドル相当の美術品、金貨、宝石を発見されたと聞いています。ホイッティカーのは格好だけでしたけれど、将軍は実行され、たいへんな成功を納められたわけですわね」

「よくご存じですな。喜ばしいことだ」ディミトリは自分のコーヒーにクリームと、山盛り二杯の砂糖を入れた。「ベネットは探検を楽しんでいると言えるでしょうな。エジプト、ニュージーランド、コンゴ。行く先々で、値もつけられないような財宝を見つけている。ホイッティカーの話では、将軍はまだスミス・ライト夫人との交渉の第一段階にあったとか。そこへコネのあったホイッティカーが割りこんだ形ですな。あの男は、女性の気を惹《ひ》くすべも心得ていたようだ。うまくベネットを出しぬいたつもりだったろうが、悲しいかな、しょせんは素人だ」

　それに心臓も弱かったはずだ、とホイットニーは思い出した。「それで、あなたはホイッティカーから書類が保管されている場所をお聞きになり、ダグラスを雇って、それを盗みだすようお命じになった」

「手に入れるようにとね」ディミトリはやんわりと訂正した。「ホイッティカーはいくら問いつめても書類の内容については口を割らなかったが、ベネットの関心はその文化的、歴史的価値にある、ともらした。マリー・アントワネットは、その野心、華やかさで、私の心をとらえて放さぬ女性でしてな。その名前を聞いて、財宝を手に入れたいという思いが抑えがたくなったのですよ」

「わかりますわ。それで、宝石をお売りにならないとしたら、どうなさるおつもりですの、ミスター・ディミトリ？」

「これは異なことを。手もとに置くのですよ」ディミトリはホイットニーに笑いかけた。

「この手で慈しみ、眺め、自分のものにする」

　ダグの態度には不満もあったが、情においては理解できる。彼は財宝を、新たな人生を手に入れるための手段と考えていた。だが、ディミトリはそれを自分ひとりの楽しみに供するという。口まで出かかる抗議の言葉を、ホイットニーはのみこんだ。「きっとマリーも喜ぶでしょうね」

ディミトリは天井を見つめていた。王位《ロイヤルティ》、私の心を魅了してやまない響きだ。「そうでしょうな、きっと。人は貪欲《どんよく》さを、七つの大罪の一つに数える。しかし、その根源的な喜びを理解する者は極めてまれなのです」ディミトリは口もとを白いナプキンでぬぐい、腰を上げた。「失礼をお許しください、夜は早く休むことにしているもので」そう言うと、暖炉の上の置物に手を触れた。巧妙に、小さなボタンが埋めこまれていたのだ。「お部屋へ戻られる前に、本を選ばれてはいかがかな?」

「どうぞお気づかいなく。自分で適当に本を拝見いたしますから」

ディミトリは笑みを浮かべ、ホイットニーの手を撫でた。「それはまたの機会にでも。この二、三週間のお疲れがたまっていらっしゃるでしょう。いまのあなたには休息こそが必要だ」低いノックの音が聞こえる。「レモに部屋まで送らせましょう。ゆっくりお休みを」

「ありがとうございます」コーヒーカップを置いて席を立つ。だが、三歩と行かないうちに、ディミトリが手首をつかんだ。きれいに磨いた爪と欠けた小指を、ホイットニーは見おろした。「腕輪をはずすのを、お忘れですな」骨まできしむほど、すごい力で締めあげる。だが、ホイットニーは身動《みじろ》ぎもしなかった。

「失礼」こともなげに言って、手を引き抜く。

ディミトリはホイットニーの手首から、金とルビーの腕輪を外した。「明日の朝食もご一緒していただけますかな？」

「もちろんですわ」ホイットニーは扉の前に立ち、ディミトリが開けるのを待った。レモとディミトリに前後をはさまれた格好だ。「おやすみなさい」

「おやすみ、ホイットニー」

部屋へ戻り、背後で鍵《かぎ》を閉める音が聞こえるまで、ホイットニーは終始、冷ややかな沈黙を守った。

「いやなやつ！」ディミトリから送られた優雅なイタリア製の室内ばきを脱ぎ捨て、壁に投げつける。

これじゃ、罠《わな》にかかった獲物じゃないの。宝の箱と同じ――鍵をかけられ、あの男の気が向いたときにだけ、とりだされ、手の内でもてあそばれる。我がもの顔で眺めまわして。

「豚みたいな目つきで」最後のひと言を声に出す。泣き叫び、鍵のかかったドアをたたきたかった。しかし、そうするかわりに、ホイットニーはシルクのドレスを脱ぎ捨てると、寝室に向かった。

必ず逃げだしてみせる、と心に誓う。ここを無事に出られたときは、ディミトリにきっちり借りを返してやる、こんなところに閉じこめた借りを。

しばらくの間、ホイットニーは衣装だんすに頭をもたれさせていた。こらえきれず、いまにも嗚咽《おえつ》をもらしそうだ。ようやく心を静めると、中から青緑色のキモノを出した。いまは考えること、それしかない。逃げる方法を考えなくては。庭から花の香りがしのびこんでくる。風？　ホイットニーは小さなバルコニーに続くフレンチドアに歩み寄った。

歯をくいしばり、力まかせに扉を引く。今夜は雨になりそうだ。ついてる。雨と風が、この頭をすっきりさせてくれるかもしれない。手すりに手をかけたまま、ホイットニーは入江を眺めていた。

どうして、こんなことに首をつっこんだの？　理由は簡単、たったのひと言。ダグ・ロード。

いま思えば、ダグがいきなり現れたとき、私は退屈をもてあまし、身のふりかたを考えていたのだ。そのあげく、宝探しの響きにつられて、殺し屋と泥棒の争いの中に自分からとびこんでしまった。そうでなければいまごろは、グリム童話のラプンツェルみたいに閉じこめられることもなく、気のきいたクラブで、服装や髪型を自慢しあう連中を眺めていたはずだ。たわいもない。ホイットニーは苦々しさをかみしめた。

それがいまでは、マダガスカルの屋敷に幽閉され、薄笑いを浮かべた中年男の殺し屋と、その取り巻きに囲まれているとは。ニューヨークでは、取り巻きを連れているのは、いつも私のほうだった。ホイットニー・マカリスターを閉じこめるなど、誰一人できる者はいなかったのに。

「ダグ・ロード」声に出して呼んでみる。そのとたん、ホイットニーはぎょっとして下を見た。誰かの手が、自分の手ごとバルコニーの手すりをつかんだのだ。闇《やみ》の中から頭がぬっと現れたときには、息をのみ、悲鳴をあげそうになった。

「ああ、おれさ」ダグがささやくように言う。「早く手を貸してくれよ」

それまでダグについて考えていたこともすべて忘れ、ホイットニーは身をかがめてキスをした。第七騎兵隊は来ないなんて、誰が言ったの？

「おい、歓迎には感謝するが、そろそろ手が疲れてきた。手を貸してくれ」

「どうしてここがわかったの？」ダグが手すりをのりこえるのを助けながら、ホイットニーはきいた。「来てくれないと思ったわ。外にはマシンガンを持った連中がうろうろしてるし。部屋のドアは外から鍵がかかってる、それに――」

「よしてくれよ。あんたがこんなにおしゃべりだとわかってたら、わざわざ助けに来るんじゃなかったな」ダグはひらりと着地した。

「ダグラス」ホイットニーはまた泣きたい思いに駆られたが、涙をのみこんだ。「来てくれて、ほんとうにうれしいわ」

「ほんとかね？」ダグはフレンチドアをぬけ、豪華な室内へと入った。「おれはまた、遠慮したほうがいいかと思ったくらいさ。ディミトリと豪勢な晩飯を食ってたじゃないか」

「見てたの？」

「ずっと近くにいたよ」ダグはふりむき、キモノの襟もとに触れた。「やつがよこしたのか？」

とがめるような口調に、ホイットニーは目を細め、きっと上を向いた。「なにが言いたいの？」

「けっこうな暮らしぶりじゃないか」ダグは鏡台のところへ歩いていくと、クリスタルのデカンタの蓋《ふた》をとって香りをかいだ。「まるで自分の家みたいに至れり尽くせりだ、違うか？」

「わかりきったことを言うのは嫌いだけど、あなたってぼんくらね」

「だったら、そっちはどうなんだ？」乱暴に、デカンタの蓋を戻す。「やつが買ってくれたシルクのドレスでちゃらちゃら歩いて、一緒にシャンパンを飲み、手をかけられても黙ってただろうが」

「手をかけたですって？」ひと言ひと言をかみしめるように、ホイットニーはゆっくりとくりかえした。

あらわな脚から喉もとの白い肌まで、ダグはホイットニーの全身を眺めた。「男の気を惹くにはどう笑えばいいか、よく心得てるようじゃないか」

間合いを測るようにそばへ行くと、ホイットニーは一歩下がって、力いっぱいダグの頬をたたいた。長い間、二人の息づかいだけが聞こえていた。開けたままの窓から風が吹きこんでくる。

「一度だけは大目に見てやる」ダグは手の甲でホイットニーの頬を撫でながら、静かに言った。「二度とやるなよ。おれは、あんたのディミトリさんみたいに紳士じゃないからな」

「出てって」ホイットニーはつぶやいた。「早く出てってよ、あなたなんかお呼びじゃないわ」

そのとたん、頬の痛みを忘れるほどの鋭い痛みが胸をついた。「おれがなにもわからないとでも思ってるのか？」

「あなたの目なんか節穴じゃないの」

「おれがなにを見たか、聞かせてやる。がらんとしたホテルのスイート。あんたと宝の箱は消えてる。ここへ来てみたら、あんたはあの野郎と差し向かいで子羊の肋肉《あばら》を食ってたってわけだ」

「それじゃ、ベッドの足にでも縛られて、爪の間に竹串《たけぐし》を刺されていたほうがよかったってわけ？」ホイットニーは背を向けた。「ご期待に沿えなくて悪かったわね」

「いいから、どうなってるのか聞かせてくれよ」

「いまさらなによ」激しい怒りに、ホイットニーは手の甲で涙をぬぐった。なんてこと、この私が泣くなんて。それも男のために。「もう自分勝手に決めつけてるじゃないの、その狭い了見でね」

ダグは髪をかきあげ、一杯やりたい、と思った。

「いいか、おれは何時間も気が狂いそうな思いをしたんだぞ。午後じゅうかけてここを探しあて、その次は見張りの連中のお相手だ」ホイットニーには言わなかったが、その中の一人は喉を切り裂かれて茂みの中に倒れている。「やっとの思いで来てみれば、王女みたいに着飾ったあんたが、テーブルのむこうのディミトリに笑いかけてたのさ。まるで親友同士に見えたぜ」

「それじゃ、どうすればよかったの？　裸で逃げまわって、あいつの顔に唾《つば》でも吐きかければよかったっていうの？　冗談じゃないわ、こっちは命がけだったのよ。避けられないゲームならば、私は投げたりしない。逃げ道を見つけるまではね。臆病《おくびょう》者だと言いたきゃ言えばいいわ。だけど、売春婦みたいに言うのだけはやめて」ダグに向きなおったホイットニーの目は涙に濡《ぬ》れ、怒りに沈んでいた。「私は売春婦じゃない、わかったわね」

ダグは自分が、身を守るすべもない弱いものを殴ってしまったような気がした。この目で確かめるまでは、ホイットニーが生きているかどうかさえわからなかったのだ。それなのに、彼女は相変わらずクールで、美しかった。おまけに、あの落ち着きはらった態度はどうだ。しかし、それがホイットニーだと、おまえにはまだわからないのか？

「そんなつもりじゃなかった、すまない」いらだちに任せて、ダグは部屋の中を歩きまわった。花瓶から薔薇を抜き、茎を真っ二つにへし折る。「ちくしょう、自分でもなにを言ってるのかわからないんだ。ホテルに戻って、あんたがいないとわかったときから、頭がどうかしちまったのさ。悪いことばかりが頭に浮かぶんだ。もう手遅れなんじゃないか、おれにはどうすることもできないんじゃないかってね」ダグは指先ににじむ血をうつろな目で見つめた。薔薇のとげが刺さったのか。深く息を吸いこみ、心を静める。これだけは落ち着いて言わなければ。「ほんとうだ、ホイットニー、おれは本気で心配したんだ。きみのことが心配で、夢中でここまで来ちまった」

ホイットニーは涙をぬぐうと、鼻をすすった。

「私のこと、心配してくれたの？」

「ああ」ダグは肩をすくめて、床に薔薇を放《ほう》り投げた。あの気持は口では言えない、自分でも説明がつかない感情だった。ホイットニーのいない数時間、罪の意識と、悲しみと、気も狂わんばかりの不安にさいなまれていたのだ。「こんなふうに、あんたを責めたてるつもりじゃなかったんだ」

「それ、謝ってるつもり？」

「ああ、そうさ」ダグがはじかれたようにふりむく。その顔には怒りといらだちがにじんでいた。「土下座して謝れとでもいうのか？」

「そうね」ホイットニーは笑みを浮かべ、ダグに歩み寄った。「あとでやってもらおうかしら」

「くそっ」ホイットニーの顔に伸ばした手がかすかに震える。だが、ダグの口からは熱い思いがほとばしりでた。「もう二度と会えないかと思ったんだ」

「わかったわ」ホイットニーはほっとして、ダグの胸に体をあずけた。「ちょっとだけ抱いていて」

「ここから出られたら、気がすむまで抱きしめてやるよ」ダグは、ホイットニーの肩をつかんで引き離した。「なにがあったか聞かせてくれ。それから、屋敷の中の様子も」

ホイットニーはうなずくと、ベッドの端に腰を下ろした。望みが出たとたん、脚から力がぬけるなんて。「レモとバーンズがホテルに現れたの」一瞬、ホイットニーが息をのむのを見て、ダグはまた自分を責めた。

「あんたに手を上げたのか？」

「いいえ。あなたが出かけてまもなくのことよ。私はお風呂に入るところだったの」

「なんでおれの帰りも待たずに、あんた一人を連れだしたんだ？」

ホイットニーは片足を上げ、爪先を眺めた。「私があなたを殺した、って言ったからよ」

一瞬、ダグは呆気《あっけ》にとられた顔をした。「なんだって？」

「私のほうがあなたの何倍も頭がいいって、レモたちはじきに納得したわ。私がその頭をぶち抜いて、宝を独り占めしたって言ってやったの。結局、私の立場に立ったら、自分た

ち も同じようにするだろうと考えたんでしょ。私の話を信じてくれたわ」

「おれより役者が上だって？」

「気を悪くしないでね、ダーリン」

「やつら、それを信じたのか？」あまり愉快な気はしない。ダグは両手をポケットにつっこんだ。「レモたちは本気で、このおれが女の細腕に殺《や》られたと信じたのか。これでもプロだぜ」

「あなたの評判を傷つけたくはなかったけど、あの場合、そう言うのがいちばんだと思ったのよ」

「ディミトリも信じたのか？」

「決まってるわ。私、損得だけで動く、冷酷な女を演じてやったの。ディミトリは、そうとう私の魅力にまいってるみたいよ」

「だろうな」

「あいつの顔に唾を吐きかけてやりたかったわ」ダグが思わず眉を上げるほど、すさまじい剣幕だった。「いつか必ず実行してやるわ。あの男は人間の皮をかぶった獣よ。美しいものを求めては、涎《よだれ》を垂らして歩きまわる獣。なめくじみたいな薄汚い跡を残してね。あの宝をこっそりしまっておくって言うのよ。まるで子供がお菓子を隠しておくみたいに。一人で箱を開けては眺め、もてあそんで、ギロチンにかかった人たちの悲鳴を思って楽しむんだって。ディミトリが求めているのは、宝石に秘められた恐怖と血の臭いなのよ。そのためだけに、あの男は何人もの命を奪ったの」ホイットニーはジャックのくれた貝殻を握りしめた。「死んだ人間のことなんか、なんとも思っちゃいないんだわ」

ダグはベッドのそばへ行き、ホイットニーの前にひざまずいた。「やつの顔に唾をかけてやろう」ホイットニーの手の上から、ダグは初めて貝殻を握りしめた。「約束する。やつが宝石をどこに隠したか、わかるか？」

「宝のこと？」ホイットニーの顔に冷ややかな笑みが浮かんだ。「ええ、もちろん。あの男、いそいそと私に見せてくれたわ。よほど自信があるようね。私を手中に納めたとでも思ってるんだわ」

ダグはホイットニーの体を引きあげた。「そいつをいただきに行こうぜ、お嬢様」

鍵を開けるのに、二分とはかからなかった。小さな音をたててドアが開くと、ダグは廊下に見張りがいないか様子をうかがった。「よし、それじゃ行くぞ。すばやく、だが、音をたてずに動くんだ」

ホイットニーはダグの手をとり、廊下へ出た。

屋敷はしんと静まりかえっていた。ディミトリが休むと同時に、全員が休むと見える。暗闇の中で、二人は一階へと階段を下りた。葬儀場の臭い、花と磨き粉の匂いとが、重くたれこめている。ホイットニーは手ぶりでダグを案内した。壁に身を寄せ、二人は慎重に、書庫をめざした。

ディミトリは、書庫の扉に鍵すらかけていなかった。ダグの胸を軽い失望と不安がよぎる。少々うまくいきすぎではないのか。二人は中へ忍びこんだ。降りだした雨が窓ガラスをたたく。ホイットニーはまっすぐ東側の棚に歩み寄り、ある一画の本を抜きとった。

「この奥よ。金庫の目盛りは右に五十二、左に三十六……」

「なんでそんなことを知っているんだ？」

「ディミトリが開けるところを見てたの」

不安に駆られながら、ダグはつまみに手を伸ばした。「なんでやつは隠さなかったんだ？」思わず口からつぶやきがもれる。「よし、次はなんだ？」

「もう一度左へ五、右に十二」ダイヤルを回すダグの手もとを息をつめて見守る。金庫は音もたてずに開いた。

「さあ、パパのところへおいで」ダグはささやきながら、箱をとりだした。その手応《てごた》えを確かめて、ホイットニーに笑顔を向ける。すぐにも開けてみたい思いを、ダグはこらえた。あとでゆっくり見ればいいさ。「さあ、早くぬけだそう」

「それがいいわ」ダグの腕に手をかけ、テラスへのドアに向かって歩きだす。「ここから失礼すれば、ご主人を起こさずにすむでしょ？」

「じつに思慮深いご意見だな」ダグがノブに手を伸ばしたとき、二人の目の前で勢いよくドアが開いた。三人の男が、雨に濡れて光る銃を手に立っている。その真ん中で、レモが笑っていた。

「ディミトリさんが、一杯ふるまうまでは帰らないでほしいと仰せだ」

「そうだとも」後ろで書庫のドアが開き、白いディナージャケットを着たディミトリが入ってきた。「お客様を雨の中お帰しするのはしのびない。中へ戻って、かけたらどうかね」愛想よく言うと、自らバーへ行き、ブランディをついだ。「あなたの瞳にも負けない色じゃないかね、お嬢さん」

ダグは、レモが背中に銃を押しつけるのを感じた。「あんまりよくしてもらっちゃ申し訳ないぜ」

「いやいや、戯れを」ディミトリはグラスを揺すりながら、ふりかえった。彼がスイッチに触れると、部屋には光があふれた。ディミトリの目にはまったく色がない。「座りたまえ」抑えた口調は、がらがら蛇の尾がたてる音を思わせる。

銃に背を押されて、ダグは前に進みでた。片手には宝石箱を、もう一方の手にはホイットニーの手を握りしめている。「雨の夜のブランディにまさるものはないな」

「まったく」ディミトリは厳かな手つきで、二人にグラスをさしだした。「ホイットニー……」椅子を手で示しながら、ため息まじりに言う。「あなたには失望させられた」

「おれが無理やり連れだしたんだ」ダグは傲然《ごうぜん》とディミトリを見据えた。「彼女みたいな女は、肌を傷つけると言やあ、なんでも言うことを聞くさ」

「騎士《ナイト》の心意気には感じ入る。ことに、らしくない人間からの言葉とあってはね」ディミトリはダグに向かってグラスを掲げてみせた。「残念ながら、私は初めからホイットニーのきみへの思いを見抜いていたよ。その手でロード君を撃ち殺したと、私が本気で信じるとでも思ったのかね、お嬢さん？」

手はじっとりと汗ばんでいる。だが、ホイットニーは肩をすくめると、ブランディを飲んだ。「もっと嘘《うそ》をつく練習をしなければならないようね」

「そのとおり。あなたの目は、その心の内をじつによく物語ってくれる。〝あなたの目の鏡には、悲嘆にくれるあなたの心が映し出されているようだ〟」ディミトリは、『リチャード二世』の一節を朗々と語った。「しかし、あなたとの夜は楽しかった」

ホイットニーは短いスカートの裾《すそ》を手で払った。「せっかくですけど、私は退屈だったわ」

ディミトリの口もとが歪《ゆが》む。まわりにいた誰もが、はっと身を硬くした。その口からひと言もれれば、その瞬間、ホイットニーは死ぬ。だが、ディミトリがもらしたのは笑い声だった。「女性とは、なんと気まぐれな生き物か。そう思わないかね、ロード君？」

「なかには、じつに見る目がある女もいるさ」

「ミス・マカリスターのような名門の令嬢が、きみのごとき輩《やから》に好意を抱くとは、いまもって驚きに堪えんよ。だが」ディミトリは肩をすくめた。「ロマンスとは、私にとって常に謎《なぞ》だった。レモ、ロード君からその箱をお預かりしなさい、武器もだよ。さ、このテーブルに置いてもらおうか」自分の命令が実行される間、ディミトリはブランディを飲みながら、なにごとか考えているように見えた。「私はあえて危険を冒した――きみにミス・マカリスターと宝の両方をさらわれるかもしれないというリスクをだ。これまで、我々はじつにおもしろいゲームを展開してきた。これほどあっけなく王手をかけることになるとは、いささか失望の念を禁じえないよ。もう少し劇的な幕切れを期待していたのだが」

「ここにいる坊やたちを追っぱらってくれよ。さしで話しあおうじゃないか」

ディミトリが甲高い声で笑った。氷と氷がぶつかるような響き。「腕力で戦うには私は老いたよ、ロード君。もめごとを治めるには、もう少し利口なやり方をしたいんでね」

「いきなり背中からナイフを突き立てるような、姑息《こそく》なやり方のことかしら?」

ホイットニーの言葉にも、ディミトリは眉を上げただけだった。「一対一で戦えば、きみのほうがはるかに上だと認めざるをえない。なんといっても、きみは若く、身も軽い。部下を同席させるくらいのハンディは認めてもらいたいものだ。さて……」ディミトリは指先で唇に触れた。「この状況をどうしたものか」

この男はまた楽しんでいる。ホイットニーは苦々しく思った。蜘蛛《くも》のように、嬉々《きき》として糸を張りめぐらし、獲物がかかるのを待っていたのだ。血の一滴まで吸い尽くすために。

私たちが冷や汗を流すところを見たいというのか。

もうどこにも逃げ場はない。ホイットニーはダグの手をとり、強く握りしめた。私たちは命乞《ご》いをしたりはしない。絶対に、汗などかくものか。

「私の見るところ、ロード君、きみの運命はすでに決まっているようだ。なにしろ、何週間も前からきみは死んだも同然の身だからな。残る問題は、どうやるかだが」

ダグはブランディをあおると、にやっと笑った。「そうあわてなさんな」

「いやいや、もうさんざん考えてきたことだ。かなりの時間をかけてね。残念なことに、ここには儀式をとり行うための設備がない。しかし、レモはさぞかし自分の手で片をつけたいと思っていることだろう。今回の件ではだいぶてまどったが、最終的には目的を達したわけだ。その労には報いねばなるまい」ディミトリは高価なたばこを抜きとった。「ロード君はおまえに進呈しよう、レモ」たばこに火をつけ、薄く漂う煙を眺める。「ゆっくりとあの世へ送ってやれ」

ダグは左耳の下に、冷たい銃口を感じた。「ブランディを飲んでからにしてもらえないか?」

「ぜひ、そうしてくれたまえ」ディミトリは鷹揚にうなずくと、ホイットニーに目を向けた。「できればあなたとは、もう一、三日、おつきあいしたかった。お互い、楽しいひときを分かちあえるものと期待していたのだが……」クリスタルの灰皿に軽く灰を落とす。

「ことここに至っては、そうもいかない。じつは、部下の一人があなたに心を寄せていてね。写真を見たとたん、気に入ったらしい。いわゆる一目惚《ぼ》れというやつだな」額にかかる薄い髪を後ろへ撫でつける。「バーンズ、私からの贈り物だ。だが、今回はきれいにやれ」

「やめろ！」ダグが椅子からとびあがる。そのとたん、後ろから羽交い締めにされ、喉に銃を突きつけられた。しかし、バーンズの笑い声を聞いて、ダグはなおも抗《あらが》った。「彼女にはもっと使い道があるだろう」必死にくいさがる。「親父《おやじ》にかけあえば、百万、いや二百万ドルだって払うはずだ。ディミトリ、ばかな真似《まね》はするな。この下司《げす》野郎にくれちまったら、一銭の得にもならないだろう」

「金がすべての人間ばかりではないのだよ、ロード君」ディミトリは静かに言った。「これは個人の主義にかかわる問題だ。人を動かすには、ただ厳しいだけではなく、ほうびも与えてやらねばならんと、私は考えているのでね」ディミトリは小指のない自分の手を見つめた。「ああ、そうだとも。レモ、この男を連れていけ。少々うるさくなってきた」

「その手を離しなさい」勢いよく立ちあがると、ホイットニーは手にしたブランディをバーンズの顔に浴びせた。怒りにまかせて拳《こぶし》をその鼻にたたきつける。バーンズの悲鳴と鼻血に、一瞬、溜飲《りゅういん》が下がった。

　ホイットニーの反撃をきっかけに、ダグは後ろの男に体当たりをくらわせ、向かいの男の顎を蹴《け》りあげた。ディミトリが合図をすれば、二人ともたちどころに殺されていただろう。しかし、その大立ち回りを、彼はむしろ楽しんでいた。やがて、おもむろに懐からデリンジャーをとりだし、天井に向けて撃つ。「そこまでだ」騒がしい子供たちを静めるような口調で言うと、ダグがホイットニーを引き寄せるのを黙って見逃した。ディミトリは、シェイクスピアの悲劇の中でも、幸薄き恋人たちを扱ったものをこよなく愛していた――その言葉の持つ響きの美しさゆえではない、抗うすべのない弱い者に惹かれるのだ。「私は道理のわからぬ人間ではない。心の底ではロマンを解しているつもりだ。きみたちに、別れを惜しむ時間をさしあげよう。ミス・マカリスター、レモに同道して、恋人の処刑執行に立ち会われるといい」

「処刑ですって」ホイットニーはありったけの唾をディミトリに吐きかけた。「ただの人殺しに、そんなきれいごとを言わないで。ディミトリ、あなた、自分じゃ紳士きどりでいるようだけど、そんなディナージャケットひとつで本性まで隠せるとでも思ってるの？　あなたなんて、ただのからすよ。死体をついばむ薄汚いからすだわ。人を殺すのに、自分の手を汚そうとさえしない卑怯《ひきよう》者じゃないの」

「ふだんはそうだが」凍りついた声。その響きを耳にしたことのある男たちは、身を硬くした。「今回は例外を作るとしようか」ディミトリがデリンジャーの銃口を下げる。「手を上に上げ

ガラスを破り、テラスのドアが勢いよく開いたのは、そのときだった。

ろ」有無を言わせぬ声が響く。フランスなまりの強い英語だ。ダグは結果を待たずに、ホイットニーを椅子の陰へ押しこんだ。バーンズが銃をつかむのを見たからだ。その顔から、例の薄笑いは消えていた。

「この家は包囲されている」制服姿の警官が十人、ライフルを構えてなだれこんできた。

「フランコ・ディミトリ、殺人及び殺人教唆、誘拐等の容疑で逮捕する――」

「嘘みたい」ホイットニーは罪状を読みあげる声に歓声をもらした。「今度は本物の騎兵隊だわ」

「ああ」ダグもホイットニーを抱き寄せたまま、安堵《あんど》の息をもらした。だが、相手は警察だ。連中の目から見れば、このおれもきれいな体とは言えないだろう。パナマ帽の男の姿に、ダグは悔しさをかみしめた。お決まりのパターンか。「もっと早く、警察の臭いに気づくべきだったぜ」

　ダグがつぶやきをもらしたとき、白髪の男がいらいらした様子で部屋に入ってきた。

「ほかのことはいい、あの娘《こ》はどこだ?」

　その声に、ホイットニーが目をみはる。顔じゅう目玉になりそうな勢いだ、とダグが思った瞬間、弾んだ笑い声をあげて、ホイットニーが椅子の陰からとびだした。「パパ!」

16

その後ほどなく、マダガスカル警察は部屋の騒ぎを収拾した。ホイットニーの目の前で、ディミトリの手に手錠がかけられる。その手首には、大きなエメラルドのカフスボタンが輝いていた。

「ホイットニー、ロード君」ディミトリの声は冷静で、落ち着きを保っていた。これほどの大物になると、引きぎわを心得ているらしい。しかし、二人のわきを通りすぎるときに見せた目は山羊《やぎ》のように、人を寄せつけない冷たさがあった。「またいつか、いつか必ずお会いしよう」

「あんたの顔はテレビのニュースで見せてもらうさ」

ダグの言葉に応《こた》えるように、ディミトリがうなずいた。「きみには借りがある。借りは必ず返す主義なのでね」

ディミトリと目が合った瞬間、ホイットニーは笑みを浮かべた。首にかけた貝殻に触れる。「ジャックのためにも、警察があなたにふさわしい真っ暗な穴を用意してくれるよう祈ってるわ」冷ややかに言い放つと、父の胸に顔を埋《うず》めた。上着からは清潔な匂《にお》いがする。

「パパの顔が見られるなんて」

「説明してくれ」口ではそう言いながらも、マカリスターは娘をひしと抱きしめた。「さ、話を聞かせてくれ、ホイットニー」

顔を上げたホイットニーの目が笑っている。「なにを説明すればいいの？」

マカリスターは笑いをこらえきれずに、ふきだした。「いまさら聞いても、なんにもならんな」

「お母様は？　私を捜しに来ることは、黙っててくださった？」

「母さんなら大丈夫だ。私は仕事でローマにいると思ってるよ。だいじな一人娘を捜しにマダガスカルへ行くなどと言ったら、悠長にブリッジなどしてはおられんだろうからな」

「すばらしい心づかいだわ」ホイットニーは父親に思いきりキスをした。「マダガスカルじゅう、どうやって私たちのあとを追ってらしたの？」

「ベネット将軍には前にもお会いしたはずだな？」

ホイットニーがふりむくと、背の高い痩身《そうしん》の男性が目の前に立っていた。にこりともせず、厳しい目をしている。「ええ、もちろん」正式なカクテルパーティででもするように、ホイットニーは手をさしだした。「前々回のスティーヴンソン・イヤーでしたかしら。お変わりございません、将軍？　そういえば、ダグラスとはまだ一度も、ダグ……」

部屋の隅で、マダガスカルの役人相手に悪戦苦闘中だったダグは、ホイットニーの声に嬉々《きき》として応じた。

「お父様、ベネット将軍、こちらがダグラス・ロード。今回の書類を盗みだした立て役者ですわ」

ダグの笑顔がかすかに歪《ゆが》んだ。「よろしく」

「ダグには感謝なさるべきですわ、将軍」ホイットニーはそう言うと、たばこを捜して父親の内ポケットをのぞきこんだ。

「感謝?」将軍が声を荒らげた。「この泥棒は――」

「大切な書類を守ったんですわ、ディミトリの手から。我が身の危険も顧みずに」たばこに火をつけながら、すかさず言い添える。ダグは援護射撃に感謝しながら、説明はホイットニーに任せようと考えた。煙を吐きだしながら、ホイットニーがウインクをする。「そもそも事の発端は、ディミトリが書類を手に入れるためにダグを雇ったところから始まったんです。当然、ダグは即座に悟りました。これは値のつけようがない貴重なものだ、悪の手から守らねばならない、と」一服すると、ホイットニーはここぞとばかりにたばこを振りたてた。「ダグは文字どおり書類を守るために命をかけたんです。宝を見つけることができれば、社会にとって計り知れない貢献ができると、何度聞かされたかしれませんわ。そうだったわね、ダグ?」

「いや、おれは——」

「ほんとに、照れ屋なんだから。自分の功績はきちんと世に知らしめなくちゃだめよ。ベネット財団のために宝を守るんだって言って、危うく命を落とすところだったじゃないの」

「だが、なんにもならなかった」ダグはつぶやいた。美しい虹《にじ》の消えていくのが、目に見えるようだ。

「なんにもならないですって？」ホイットニーは頭を振った。「将軍、探検家として名高いあなたなら、おわかりいただけますわね？　ディミトリの手から宝を守るために、ダグがどれほど苦労したか。ディミトリはこれほどの宝を秘蔵する気でいたんです、秘蔵する気で」念を押すようにくりかえす。「手もとに置いて、自分一人で楽しむつもりだったんです」ホイットニーはダグを横目で見て、最後にこうつけ加えた。「皆、同じ気持だと思いますけど、この宝は社会のものですわ」

「それはそうだが——」

「いいえ、将軍、お礼なんてとんでもない」ホイットニーが先を封じた。「こちらこそ、感謝しますわ。どうしてここへお見えになったのか、お聞かせ願えません？　あなたは私たちの命の恩人ですもの」

ホイットニーにうまくのせられ、将軍はとまどいながら話を始めた。

じつは、伯父の不慮の死におびえたホイッティカーの甥《おい》が、将軍を訪れ、洗いざらい告白した。それを看過できないものと判断した将軍は、すぐさま行動を開始した。ホイットニーとダグがアンタナナリボの空港に降りたったときには、すでに当局がディミトリの行方を追っていたのだという。ディミトリの線からダグが浮かび、ニューヨークとワシントンDCでの逃避行から、ホイットニーへとつながった。それには、しつこくつきまとっていたスキャンダル専門のカメラマンも一役買っていた。例のごとく不鮮明な写真をいかがわしいタブロイド紙に売り、それをマカリスター氏の秘書が買いとったことから、今回の一件が発覚したのである。

ワシントンDCでティーバリー上院議員と会ったのち、将軍とマカリスター氏は私立探偵を雇った。それが例のパナマ帽の男で、ディミトリたち同様、二人の足どりを追っていたというわけだ。二人がタマタブに向かう列車からとび降りたとき、将軍とマカリスター氏とはマダガスカル行きの飛行機の中だった。事情を知ったマダガスカル警察当局は、国際的犯罪者の逮捕に、喜んで協力を申しでた。

「すばらしいわ」将軍の独白が夜明けまでも続きそうな気配を察して、ホイットニーが口をはさんだ。「すばらしいのひと言に尽きます。あなたがなぜ元帥にまでなられたのか、いまさらながら思い知った気がしますわ」将軍の腕をとり、ホイットニーはほほ笑んだ。

「私の命の恩人に、ぜひ財宝をお見せしたいのですけれど」肩ごしにすました笑みを残して、ホイットニーは将軍を連れていった。

マカリスターはシガレットケースを出して、ダグにも勧めた。「まったく、ホイットニーほど口のうまいやつもおらんな。ところで、きみはブリックマンとは初対面だったと思うが」パナマ帽の男を手で示す。「彼には前にも働いてもらったが、腕は一流だ。きみについても、ブリックマンは同じことを言っておったよ」

ダグはパナマ帽の男と目を合わせた。互いの顔には見覚えがある。「運河で、レモのすぐ後ろにいたのはあんただろ」

ブリックマンは群がる鰐《わに》を思い出して、笑みを浮かべた。「礼には及ばんよ」

「さて」マカリスターは二人の顔を見比べた。男たちの心中を見抜けないようでは、今日の成功はあり得ない。「一杯やりながら、事件の真相を聞かせてもらおうじゃないか」

ダグはライターを指ではじくと、マカリスターの顔を眺めた。いい色に日焼けした艶《つや》やかな肌。まさに金持の顔だ。声にも貫禄《かんろく》が感じられる。自分を見返す瞳はやはり琥珀《こはく》色で、ホイットニーと同じく好奇心に輝いている。ダグは口もとをゆるめた。

「ディミトリは薄汚い野郎だが、酒はなかなかのものをそろえてるんだ。スコッチでも？」

まもなく夜が明けるころ、ダグはホイットニーを見つめていた。薄いシーツにくるまり、体を丸めて眠っている。口もとにはうっすら笑みが浮かんでいた。騒ぎのあとホテルに戻り、二人は激しく愛しあった。そのときのことでも夢に見ているのだろうか。しかし、ゆったりとした深い寝息は、疲れきって熟睡していることを教えていた。

もう一度ホイットニーに触れたい。しかし、ダグはそうしなかった。なにか手紙を残していこうか。だが、それもやめにした。おれは、しょせんおれでしかない。泥棒、根なし草、一匹狼《おおかみ》。

これで二度、おれは世界を手に入れた。だが、今度もまた、すべては夢と消えた。時がたてば、新たな望みをつなぐこともできるだろう。いつかまたきっと、大きなチャンスにめぐりあえる。虹の彼方《かなた》にたどりつけるさ。そうさ、時間はかかるだろうが、ホイットニーとのことも割りきれる日がくる。これは恋なんかじゃない、おとな同士の火遊び、ゲームだったと。ダグは必死で自分を納得させようとしていた。ホイットニーへの思いがおれを縛りつける。この糸をいま断ち切らねば永久に、おれは彼女から離れられなくなってしまう。

ダグの手にはまだ、パリ行きのチケットと五千ドルの小切手が残っていた。結局、ホイットニーは将軍を言いくるめ、感謝の印としてこの小切手を書かせたのだ。

しかし、役人たちや私立探偵の目を見ただろう。あれは、おれを泥棒と見抜いている目つきだ。今回はなんとか逃げきったが、一寸先は闇《やみ》かもしれない。

ダグはバックパックをちらっと眺め、ホイットニーのメモのことを考えた。借金はきっと五千ドル以上にふくれあがっているはずだ。ホイットニーのバックパックをかきまわして、中から例の手帳と鉛筆をとりだした。

合計額は、ダグが思わず眉を上げるほどになっていたが、最後のところにひと言短く書きこんだ。

〈借りとくぜ《IOU》、ハニー〉

ノートと鉛筆をバックパックに戻し、もう一度、ホイットニーの寝顔を眺めた。最後は泥棒らしく、すばやく音もたてずに、ダグは部屋をあとにした。

目覚めたとき、ホイットニーはダグが去ったことを悟った。ベッドの隣にいなかったからではない。それだけなら、コーヒーを飲みに立ったか散歩にでも行ったと、考えることもできただろう。ほかの女性ならば、かすれた眠そうな声でダグの名を呼んだかもしれない。しかし、ホイットニーにはわかっていた。ダグは行ってしまったのだと。

抗《あらが》いようのない事実は正面から受け止める、それがホイットニーの気性だった。黙ってベッドから下り、ブラインドを開けると、荷作りを始める。たまらない沈黙を破るために、選局も考えずにラジオのスイッチを入れた。

ホイットニーは、床にいくつも箱が転がっているのに気づいた。なにかをして気をまぎらせたいという思いから、箱を開けはじめた。

ダグが自分のために選んだ、透けるような下着に手を滑らせる。自分のカードの番号が押されたレシートを見つけたときには、思わずにやっとした。いまは皮肉屋に徹することが、身を守る最良の楯《たて》なのだ。ホイットニーは淡いブルーの下着を手にとりながら、そう心に言いきかせた。結局、これも私が買ったんじゃないの。

その箱をわきへどけ、次の箱を開く。中からは、目の覚めるような青の、すばらしいドレスが現れた。この色には見覚えがある。森で見た蝶《ちょう》の羽の色。あのとき、こんな色のドレスが欲しいと言ったことを、ダグは覚えていたのだ。構えていた心がぐらつきはじめる。涙をこらえて、ホイットニーはドレスを箱に戻した。こんな服、旅には向かないわ。心の中でつぶやきながら、しわだらけのスラックスをバックパックから引っぱりだした。

あと二、三時間もすればニューヨークに、私の街に戻れるのだ。大勢の友だちに囲まれていれば、ダグ・ロードのことも淡い思い出に変わるだろう。高くついた思い出、それだけのこと。着替えをすませ、荷作りを終えると、ホイットニーは冷静そのものでチェックアウトの手続きをとり、父親と合流した。

マカリスターはいらいらしながら、ロビーを歩きまわっていた。ぐずぐずしていると、せっかくの取り引きも流れてしまう。アイスクリーム業界は、一刻たりとも気の抜けない過酷な市場なのだ。「ボーイフレンドはどこだ？」

「パパ、そんな言い方しないで」ホイットニーは伝票に、しっかりした手つきでサインをした。「おとなの女性はボーイフレンドなんか持たないの。それを言うなら恋人でしょ」

ベルボーイに笑顔で応え、父の待つ車に向かう。

恋人という言葉に多少の抵抗を感じながらも、マカリスターはふきだした。「それで、彼はどこなんだ？」

「ダグのこと？」リムジンの後部座席に乗りこみながら、ちらっと気のない視線を投げる。

「私の知ったことじゃないわ。たぶん、パリじゃない。チケットを持ってたから」

顔をしかめて、マカリスターは車のシートにもたれた。「いったいぜんたい、どうなっとるんだ？」

「帰ったら、二、三日、ロングアイランドでのんびりしたいわ。今度の旅はほんとに疲れたの」

「ホイットニー」娘の手に手を重ねる。「彼はどうして発《た》ってしまったんだ？」

ホイットニーは父親のポケットからシガレット・ケースを出して、一本とった。まっすぐに前を見据えたまま、たばこの先で純金製の蓋《ふた》をとんとんとたたいている。「それが彼のやり方なの。夜中に、物音ひとつたてず、なにも言わずに立ち去る。彼は泥棒よ、知ってるでしょ」

「ああ、そのことは昨夜、本人の口から聞いたよ。おまえがベネット将軍を丸めこんでる間にな。まったく、彼の話を聞いたときには、ぞっとして髪も逆立つ思いがしたぞ。探偵の報告書を読んだときよりひどかった。おまえたち二人とも、六回は死にかけてるじゃないか」

「あれには私たちも肝を冷やしたわ」

「おまえが、あの頭の軽い、やさ男のカーライスと結婚してくれれば、わしの胃潰瘍《いかいよう》などたちどころに治るんだがな」

「許して。その埋め合わせはきっとするから」

マカリスターは、まだ火もつけずにいるたばこを見つめた。「おまえは、あの若い泥棒を……慕っているように感じたんだが」

「慕っている？」たばこが手の中で折れた。「いいえ、あれはまったくのビジネスよ」目に涙があふれ、頬を伝っても、ホイットニーは冷静な口調を崩さなかった。「退屈してるところへ彼が現れて、ささやかな娯楽を提供してくれただけ」

「娯楽？」

「ずいぶん高価なお遊びだったわ。あのろくでなしは借金を踏み倒して逃げたのよ、一万二千三百五十八ドル四十七セントもね」

マカリスターはハンカチを出し、娘の頬をぬぐった。「一万や二万くらいの損で泣くことはない。その程度のことは、わしだってしょっちゅうだ」

「彼、さよならも言ってくれなかったの」ホイットニーは父親の胸に顔を埋めて泣いた。いまの自分が泣ける胸は、もうここしかないのだ。


ニューヨークの八月は、手のつけられないことがある。熱気がたちこめ、かげろうが立ち、熱波が何度となく押し寄せるのだ。そんなときに、ごみ収集のストライキでも重なろうものなら、人々のいらだちは気温にも負けぬ勢いで高まる。指一つ鳴らせば冷房のきいたリムジンを呼べる恵まれた人間たちさえ、三十度を越える日が二週間も続くと、さすがに不機嫌になっていた。都合のつく者は我先に休暇をとっては、どこかの島やヨーロッパなど海外へと脱出をはかる。

しかし、ホイットニーだけは、友人たちの多くが避暑に出かけるなか、ひとりマンハッタンにしがみついていた。旅はもうたくさんとばかり、エーゲ海へのクルーズも、リヴィエラで一週間をすごそうという誘いも断り、はては一カ月、彼女の好きなところですごそうという新婚旅行の提案までふりきってしまった。

ホイットニーは仕事と遊びに明け暮れた。働いていれば暑さも忘れられる。ふさぎの虫にとりつかれることもない。沈みこんでいても時間のむだだ。東洋へは旅をしたいとも考えていたが、意地を貫くために、あえて皆がニューヨークへ戻ってくる九月になってから、と決めていた。

マダガスカルから戻った直後は、なにかにとりつかれたように買い物をして回った。買いこんだ服の半分は、一度も袖《そで》を通すことのないまま、いまもクロゼットに吊《つ》り下がっている。夜になれば連日のごとくクラブをはしごし、夜が明けてからベッドへ潜りこむという日が二週間以上も続いた。

夜遊びにも飽きてしまうと、今度は仕事三昧《ざんまい》の生活。むきになって働くホイットニーの姿に、友人たちがあれこれ取り沙汰《ざた》しはじめたほどだった。

パーティめぐりに仕事、とにかく自分を疲労の極へ追いつめることに全力を尽くす。周囲の目など眼中になかった。

「タッド、ばかなことしないで。私、そういうのは我慢できないの」歯に衣《きぬ》着せぬ言い方だったが、そこには冷淡さよりも、むしろ相手を気づかう思いが感じられた。この数週間というもの、タッドはひたすらホイットニーに自分の気持を訴えつづけていた。シルクタイの収集にも負けない情熱を、彼女に対してもそそいでいて、その熱心さにはさすがのホイットニーも心を動かしかけた。

「ホイットニー……」金髪で、仕立てのいい服を着た御曹司は、少々酔っぱらい気味でホイットニーの部屋の入口に立っていた。なんとか中へ入れてもらおうとがんばっているのだ。しかし、ホイットニーに苦もなく押し戻された。「ぼくたち、きっとうまくいくよ。

母さんがきみのこと、うわついてると思ってたって、関係ないじゃないか」

うわついてる。その言葉に、ホイットニーは目を丸くした。「お母様の言葉には耳を傾けるべきだわ、タッド。私、きっと手のつけられない悪妻になること請け合いだもの。さあ、おとなしく車に戻って、お家《うち》へ帰りなさいな。マティーニを三杯も飲んだらもうふらふらだって、わかってるはずなのに」

「ホイットニー」タッドは彼女の腕をつかむと、強引にキスを迫った。洗練されたやり方ではないまでも、情熱のほどは感じられる。「運転手は帰すよ。ここできみと夜をすごしたいんだ」

「そんなことしたら、お母様が州軍を送りこんでくるわよ」ホイットニーはすばやく相手の腕をすりぬけた。「さ、もう帰ってちょうだい。三杯目のマティーニの酔いが醒《さ》めないうちに、ぐっすりお休みなさい。明日になれば、気分もすっきりするでしょ」

「ぼくのこと、真剣に考えてくれないんだな」

「私は自分のことを真剣に考えられないだけ」タッドの頬を軽くたたく。「ね、急いでママのところへお戻りなさい」ホイットニーは相手の鼻先でドアを閉めた。「あの、がみがみ女のところへね」

長いため息をもらすと、ホイットニーはホームバーへ向かった。タッドとすごした晩は、寝酒でも飲まなければやっていられない。それでも、とにかくなにかをしていなければ……とはいえ、オペラ鑑賞やタッドとのつきあいは本意でない。オペラはたいして好きではないし、タッドが気の合う友人だとも言いがたい。

ホイットニーは勢いよくコニャックをついだ。

「グラスをもう一つ、用意してくれないか？」

ホイットニーはびっくりして、グラスを握りしめた。だが、身動《みじろ》ぎもせず、ふりむこうともしない。落ち着いて二個目のグラスを上に向けると、黙ってコニャックをついだ。

「相変わらずね、ダグラス。鍵穴《かぎ》でも通ってきたの？」

その夜のホイットニーは、ダグがディエゴスアレスで買った青いドレスを着ていた。ダグはその姿を百回は思い描いた。そのせいでなんだか初めて見る気がしない。ダグには、ホイットニーが挑むような思いでそのドレスを着たことも、ましてや毎晩自分を思っていたことなど、知る由もなかった。

「ずいぶん遅かったじゃない？」

私はここで取り乱すほどやわじゃない、そう心に言いきかせる。この男を忘れるために、何週間も費やしてきたのではないか。片方の眉をぐっと上げて、ホイットニーはふりかえった。

ダグは黒装束に身を包んでいた。黒いTシャツ、黒いジーンズ。これが彼の仕事着なのだと思いながら、ホイットニーはグラスをさしだした。少しやせた気がする。目がいつになく真剣だ。だが、ホイットニーはそれ以上、考えまいと努めた。

「パリはどうだった？」

「よかったよ」ダグはグラスを受けとり、ホイットニーの手に触れたい思いを抑えた。

「そっちはどうしてた？」

「どう見える？」

それは真っ向からの挑戦だった。私を見て。よく見てちょうだい。ホイットニーはそう言っているのだ。ダグは改めて彼女を見つめた。

しなやかな髪を片側にまとめ、三日月形のダイヤのピンで留めている。ぬけるような白い肌。その顔は記憶にたがわず、怜悧《れいり》で気品に満ちていた。グラスごしに見上げる目には、挑むような光が宿っている。

「最高にいかすぜ」ダグはつぶやきをもらした。

「ありがとう。それで、今夜の予期せぬ訪問は、いったいどんなご用かしら？」

先週一週間をかけて、二十回以上も練習したせりふだ。なにを、どう言おうかと、さんざん頭をしぼったはずじゃないか。ホイットニーに会おうか会うまいかと、ニューヨークへ戻ってからもずっと迷っていたのだ。「元気にしてるか、顔を見に寄っただけさ」グラスを掲げたまま、ダグはぼそぼそと言った。

「まあ、おやさしいこと」

「きみにすれば、おれが借金を踏み倒して逃げたと思ってるだろうが——」

「一万二千三百五十八ドル四十七セントをね」

ダグは笑い声ともつかぬ声をあげた。「相変わらずだな」

「その借金を返しに来たってわけ？」

「来ないではいられなかったんだ」

「そう？」身動きもせず、ホイットニーはグラスの酒をあおった。壁に投げつけたい思いを抑えたのだ。「また新しい冒険を始めるつもり？　資金の援助でも頼みに来たの？」

「二、三発殴らなきゃ気がすまないだろ、いいから殴ってくれ」ダグは勢いよくグラスを置いた。

しばらくダグを見つめていたホイットニーは、やがて頭を振った。黙って背を向け、グラスを置くと、テーブルに手をかけた。肩を落とし、弱々しい声でつぶやく。それはホイットニーが初めて見せるもろさだった。「いいえ、殴りたいなんて思わないわ、ダグ。少し疲れてるの。もう元気なのはわかったでしょ、来たときと同じように黙って行ってちょうだい」

「ホイットニー」

「さわらないで」ダグが足を踏みだしたとたん、ホイットニーが言った。低く抑えた声には、深い怒りがにじんでいた。

ダグは伸ばしかけた手を下ろした。「わかったよ」そのまま部屋の中を歩きまわる。なんとか話をもとへ戻そうと、言葉を探していた。「パリじゃ、ひどくついててね。〈オテル・ド・クリヨン〉の部屋を五つばかり、きれいにさらってきたんだ」

「それはおめでとう」

「あと半年くらいは、そのまま旅行者相手に稼がせてもらうつもりだったんだが」親指をジーンズのポケットにかける。

「なんで、そうしなかったの?」

「つまらなくなったのさ。仕事に熱意を持てなくなったら、こりゃ、問題だよな」

いつまでも背を向けているのは臆病《おくびょう》者のすることだ。そう自分に言いきかせて、ホイットニーはふりむいた。「そうね。で、場所を変えようと、こっちに舞い戻ったわけ?」

「おれが戻ってきたのは、これ以上、きみと離れていられなくなったからだ」

ホイットニーは顔色ひとつ変えなかったが、握りしめた指には初めていらだちが感じられた。「そう?」そっけないひと言。「妙な言い方をするじゃない。私、ディエゴスアレスで、あなたを部屋からたたきだした覚えはないけど?」

「そうさ」ダグはなにかを求めるように、ホイットニーの顔にゆっくりと視線を這《は》わせた。

「きみが追いだしたわけじゃない」

「だったら、どうしていなくなったりしたの?」

「あのままいたら、とんでもないことをしでかしそうだったからさ。だが、それをいま、おれはやろうとしている」

「私の財布でも盗むつもり?」

「結婚してほしい。そう言いに来たんだ」

ホイットニーがぽかんと口をあけた。彼女のこんな顔を見るのは、きっとこれが最初で最後だろう。誰かに思いきり爪先を踏まれたみたいな顔だ。もうちょっと感動してくれることを期待していたのだが。

「驚いてるだろうな」間をとるために、ダグはバーへグラスを取りに戻った。「おれみたいな男がきみのような女性にプロポーズするなんて、実際、ばかげた話さ。暑さのせいで、頭がおかしくなったのかもしれない。パリにいる間に、だんだん腰を落ち着けたくなったんだ。家を構えて、子供をつくってってね」

ホイットニーはやっとの思いで口を閉じた。「ほんとなの?」ダグと同じく、二杯目をつぐ。「本気で言ってるの? 死が二人を分かつまで、って? 一緒に年金をもらおうって?」

「ああ、やっぱりおれは伝統主義者だったってわけさ。こんなとこまでね」欲しいものは必ず手に入れる。いつもうまくいくとは限らないが、それがおれのやり方だ。ダグはポケットに手をつっこみ、指輪をとりだした。

ダイヤが光を受けて、きらきらと輝いている。またも口を開けそうになるのを、ホイットニーはなんとかこらえた。「これをどこで――」

「盗んだんじゃないぜ」ダグはぴしゃりと言った。ばつの悪い思いで、指輪を握りしめた。「その、正確には」そうつけ加えて、笑みともつかぬ笑みを浮かべた。「これはマリーの宝に入っていたダイヤさ。つい手が出ちまったんだ、条件反射みたいなもんだよ。故買屋へ持ちこむことも考えたんだが」ダグは手を開いて、指輪を見つめた。「パリで指輪にしてもらったんだ」

「わかったわ」

「なあ、あんたが宝を美術館へ納めるべきだと考えてるのは知ってるよ。大半はそのとおりになった」いまだに思いきれずにいる。「パリじゃ新聞が派手に書きたててたいへんだったぜ。〝ベネット財団、悲劇の王妃の首飾りを発見。学説に新たな光を投じる〟って具合さ」ダグはもう宝石のことは考えるまいと、肩をすくめた。「おれは一つだけで我慢することにしたんだ。二、三個あれば一生楽に暮らせるのがわかっていたのに」もう一度肩をすくめて、指輪の細い輪の部分をつまんだ。「それでも、これをするのは良心が痛むというなら、すぐに台からはずしてベネットへ送るよ」

「冗談じゃないわ」ホイットニーはダグの手から指輪をひったくった。「私の婚約指輪を美術館へ渡したりするもんですか。それに」満面に笑みをたたえてダグを見つめる。「歴史的資産の中にも、個人の手に託すべきものはあると信じているの。指輪なんかは、その一つだわ」眉をつり上げ、すました顔を向ける。「伝統主義者としては、片膝をついて指輪をくださるのかしら？」

「いくらきみのためでも、そこまではできない」ダグはホイットニーの左手をつかむと、その手から指輪をとって薬指にはめた。その目がまっすぐにホイットニーをとらえる。

「契約は？」

「成立よ」ホイットニーは笑いながら、ダグの腕にとびこんだ。「ひどいわ、ダグラス。この二カ月、私がどんな思いですごしたと思うの」

「そうなのか？」うれしいことを言ってくれる。ダグはもう一度、ホイットニーに口づけした。「おれが選んだドレスは気に入ったようだな」

「あなたの趣味は最高だわ」ダグの背中に回した手をかざし、ホイットニーは指輪の輝きを確かめた。「結婚」もう一度、声に出して言ってみる。「腰を落ち着けるって言ったけど、それじゃ、足を洗うつもりなの？」

「それについちゃ、考えてることがあるのさ」ダグはホイットニーのうなじに鼻をすり寄せた。パリで自分を悩ませつづけた甘い香り。「そういえば、きみの寝室はまだ見せてもらってなかったな」

「そうだった？　それじゃ、じっくりとお目にかけるわ。あなた、引退するにはまだ若いと思うけど」ホイットニーは体を離して言った。「なにか次にあてはあるの」

「ああ、きみと愛しあう以外の時間は、商売でもやろうと思うんだ」

「質屋さん？」

ダグはホイットニーの唇をつついた。「レストランだよ、口のへらないやつだな」

「当然でしょ」ホイットニーもその案を気に入ってうなずいた。「ニューヨークでやるの？」

「手始めとしちゃ、もってこいさ」ダグは、ホイットニーが自分のグラスをとりに行くのを見守った。いつも遠くばかり見てきたが、案外、虹はおれのすぐ近くにあったのかもしれない。「最初の店が軌道にのったら、次はシカゴ、その次はサンフランシスコだ。しかし、店を開くためには資金がいる」

「そりゃ、そうね。そのあてはあるの？」

ダグが例によって魅力的な、だが、信用ならない笑顔を向ける。「他人の手は借りずに、身内だけでやりたいと思うんだが」

「ジャック叔父さんと？」

「頼むよ、ホイットニー、おれの言いたいことはわかるだろ。四万、いや、五万用立ててくれ。そうすればウェストサイドにしゃれたレストランを開くこともできるんだ」

「五万ドルねえ」ホイットニーがつぶやきながら、机に向かった。

「いい投資だぜ。メニューはおれが自分で作る。料理のほうも目を配って……おい、なにしてるんだ？」

「そうなると、都合六万二千三百五十八ドルと四十七セントの貸しってことになるわね」ホイットニーは軽くうなずきながら、合計の下に二本線を引いた。「利子は十二・五パーセントでどうかしら」

ダグは眉をひそめた。「利子？　十二・五パーセント？」

「相場よりは高めだけど、私ってだまされやすい性格だから」

「おい、おれたちは結婚するんじゃないのか？」

「そのとおりよ」

「冗談だろ、どこの世界に亭主から利子をとりたてる女房がいるんだよ」

「ここにいるわ」ホイットニーはなおも数字を書きつづけている。「いま、一カ月の返済額を計算するわ。ええと、期間はむこう十五年。いい？」

ダグは、数字を書きこむホイットニーの華奢《きやしや》な手を見つめた。その指にはダイヤが光っている。「ああ、なんてこった」

「次に、担保のことだけど」

ダグは文句の言葉をのみこみ、笑いだした。「おれたちの長男てことでどうだ？」

「おもしろいわね」ホイットニーは手帳でダグの手をたたいた。「ええ、そうしてもいいわ。だけど、まだ生まれてもいないのに」

ダグはその手からすばやく手帳を奪いとると、肩ごしに放《ほう》り投げた。ホイットニーを思いきり抱きしめる。「だったら、善は急げだ。どうしてもローンが必要なんでね」

床に落ちた手帳が開いたままなのを見て、ホイットニーは満足そうにほほ笑んだ。「事業のためなら、なんなりと」

訳者あとがき

ノーラ・ロバーツは、凄《すご》い。どれくらい凄いかは、数字だけを見ても一目瞭然《りょうぜん》。なにしろ、一九八一年にデビューして以来、世に送り出した作品は優に百を超え、そのほとんどがベストセラーというのだから。少々古い資料で申し訳ないが、一九九八年には年間に十一冊の作品がニューヨークタイムズのベストセラーリスト入り（うち四冊は第一位）、総発行部数は一億を超える。翌九九年には、ロマンス部門の年間売り上げトップ5の第二～五位までを独占。作家別売り上げランキングでも堂々の五位に名を連ねている。（ちなみに、この年の売り上げナンバー1は、あの『ハリー・ポッター』シリーズのJ・K・ローリング）

まさにロマンス界に君臨する女王といったところだが、その素顔はといえば、夫と子どもをこよなく愛するごく普通の主婦。世界的ベストセラー作家になった今もなお、二十九年前に移り住んだ〝寝室が三つ〟のつつましい家に住みつづけていると聞いて驚く人は多いに違いない。午前八時から午後四時半までは執筆に集中し、その合間をぬって家事もきちんとこなすというから、主婦としても、女性としても一流なのだろう。「ここには、私にとって大切なものがすべて揃(そろ)っている。このすばらしい生活を、どうして変える必要があるの？」――あるインタビューでノーラはこう答えているが、そこには公私にわたる充実ぶりがうかがえ、うらやましいほどだ。

〝ブルースへ――
愛することは最大の冒険であると
教えてくれたことに感謝して〟

これは、本書の冒頭に記された献辞だが、それを地で行くのがこの物語の主人公、ホイットトニーとダグの二人だ。片や全米屈指の大富豪の令嬢で、新進気鋭のインテリア・デザイナー。富と才能と美貌《びぼう》に恵まれ、あと足りないのは刺激だけ。片や明るく澄んだ緑の瞳と類《たぐい》まれなる記憶力、手先の器用さに恵まれ、有り余る野心を持て余す泥棒。内に熱さを秘めた二つの氷――その出会いは、最初から激しい火花を散らす。

フランス革命のさなか、行方不明となったマリー・アントワネットの財宝。そのありかを記した文書をめぐって、マフィアとの追いつ追われつの攻防が始まる。やがて、冒険の舞台は、エキゾチックな香り漂うマダガスカルへ……。激しくぶつかりながら、なお惹《ひ》かれ合うホイットトニーとダグ。壮大な歴史を縦糸に、二人のロマンスを横糸に、物語は息もつかせぬ展開を見せる。

一見、荒唐無稽《こうとうむけい》とも思える設定だが、主人公の二人はもちろんのこと、悪役であるマフィアのボスから脇役《わき》に至るまで登場人物ひとりひとりが実に生き生きと描かれ、リアリティをもって迫ってくる。ページを繰るうちに、映画を見ているような感覚にとらわれる読者も多いに違いない。それは、ノーラ・ロバーツが天性のストーリーテラーであるのみならず、ロマンスの枠にとどまらぬ〝骨太の〟構成力をも備えた作家であることの証《あかし》だろう。

最後にもう一言。本作『ホット・アイス』は、よけいな邪魔の入らぬ夜にお読みになることをお勧めしたい。今夜は、少々寝不足になることを覚悟していただかなくては。読み始めたら止まらない、それがノーラ・ロバーツの真骨頂。一気に読み終えたそのあとは、読者の皆さんをマリー・アントワネットの宝石に優《まさ》るとも劣らぬ、絢爛豪華《けんらんごうか》な夢の世界へと誘ってくれることだろう。

二〇〇二年三月

森　洋子

訳者　森　洋子
国際基督教大学教養学部卒。編集者を経て、翻訳の世界へ。主な訳書に、『美女と野獣』（講談社）、『ニコルの森の時間』（読売新聞社）がある。

●本書は、1991年11月に小社より刊行された作品を文庫化したものです。

ホット・アイス
2002年3月15日発行　第1刷

著　　者／ノーラ・ロバーツ
訳　　者／森　洋子（もり　ようこ）
発 行 人／溝口皆子
発 行 所／株式会社ハーレクイン
東京都千代田区内神田1-14-6
電話／03-3292-8091（営業）
03-3292-8457（読者サービス係）
印刷・製本／大日本印刷株式会社
装 幀 者／土岐浩一
表紙イラスト／鈴木ゆかり　©シュガー

ISBN4-596-91029-4

MIRA文庫

ノーラ・ロバーツ 飛田野裕子 訳
砂塵きらめく果て
一八七五年、父の消息を求めてアリゾナの砂漠を訪れたセーラ。しかしそこに父の姿はなく、ある孤独なガンマンとの出会いが待っていた。

ノーラ・ロバーツ 佐野 晶 訳
アリゾナの赤い花
建築技師アブラは、さぼっている男に怒ってビールを浴びせかけた！ 『ハウスメイトの心得』のコーディが主役で登場。爽やかなラブストーリー。

ノーラ・ロバーツ 入江真奈 訳
ハウスメイトの心得
作家志望のジャッキーが借りた家に、構想中の西部劇の主人公そっくりな男性が現れた！ ベストセラー作家が描くハッピーなラブストーリー。

サンドラ・ブラウン 松村和紀子 訳
侵入者
無実の罪で投獄された弁護士グレイウルフは脱獄を決行。逃走中に出会った女性写真家を人質にとる。全米ベストセラー作家初期の傑作。

サンドラ・ブラウン 霜月 桂 訳
星をなくした夜
孤児たちを亡命させるため、ケリーは用心棒を雇い密林を抜ける。守ってくれるはずの男が最も危険な存在となった。情熱的な冒険ロマン。

サンドラ・ブラウン 新井ひろみ 訳
27通のラブレター
自分宛でないとわかっていても、傷を負った男にとって、それだけが生きる支えだった。手紙が結びつけたせつなくやさしいラブストーリー。